Clássicos

GÓTICOS

EDITORA
NOVA
FRONTEIRA

A Casa das Sete Torres

Nathaniel Hawthorne

TRADUÇÃO David Jardim Júnior • 2ª edição

Título original: *The House of the Seven Gables*

Editora Nova Fronteira Participações S.A.
Rua Candelária, 60 – 7º andar – Centro – 20091-020
Rio de Janeiro – RJ – Brasil
Tel.: (21) 3882-8200 – Fax: (21) 3882-8212/8313

Ilustrações de capa e boxe: Stefano Marra

CIP-BRASIL. CATALOGAÇÃO NA PUBLICAÇÃO
SINDICATO NACIONAL DOS EDITORES DE LIVROS, RJ

H326c Hawthorne, Nathaniel, 1804-1864
2. ed. A Casa das Sete Torres / Nathaniel Hawthorne ; tradução David Jardim Júnior. - 2. ed. - Rio de Janeiro : Nova Fronteira, 2019.
(Box Clássicos Góticos)
304 p.
Tradução de: The House of the Seven Gables
ISBN 978.85.209.4391-5

1. Ficção americana. I. Júnior, David Jardim. II. Título. III. Série.

19-55242 CDD: 813
CDU: 82-3(73)

Nota da Editora

A tradução literal do título original deste livro deveria ser "A Casa dos Sete Oitões". Entretanto, como o termo "oitão" é desconhecido para a grande maioria dos leitores brasileiros, optamos por uma versão menos correta, mas certamente mais poética e de acordo com o espírito da obra: *A Casa das Sete Torres*.

Prefácio

Quando um escritor chama sua obra de romance, nem é preciso dizer que ele reclama uma certa amplitude, tanto no que diz respeito ao estilo como ao assunto, que quer deixar claro que não está escrevendo uma novela. Presume-se que esta última forma de composição visa a uma fidelidade assaz minuciosa, não meramente para com o possível, mas para com o curso provável e ordinário da experiência humana. A outra — ao mesmo tempo que, como obra de arte, deve estar rigorosamente sujeita às suas leis, e ao mesmo tempo em que cometerá um imperdoável pecado caso se afaste da verdade do coração humano — tem pleno direito de apresentar a verdade, em grande parte, de acordo com circunstâncias dependendo da própria escolha ou criação do escritor. Se ele assim se enquadra, também pode dispor o seu ambiente de maneira a suavizar as luzes e aprofundar e enriquecer as sombras da pintura. Sem dúvida, será bastante sensato para usar muito moderadamente os privilégios aqui enumerados, e, em particular, associar o maravilhoso antes como condimento leve, delicado, evanescente, do que como parte da substância real da iguaria que oferece ao público. Dificilmente se poderia dizer, todavia, que ele comete um crime literário se chegar mesmo a descuidar-se de tal precaução.

Na presente obra, o autor se propôs — mas com que sucesso não está, felizmente, ao seu alcance julgar — a se manter com todo o rigor dentro de suas imunidades. O ponto de vista de que esta narrativa se enquadra na definição de romance reside na tentativa de relacionar uma era de fantasia com o próprio presente que se afasta de nós. É uma lenda que se prolonga, vinda de uma época hoje já nevoenta pela distância, até a viva luz solar dos nossos dias, e trazendo consigo algo de sua névoa legendária, que o leitor, de acordo com o seu próprio gosto, poderá ou sequer levar em consideração, ou permitir que flutue quase imperceptivelmente em torno dos personagens e dos acontecimentos, em troca de um efeito pitoresco. A narrativa, talvez, se reveste de tão modesta contextura que exige tal recurso, o qual, se é vantajoso, ao mesmo tempo torna mais difícil a consecução.

Muitos escritores dão grande ênfase a algum objetivo moral bem-definido, que têm como a finalidade de suas obras. Para não se mostrar faltoso a esse respeito, o autor se armou de uma moral: a verdade quer dizer que o mal cometido por uma geração vive nas gerações sucessivas e, despindo-se de todas as vantagens temporárias, torna-se um puro e irresistível mal; e sentir-se-ia singularmente gratificado se este romance pudesse de fato convencer a humanidade — ou, melhor ainda, cada homem — da loucura de lançar uma avalanche de ouro, ou imóveis, mal adquiridos, na cabeça da infortunada posteridade, estropiando-a e esmagando-a, até que a massa acumulada seja espalhada em seus átomos originais. Com toda a boa-fé, contudo, não é ele dotado de imaginação suficiente para acalentar a menor esperança nesse sentido. Quando, na verdade, os romances ensinam algo, ou produzem algum efeito palpável, isso ocorre, em via de regra, por meio de um processo muito mais sutil que o ostensivo. Assim sendo, o autor achou que dificilmente valeria a pena enquadrar inexoravelmente o enredo em sua moral, como se o prendesse a uma haste de ferro — ou melhor, espetando-o com um alfinete como se fosse uma borboleta — e, de tal modo, o privando de vida e levando-o a se enrijecer em uma atitude desgraciosa e pouco natural. Uma alta verdade, de fato, correta, bela e habilmente formulada, iluminando a cada passo e coroando o desfecho de uma obra de ficção, pode acrescentar uma glória artística, porém nunca é mais verdadeira, e raras vezes pode ser mais evidente, na última página do que na primeira.

Talvez o leitor possa escolher uma localização real para os acontecimentos imaginários desta narrativa. Se lhe fosse permitido pela conexão histórica — que, embora leve, era essencial ao seu plano — o autor teria, de boa vontade, evitado qualquer coisa dessa natureza. Para não se falar de outras objeções, isso expõe o romance a uma inflexível e perigosíssima espécie de crítica, colocando as descrições imaginárias quase que em um contato positivo com as realidades do momento. Não teve ele, todavia, o propósito de descrever costumes locais, nem, de modo algum, imiscuir-se nas características de uma comunidade à qual dedica o devido respeito e uma natural consideração. Está certo de que não será considerado um imperdoável ofensor traçando uma rua que não afeta o direito de quem quer que seja, apropriando-se de um terreno sem proprietário visível e construindo uma casa com materiais de há muito usados na construção de castelos no ar. Os personagens da narrativa — embora se apresentem como da velha estirpe e destacada posição — são, na verdade, confecções do próprio autor, ou, de qualquer maneira, por ele próprio preparados; as suas virtudes podem não ter grande lustre, nem os seus defeitos podem concorrer, de qualquer maneira, para desacreditar a venerável cidade da qual se declaram habitantes. O autor ficaria satisfeito, portanto, se — especialmente no setor a que faz alusão — o livro fosse lido e considerado estritamente como um romance, tendo muito mais a ver com as nuvens que estão no alto do que com qualquer parte do chão real do Condado de Essex.

Lenox, 27 de janeiro de 1851

I

A velha família Pyncheon

Mais ou menos na metade de uma rua transversal de uma das pequenas cidades da nossa Nova Inglaterra, fica uma velha, decadente casa, com sete torres pontudas, viradas para os vários pontos da bússola, e uma pesada e enorme chaminé no meio. A rua se chama rua Pyncheon; a casa é a velha Casa dos Pyncheon; e um olmo, de tronco muito largo, que cresce diante da porta, é conhecido por todos os habitantes da cidadezinha pelo nome de Olmo dos Pyncheon. Em minhas ocasionais visitas àquela cidade, nunca deixei de descer a rua Pyncheon, para ter oportunidade de passar à sombra das duas antiguidades: o frondoso olmo e a decrépita casa.

O aspecto da venerável mansão sempre me impressionou como se tivesse uma expressão humana, trazendo não apenas os sinais das tempestades e da luz do sol, mas criada também pelo longo transcurso de vida mortal e pelas vicissitudes transcorridas dentro daquelas paredes. Se devidamente recontadas, constituiriam uma narrativa bastante interessante e instrutiva, apresentando, além disso, uma certa notável unidade, que quase parecia resultar de uma disposição artística. A história, porém, teria de abranger uma série de acontecimentos se estendendo pela maior parte de um período de dois séculos, que, escrita com razoável amplitude, encheria um grande volume in-fólio, ou uma longa série de in-duodécimos, que corresponderiam aos anais da Nova Inglaterra durante um período semelhante. Em consequência, torna-se imperioso reduzir a obra, aproveitando a maior parte das tradições tendo por tema a velha Casa dos Pyncheon, também chamada a Casa das Sete Torres. Assim sendo, apresentando um breve relato das circunstâncias que rodearam a construção da casa e uma rápida descrição de sua exótica aparência, enegrecida pelas rajadas do predominante vento leste — salientando, também, aqui e ali, alguns pontos de seu telhado e de suas paredes onde o musgo se mostra mais verdejante —, começaremos a verdadeira ação de nossa narrativa em uma época não muito distante dos dias atuais. Ainda assim, haverá uma ligação com o longínquo passado — uma referência a personalidades e acontecimentos esquecidos e a costumes, sentimentos e opiniões que se tornaram quase obsoletos — que, se adequadamente transmitida ao leitor, servirá para mostrar quantos velhos materiais contribuem para renovar a vida humana. Com isso, também poder-se-á tirar uma valiosa lição da pouco divulgada verdade de que a atuação da geração passada é o gérmen que pode e deve produzir um bom ou um mau fruto em um longínquo futuro; que, ao lado da semente de uma safra meramente temporária, que os mortais chamam de conveniência, inevitavelmente se mostram as glandes de uma vegetação mais duradoura, capaz de lançar uma sombra escura sobre sua posteridade.

A Casa das Sete Torres, velha como agora se mostra, não foi a primeira habitação erguida por homem civilizado exatamente no mesmo chão. A rua Pyncheon anteriormente trazia a denominação mais humilde de caminho de Maule, nome do primeiro ocupante do terreno, de cuja porta da choupana partia um estreito trilho. Uma fonte natural de água doce e saudável — um tesouro raro na península marítima onde se erguera a colônia puritana — bem cedo induzira Matthew Maule a construir naquele ponto a sua rude choupana, embora ficasse bem longe do que era então o centro da aldeia. Com a expansão da cidade, porém, depois de uns trinta ou quarenta anos, o local coberto por aquela pobre moradia tornou-se bem apetecível aos olhos de um personagem proeminente e poderoso, que apresentou plausíveis pretensões à propriedade daquele terreno e do adjacente, com base em uma concessão partida do poder legislativo. O pretendente, coronel Pyncheon, segundo podemos deduzir de suas feições que foram preservadas, caracterizava-se por uma férrea força de vontade. Matthew Maule, por outro lado, embora fosse um homem humilde, era teimoso na defesa do que considerava seu direito; e, durante vários anos, conseguiu defender o acre ou dois de terra, que, com o seu próprio trabalho, transformara de floresta virgem em plantação e residência. Não se conhece relato algum escrito sobre aquele litígio. O que conhecemos a seu respeito se deve principalmente à tradição. Seria, pois, imprudente e possivelmente injusto aventurar-se uma opinião decisiva quanto ao seu mérito; de qualquer maneira, parece ter sido pelo menos admissível que as pretensões do coronel Pyncheon foram indevidamente alargadas, a fim de abrangerem a modesta propriedade de Matthew Maule. O que grandemente fortalece tal suspeita é o fato de que aquela controvérsia entre dois antagonistas tão desiguais — além disso ocorrida durante uma época em que, pelo que sabemos, a influência pessoal tinha muito mais peso do que tem hoje — ficou durante anos sem que se decidisse e só terminou com a morte do ocupante do terreno disputado. As circunstâncias de sua morte também são encaradas hoje de maneira diferente do que o foram há um século e meio. Foi uma morte que lançou um estranho horror sobre o humilde nome do dono da choupana e fez parecer um ato quase religioso passar o arado sobre a diminuta superfície de sua habitação e riscar o seu lugar e a sua memória do convívio dos homens.

Em resumo: o velho Matthew Maule foi executado pelo crime de feitiçaria. Foi um dos mártires daquele terrível embuste, que nos deveria ensinar, entre as suas outras lições, que as classes influentes, e aqueles que atribuem a si mesmos o papel de dirigentes do povo, estão plenamente sujeitos a todos os desvarios da paixão que sempre caracterizaram as turbas mais insensatas. Clérigos, juízes e estadistas — as pessoas mais sábias, mais serenas, mais santas da época — colocavam-se no círculo estreito em torno das forcas, aplaudiam bem alto a sangrenta tarefa, incapazes de se confessarem miseravelmente enganados. Se algo de sua conduta pudesse merecer menos censura do que o resto, seria a singular indiscriminação com que perseguiam não apenas os pobres e os velhos, como nos anteriores massacres judiciais, mas pessoas de todas as categorias; seus próprios iguais, irmãos e esposas. No meio da desordem de tão variada ruína, não é de se admirar que um homem sem importância como Maule tenha seguido o caminho do martírio até o morro da Forca, sem ser notado no meio da multidão das outras vítimas. No entanto, mais tarde, quando se acalmara o frenético furor daquela época hedionda, relembrou-se quão ruidosamente o coronel Pyncheon se juntara à gritaria geral reclamando que se livrasse a Terra da feitiçaria; e nem deixou de ser sussurrado que havia uma fúria especial no zelo com que ele procurava a condenação de Matthew Maule. Era bem sabido que a vítima reconhecera a veemência da inimizade pessoal no comportamento de seu perseguidor para com ele e que sabia estar condenada à morte por causa de seus despojos. No momento da execução, com a corda em torno do pescoço, e enquanto o coronel Pyncheon, montado a cavalo, contemplava ferozmente a cena, Maule se dirigiu a ele do cadafalso e fez uma profecia, da qual a história, assim como a tradição oral, conservou as próprias palavras.

— Deus — disse o moribundo, apontando o dedo, com uma expressão sombria no rosto, para a fisionomia impassível do inimigo. — Deus lhe dará sangue para beber!

Depois da morte do suposto feiticeiro, a sua modesta moradia caiu como presa fácil nas garras do coronel Pyncheon. Quando, porém, se soube que o coronel tencionava levantar uma mansão da família — espaçosa, cuidadosamente feita em madeira de lei e calculada para durar por muitas gerações de sua posteridade — no espaço antes ocupado pela humilde choupana de Matthew Maule, muita gente meneou a cabeça, durante os disse que disse da aldeia. Sem de modo algum expressar uma dúvida no sentido de que o resoluto puritano deixara de agir como homem consciencioso e íntegro durante todo o processo, as pessoas insinuavam que ele iria construir a sua casa sobre um túmulo agitado. O seu lar abrangeria o lar do bruxo morto e enterrado e daria assim ao seu fantasma uma espécie de privilégio para assombrar aquela nova morada e os quartos aonde os noivos futuros conduziriam as esposas recém-casadas e onde nasceriam as crianças do sangue de Pyncheon. O terror e a hediondez do crime de Maule e a implacabilidade do seu castigo escureceriam as paredes pintadas de novo e as infestariam com o cheiro de uma velha e melancólica casa. Por quê, então — por quê, quando tantas terras em torno se cobriam com as folhagens da floresta virgem — preferia o coronel Pyncheon um lugar que já fora amaldiçoado?

O soldado e magistrado puritano, porém, não era homem que abandonasse seu bem-arquitetado plano, quer por medo da maldição do feiticeiro, quer por vãos sentimentalismos de qualquer natureza, por mais especiosos que fossem. Se lhe tivessem falado que o lugar era insalubre, ele poderia se assustar; mas, quanto a ser mal-assombrado, estava disposto a enfrentar o espírito do mal em seu próprio terreno. Revestido de senso comum, como em maciços e duros blocos de granito ligados uns aos outros pela inflexível rigidez do objetivo, como se se tratasse de grampos de ferro, Pyncheon levou avante o seu propósito original, provavelmente como se nem existisse objeção ao mesmo. No que se referia à delicadeza ou qualquer escrúpulo que uma sensibilidade mais apurada lhe teria incutido, o coronel, como a maior parte de sua raça e de sua geração, era impenetrável. E, assim sendo, tratou de escavar o seu porão e de plantar profundamente os alicerces de sua mansão no pedaço de terra que Matthew Maule capinara pela primeira vez quarenta anos antes. Foi curioso e, na opinião de algumas pessoas, de mau agouro o fato de que, logo depois que os operários começaram o seu trabalho, a água da fonte mencionada antes perdeu de todo as vantagens de sua qualidade anterior. Seja que os seus mananciais tivessem sido afetados pela profundidade da escavação, seja que alguma coisa mais sutil as tenha perturbado, o fato é que a água do poço de Maule, como continuou a ser chamado, se tornou escura e áspera. E assim continua até hoje; qualquer velha da vizinhança informará que ficará passando mal do intestino quem ali resolver matar a sede.

O leitor pode achar estranho que o mestre carpinteiro do novo prédio tenha sido, nem mais nem menos, o filho do próprio homem do qual, com a morte, fora arrebatada a propriedade. É bem possível que ele fosse o melhor profissional na ocasião ou, talvez, o coronel tivesse achado conveniente, ou fosse impelido por algum bom sentimento, afastar assim abertamente a animosidade contra a família do destruído antagonista. E nem está muito em desacordo com a grosseria e o pragmatismo dos costumes da época admitir que o filho estivesse disposto a ganhar um dinheirinho honesto, ou melhor, uma quantia mais em conta, tirada da bolsa do mortal inimigo de seu pai. Seja como for, o fato é que Thomas Maule se tornou o arquiteto da Casa das Sete Torres e tão fielmente cumpriu o seu dever que o madeirame armado por suas mãos está resistindo até hoje.

E assim foi construído o casarão. Nítida como se encontra tal casa na memória do autor — pois lhe foi objeto de curiosidade desde a infância, tanto como exemplo da melhor e mais destacada arquitetura de uma época bem antiga como por ter sido cenário de acontecimentos plenos de interesse humano, mais talvez que os de um castelo feudal — nítida como está em sua memória a casa em sua decadente velhice, se torna para ele difícil imaginá-la bem novinha, quando primeiro se expôs à luz do sol. A impressão causada pelo seu estado atual, a distância de 170 anos, inevitavelmente escurece a descrição que gostaríamos de fazer de seu aspecto na manhã em que o magnata puritano convocou todos os habitantes da cidade como seus convidados. Iria realizar-se a cerimônia da bênção não somente religiosa, mas também festiva. Uma prece e um sermão do reverendo sr. Higginson, e o arremesso de um salmo, lançado pelas gargantas de toda a comunidade, se tornaram mais aceitáveis para os sentidos mais grosseiros, graças à profusão de cerveja, sidra, vinho e aguardente, e, como algumas autoridades admitiram, pelo peso e substância de um boi, bem aproveitado em suas partes mais saborosas. A carcaça de um veado, abatido a menos de vinte milhas dali, fornecera o material suficiente para encher a vasta circunferência de uma empada. Um bacalhau de sessenta libras, pescado na baía, fora dissolvido em um caldo ricamente temperado. Em resumo, a chaminé da nova casa, soltando a fumaçada da cozinha, enchia a atmosfera do cheiro de carnes variadas de quadrúpedes, aves e peixes, condimentadas com fartura de ervas odoríferas e cebolas. O próprio cheiro de tal festa, abrindo caminho até as narinas de todo o mundo, constituía, ao mesmo tempo, um convite e um aperitivo.

O caminho de Maule, ou a rua Pyncheon, como era agora mais decorosamente chamado, ficou repleto na hora marcada, como se se tratasse da congregação a caminho da igreja. Todos, ao se aproximarem, levantavam os olhos para o imponente edifício, pronto a assumir o seu destacado papel entre as habitações da humanidade. Lá estava ele, um pouco afastado do alinhamento da rua, mas cheio de orgulho, e não de modéstia. Todo o seu visível exterior era ornamentado com estranhas figuras concebidas como grotescas fantasias góticas e pintadas ou estampadas no reboco brilhante, formadas por cal, cascalho ou pedacinhos de vidro, os quais enchiam o madeiramento das paredes. Em cada lado, as sete torres apontavam ab-ruptamente para o céu e ofereciam o aspecto de toda uma irmandade de edifícios, respirando através das espirais de uma grande chaminé. As muitas rótulas, com as suas pequenas vidraças em forma de losangos, deixavam entrar a luz solar no vestíbulo e na sala, enquanto, por outro lado, o segundo pavimento, projetado acentuadamente sobre a base, mergulhava em uma certa penumbra os aposentos de baixo. Sob as saliências dos andares viam-se globos de madeira entulhados. Em cada uma das sete pontas do telhado havia hastes de ferro espiraladas. Na parte triangular da torre que dava frente para a rua, fora colocado, naquela própria manhã, um relógio de sol e lá estava sendo marcada a primeira hora de uma história que não seria, de modo algum, brilhante. Em torno, viam-se espalhados aparas, lascas, cascalho e pedaços quebrados de tijolos; tudo isso, de mistura com a terra removida, e na qual o capim ainda não começara a crescer, contribuía para dar um aspecto de estranheza e novidade a uma casa que ainda teria de ocupar o seu lugar entre os interesses cotidianos dos homens.

A entrada principal, quase tão larga quanto a porta de uma igreja, ficava em um ângulo entre as duas torres da frente e era coberta por um pórtico aberto, a cuja sombra havia alguns bancos. Sob aquela cúpula arqueada, limpando os pés na soleira ainda não usada, agora pisavam os clérigos, os anciãos, os magistrados, os diáconos e todos os demais representantes da aristocracia que havia na cidade ou no condado. Para além, acotovelava-se a plebe, tão à vontade quanto os seus superiores e em número muito maior. Logo dentro da entrada, porém, encontravam-se dois criados, encaminhando alguns dos convidados para os lados da cozinha e outros para os aposentos mais distintos — hospitaleiros para com todos, mas sempre com um olhar perscrutador, para verificar a categoria mais alta ou mais baixa de cada um. Roupas de veludo, escuras mas ricas, golas e faixas bem engomadas, luvas bordadas, barbas veneráveis, a pose e a fisionomia autoritárias tornavam fácil distinguir os homens de categoria daquele tempo do pequeno comerciante, com o seu ar preocupado, ou do trabalhador, com seu casaco de couro, entrando desapontado na casa que talvez ajudara a construir.

Uma circunstância pouco auspiciosa despertou um maldisfarçado constrangimento em alguns dos visitantes mais exigentes. O fundador da imponente mansão — cavalheiro conhecido por sua inequívoca e insistente cortesia — deveria, certamente, ter ficado à porta de sua casa e cumprimentar em primeiro lugar as muitas eminentes personalidades que se apresentavam para honrar a sua festa. No entanto, ele estava invisível; nem o mais importante dos convidados o vira. A remissão do coronel Pyncheon se tornou ainda mais inexplicável quando o segundo dignatário da província apareceu e não foi recebido com maior cerimônia. O vice-governador, embora a sua visita constituísse uma das glórias previstas para aquele dia, apeou de seu cavalo, ajudou sua senhora a descer de seu silhão e atravessou a soleira da mansão sem outra recepção além daquela do criado principal.

Tal personagem — um homem grisalho, com um ar tranquilo e distinto — achou necessário explicar que o seu patrão ainda se encontrava em seu escritório, ou em seus aposentos; ao entrar, uma hora antes, expressara o desejo de não ser perturbado.

— Não está vendo, seu moço — disse o xerife-chefe do condado, tomando o criado de parte —, que este senhor não é outro senão o vice-governador? Vá chamar o coronel Pyncheon imediatamente! Sei que ele recebeu cartas da Inglaterra esta manhã; e, por causa delas, passou-se uma hora sem que ele notasse. Mas estou certo de que ficaria muito aborrecido se você o deixasse descuidar-se da cortesia devida a um dos nossos principais governantes e que, pode-se dizer, representa o rei Guilherme na ausência do próprio governador. Vá chamá-lo, imediatamente!

— Vossa Excelência me desculpe — replicou o outro, realmente perplexo, mas com a teimosia que indicava flagrantemente a severidade da obediência exigida pelo coronel Pyncheon. — As ordens de meu patrão são rigorosas. E, como Vossa Excelência sabe, ele não admite a menor desobediência por parte de quem está a seu serviço. Quem quiser que se atreva. Eu é que não tenho coragem de ir chamá-lo, nem se o próprio governador me mandasse!

— Ora, ora, seu xerife-chefe! — exclamou o vice-governador, que ouvira a conversa e se sentia bastante importante para brincar um pouco com a sua dignidade. — Eu mesmo cuidarei disso. Já é mais do que hora para que o bom coronel venha receber os seus amigos; do contrário, é até o caso de se desconfiar que ele tenha tomado um pouco demais de seu vinho das Canárias, na convicção de que este dia merece ser bem comemorado! Mas, já que ele está muito atrasado, eu mesmo me encarrego de ir fazê-lo se lembrar!

E, assim tendo dito, caminhou com passos solenes de suas botas rangedeiras, cujo ruído se fazia ouvir até a mais remota das sete torres, e avançou rumo à porta que o criado apontou, fazendo os batentes ressoarem com uma pancada forte e decidida. Depois, olhando em torno, sorridente, para os espectadores, ficou esperando a resposta. Como não veio a resposta, tornou a bater, porém com o mesmo resultado insatisfatório da primeira vez. E então, tendo um gênio um tanto irritável, o vice-governador levantou o pesado corpo de sua espada e bateu com tanta força na porta que alguns dos presentes sussurraram que o barulho seria bastante para perturbar os mortos. Não pareceu, entretanto, produzir o menor efeito sobre o coronel Pyncheon. Quando se fez silêncio, este foi absoluto, opressivo, embora muitos dos convidados já tivessem tido oportunidade de afrouxar a língua com alguns tragos de vinho ou outra bebida.

— É estranho, muito estranho! — exclamou o vice-governador, que substituíra o sorriso por uma fisionomia carrancuda. — Já, porém, que o nosso anfitrião nos deu o exemplo de esquecer a cerimônia, vou também pô-la de lado e tomar a liberdade de entrar em seus aposentos!

Empurrou a porta, que se escancarou, deixando passar uma baforada de vento, como um alto suspiro vindo de dentro, ao abrir caminho para o interior da casa nova. O sopro do vento encrespou os vestidos de seda das damas, agitou as perucas cacheadas dos cavalheiros e sacudiu os batentes das janelas e as cortinas dos quartos de dormir, provocando por toda parte uma singular agitação, que, no entanto, se assemelhava mais a um espanto silencioso. A sombra de um temor e de um meio pressentimento — ninguém sabia onde nem o quê — se estendeu sobre todos os presentes.

Todos se encaminharam, porém, para a porta aberta, empurrando, no impulso da curiosidade, o vice-governador em sua frente, para dentro dos aposentos do coronel. À primeira vista, nada foi notado de extraordinário: um cômodo de tamanho regular, muito bem mobiliado, um tanto escurecido pelas cortinas; havia prateleiras com livros e, na parede, um grande mapa, assim como um retrato do coronel Pyncheon, embaixo do qual estava sentado em uma poltrona de roble o próprio coronel, com uma pena de escrever na mão. Na mesa, diante dele, viam-se cartas, pergaminhos e folhas de papel em branco. E ele parecia estar olhando para a multidão curiosa, em cuja frente se encontrava o vice-governador; de cara fechada, como se irritado com a ousadia que levara aquela gente a invadir os seus aposentos.

Um menino — neto do coronel e o único ser humano que se atrevia a tratá-lo com intimidade — abriu caminho entre os convidados e correu rumo à poltrona onde o velho se encontrava; depois, parando de repente, começou a tremer, horrorizado. Os convidados, agitados como as folhas de uma árvore quando são todas sacudidas pelo vento, aproximaram-se e perceberam que havia uma estranha distorção na fixidez do olhar do coronel; que a sua gola estava suja e a barba, saturada de sangue. Era tarde demais para socorrê-lo. O puritano de coração de pedra, o implacável perseguidor, o ganancioso e obstinado homem, estava morto! Morto, em sua própria casa! Há uma tradição, que merece ser mencionada apenas para trazer um matiz de temor supersticioso a uma cena talvez já bastante lúgubre sem ele, uma tradição segundo a qual se ouviu uma voz bem alta entre os convivas, semelhante à voz do velho Matthew Maule, o feiticeiro executado:

— Deus lhe deu sangue para beber!

Assim, bem cedo uma convidada — a única convidada que, com toda a certeza, mais cedo ou mais tarde, acaba entrando em toda morada humana —, assim bem cedo a Morte atravessou os umbrais da Casa das Sete Torres!

A súbita e misteriosa morte do coronel Pyncheon causou grande sensação. Surgiram muitos comentários, que chegaram, de certo modo, até a atualidade, a respeito da violência cometida; dizia-se que havia marcas de dedos em seu pescoço e de uma sangrenta mão em sua gola pregueada, e que a sua barba estava hirsuta, como se tivesse sido agarrada e puxada. Comentou-se, igualmente, que a janela perto da cadeira do coronel estava aberta, e que, apenas alguns minutos antes da fatal ocorrência, vira-se um homem pulando a cerca do quintal, no fundo da casa. Seria tolice, contudo, levar demasiadamente a sério qualquer versão desse tipo, pois tais versões surgem naturalmente quando ocorre um acontecimento como o que acaba de ser relatado e, como no caso presente, às vezes se prolongam por muitos e muitos anos, como os cogumelos que indicam onde caiu e se enterrou o tronco de uma árvore de há muito coberto pela terra. De nossa parte, atribuímos a tais versões tanto valor quanto àquela outra fábula da mão do esqueleto que o vice-governador teria visto no pescoço do coronel, e que desapareceu, quando ele avançou mais para dentro do aposento. É certo, contudo, que houve muitas consultas e muita discussão dos médicos a respeito do cadáver. Um deles — chamado John Swinnerton e que parece ter sido um homem eminente — afirmou, se entendemos devidamente o seu linguajar, que foi um caso de apoplexia. Os seus colegas, cada um por si mesmo, adotaram várias hipóteses mais ou menos plausíveis, mas todos se manifestaram através do desconcertante mistério do fraseado que, se não revela confusão mental por parte daqueles eruditos esculápios, certamente provoca dúvidas a respeito no leigo. Os médicos legistas mexeram e remexeram no cadáver, como homens sensatos, e apresentaram um veredicto de "Morte Súbita!"

É, em verdade, difícil imaginar que tivesse havido uma forte suspeita de homicídio ou a mais leve base para implicar qualquer indivíduo como criminoso. A posição social, a riqueza e a eminente personalidade do falecido devem ter assegurado a mais rigorosa averiguação de todas as circunstâncias ambíguas. Como coisa alguma se registrou, é lícito admitir-se que coisa alguma existiu. A tradição — que algumas vezes preserva verdades que a história deixou escapar, mas que, na maioria das vezes, é fruto de simples mexericos, como nas conversas ao pé do fogo de antigamente e nos comentários da imprensa em nossos dias —, a tradição é responsável por afirmações de todo contraditórias. No sermão dos funerais do coronel Pyncheon, que foi impresso e conservado até hoje, o reverendo sr. Higginson enumera, entre as muitas venturas da trajetória terrena de seu distinto paroquiano, a feliz oportunidade de sua morte. Cumpridos todos os seus deveres, alcançada a mais alta prosperidade, fixadas em bases estáveis a sua estirpe e as gerações futuras, e com um sólido teto para abrigá-las pelos séculos vindouros, que passo mais precisaria dar aquele homem de bem, a não ser o passo que o levasse da Terra para a porta dourada do céu? O piedoso clérigo jamais teria dito tais palavras se tivesse a menor suspeita de que o coronel fora lançado ao outro mundo com as marcas da violência no pescoço.

Por ocasião da sua morte, a família do coronel Pyncheon parecia destinada a gozar um bem-estar tão duradouro quanto se pode esperar em face da inerente instabilidade dos negócios humanos. Era lícito antecipar que o progresso da época iria aumentar e aprimorar bastante a sua prosperidade, antes que desgastá-la e destruí-la. Com efeito, não somente seu filho e herdeiro entrou na posse de um rico patrimônio como ainda era candidato, graças a uma carta de sesmaria, confirmada por decisão da Corte Geral, ao domínio de grande extensão de terras na região oriental. Aquelas possessões — pois como tal podiam quase certamente ser consideradas — compreendiam a maior parte do que hoje se constitui o condado de Waldo, no estado de Maine, e a sua superfície era maior do que a de muitos ducados, ou mesmo principados em solo europeu. Quando a floresta inexplorada que ainda cobria aquela selvagem propriedade cedesse lugar — como inevitavelmente cederia, embora talvez só depois de muito tempo — à áurea fecundidade da cultura humana, aquelas terras constituiriam uma fonte de incalculável riqueza para a estirpe dos Pyncheon. Tivesse o coronel sobrevivido apenas algumas semanas mais, é provável que a sua grande influência política e as suas poderosas ligações no país e no exterior teriam consumado tudo que seria necessário para concretizar a pretensão. A despeito, porém, da congratulatória eloquência do bom sr. Higginson, parece ter havido uma coisa que o coronel Pyncheon deixou escapar, com toda a sua cautela e sagacidade. No que diz respeito à pretensão quanto às terras, não resta sombra de dúvida de que ele morreu cedo demais. Faltava a seu filho não apenas a destacada posição do pai como também talento e força de vontade para alcançá-la. Nada poderia fazer, portanto, que dependesse de prestígio político; e a simples justiça ou legalidade da pretensão não se mostravam tão claras, depois da morte do coronel, como parecia ser quando ele era vivo. Algum elo da ligação escapara da sequência de provas e não pôde mais ser encontrado.

É bem verdade que foram feitos esforços pelos Pyncheon não somente então, mas por diversas vezes nos quase cem anos que se seguiram, para alcançarem aquilo que insistiam em afirmar ser seu direito. No decorrer desse tempo, porém, o território foi em parte redistribuído a indivíduos mais favorecidos e em parte ocupado pelos verdadeiros colonizadores. Esses últimos, se ouviram falar do título dos Pyncheon, devem ter rido à ideia de alguém pretender ter direito — com base em mofados pergaminhos trazendo as quase apagadas assinaturas de governantes e legisladores de há muito mortos e esquecidos — a terras que eles ou seus pais tinham explorado e cultivado à custa de pesado trabalho. Aquela impalpável pretensão não deu resultado mais concreto do que alimentar, de geração em geração, a absurda ilusão da importância da família, que, durante todo aquele tempo, caracterizou os Pyncheon. Isso levou os membros mais pobres do clã a se julgarem herdeiros de uma espécie de nobreza e cultivarem a esperança de receber algum dia uma fortuna principesca para sustentá-la. Nos melhores exemplares da estirpe, essa peculiaridade lançou uma graça ideal sobre o duro materialismo da vida humana, sem privá-los de qualquer qualidade realmente valiosa. Nos piores, o efeito foi aumentar a dependência à preguiça e ao parasitismo, e induzir a vítima de uma nebulosa esperança a deixar de lado todo esforço pessoal, enquanto aguardava a realização dos seus sonhos. Anos e anos depois que a sua pretensão se apagara na memória dos outros, os Pyncheon continuavam a consultar o velho mapa do coronel Pyncheon, que fora feito quando o condado de Waldo não passava de uma selva inexplorada. Onde o velho agrimensor colocara matas, lagos e rios, eles agora assinalavam os espaços abertos, marcavam as aldeias e cidades, e calculavam a progressiva valorização do território, como se ainda existisse a perspectiva de acabarem conquistando mesmo um principado.

Em quase todas as gerações, não obstante, surgia algum descendente da família dotado com uma parte da dura e aguda sagacidade e a energia prática que tão notavelmente caracterizara o fundador da grei. Na verdade, o seu caráter parecia ter traçado todo o seu caminho para baixo, tão distintamente como se o próprio coronel, um tanto diluído, tivesse recebido uma espécie de imortalidade intermitente na Terra. Em duas ou três ocasiões, quando a sorte da família periclitava, tinham surgido aqueles representantes das qualidades hereditárias e levado os mexeriqueiros da cidade a comentarem uns com os outros:

— Eis o velho Pyncheon de novo! Agora as Sete Torres vão tornar a brilhar!

De pai para filho, aqueles homens se agarraram à casa ancestral, com a singular tenacidade de apego ao lar. Por várias razões, contudo, e por impressões vagas demais para serem expostas por escrito, o autor acredita que muitos, se não a maioria, dos sucessivos proprietários da mansão e seu terreno sentiam-se perturbados pelas dúvidas quanto ao seu direito de possuí-la. Quanto ao aspecto jurídico, não podia haver dúvida; mas o velho Matthew Maule, é de se temer, saindo de sua própria época, seguiu um longo caminho através do tempo, firmando a cada passo os seus pés na consciência dos Pyncheon. Se assim é, temos diante de nós a terrível pergunta: se todos os herdeiros da propriedade — cônscios do erro e deixando de corrigi-lo — não repetem o grande pecado de seu antepassado, e incorrem em todas as responsabilidades originais; e, supondo-se que tal seja o caso, não seria um modo mais correto de expressão dizer, a respeito da família Pyncheon, que ela herdou um grande infortúnio, e não o contrário?

Já esclarecemos não ser nosso intuito contar a história da família Pyncheon, em sua ininterrupta conexão com a Casa das Sete Torres;

nem mostrar, à guisa de uma imagem mágica, como as intempéries e a passagem do tempo arruinaram a venerável mansão. Parecendo retratar a sua vida interior, um grande e embaçado espelho, pendurado na parede de um dos aposentos, continha, segundo a lenda, em suas profundidades, todas as figuras que ali refletira: o velho coronel e seus muitos descendentes, alguns nas vestes da primeira infância, outras no viço da beleza feminina, ou entristecidos com as rugas da idade provecta. Se tivéssemos o segredo daquele espelho, gostaríamos de sentar diante dele e transferir para estas páginas as suas impressões. Contava-se, porém, uma história, para a qual é difícil se conceber qualquer fundamento, segundo a qual a posteridade de Matthew Maule estava, de certo modo, relacionada com o mistério do espelho, e que, através de algo que parece ter sido uma espécie de processo mesmeriano, podia tornar a sua região interna bem viva com os Pyncheon falecidos; não como eles se mostravam ao mundo em suas melhores e mais felizes horas, mas cometendo de novo algum pecado ou nas crises do pior sofrimento da vida. A imaginação popular, na verdade, por longo tempo se ocupou com o caso do velho puritano Pyncheon e do feiticeiro Maule; a praga que o último rogou do cadafalso era relembrada, como importante acréscimo que se tornara parte da herança dos Pyncheon. Se alguém da família sequer limpasse a garganta, não faltaria quem, estando por acaso ali perto, comentasse, contendo o riso:

— Bebeu o sangue de Maule!

A morte repentina de um Pyncheon, há cerca de cem anos, em circunstâncias muito parecidas com o que se relata a respeito do passamento do coronel, foi considerada como uma probabilidade adicional da opinião a respeito. Considerava-se, além disso, como sombria e nefasta circunstância o fato de um retrato do coronel permanecer pendurado na parede do quarto em que morreu, em obediência, segundo se dizia, a uma cláusula do seu testamento. A sua fisionomia severa, inescrutável, parecia simbolizar uma influência maligna, tão sombria que misturar a sombra de sua presença com a luz solar da hora que passava não permitia que bons pensamentos jamais pudessem germinar e florir naquele lugar. Uma mente sensata, equilibrada, não encontrará sinal de superstição sequer no que figuradamente expressamos, afirmando que o fantasma de um progenitor defunto — talvez como parte de seu próprio castigo — é muitas vezes condenado a se tornar o gênio do mal de sua família.

Em resumo, os Pyncheon viveram, durante a maior parte do período de dois séculos, talvez enfrentando menos vicissitudes notórias do que as enfrentadas pela maior parte das outras famílias da Nova Inglaterra durante o mesmo transcurso de tempo. Possuindo traços próprios muito distintos, jamais assumiram as características gerais da pequena comunidade onde viviam, uma cidade conhecida por seus habitantes frugais, discretos, ordeiros e amantes do lar, assim como pela extensão um tanto limitada das suas simpatias, mas na qual, dizia-se, havia indivíduos mais excêntricos e, de vez em quando, estranhas ocorrências, que raramente se veem em outros lugares. Durante a Revolução, o Pyncheon daquela época, adotando a causa real, tornou-se um refugiado; arrependeu-se, porém, e reapareceu justamente a tempo de salvar do confisco a Casa das Sete Torres. Durante os últimos setenta anos, o mais notável acontecimento nos anais dos Pyncheon foi igualmente a mais severa calamidade que já caiu sobre a estirpe; nada menos que a morte violenta — pois assim foi julgada — de um membro da família devido ao ato criminoso de um outro. Certas circunstâncias relacionadas com aquela fatal ocorrência colocaram em evidência um sobrinho do falecido Pyncheon. O jovem foi julgado e condenado pelo crime; mas ou a natureza circunstancial das provas, e possivelmente alguma dúvida oculta no coração do governante, ou, finalmente — argumento de maior peso em uma república do que pode ser em uma monarquia —, a respeitabilidade e a influência política das relações do criminoso mitigaram o seu destino da pena de morte para a prisão perpétua. Esse caso doloroso aconteceu cerca de trinta anos antes do começo de nossa ação. Posteriormente, surgiram rumores (em que poucos acreditaram e pelos quais apenas duas ou três pessoas se interessaram) no sentido de que aquele homem, há tanto enterrado, provavelmente, por esse ou aquele motivo, seria retirado de seu túmulo dos vivos.

É essencial dizer algumas palavras a respeito da vítima daquele hoje quase esquecido assassinato. Era um velho solteirão, dono de grande riqueza, além da casa e seu terreno que constituíam o que restava dos antigos bens dos Pyncheon. Dotado de um temperamento excêntrico e melancólico, e muito inclinado em remexer nos velhos arquivos e ouvir falar nas velhas tradições, chegara, segundo se diz, à conclusão de que Matthew Maule, o feiticeiro, fora indevidamente privado de seus bens, se não de sua vida. Tal sendo o caso, e estando ele, o velho solteirão, na posse e domínio do mal-adquirido bem — com a escura mancha de sangue nele penetrando profundamente e ainda desprendendo mau cheiro para as narinas muito sensíveis —, ocorreu-lhe a ideia de saber se não lhe seria imperioso, ainda que tão tardiamente, restituir os bens aos descendentes de Maule. Para um homem que tanto vivia no passado, e tão pouco no presente, como o solitário e antiquado solteirão, um século e meio não parecia tempo excessivo para se corrigir o que estava errado. Aqueles que o conheciam melhor acreditavam que ele teria mesmo posto em prática a singularíssima ideia de devolver a Casa das Sete Torres ao representante de Matthew Maule se não fosse o barulho que fizeram os outros membros da família quando desconfiaram da intenção do velho. Os parentes conseguiram impedir a consumação do intento; receava-se, porém, que ele fizesse, pela execução do seu testamento, o que, graças a tanto esforço, se vira impedido de fazer em vida. Não há, porém, uma coisa que os homens tão raramente façam, seja por provocação ou por indução, como privar de um bem imóvel as pessoas de seu próprio sangue. Podem gostar mais de outras pessoas que de seus parentes, podem mesmo não gostar ou até odiarem os parentes; na hora da morte, contudo, revive o velho preconceito do parentesco, impelindo o testador a dispor de seus bens imóveis de acordo com um costume tão antigo que parece ditado pela natureza. Em todos os Pyncheon, esse sentimento tinha a energia de uma enfermidade. Era forte demais para os escrúpulos de consciência do velho solteirão, depois de cuja morte, portanto, a mansão, juntamente com a maior parte de seus outros bens, passou para a posse e domínio do seu parente mais próximo.

Esse parente era um sobrinho, primo do miserável jovem que foi condenado como assassino do tio. O novo herdeiro, até receber a herança, tinha fama de ser um tanto irresponsável, mas, depois de beneficiado, tornou-se um respeitável membro da sociedade. Na verdade, revelou-se um Pyncheon da melhor qualidade e gozou de mais prestígio social do que qualquer outro de sua grei, desde o tempo do patriarca puritano. Dedicando a mocidade ao estudo do Direito e tendo uma natural queda para a profissão, conseguiu, dentro em pouco, ocupar um cargo em um tribunal inferior, que lhe garantiu, para o resto da vida, o invejável e imponente título de juiz. Mais tarde, militou na política, sendo eleito para duas legislaturas do Congresso, além de desempenhar um papel de relevo em ambos os ramos do legislativo estadual. O juiz Pyncheon honrou, sem sombra de dúvida, o nome de sua família. Adquirira um sítio, a poucas milhas de sua terra natal, e ali passava o tempo que conseguia roubar ao serviço público, ostentando todas as qualidades e virtudes — como salientara um jornal em vésperas de eleição — condizentes com o cristão, o bom cidadão, o agricultor e o *gentleman*.

Restavam poucos Pyncheon para se iluminarem ao sol da prosperidade do juiz. No que dizia respeito ao crescimento natural, a família não vicejara; parecia, ao contrário, estar minguando. Ao que se sabia, seus únicos membros restantes eram, primeiro, o juiz e um único filho seu sobrevivente, que andava agora viajando pela Europa; em segundo lugar, o preso condenado a trinta anos sobre o qual já falamos e uma sua irmã, que morava, ali levando uma vida de reclusa, na Casa das Sete Torres, da qual tinha o usufruto pelo testamento do velho solteirão. Sabia-se ser ela paupérrima, e parecia ter escolhido continuar sendo, pois o seu opulento primo, o juiz, repetidamente lhe oferecera uma vida confortável, fosse na velha mansão, fosse em sua moderna residência. A última e mais jovem representante dos Pyncheon era uma roceirinha de dezessete anos, filha de outro primo do juiz, que se casara com uma moça pobre e humilde e morrera cedo, deixando a família praticamente desamparada. A viúva se casara de novo, havia pouco tempo.

Quanto à descendência de Matthew Maule, supunha-se que estivesse extinta. Durante muito tempo depois da morte do feiticeiro, porém, os Maule tinham continuado a morar na cidade onde seu progenitor sofrera morte tão injusta. Segundo tudo indica, era uma gente sossegada, honesta, ajuizada, que não alimentava rancor para com pessoas ou para com o público por causa do mal que lhe haviam feito; ou se, no íntimo do lar, transmitiam, de pai a filho, qualquer lembrança hostil do destino do feiticeiro e de seu patrimônio perdido, tal coisa não motivou qualquer ação ou foi abertamente manifestada. Nem seria de se espantar se aquela gente tivesse acabado se esquecendo que a Casa das Sete Torres apoiava a sua estrutura em uma base que fora legitimamente sua. Havia algo de tão maciço, de tão estável e de uma imponência quase irresistível no pressentimento exterior da ordem estabelecida e de grandes fortunas que a sua própria existência parecia lhe dar o direito de existir; era, pelo menos, uma tão excelente violação do direito, que poucos homens pobres e humildes teriam força moral para contestá-la, mesmo em seus pensamentos secretos. Tal é o caso agora, depois de superados tantos velhos preconceitos; e era muito mais nos dias anteriores à Revolução, quando a aristocracia podia aventurar-se a ser orgulhosa e os humildes se contentavam com a sua humildade. Assim, os Maule, de qualquer modo, esconderam o ressentimento no fundo do coração. Em geral, eram muito pobres; sempre plebeus e obscuros; trabalhando manualmente com pouca recompensada diligência; labutando nos cais de embarque ou embarcados como simples marinheiros; vivendo aqui e ali na cidade, em alojamentos alugados e chegando afinal ao asilo dos desamparados, como o lar natural de sua velhice. E, depois de se arrastarem de tal modo, durante tanto tempo, chapinhando na lama opaca da insignificância, acabaram dando aquele mergulho profundo, que, mais cedo ou mais tarde, é o destino de todas as famílias, sejam principescas ou plebeias. Passados trinta anos, nenhum registro da cidade, nenhum túmulo, nem por escrito, nem no conhecimento ou na memória dos homens, se referiam aos descendentes de Matthew Maule. O seu sangue possivelmente ainda existisse em algum lugar; ali, onde o seu humilde fluxo poderia ser assinalado depois de tanto tempo, o seu curso cessara de avançar.

Enquanto alguém daquela grei podia ser encontrado, distinguia-se dos outros homens — não acintosamente, não graças a uma linha incisiva, mas com algo que era mais sentido do que descrito por palavras — por um caráter hereditário de reserva. Os seus amigos, ou melhor, aqueles que tentavam se tornar seus amigos, acabavam tomando consciência de que os Maule estavam dentro de um círculo que os envolvia de santidade ou encantamento, a despeito de uma aparência amistosa e cordial, e dentro do qual era impossível penetrar. Talvez fosse aquela indefinível peculiaridade que, isolando-os da ajuda humana, sempre lhes tornou a vida infortunada. E certamente concorreram para prolongar a sua situação, e confirmar-lhes aquela única herança, os sentimentos de repugnância e supersticioso terror com que os habitantes da cidade, mesmo depois de despertados de seu delírio, continuaram a considerar a memória dos supostos feiticeiros. A túnica, ou melhor, o manto esfarrapado do velho Matthew Maule caíra sobre os seus descendentes. Acreditava-se, de certo modo, que eles haviam herdado atributos misteriosos; dizia-se que os olhos da família possuíam estranho poder. Entre outras propriedades e privilégios inofensivos, um era especialmente comentado: o de influenciar os sonhos dos outros. Se fosse verdade o que se dizia, os Pyncheon, enquanto orgulhosamente desfilavam nas ruas ensolaradas de sua terra natal, não passavam de servos daqueles Maule plebeus, quando entravam na igualitária comunidade do sono. A psicologia moderna talvez procurasse enquadrar essas alegadas necromancias em um sistema, em vez de rejeitá-las como de todo fabulosas.

Um ou dois parágrafos descritivos, procurando retratar a mansão das sete torres em seu aspecto mais recente, encerrarão este capítulo preliminar. A rua onde ela ergue seus sótãos veneráveis de há muito deixou de ser um bairro chique da cidade; assim, embora o velho prédio esteja rodeado de habitações modernas, estas são, em sua maior parte, pequenas, inteiramente construídas de madeira e típicas da perseverante uniformidade da vida comum. No entanto, sem dúvida, toda a história da existência humana pode estar latente em cada uma delas, mas, externamente, sem coisa alguma de pitoresco capaz de despertar a atenção ou a ideia de procurá-la ali. Quanto ao velho prédio da nossa história, com o seu madeirame de carvalho branco, e suas ripas, seus enfeites, seu reboco caindo, e mesmo sua enorme, maciça, chaminé, parece ele constituir apenas a menor e mais mesquinha parte da sua realidade. Tanto da variada experiência da humanidade por ali passara — tanto se tinha sofrido e tanto, também, se havia deleitado — que o velho madeiramento gotejava, como que da umidade de um coração. A casa assemelhava-se mesmo a um grande coração humano, dotado de vida própria e repleto de ricas e sombrias reminiscências.

A forte projeção do segundo pavimento dava à casa um aspecto cismador, que fatalmente despertava a ideia de que havia ali segredos guardados e uma história memorável de fundo edificante. Em frente, justamente na borda do passeio não pavimentado, erguia-se o Olmo dos Pyncheon que, comparado com as outras árvores de sua espécie, podia ser considerado gigantesco. Fora plantado por um bisneto do primeiro Pyncheon e agora, se bem que já tivesse uns oitenta ou talvez quase cem anos de idade, ainda se mostrava em sua forte e robusta maturidade, lançando a sua sombra de lado a lado da rua, encobrindo as sete torres e varrendo todo o escuro telhado com sua folhagem pendente. Embelezava o velho edifício e parecia fazer parte da natureza. Como a rua fora alargada, havia cerca de quarenta anos, a torre da frente se achava exatamente ajustada ao seu alinhamento. De cada lado estendia-se uma arruinada cerca de pau, atrás da qual se podia ver um pátio coberto de capim e, especialmente nos cantos da casa, viçosíssimas bardanas, cujas folhas, sem nenhum exagero, chegavam a dois ou três pés de comprimento. Atrás da casa havia um terreno, outrora quintal, depois abandonado, que devia ter sido muito grande, mas agora se achava atravessado por outros tapumes e fechado pelas casas que se erguiam na rua seguinte. Seria uma omissão, pequena sem dúvida, mas imperdoável, se esquecêssemos o mofo muito verde que crescia nos beirais das janelas e nos declives do telhado; e nem podemos deixar de chamar a atenção do leitor para a vegetação não de ervas daninhas, mas de pés de flores que cresciam nas alturas, a pequena distância da chaminé, no canto entre duas das torres. Eram chamados Ramalhetes de Alice. Segundo a tradição, uma certa Alice Pyncheon ali jogara as sementes, por brincadeira, e a poeira da rua e o apodrecimento do telhado acabaram formando uma espécie de solo, onde as plantas vicejaram, depois que Alice já estava enterrada há muito tempo. Fosse como fosse que as flores tinham ido parar ali, era ao mesmo tempo triste e consolador observar como a própria Natureza escolhera aquele casarão desolado, decadente, envelhecido, estragado; e como o verão, que sempre volta, fazia o possível para alegrá-la com a sua beleza e se tornava melancólico naquele esforço.

Há uma outra feição, que não pode deixar de ser salientada, mas que, é muito de se temer, pode prejudicar a impressão pitoresca e romântica que estamos procurando apresentar na descrição daquele respeitável prédio. Na torre da frente, sob a saliência do segundo pavimento, e contígua à rua, havia uma porta de loja, dividida horizontalmente no meio, e com uma janela no segmento superior, tal como se vê muitas vezes nas casas residenciais um tanto antigas. Essa mesma porta de loja fora motivo de não pequena mortificação para a atual ocupante da augusta Casa dos Pyncheon, assim como para alguns de seus antecessores. Não é muito agradável discutir esse assunto; uma vez, porém, que o leitor tem de conhecer o segredo, precisará saber que, há cerca de um século, o chefe da família Pyncheon se viu às voltas com sérias dificuldades financeiras. O tal sujeito (*gentleman*, como se chamava) não parecia, em verdade, mais que um indesejável intruso, pois, em vez de procurar um cargo nomeado pelo rei ou pelo governador real, ou de insistir nos direitos hereditários às terras da região oriental, não vislumbrou para si mesmo melhor caminho rumo à riqueza do que abrindo uma porta de loja ao lado de sua residência ancestral. É bem verdade que era costume do tempo que os comerciantes armazenassem as suas mercadorias e fizessem as suas transações em suas próprias moradas. Havia, porém, algo dolorosamente mesquinho na maneira com que aquele velho Pyncheon dispôs os seus negócios comerciais; dizia-se que, com as suas próprias mãos, costumava dar o troco de um xelim, e que examinava bem qualquer moeda de níquel, para ter certeza de que não era falsa. Não havia sombra de dúvida de que trazia nas veias sangue de um mesquinho bufarinheiro, fosse onde fosse que o tivesse arranjado.

Imediatamente depois de sua morte, a porta da loja foi fechada, trancada e pregada, e provavelmente jamais fora aberta de novo até a época de nossa história. O velho balcão, as prateleiras e outros apetrechos do negócio continuaram como tinham sido deixados. Afirmava-se que o velho negociante, de peruca branca, um desbotado casaco de veludo e um avental na cintura, com as mangas cuidadosamente dobradas acima dos cotovelos, podia ser visto todas as noites, através das frestas dos batentes, contando dinheiro ou debruçado sobre as páginas dos livros de escrita. Pela expressão de profundo sentimento do seu rosto, era de se deduzir que ele fora condenado a passar a eternidade fazendo o vão esforço de equilibrar as suas contas.

E agora — de modo muito humilde, como se verá — vamos tratar de começar a nossa narrativa.

II

A pequena vitrine

Ainda faltava meia hora para o sol nascer quando a srta. Hepzibah Pyncheon — não vamos dizer acordou, pois é muito duvidoso que a pobre senhora tenha sequer fechado os olhos durante a breve noite de verão, mas, em todo o caso — levantou-se de seu solitário travesseiro e começou o que seria zombaria chamar de embelezamento de sua pessoa. Longe de nós a indecorosa pretensão de assistirmos, mesmo em imaginação, à toalete de uma donzela! A nossa história deve, portanto, aguardar srta. Hepzibah na soleira de sua alcova, apenas nos limitando, enquanto isso, a ouvir alguns dos suspiros que ela arrancava do fundo do peito, sem tentar torná-los menos sentidos e menos ruidosos, uma vez que não poderiam ser ouvidos por ninguém, a não ser um ouvinte desencarnado como nós mesmos. A solteirona estava sozinha no velho casarão. Sozinha, a não ser a companhia de certo respeitável e respeitador jovem, um artista no campo do daguerreótipo, que, há cerca de três meses, era hóspede de uma remota torre — em verdade quase uma casa distinta — com fechaduras, trincos e barras de carvalho em todas as portas intermediárias. Inaudíveis, portanto, eram os dolorosos suspiros da pobre srta. Hepzibah. Inaudíveis os estalos das juntas de seus enrijecidos joelhos, quando se ajoelhava ao lado da cama. E inaudível também, por ouvidos mortais, mas escutada com todo o amor e toda a piedade no alto do céu, a prece quase agônica — ora sussurrada, ora um gemido, ora um silêncio relutante — com a qual ela implorava a proteção divina durante o dia! Sem sombra de dúvida, aquele seria um dia de provação mais do que ordinária para srta. Hepzibah, que, por mais de um quarto de século, morara inteiramente reclusa, sem participar das atividades da vida, assim como da sua convivência e seus prazeres. E nunca com tal fervor rezara a reclusa, prevendo a fria, sombria, estagnante calma de um dia que seria igual aos inúmeros dias anteriores!

A velha donzela concluíra as suas devoções. Irá agora afinal transpor os umbrais da nossa história? Ainda não, por bastante tempo. Primeiro, cada gaveta da alta e antiquada cômoda teve de ser aberta, com dificuldade e com uma sucessão de espasmódicos arrancos, depois todas tornaram a ser fechadas, com a mesma relutância. Houve um ruflar de sedas engomadas; um ruído de passos atravessando o quarto para a frente e para trás, e de um lado para o outro. Desconfiamos que srta. Hepzibah, além disso, subiu em uma cadeira, a fim de examinar atentamente a sua aparência em todos os lados e em toda a extensão no espelho oval, de moldura encardida pendurado na parede acima da mesa. Realmente! Bem, na verdade, quem teria imaginado tal coisa? Era um tempo bem precioso para ser esbanjado com a reparação e embelezamento matinal de uma pessoa idosa, que nunca viajou, que ninguém jamais visitava, e da qual, depois de ter ela feito o maior esforço, o melhor que se podia fazer era virar os olhos para outro lado?

Agora, ela está quase pronta. Perdoemo-la por ter hesitado mais uma vez; a sua hesitação foi causada pelo sentimento, ou, podemos dizer melhor — exaltada e intensificada como tem sido pelo sofrimento e pela reclusão — pela forte paixão de sua vida. Ouvimos o barulho da chave em uma pequena fechadura; ela abriu a gaveta secreta de uma escrivaninha e provavelmente está olhando uma miniatura, feita no mais perfeito estilo de Malbone e representando um rosto digno de um lápis não menos delicado. Tivemos a sorte de ver certa vez esse retrato. Era a imagem de um jovem, trajando um roupão de seda fora de moda, cuja riqueza combinava muito bem com a fisionomia sonhadora, com os lábios cheios e bem-feitos, e os belos olhos, que pareciam indicar não apenas inteligência, como ternura e carinho. Nada temos o direito de indagar a respeito do possuidor de tais feições, a não ser que teria facilidade de enfrentar este duro mundo e nele se tornar feliz. Teria sido ele um antigo amante de srta. Hepzibah? Não; ela nunca tivera um amante — coitadinha, como poderia ter? — e nem jamais conhecera, por experiência própria, o que o amor tecnicamente significa. E, no entanto, a sua imorredoura fé e confiança, as suas vivas recordações e a constante devoção pelo original daquela miniatura tinham constituído a única substância com que o seu coração se alimentara.

Parece que ela pôs de lado a miniatura e está de novo de pé diante do espelho. Algumas lágrimas que precisaram ser enxugadas. Mais alguns passos para cá e para lá; e eis que finalmente — com outro doloroso suspiro, semelhante a uma baforada de ar frio e úmido que saísse de um porão de há muito fechado, cuja porta acidentalmente se entreabriu — lá vai srta. Hepzibah Pyncheon! E lá caminha pelo corredor sombrio, enegrecido pela passagem do tempo; uma mulher alta, toda de preto, com um vestido comprido, caminhando devagar rumo à escada, como uma pessoa míope, como, na verdade, era.

Enquanto isso, o sol, se já não estava acima do horizonte, cada vez se aproximava mais de seu limite. Algumas nuvens, flutuando bem altas, apanhavam um pouco da luz matinal e lançavam um clarão dourado nas janelas de todas as casas da rua, sem se esquecerem da Casa das Sete Torres, que — como muito amanhecer igual àquele testemunhara — parecia muito alegre no momento. A claridade refletida servia para mostrar, muito distintamente, o aposento no qual entrou Hepzibah, depois de descer a escada. Era um cômodo baixo, com uma viga atravessando o teto, forrado de madeira escura e tendo uma grande chaminé, de tijolos coloridos, na qual se encaixava o tubo metálico de um fogão moderno. No chão via-se um tapete, originalmente de um bom tecido, mas tão gasto e desbotado que as suas figuras outrora brilhantes agora estavam quase apagadas e de uma coloração indistinguível. Entre as peças do mobiliário havia duas mesas: uma construída com requintada complicação e exibindo tantos pés quanto uma centopeia; a outra mais delicadamente executada, com quatro pernas esbeltas e de tão frágil aparência que era quase inacreditável que, depois de tanto tempo, a mesinha de chá ainda se firmasse nelas. Via-se ainda meia dúzia de cadeiras, retas e duras, e tão engenhosamente concebidas para o desconforto da pessoa humana que até mesmo olhar para elas dava cansaço e mal-estar, levando a se fazer a pior ideia possível da situação de uma sociedade à qual deveriam se adaptar. Havia uma exceção, contudo, uma poltrona muito antiga, entalhada em carvalho, com confortável amplitude entre os seus braços, graças à ausência de qualquer uma daquelas curvas artísticas que abundam nas cadeiras modernas.

Quanto às peças ornamentais do mobiliário, não encontramos mais de duas, se assim podiam mesmo ser chamadas. Uma era um mapa das terras dos Pyncheon no território oriental, não impresso, porém feito à mão por algum hábil desenhista, grotescamente enfeitado com imagens de índios e animais selvagens, entre os quais se via um leão; a história natural da região era tão pouco conhecida quanto a sua geografia, o que explicava as mais incríveis confusões. O outro enfeite era um retrato do coronel Pyncheon, com dois terços do tamanho natural, mostrando a severa fisionomia de um verdadeiro puritano, com solidéu, cinto rendado e barba grisalha, segurando uma Bíblia em uma das mãos e empunhando com a outra o copo de ferro de uma espada. Este último objeto, tendo sido reproduzido com mais felicidade pelo artista, mostrava-se muito mais proeminente do que o livro sagrado. Quem entrava no aposento se via frente a frente com o retrato. Srta. Hepzibah Pyncheon fez uma pausa e o olhou com uma expressão singularmente carrancuda no rosto, uma estranha contorção na testa, que, por quem não a conhecesse, provavelmente seria interpretada como manifestação de ódio e má vontade. Tal não era o caso, todavia. De fato, ela reverenciava o rosto retratado, com uma reverência só concebível em uma longínqua descendente, uma virgem castigada pela passagem do tempo: e a cara fechada era o inocente resultado de sua miopia e do esforço de concentrar a visão, para captar um firme contorno das feições retratadas, em vez de uma imagem vaga e indistinta.

Temos de nos deter um momento para falarmos a respeito da infeliz expressão fisionômica da pobre Hepzibah. Sua carranca — como todo mundo teimava em chamar, todo mundo ou pelo menos as pessoas que tinham oportunidade de entrevê-la, pela janela de sua casa —, a sua carranca prejudicava muito srta. Hepzibah, atribuindo-lhe o gênio de rabugenta solteirona; e nem parece improvável que, olhando-se com frequência no embaçado espelho, e encontrando perpetuamente a sua expressão carrancuda na fantasmagórica esfera, ela própria fora levada a interpretar tal expressão quase tão injustamente quanto os outros interpretavam.

— Como sou mal-encarada! — Ela deve ter muitas vezes sussurrado, consigo mesma.

E acabou achando que era mesmo, curvada ante o fatalismo. Seu coração, no entanto, jamais se fechou. Era naturalmente terno, sensível, cheio de ligeiros tremores e palpitações, enquanto o rosto se mostrava duro, e mesmo feroz. E a audácia foi também coisa desconhecida para Hepzibah, a não ser no secreto ardor de seus afetos.

Durante todo este tempo, estamos titubeando indecisos no limiar da nossa história. A verdade é que sentimos uma invencível relutância em revelar o que srta. Hepzibah Pyncheon se achava na iminência de fazer.

Como já foi dito, no andar térreo da torre de frente para a rua, um indigno antepassado, quase um século antes, montara uma casa de negócio. Desde que o velho cavalheiro se afastara do comércio e fora dormir para sempre dentro de um caixão de defunto, não somente a porta da loja como os seus arranjos internos tinham permanecido inalterados, enquanto a poeira do tempo se depositava em grossas camadas nas prateleiras e no balcão e cobria em parte os pratos de uma velha balança, como se tivesse valor suficiente para ser pesada. Também continuava guardado, na gaveta entreaberta onde ainda ficara uma vil moeda de seis pence, nem mais nem menos que o orgulho hereditário, que fora enxovalhado. Tal era a situação da lojinha durante a infância da velha Hepzibah, quando ela e o irmão costumavam brincar de esconder no cômodo esquecido. E assim permanecera, até alguns dias antes.

Agora, porém, embora a vitrine da loja continuasse fechada, inacessível ao olhar de quem passasse na rua, uma notável mudança ocorrera em seu interior. Os ricos e pesados festões de teias, que haviam custado a gerações e gerações de aranhas o trabalho de toda a vida, tinham sido cuidadosamente varridos do teto. O balcão, as prateleiras e o assoalho, todos tinham sido bem esfregados e bem limpos, e o último se achava coberto de uma recente camada de areia azul. A balança, também, fora submetida à rígida disciplina, em um tremendo esforço para raspar a ferrugem, que, infelizmente, já devorara grande parte de sua substância. E mais ainda: o pequeno armazém já não estava vazio de mercadorias. Um olhar curioso, capaz de fazer um levantamento do estoque e investigar atrás do balcão, descobriria um barril — ou melhor, dois ou três barris e mais meio barril: um com farinha de trigo, outro com maçãs e o terceiro talvez com fubá. Havia, ainda, um caixote quadrado de pinho, com velas de sebo, dez por uma libra. Um pequeno sortimento de açúcar mascavo, um pouco de feijão-branco e de ervilhas, e alguns outros artigos baratos e sempre procurados constituíam o grosso das mercadorias. Poder-se-ia tomar por um espectral ou fantasmagórico reflexo das mal sortidas prateleiras do antigo negociante Pyncheon, se alguns dos artigos não apresentassem formas e qualidades desconhecidas em seu tempo. Havia, por exemplo, um vidro cheio de pedacinhos do rochedo de Gibraltar; não, na verdade, fragmentos do verdadeiro alicerce de pedra da famosa fortaleza, mas umas balas deliciosas assim chamadas, enroladinhas em papel branco. Além disso, o negro Jim Crow executava, sob a forma de bolo de gengibre, a sua dança mundialmente famosa. Um destacamento de dragões de chumbo galopava ao longo de uma das prateleiras, metidos em fardas modernas; e havia algumas figuras de açúcar, sem muita semelhança com a humanidade de qualquer época, mas, ainda que de modo não muito satisfatório, representando melhor a moda dos nossos dias do que a que vigorava há cem anos. Outro fenômeno, ainda mais flagrantemente moderno, era um maço de fósforos de fricção, cuja chama instantânea seria considerada, naqueles tempos longínquos, como vinda do fogo do inferno.

Em resumo, para esclarecer de uma vez a questão, era incontrovertida evidência que alguém tomara a venda e os acessórios do de há muito falecido e esquecido sr. Pyncheon e estava na iminência de reativar as suas atividades, com uma espécie diferente de fregueses. Quem se aventurava a tal coisa? E por que, entre todos os lugares do mundo, fora escolher logo a Casa das Sete Torres como cenário de suas especulações comerciais?

Voltemos à solteirona. Ela afinal afastara os olhos da severa fisionomia do coronel Pyncheon no retrato, deu um suspiro — na verdade, seu peito parecia, naquela manhã, a própria caverna de Éolo — e atravessou o aposento na ponta dos pés, como é costume das mulheres idosas. Atravessando o corredor de ligação, abriu a porta que dava para a venda, que acabamos de descrever com tantas minúcias. Devido à saliência do andar superior — e ainda mais à sombra do Olmo dos Pyncheon, que ficava quase em frente da torre —, a penumbra ali não permitia que se distinguisse muito a noite do dia. Outro profundo suspiro de srta. Hepzibah! Depois de uma pausa momentânea no limiar, olhando pela janela, de cara fechada, como se estivesse olhando para um inimigo, a idosa donzela entrou na venda. A pressa com que entrou, o galvânico impulso do movimento, foi realmente notável.

Nervosamente — quase que poderíamos dizer freneticamente —, ela se pôs, com muita diligência, a arrumar alguns brinquedos e outros artigos nas prateleiras e na vitrine. Na expressão de seu rosto, moreno e pálido, refletia-se um caráter grave, trágico, que contrastava irreconciliavelmente com a ridícula mesquinhez de sua ocupação. Afigurava-se uma anomalia tão magra, tão descarnada pessoa segurando um brinquedo; um milagre o brinquedo não evaporar em suas mãos; uma ideia absurda que aquela mulher atormentasse a sua rígida e sombria inteligência para descobrir a maneira de atrair crianças à sua casa! No entanto, tal era, sem sombra de dúvida, o seu intuito. Agora, ela está colocando um elefante de gengibre na vitrine, mas com as mãos tremendo tanto que o elefante caiu no chão, perdendo *ipso facto* três patas e a tromba; deixou de ser elefante para se transformar em alguns pedacinhos de bolo de gengibre. E eis a coitada catando os pedacinhos, todos espalhados em direções diferentes, e cada pedacinho individual, dirigido pelo diabo, escondendo-se no lugar mais escuro que pôde encontrar. Que o céu ajude a pobre Hepzibah e nos perdoe por acharmos tão ridícula a sua posição! Na verdade, enquanto aquele corpo tão magro, tão anguloso, se arrasta de gatinhas pelo chão, procurando as migalhas de bolo, sentimos mais vontade de chorar do que de rir. De fato, ali — e, se não conseguirmos impressionar devidamente o leitor nesse sentido, a culpa será nossa, e não do tema —, ali reside um dos mais verdadeiros pontos de melancólico interesse que ocorrem na vida ordinária. O lance final daquele que se considera pertencente à antiga nobreza. Uma dama — nutrida desde a infância com o tênue alimento de reminiscências aristocráticas e cuja religião era a de que uma dama mancha irremediavelmente as mãos se com elas tem que ganhar o pão de cada dia —, essa dama, depois de passar dificuldades durante sessenta anos, dispõe-se a descer do pedestal de sua imaginária grandeza. A pobreza, acompanhando de perto os seus passos durante a vida inteira, acabou convencendo-a. Teria de ganhar o pão de cada dia ou morrer de fome! E, assim, fomos irreverentemente encontrar srta. Hepzibah Pyncheon no momento em que a dama patrícia se transformava em mulher da plebe.

Neste país republicano, no meio das agitadas ondas da nossa vida social, há sempre alguém na iminência de se afogar. A tragédia é representada tão monotonamente como um drama popular em um feriado e, no entanto, é sentida, talvez, tão profundamente como quando um nobre hereditário se vê rebaixado, fora de sua ordem. Mais profundamente, uma vez que, entre nós, a posição social significa a mais grosseira substância da riqueza e de um alto padrão de vida, sem qualquer existência espiritual depois da morte dos usuários, mas com eles morrendo irremessivelmente. E, portanto, como tivemos a infelicidade de apresentar a nossa heroína em circunstâncias tão pouco auspiciosas, temos de esperar uma atitude de compreensão e respeito por parte dos espectadores de seu destino. Contemplemos, na pobre Hepzibah, a dama imemorial — com duzentos anos, deste lado do Oceano, e três vezes mais do outro lado — com seus antigos retratos, suas antigas linhagens, cotas de armas, lembranças e tradições, e as suas pretensões, como co-herdeira, ao principesco território da região oriental, já não mais uma selva, mas uma terra povoada e fértil — nascida, também, na rua Pyncheon, à sombra do Olmo dos Pyncheon e na Casa dos Pyncheon, onde passara toda a sua vida —, reduzida agora, naquela mesma casa, a não passar de uma vendeira.

A exploração de uma pequena casa comercial é quase o único recurso de mulheres em situação semelhante à de nossa infortunada reclusa. Com a sua miopia e as suas mãos trêmulas, ao mesmo tempo frágil e inflexível, ela não poderia costurar, embora os seus bordados, beirando os cinquenta anos, exibissem alguns dos mais recônditos espécimes dos trabalhos de agulha. Uma escola primária estivera muitas vezes em suas cogitações, e, certa ocasião, começara a fazer uma revisão dos seus estudos na *Cartilha da Nova Inglaterra*, a fim de se tornar professora. O amor às crianças jamais, porém, fora muito intenso no coração de Hepzibah e agora se tornara fraco, se não extinto; costumava observar da janela as crianças da vizinhança e duvidava muito que conseguisse tolerar um contato mais direto com elas. Além disso, em nossos dias, até o ABC se tornou uma ciência excessivamente abstrusa para ser ensinada apenas apontando de letra a letra. Uma criança moderna ensinaria a Hepzibah mais do que Hepzibah ensinaria à criança. E assim — com muito frio no coração diante da ideia de afinal entrar em sórdido contato com o mundo, do qual estivera afastada por tanto tempo, enquanto cada dia de reclusão empurrava outra pedra para a abertura da caverna de seu retiro — a pobre coitada tratou de cuidar da velha vitrine, da balança enferrujada e da empoeirada gaveta do caixa. Poderia ter esperado um pouco mais; outra circunstância, à qual ainda não aludimos, apressara, contudo, de certo modo, a sua decisão. Os seus humildes preparativos foram, assim, devidamente executados, e a experiência estava prestes a ser lançada. E ela nem poderia se queixar de uma grande singularidade do seu destino, pois em sua terra natal havia vários pequenos estabelecimentos comerciais semelhantes, alguns em casas tão antigas como a das Sete Torres; e, em um ou dois deles, ficava atrás do balcão uma dolorosa imagem do orgulho familiar, como a própria srta. Hepzibah Pyncheon.

Foi extremamente ridículo — somos honestamente forçados a confessar — o comportamento da solteirona enquanto arrumava a sua venda para receber o público. Pé ante pé, chegou à janela, tão cautelosamente como se imaginasse que algum sanguinário malfeitor a estivesse olhando atrás do olmo, com a intenção de roubar-lhe a vida. Estendendo o braço, ela colocou um papel de botões de madrepérola, um berimbau de boca ou outro qualquer artigozinho no lugar que lhe era destinado, e logo recuou para dentro da penumbra, como se o mundo não precisasse entrevê-la outra vez. Poder-se-ia imaginar, realmente, que ela esperava satisfazer as necessidades da comunidade invisível, como uma feiticeira ou uma divindade incorpórea, oferecendo as suas mercadorias com mão invisível ao reverente e temeroso freguês. Sabia muito bem que, afinal de contas, teria de ir à frente e revelar-se francamente, com toda a sua individualidade; como outras pessoas sensíveis, no entanto, não se resignava a ser observada pouco a pouco, preferindo lançar de uma vez o seu atônito olhar para o mundo.

O inevitável momento não podia mais ser adiado por muito tempo. A luz do sol já batia em cheio na fachada da casa da frente, de cujas janelas vinha um reflexo de seus raios, atravessando os galhos do olmo e iluminando o interior da loja. A cidade estava despertando. A carroça de um padeiro já corria pela rua, expulsando os últimos vestígios da santidade da noite com o tilintar de suas dissonantes campainhas. Um leiteiro distribuía as suas latas de leite de porta em porta; e os gritos do peixeiro anunciando a mercadoria eram ouvidos, vindos da próxima esquina. Nada disso escapou da atenção de Hepzibah. Chegara o momento. Adiá-lo por mais tempo apenas serviria para lhe aumentar o sofrimento. Nada mais lhe restava, a não ser tirar a tranca da porta, deixando a entrada livre — mais do que livre: acolhedora, como se todos fossem amigos da casa — para todo aquele que passasse e cujos olhos se sentissem atraídos pelas mercadorias expostas na vitrine. E foi o que Hepzibah fez, realmente, deixando a tranca cair, fazendo um barulho que afetou mais um pouco os seus nervos já tão abalados. Então — enquanto tombava aquela última barreira entre ela própria e o mundo, talvez permitindo que uma torrente de consequências funestas irrompesse pela brecha — a pobre solteirona fugiu para a sala de dentro, deixou-se cair sentada na poltrona ancestral e chorou.

Coitada da velha Hepzibah! É um pesado encargo para um escritor, que procura representar a natureza, os seus vários aspectos e circunstâncias, de maneira razoavelmente correta e revestida de um colorido realista, constatar como o que é medíocre e o que é ridículo inevitavelmente se misturam com o mais puro patético que a vida lhe oferece. Que trágica dignidade, por exemplo, pode se esconder em uma cena como essa! Como poderemos elevar a nossa história de punição pelo pecado cometido há muito tempo se, como uma das nossas mais destacadas personagens, somos obrigados a apresentar não uma jovem e linda mulher, nem mesmo a imponente reminiscência de uma beleza castigada pelas aflições, mas uma desajeitada e reumática solteirona, metida em um deselegante vestido de gorgorão, com uma touca horrorosa na cabeça? O seu rosto nem chegava a ser feio. Só era salvo da insignificância pela contração das sobrancelhas, na careta imposta pela miopia. E, finalmente, a sua grande experiência na vida seria o fato de, depois de sessenta anos de inércia, ter chegado à conclusão de que teria de ganhar o pão de cada dia abrindo uma loja, ou melhor, uma vendola. Não obstante, se atentarmos para todos os heroicos esforços e aventuras da humanidade, iremos constatar que existe sempre um emaranhamento de algo mesquinho e trivial com o que há de mais nobre na alegria ou na dor. A vida é feita de mármore e de lama. E, sem a confiança mais profunda em uma compreensiva simpatia acima de nós, podemos ser levados a desconfiar do insulto de um sorriso escarninho, ou de uma cara fechada, no semblante impassível do destino. O que se chama de discernimento poético é o dom de notar, naquela esfera de elementos estranhamente misturados, a beleza e a majestade que são obrigadas a assumir tão sórdida aparência.

III

O primeiro freguês

A srta. Hepzibah Pyncheon sentou-se na poltrona de carvalho, o rosto escondido nas mãos, entregando-se àquele abatimento que a maior parte das pessoas já experimentou, quando a imagem da esperança parece pesada como chumbo, na véspera de um empreendimento ao mesmo tempo duvidoso e importante. Ela foi de súbito arrancada de sua meditação pelo tilintar — alto, estridente e irregular — de uma campainha. Pôs-se de pé, pálida como um fantasma ao primeiro canto do galo, pois era um espírito escravizado, e aquele era o talismã a que devia obediência. Aquela campainha — para falar de maneira mais inteligível — presa na porta da loja destinava-se a soar com toda a força, anunciando assim a todos os recantos da casa que um freguês acabava de transpor os seus umbrais. Seu feio e desagradável barulho (ouvido agora, talvez, pela primeira vez desde que o antecessor de Hepzibah, com a sua avareza e o seu chinó, se afastara dos negócios) imediatamente sacudiu todos os nervos do corpo da solteirona, em responsiva e tumultuosa vibração. A crise a alcançara! O primeiro freguês estava à porta!

Sem se dar tempo para pensar mais um segundo, ela correu para a loja, pálida, agitada, desesperada nos gestos e na expressão fisionômica, com a testa enrugada de alto a baixo, e parecendo muito mais qualificada a enfrentar um assaltante do que a ficar sorridente atrás do balcão, trocando algum artiguinho ordinário por algumas moedas de cobre. Qualquer freguês ordinário, na verdade, ao vê-la teria virado as costas e fugido. No entanto, nada havia de feroz no coração da pobre Hepzibah; e nem ela nutria, naquele momento, sentimento adverso para com a sociedade em geral e qualquer indivíduo, masculino ou feminino, em particular. Desejava bem a todos, mas desejava, acima de tudo, continuar bem quietinha no seu canto.

O freguês inaugural estava parado junto à porta. Vindo, como vinha, da luz matinal, parecia ter trazido consigo uma parte da influência benéfica daquela luz. Era um rapaz esbelto, que não devia contar mais de 21 ou 22 anos, tendo no rosto uma expressão séria e pensativa para a sua idade, mas, ao mesmo tempo, uma aparência de alegria e vigor. Essas qualidades não só eram perceptíveis fisicamente, pela sua atitude e pelos seus gestos, como se manifestaram quase imediatamente depois, em seu comportamento. Uma barba castanha, de pelos não muito sedosos, cobria-lhe o queixo, sem o esconder, porém, completamente; usava também um bigodinho, e o seu rosto moreno, de traços bem marcados, lucrava com aqueles ornamentos naturais. Vestia-se com simplicidade: uma blusa de pano barato e ordinário, calças estreitas e um chapéu de palha, que estava longe de ser de boa qualidade. O que, principalmente, lhe daria um ar de *gentleman* — se tal pretendesse ser — era a notável alvura e limpeza de sua roupa branca.

Ele encarou a carranca de Hepzibah sem aparentar alarme, como se já a tivesse conhecido antes e chegado à conclusão de que era inofensiva.

— Estou satisfeito de ver, minha prezada srta. Pyncheon, que a senhora não desistiu de sua boa ideia — disse o artista da daguerreotipia, pois era ele o único outro ocupante da Casa das Sete Torres. — Vim apenas para lhe desejar muito êxito e perguntar-lhe se não posso ajudá-la em seus preparativos.

As pessoas que enfrentam dificuldades e sofrimentos, ou, de qualquer maneira, não são recebidas de braços abertos pela sociedade, mostram-se capazes de suportar maus-tratos e talvez se tornem ainda mais enérgicas e decididas com isso, ao passo que fraquejam diante da mais simples expressão que percebem ser de simpatia sincera. Foi o que aconteceu com a pobre Hepzibah; quando viu o sorriso do moço — que parecia ainda mais cordial em uma fisionomia pensativa — e ouviu a doçura de sua voz, ela primeiro deu uma risadinha histérica, depois começou a soluçar.

— Ah, sr. Holgrave! — exclamou, logo que conseguiu falar. — Não vou aguentar isso! Nunca, nunca! Antes eu estivesse morta, na sepultura da família, com todos os meus avós! Com meu pai, minha mãe e minha irmã! E com meu irmão também! Seria melhor do que me encontrar onde me encontro! O mundo é muito frio e muito duro, e eu estou muito velha, muito fraca e sem esperanças!

— Oh, srta. Hepzibah! — replicou o moço, sem se alterar. — Esses sentimentos não mais a perturbarão quando a senhora estiver inteiramente ocupada com o seu empreendimento. Eles são inevitáveis neste momento, saindo, como está, de uma prolongada reclusão, e povoando o mundo com formas repulsivas, que em breve vai verificar serem tão irreais quanto os gigantes e papões de um livro de histórias para a infância. Não acho nada mais singular na vida do que o fato de que tudo parece perder a substância, no momento em que na realidade o alcançamos. A senhora vai ver que isso se dará com o que pensa ser tão terrível.

— Mas sou uma mulher! — disse Hepzibah, desalentada. — Ia dizer uma dama, mas me lembrei que isso é coisa do passado.

— Não importa que seja do passado — retrucou o artista, com um estranho brilho de maldisfarçado sarcasmo perpassando na afabilidade de seu comportamento. — Não se incomode com isso! A senhora fica melhor sem isso. Estou falando com franqueza, minha prezada srta. Pyncheon, pois não somos amigos? Considero o dia de hoje como um dos mais felizes de sua vida. Termina uma época e inicia outra. Até agora, o sangue da vida ia esfriando pouco a pouco em suas veias, enquanto a senhora se mantinha arredia, dentro do seu círculo fechado, de família importante, e o resto do mundo travava a sua batalha, no esforço de satisfazer essa ou aquela necessidade. Daqui para diante, a senhora pelo menos experimentará a sensação do saudável e natural esforço visando a um objetivo, e juntando o seu vigor, seja ele grande ou pequeno, ao esforço comum da humanidade. Isso é um sucesso, o sucesso que todo mundo conquista!

— É muito natural, sr. Holgrave, que o senhor tenha ideias semelhantes — replicou Hepzibah, aprumando o descarnado corpo com uma dignidade ligeiramente ofendida. — O senhor é homem, um homem jovem e instruído, suponho, como quase todo mundo é instruído hoje em dia, para o fim de procurar se enriquecer. Eu, porém, nasci como uma dama e sempre vivi assim; por mais minguados que sejam os meus recursos, sou sempre uma dama, uma *lady*!

— Mas eu não nasci como *gentleman* nem tenho vivido como tal — disse Holgrave, sorrindo. — De maneira que a senhora não pode esperar que eu me simpatize com suscetibilidade dessa ordem. De qualquer maneira, a não ser que esteja enganado, acho que as compreendo, de certo modo. Essas denominações de *gentleman* e de *lady* tinham sentido na história antiga do mundo e conferiam privilégios, devidos ou indevidos, não importa, aos seus portadores. No presente, e ainda mais no futuro estado da sociedade, não implicam privilégio, mas restrições.

— Isso é novidade — contestou a solteirona, meneando a cabeça. — Jamais compreenderei tal coisa e nem quero compreender.

— Então vamos deixar esse assunto de lado — concordou o artista, com um sorriso mais amigável do que o de antes. — Vou deixar a senhora mesma sentir se não é melhor ser uma mulher de verdade em vez de ser uma dama de qualidade. A senhora acha mesmo, srta. Pyncheon, que a sua família desempenhou algo de mais heroico, desde que esta casa foi construída, do que isso que a senhora está fazendo agora? Nunca. Se os Pyncheon tivessem sempre agido com a mesma nobreza, duvido que a praga rogada pelo velho Maule, a respeito da qual a senhora me falou, tivesse tido peso contra eles perante a Providência.

— Ah! Não, não! — exclamou Hepzibah, sem se aborrecer com a alusão à sombria dignidade da maldição hereditária. — Se o fantasma do velho Maule, ou algum seu descendente, pudesse me ver hoje atrás do balcão, iria achar a realização dos seus mais sinistros desejos. Mas eu lhe agradeço sua bondade, sr. Holgrave, e vou fazer tudo que estiver ao meu alcance para ser uma boa comerciante.

— Deus a ouça — disse Holgrave —, e deixe-me ter o prazer de ser o seu primeiro freguês. Vou dar uma volta até a praia antes de ir para o estúdio, onde desperdiço a abençoada luz do céu retratando fisionomias humanas com a sua ajuda. Alguns destes biscoitos, molhados na água do mar, serão tudo de que preciso para a minha primeira refeição. Quanto custa meia dúzia?

— Deixe-me ser uma dama respeitável ao menos durante mais um momento — respondeu Hepzibah com um sorriso melancólico. — Afinal de contas, uma Pyncheon não pode, no solar de seus antepassados, receber dinheiro, por um pedaço de pão, do seu único amigo!

E entregou a mercadoria, sem aceitar compensação.

Holgrave despediu-se, deixando-a com o espírito bem menos deprimido. Mas não foi por muito tempo. O abatimento voltou, quase que com a mesma intensidade. Com o coração batendo apressado, a solteirona começou a escutar o barulho dos passos dos transeuntes matinais que passavam pela rua. Uma ou duas vezes, os passantes pareceram retardar o passo: aqueles estranhos, ou vizinhos, fossem o que fossem, estavam olhando a exposição de brinquedos e outros modestos artigos na vitrine.

Hepzibah se sentiu duplamente torturada; em parte, tomada por uma vergonha enorme, porque olhos estranhos e inamistosos tinham o privilégio de olhar para dentro de sua casa, e em parte porque, com ridícula inoportunidade, lhe ocorrera a ideia de que a vitrine não estava tão bem arranjada como deveria estar. Tinha a impressão de que todo o sucesso ou malogro do seu negócio dependeria de uma boa arrumação da vitrine ou da substituição de uma maçã que parecia estragada por outra de ótimo aspecto. Logo mudou a maçã e imediatamente lhe pareceu que aquela mudança estragara toda a arrumação da vitrine; não lhe veio à cabeça que era o seu nervosismo que fazia com que tudo parecesse errado.

Pouco tempo depois, houve um encontro, bem junto da porta, de dois trabalhadores, como a rudeza de suas vozes indicava que eram. Após trocarem algumas palavras sobre os próprios negócios, um deles notou a vitrine e chamou a atenção do outro para ela.

— Olhe ali! — disse. — O que é que você acha disso? Parece que o comércio está começando a invadir a rua Pyncheon!

— Bem! — replicou o outro. — Não resta dúvida de que isso é um sinal. Na velha Casa dos Pyncheon e debaixo do Olmo dos Pyncheon!

Quem teria pensado nisso? Será que a velha solteirona Pyncheon montou um negócio?

— O que é que ela está pensando, Dixie? — opinou o primeiro. — Aqui não vai dar certo. Há outro negócio logo ali na esquina.

— Vai fracassar na certa! — exclamou Dixie, com um tom de voz que dava a entender que se tratava de um verdadeiro absurdo. — Ainda mais, aquela cara dela espanta qualquer um! Eu sei, porque trabalhei para ela, tratando da horta, durante um ano. A cara dela espantaria até o velho Nick se lhe desse na cabeça negociar com ela. Ninguém suporta, é o que eu garanto! Com aquela cara fechada, parecendo que está com raiva de todo mundo, ela espanta qualquer um!

— Para falar a verdade, não acho que isso tenha tanta importância assim — observou o outro homem. — Em geral, até, essas pessoas mal-encaradas sabem dirigir um negócio. Mas concordo com você: acho que, com ela, não vai dar certo. O comércio hoje anda fraquíssimo. E não é só o comércio, não. Qualquer atividade anda difícil. Eu mesmo que o diga! Minha mulher montou um pequeno negócio destes, que manteve durante três meses, e teve um prejuízo de cinco dólares!

— É mau negócio! — comentou Dixie, em tom sombrio. — Um mau negócio!

Por esse ou aquele motivo, não muito fácil de ser analisado, em toda a sua dolorosa experiência anterior, coisa alguma afetara Hepzibah mais do que aquela conversa que acabara de ouvir. O comentário a respeito de sua carranca foi de suma importância; pareceu desembaraçar de todo a sua imagem da falsa luz do conceito que fazia de si mesma e expô-la tão cruamente que fazia perder a coragem de encará-la. A solteirona ficou também absurdamente magoada pelo diminuto efeito que a montagem de sua casa comercial — acontecimento para ela própria de altíssimo interesse — mostrava ter produzido sobre o público, do qual aqueles dois homens eram os mais próximos representantes. Um olhar; uma ou duas palavras de passagem; uma risada alvar; e, sem dúvida, ela já estaria esquecida, antes de terem os dois dobrado a próxima esquina! Aqueles homens pouco se incomodavam com a sua dignidade ou com a sua degradação. Além disso, o augúrio do insucesso, formulado pela sólida sabedoria da experiência, caiu sobre a sua esperança semimorta, como a terra em uma cova. A mulher do homem já tentara a mesma experiência e fracassara! Como poderia a dama de escol — de nascença —, a reclusa de metade da vida, desprovida da menor experiência e com sessenta anos de idade — como poderia ela sequer sonhar em ser bem-sucedida, quando a plebeia da Nova Inglaterra, rude, vulgar, esperta, diligente, acostumada, tivera um prejuízo de cinco dólares na tentativa? O sucesso se apresentava como uma impossibilidade; a esperança, como uma louca alucinação.

Algum espírito maligno, fazendo todo o esforço para enlouquecer Hepzibah, desenrolou diante de sua imaginação uma espécie de panorama, representando o grande logradouro de uma importante cidade repleta de fregueses. Havia tantas e tão magníficas casas comerciais por ali! Vendas, confeitarias, lojas de brinquedos, armazéns de secos e molhados, com imensas vitrines, atraentes instalações, sortimentos completos de mercadorias, nos quais tinham sido investidas fortunas; e no fundo de cada estabelecimento, nobres espelhos que duplicavam toda aquela riqueza, com uma visão brilhante de irrealidades! De um lado da rua, aquele esplêndido bazar, com uma multidão de garbosos e elegantes caixeiros, atenciosos, sorridentes, pressurosos e diligentes. Do outro lado, a sombria e velha Casa das Sete Torres, com a sua antiquada vitrine embaixo do andar saliente, e a própria Hepzibah, metida em um vestido desbotado de seda preta, atrás do balcão, de cara fechada para os outros! Aquele violento contraste apresentava-se como a exata expressão das dificuldades que teria de enfrentar na luta pela sua subsistência que estava iniciando. Sucesso? Tolice! Jamais poderia pensar nisso outra vez. A sua casa continuaria enterrada no eterno nevoeiro, enquanto todas as outras casas eram banhadas pelo sol; pé algum haveria de transpor a sua soleira, mão alguma empurraria aquela porta!

Naquele mesmo instante, no entanto, a campainha da loja, bem em cima de sua cabeça, tocou como se tivesse sido encantada. O coração da solteirona pareceu estar preso à mesma mola de aço, pois começou a dar uma série de saltos, sincronizados com o som. A porta foi empurrada, e uma forma humana se tornou perceptível do outro lado da vitrine. Hepzibah, porém, se imobilizou, com as mãos crispadas, com o olhar fixo, como se tivesse sido convocada por um espírito maligno e estivesse com medo, embora disposta, de arriscar-se ao encontro.

"O céu que me ajude!", exclamou mentalmente. "Chegou o momento decisivo!"

A porta, que se movia com dificuldade em suas dobradiças enferrujadas, foi afinal escancarada, e tornou-se visível um molecote robusto, de rosto vermelho como tomate. Vestia-se com muito desleixo (o que parecia ser mais devido ao desmazelo da mãe que à pobreza do pai), usando uma blusa azul, excessivamente larga, e calça curta; a ponta dos sapatos ia bem além da ponta dos pés e o chapéu estragado deixava passar através dos seus buracos mechas do cabelo encaracolado. Um livro e uma lousa, que trazia debaixo do braço, indicavam que estava a caminho da escola. O menino encarou Hepzibah por um momento, como um freguês mais velho do que ele provavelmente também faria, sem saber que postura assumir diante da trágica atitude e da cara fechada com que fora recebido.

— Bem, menino — disse, afinal, a solteirona, tomando coragem perante um personagem tão pouco formidável. — Bem, meu filho, o que é que está querendo? — conseguiu acrescentar, adoçando a voz.

— Aquele Jim Crow que está na vitrine — respondeu o menino, mostrando uma moeda de um centavo e apontando para a figura de bolo de gengibre que lhe despertara a atenção, quando se dirigia à escola. — Aquele que não está com o pé quebrado.

Então, Hepzibah estendeu o braço e, tirando o boneco de gengibre da vitrine, entregou-o ao seu primeiro freguês.

— Não se preocupe com o dinheiro — disse-lhe, empurrando-o delicadamente rumo à porta, pois as velhas tradições da família entraram em ação à vista da moeda de cobre, e, além disso, lhe pareceu ser uma sórdida mesquinhez tomar o dinheiro de uma criança em troca de um pedacinho de pão de gengibre estragado. — Não se preocupe com o dinheiro — repetiu. — Jim Crow teve prazer em conhecê-lo.

O menino, arregalando os olhos diante daquele exemplo de liberalidade, sem um só precedente em toda a sua larga experiência de compras no valor de um centavo, recebeu o boneco de gengibre e saiu. Mal chegara ao passeio (que canibalzinho que era!), e a cabeça de Jim Crow já estava dentro de sua boca. Como não se dera ao trabalho de fechar a porta, Hepzibah se encarregou disso, com uma ou duas exclamações contra a impertinência das crianças, principalmente dos meninos. Acabara justamente de colocar outro representante do renomado Jim Crow na vitrine quando a campainha da porta tornou a soar, ruidosamente, e de novo a porta se escancarou, com o devido e irritante protesto dos gonzos enferrujados, e apareceu o mesmo menino que ali estivera dois minutos antes. As migalhas do festim canibal ainda se mostravam bem visíveis junto de sua boca.

— O que está querendo agora, menino? — perguntou a solteirona, sem esconder a impaciência. — Veio fechar a porta?

— Não — respondeu o guri, apontando para a outra figura que acabara de ser colocada na vitrine. — Quero aquele outro Jim Crow.

— Está bem — respondeu Hepzibah, entregando a mercadoria.

Certa, porém, de que aquele perseverante freguês não a deixaria em paz enquanto houvesse bonecos de gengibre na vitrine, acrescentou:

— Cadê o dinheiro?

O menino estava com a moeda à mão, mas, como bom ianque, teria preferido a melhor barganha à pior. Visivelmente aborrecido, entregou a moeda a Hepzibah e partiu, mandando o segundo Jim Crow fazer companhia ao primeiro.

Enquanto isso, a nova negociante guardava na gaveta o lucrativo dividendo de sua primeira operação comercial. Pronto! A sórdida mancha deixada pela moeda de cobre jamais se apagaria da palma de sua mão! O menino de escola, ajudado pela endiabrada imagem do dançarino negro, provocara uma ruína irreparável. A estrutura da antiga aristocracia fora demolida por ele, como se uma mãozinha de criança tivesse força suficiente para abalar todas as sete torres do casarão. Agora, só cumpria a Hepzibah virar os velhos retratos dos Pyncheon de cara para a parede, levar o mapa do território oriental para o fogão da cozinha e atiçar as chamas com o sopro vazio das tradições ancestrais! O que podia fazer com as tradições ancestrais? Nada, absolutamente nada! Nada mais do que com a posteridade! Já não era uma dama de qualidade, mas pura e simplesmente Hepzibah Pyncheon, uma solteirona desamparada e dona de uma vendola!

No entanto, enquanto lhe passavam pela mente, com algo de aparato, aquelas ideias, não deixava de ser surpreendente que, ao mesmo tempo, experimentasse uma sensação de calma. A ansiedade e as dúvidas que a atormentavam durante o sono ou em suas melancólicas meditações, desde que o seu projeto adquirira certa solidez, tinham agora desaparecido de todo. Percebia, é certo, a novidade de sua posição, mas já não mais perturbada ou aflita. Sentia, de vez em quando, o frêmito de uma satisfação quase juvenil. Era o sopro revigorante de uma nova atmosfera que vinha de fora, depois do prolongado torpor e da monótona reclusão de sua vida. Tão salutar é o esforço! Tão milagroso o vigor que nós mesmos desconhecemos!

O saudável clarão que Hepzibah divisara durante anos aparecia agora na temida crise, quando, pela primeira vez, ela estendera o braço para receber um dinheiro ganho graças ao seu esforço. O diminuto círculo da moeda de cobre do menino de escola — opaco e sem lustro, devido aos servicinhos que andara prestando aqui e ali pelo mundo afora — mostrara ser um talismã, trazendo o bem e merecendo ser engastado em ouro e carregado junto do coração. Era tão poderoso, e talvez dotado da mesma eficácia de um arco voltaico! O fato é que Hepzibah fora beneficiada por aquela sutil operação, tanto no corpo como no espírito; a tal ponto que lhe deu energia suficiente para comer alguma coisa, e mesmo coragem de acrescentar mais uma colher de chá preto à infusão.

No entanto, o seu primeiro dia de comerciante não passou sem que houvesse muitas e sérias interrupções naquela disposição de vigor e jovialidade. Em via de regra, a Providência raramente concede aos mortais mais do que o mínimo necessário de estímulo para mantê-los razoavelmente aptos ao pleno exercício dos seus poderes. No caso de nossa idosa dama, depois que se abrandara a excitação do novo esforço, o desânimo que prevalecera durante toda a sua vida anterior ameaçava, frequentemente, voltar. Era como a massa pesada de nuvens que, muitas vezes, se vê escurecendo o céu e provocando um crepúsculo cinzento por toda parte, até que, ao cair da noite, cede lugar, temporariamente, a um clarão da luz solar. Sempre, no entanto, a nuvem invejosa consegue se colocar de novo tampando o azul celeste.

Apareceram fregueses, enquanto a manhã avançava, mas bem devagar; em alguns casos, com pouca satisfação tanto para os próprios fregueses como para srta. Hepzibah; e, em seu conjunto, sem aumentar grandemente o numerário em caixa. Uma menina, mandada pela mãe para escolher uma meada de fio de algodão de determinado matiz, levou um que, aos olhos míopes da solteirona, pareceu extremamente semelhante, mas voltou correndo logo depois, com o atrevido recado de que a cor não era aquela e que, além disso, a linha estava muito estragada!

Depois, apareceu uma mulher pálida e enrugada, não velha, mas acabada, e já com alguns fios grisalhos no cabelo, como fios de prata, uma daquelas mulheres, naturalmente delicadas, sem sombra de dúvida maltratada pelo marido bruto e provavelmente ébrio e por nove filhos, no mínimo. A mulher queria comprar algumas libras de farinha de trigo e entregou o dinheiro, que a solteirona silenciosamente rejeitou, ao mesmo tempo aumentando o peso da mercadoria além do pedido.

Pouco depois, apareceu um homem, com um casaco azul de algodão muito sujo, e comprou um cachimbo, ao mesmo tempo que enchia todo o armazém com o intenso cheiro de bebida, exalado não apenas pelo tórrido sopro de sua respiração, como provindo de todo o seu sistema, como um gás inflamável. Hepzibah ficou cismada que aquele era o marido da mulher precocemente envelhecida. O homem pediu um maço de fumo, mas, como a negociante se descuidara de fazer um sortimento do artigo, o grosseiro freguês atirou para um lado o cachimbo recém-comprado e saiu resmungando palavras ininteligíveis, que tudo indicava, no entanto, serem palavrões cabeludos. E Hepzibah ergueu os olhos para o céu, sem intenção, mas instintivamente, de cara amarrada em face da Providência.

Nada menos de cinco pessoas, durante a manhã, procuraram cerveja de gengibre, cerveja de raiz ou outra bebida semelhante qualquer, e, não conseguindo nada de tal natureza, saíram demonstrando muito mau humor. Três delas deixaram a porta aberta, e as outras duas bateram a porta com tanta força que a campainha ficou retinindo até deixar os nervos de Hepzibah em pandarecos. Uma rotunda e afobada dona de casa da vizinhança apareceu, arquejante, querendo comprar fermento, ou melhor, exigindo fermento; e, quando a pobre solteirona, vencendo a timidez inata, procurou explicar à freguesa que não tinha o artigo, a mal-humorada dona de casa explodiu:

— Uma venda destas que não tem fermento? O que é que a senhora está pensando? Assim, não dá! É melhor a senhora fechar esta venda de uma vez!

— É... — murmurou Hepzibah, dando um suspiro profundo. — Talvez seja mesmo!

Por diversas vezes, além do exemplo mencionado, a sensibilidade de srta. Pyncheon foi seriamente afetada pelo tom confiado, senão grosseiro, com que as pessoas lhe dirigiam a palavra. Evidentemente, se consideravam não apenas seus iguais, mas seus patrões e superiores. Ora, inconscientemente, Hepzibah se lisonjeava com a ideia de que havia uma espécie de auréola, um resplendor, em torno de sua pessoa, que implicaria deferência para com sua origem, sua família importante ou, pelo menos, o reconhecimento tácito de tal coisa. Por outro lado, nada a torturava de maneira mais intolerável do que uma forma ostensiva de tal reconhecimento. Assim, replicou quase grosseiramente a uma ou duas manifestações oficiosas de solidariedade; e, lamentamos dizer, Hepzibah foi empurrada para um estado de espírito positivamente anticristão pela suspeita de que todos os fregueses iam à sua loja levados não pela verdadeira necessidade do artigo que pretendiam olhar, mas pelo perverso desejo de observá-la. Cada uma daquelas vulgares criaturas estava resolvida a ver com os próprios olhos o papel que uma bolorenta figura da aristocracia estava representando atrás de um balcão, depois de passar toda a flor da mocidade e grande parte da velhice afastada do mundo. Nesse caso particular, contudo, por mais mecânica e inócua que pudesse ter sido em outros tempos, a cara fechada de Hepzibah agora lhe foi muito útil.

— Nunca tive tanto medo em minha vida! — confessou a freguesa curiosa, comentando o caso com uma de suas conhecidas. — Ela é uma mulher danada, pode acreditar! Fala pouco, é verdade, mas basta a gente ver os olhos dela para saber que é uma víbora!

De um modo geral, portanto, a sua nova experiência levou a nossa decadente dama de qualidade a chegar a conclusões realmente desagradáveis quanto à mentalidade e ao comportamento do que ela denominava de classes inferiores, para as quais olhava, até então, com delicada e bondosa condescendência, enquanto ela própria ocupava um plano de inquestionável superioridade. Infelizmente, porém, ela era também obrigada a lutar contra uma amarga emoção de natureza diretamente oposta: um sentimento de virulência, por assim dizer, contra a indolente aristocracia à qual ela própria, até tão pouco tempo, tinha orgulho de pertencer. Quando uma dama da alta sociedade, envolta em trajes de verão delicadíssimos e caríssimos, com um véu flutuante e um vestido graciosamente pregueado, dotada de uma leveza etérea que levava a gente a olhar para os seus pés ricamente calçados, para ver se ela estava mesmo pisando no chão ou flutuando no ar — quando tal visão passou por aquela rua distante, deixando-a perfumada com a sua passagem, como se um buquê de rosas por ali tivesse sido conduzido —, então, é de se temer, já não era possível atribuir de todo à sua miopia a cara fechada da velha Hepzibah.

"Por que motivo", ela pensou, arrastada por aquele sentimento de hostilidade que é o único real rebaixamento dos pobres diante dos ricos, "por que motivo, na sabedoria da Providência, aquela mulher vive? Deve todo mundo trabalhar para que as palmas de suas mãos se conservem sempre alvas e delicadas?"

Depois, envergonhada e penitente, escondeu o rosto.

— Que Deus me perdoe! — murmurou.

Sem dúvida Deus a perdoou. Mas, levando em consideração a história interna e externa da primeira metade do dia, Hepzibah começou a temer que o seu negócio comercial significasse a sua ruína, do ponto de vista moral e religioso, sem contribuir de maneira apreciável para o seu proveito temporal.

IV

Um dia atrás do balcão

Mais ou menos ao meio-dia, Hepzibah viu um velho bem-apessoado, alto e imponente, de aspecto muito distinto, caminhando devagar do outro lado da rua. Chegando à sombra do Olmo dos Pyncheon, ele parou e (tirando o chapéu, enquanto isso, para limpar o suor que lhe cobria a testa) pareceu observar, com atenção especial, a suja e estragada fachada da Casa das Sete Torres. Ele próprio, aliás, embora de um estilo de todo diferente, era tão digno de ser observado quanto o casarão. Realmente, não se poderia imaginar nem se poderia encontrar melhor modelo da mais elevada ordem de respeitabilidade do que aquela que, por indescritível magia, se expressava não apenas em seu aspecto e em seus gestos, mas governava mesmo até a elegância de sua indumentária, tornando-a a mais adequada possível àquele homem. Sem parecer diferir, de um modo tangível, das vestes das outras pessoas, havia, em sua roupa, uma ampla e rica gravidade, que devia constituir uma característica do usuário, uma vez que não podia ser atribuída ao corte ou ao material. Também a sua bengala de castão de ouro — uma respeitável bengala, de madeira escura e polida — apresentava as mesmas características, parecia tão estreitamente relacionada com o seu dono que, ainda isolada, tinha-se a impressão, seria reconhecida como sua. Esse caráter — que se fazia sentir em tudo que se relacionasse com aquele homem e cujo efeito estamos procurando transmitir ao leitor — não ia além de sua posição social, hábitos de vida e circunstâncias externas. Percebia-se que se tratava de pessoa de acentuada influência e autoridade; e, acima de tudo, podia-se ter certeza de que ele era opulento, como se estivesse exibindo a sua conta bancária ou como se a gente o tivesse visto, como um novo Midas, encostando a mão nas folhagens do Olmo dos Pyncheon e transformando-as em ouro.

Quando jovem, provavelmente fora considerado um homem bonito. Presentemente, a testa estava muito enrugada; as têmporas, muito calvas; o resto dos cabelos, muito grisalhos; os olhos, muito frios; os lábios, muito cerrados. Daria um bom e imponente retrato; talvez melhor agora do que em qualquer período anterior de sua vida, embora pudesse se tornar positivamente severo, no processo de ser fixado na tela. O pintor poderia achar muito interessante estudar o seu rosto e provar a sua capacidade de variar as expressões fisionômicas: sombreá-las com uma ruga na testa ou iluminá-las com um sorriso.

Enquanto o elegante velho contemplava a Casa dos Pyncheon, tanto a cara fechada como o sorriso lhe alteraram a fisionomia. Seu olhar descansou na vitrine, e, colocando um par de óculos de aros de ouro, ele examinou demoradamente a arrumaçãozinha de brinquedos e confeitos que Hepzibah fizera. A princípio, não pareceu satisfeito — na verdade, pareceu muito contrariado — e, no entanto, logo em seguida, o velho sorriu. Enquanto essa última expressão ainda se encontrava em seus lábios, ele viu de relance Hepzibah, que se curvara involuntariamente sobre a vitrine, e então o sorriso mudou de cáustico e desagradável para compassivo e benevolente. Fez uma curvatura, com uma feliz mistura de dignidade e cortesia, depois seguiu caminho.

"É ele!", disse Hepzibah consigo mesma, procurando dominar uma emoção profunda e, como não conseguia se livrar dela, tentando enterrá-la no coração. "O que será que ele está pensando disso? Será que ficou satisfeito? Ah! Está olhando para trás!"

O cavalheiro parara um pouco adiante e virara a cabeça, com o olhar fixado na vitrine. Na verdade, chegou a dar meia-volta e a ensaiar uns dois passos, como se estivesse disposto a entrar na lojinha. Aconteceu, porém, que a sua iniciativa foi antecipada pela do primeiro freguês de Hepzibah, o pequeno canibal do Jim Crow, que, olhando para a vitrine, se sentiu irresistivelmente atraído por um elefante de gengibre. Que apetite tinha o molecote! Dois Jim Crows logo depois do desjejum e um elefante, como aperitivo para o jantar! Quando terminou a compra do animal, o idoso cavalheiro já continuara a caminhada e dobrara uma esquina.

— Faça o que lhe parecer melhor, primo Jaffrey! — murmurou a solteirona enquanto recuava, depois de ter espichado a cabeça para fora, cautelosamente, olhando a rua de um lado e de outro. — Faça o que parecer melhor! Você viu a minha vitrininha! E então? O que me diz? A Casa dos Pyncheon não é minha enquanto eu viver?

Depois desse incidente, Hepzibah se retirou para a sala de visitas, onde, a princípio, pegou uma meia de crochê semiacabada e nela trabalhou durante algum tempo, com movimentos nervosos e irregulares. Não tardou, porém, a deixá-la de lado, e caminhou, a passos largos, de um lado para o outro.

Afinal, parou diante do retrato do severo puritano, seu antepassado e fundador da casa. De certo modo, o retrato quase se apagara na tela e se escondia atrás do obscurecimento do tempo; por outro lado, Hepzibah era levada a fantasiar que ele se tornara mais destacado e notavelmente expressivo do que em qualquer outra ocasião, desde o tempo em que se familiarizara com ele, na infância.

De fato, ao passo que o contorno e a substância física iam sendo cobertos pela sombra, aos olhos do espectador, o caráter ousado, duro e, ao mesmo tempo, indireto do retratado parecia ter adquirido uma espécie de relevo espiritual. Um efeito semelhante pode ser observado nos retratos muito antigos, em que o retratado assume uma aparência que um artista (se fosse dotado de algo semelhante à complacência dos artistas de hoje) jamais sonharia pressentir em um mecenas como a sua própria expressão característica, mas que, não obstante, imediatamente reconhecemos como refletindo a desagradável verdade de uma alma humana. Em tais casos, a profunda concepção do pintor quanto às feições íntimas do retratado se mostrou na essência do retrato e pode ser vista depois que o colorido superficial foi apagado pela ação do tempo.

Ao contemplar o retrato, Hepzibah estremeceu involuntariamente. A sua reverência hereditária a tornava temerosa de julgar o caráter do original tão severamente quanto uma percepção da verdade a compelia a fazer. Continuou, no entanto, a olhar, porque o rosto do retratado lhe permitiu — ou, pelo menos, ela assim julgou — ler mais precisamente, e com maior profundidade, o rosto que acabara de ver na rua.

— É o mesmo homem! — murmurou consigo mesma. — Se Jaffrey Pyncheon sorrir como sorri, é o rosto aí embaixo. Quando Jaffrey Pyncheon sorri, a expressão é aquela mesma! Se lhe derem um solidéu, uma faixa, um manto negro, uma espada em uma das mãos e uma Bíblia na outra, depois se Jaffrey sorrir como costuma, ninguém pode duvidar que o velho Pyncheon voltou! Ele é o homem capaz de construir uma nova casa! Talvez de sofrer uma nova maldição!

Assim Hepzibah se desorientava com aquelas fantasias dos velhos dias. Morara sozinha durante muitos anos, vivera durante muito tempo na Casa dos Pyncheon, até que o seu cérebro se impregnou da podridão dos seus esteios. Precisava dar um passeio pela rua ensolarada para se livrar daquelas loucuras.

Pela magia do contraste, outro retrato surgiu diante dela, pintado com favorecimento mais ousado do que qualquer artista se aventuraria a fazer, mas tão delicadamente delineado que a semelhança se mostrava perfeita. A miniatura de Malbone, embora o original fosse o mesmo, era muito inferior ao retrato imaginado por Hepzibah, elaborado pelo afeto e pela saudade. Delicado, terno e jovialmente contemplativo, com lábios vermelhos e cheios, quase esboçando um sorriso, que os olhos pareciam anunciar erguendo de leve os seus globos! Feições femininas, inseparavelmente ligadas às do outro sexo! A miniatura também apresentava essa última peculiaridade; de maneira que inevitavelmente se pensava no original como parecendo com sua mãe, ela uma mulher linda e atraente, talvez portadora de uma interessante debilidade de caráter, que fazia com que fosse mais agradável conhecê-la e mais fácil estimá-la.

"Sim!", pensou Hepzibah, com um pesar do qual apenas a parte mais tolerável subia do coração até as pálpebras. "Nele foi sua mãe que perseguiram! Ele nunca foi um Pyncheon!"

Nisso, porém, a campainha da loja tocou; era como um som vindo de muito longa distância; até então, Hepzibah descera às profundezas sepulcrais de suas reminiscências. Ao entrar na loja, lá encontrou um velho, um humilde morador da rua Pyncheon, o qual, durante muitos anos, ela admirara como frequentador da casa. Era um personagem imemorial, que parecia ter tido sempre as rugas e os cabelos brancos, assim como um único dente, amarelo e cariado, bem na frente da gengiva superior.

Já bem idosa como era Hepzibah, não podia se lembrar de um tempo em que não tivesse visto o tio Venner, como era chamado na vizinhança, subindo e descendo a rua, um tanto curvado e arrastando os pés pesadamente nas pedras do calçamento. Havia nele, contudo, algo de robusto e vigoroso, que não somente o mantinha bem disposto o dia todo, como lhe permitia ocupar um lugar que, de outro modo, teria ficado vago em um mundo aparentemente superlotado. Levar recados com o seu passo arrastado e vagaroso, que fazia duvidar que conseguisse chegar ao seu destino; rachar um pouquinho de lenha, ou desmanchar uma barrica velha ou um caixote, para pôr os cavacos no fogo; no verão, fazer alguns canteiros na horta de alguma casa alugada para ganhar metade do produto de seu trabalho; no inverno, tirar a neve dos passeios, ou abrir caminho para os depósitos de lenha ou para os varais de secar roupa: tais eram alguns dos encargos essenciais do tio Venner, executados pelo menos para umas vinte famílias. Dentro daquele círculo, ele reivindicava a mesma sorte de privilégios e provavelmente sentia despertar o mesmo interesse de que dispõe um clérigo no círculo dos seus paroquianos. É claro que não pretendia o dízimo de um porquinho bem gordo; mas, como um modo análogo de reverência, ele aparecia todas as manhãs em busca dos restos de comida para alimentar seu próprio porco.

Quando mais moço — pois, afinal de contas, admitia-se que ele fora mais moço, embora não propriamente moço —, o tio Venner era geralmente considerado como bastante deficiente, senão em outras coisas, pelo menos quanto à inteligência. Na verdade, ele havia, praticamente, se confessado culpado quanto à acusação, abstendo-se de tentar alcançar os sucessos que os outros homens procuram e se resignando à modesta e humilde participação no intercâmbio da vida reservada à suposta deficiência.

Agora, porém, na extrema velhice — fosse que a sua longa e dura experiência o tivesse realmente esclarecido, fosse que a decadência de sua capacidade de julgamento o tornasse menos capaz de se avaliar devidamente —, o venerado ancião tinha pretensão de saber muita coisa e, na verdade, muita gente dava crédito a tal pretensão. De vez em quando, mesmo, manifestava-se nele algo semelhante à inspiração poética; eram como que as humildes flores parietárias que brotavam em sua mente já um tanto dilapidada, dando um certo encanto ao que teria parecido vulgar e corriqueiro em sua mocidade ou sua idade madura.

Hepzibah tratava o velho com consideração, porque o seu nome era antigo na cidade e fora respeitado outrora. E havia um motivo mais sério para conceder-lhe uma espécie de condescendência familiar: o fato de ser o tio Venner a existência mais antiga, entre homens e coisas, da rua Pyncheon, exceto a Casa das Sete Torres e talvez o olmo que a sombreava.

O patriarca agora se apresentou a Hepzibah envergando um casaco azul, até bem decente, que devia ter procedido do armário esvaziado de algum sujeito com pretensões a elegante. Quanto à calça, era de um pano ordinário, muito curta nas pernas e grotescamente larga no traseiro. De qualquer maneira, a roupa assentava para o velho como nenhuma outra assentaria. O chapéu é que não tinha a menor relação com as outras partes da indumentária e muito pouco com a cabeça que o usava. Assim, o tio Venner era uma mistura de um velho *gentleman*, em parte ele próprio, mas, em apreciável proporção, algum outro homem; uma combinação, também, de épocas diferentes; uma epítome de eras e de modas.

— Quer dizer que a senhora começou mesmo a comerciar, começou mesmo! — disse ele. — Fico muito satisfeito. As pessoas moças jamais devem viver sem uma atividade, e as velhas também, a não ser quando o reumatismo toma conta delas. E o reumatismo já está me ameaçando. Estou pensando mesmo em me afastar dos negócios dentro de uns dois ou três anos e ir morar em minha fazenda. Fica longe... aquela casa de tijolos, a senhora sabe... O asilo, como a maior parte das pessoas prefere chamar. Quando não aguentar mais trabalhar, vou para lá, descansar. E estou muito satisfeito vendo a senhora começando o seu trabalho, srta. Hepzibah.

— Obrigada, tio Venner — replicou Hepzibah, sorrindo, pois sempre tratava com simpatia aquele velho simples e falador.

Se quem falou tivesse sido uma mulher velha, ela, provavelmente, teria repelido a liberdade que agora tinha em boa conta.

E acrescentou, bem-humorada:

— Já era tempo mesmo de eu ter começado! Ou, para falar mesmo a verdade, acho que já estou é começando tarde demais.

— O que é isso, srta. Hepzibah! — protestou o velho. — A senhora ainda é moça. Parece que foi ontem mesmo que eu via a senhora brincando na porta da velha casa, ainda criança! A maior parte das vezes, porém, ficava sentadinha na soleira da porta, muito séria, olhando para a rua, pois sempre foi muito seriazinha, parecendo gente grande, quando era tão pequena que mal chegava à altura dos meus joelhos. Tenho a impressão de ainda a estar vendo. E seu avô, com seu manto vermelho e sua peruca branca, o chapéu armado, a bengala, saindo de casa e caminhando muito imponente pela rua! Aqueles velhos senhores que foram criados antes da Revolução tinham muita pose. Quando eu era jovem, o grande homem da cidade era geralmente chamado de rei; e sua mulher, não de rainha, naturalmente, mas de *lady*. Hoje em dia nenhum homem tem coragem de ser chamado de rei; e, mesmo se se julga um pouco acima das pessoas comuns, não deixa de cumprimentá-las. Há dez minutos, encontrei seu primo, o juiz, e com a minha calça velha, como a senhora está vendo, o juiz tirou o chapéu para mim, segundo me pareceu! Pelo menos, abaixou a cabeça e sorriu!

— Com efeito — concordou Hepzibah, com certa amargura se insinuando no tom de sua voz. — Meu primo Jaffrey tem fama de ter um sorriso muito amável!

— E tem mesmo! — confirmou o tio Venner. — E isso é notável em um Pyncheon; pois a senhora me desculpe muito, srta. Hepzibah, mas eles sempre tiveram fama de ser pouco amáveis e muito convencidos. Mas agora, srta. Hepzibah, se não estou sendo intrometido, posso perguntar por que o juiz Pyncheon, com todo o seu prestígio, não veio dizer à sua prima para fechar o seu negócio imediatamente? Para a senhora é muito bom estar fazendo alguma coisa, mas, para o juiz, não é muito conveniente!

— Por favor, não falemos sobre isso, tio Venner — disse Hepzibah com frieza. — Devo dizer, contudo, que, se resolvi ganhar o pão com o suor do meu rosto, não foi por culpa do juiz Pyncheon. Nem ele mereceria censura — acrescentou, com maior afabilidade, lembrando-se dos privilégios outorgados ao tio Venner pela idade e pela sua humilde familiaridade — se eu resolvesse ir fazer companhia ao senhor em sua fazenda.

— E não é um mau lugar aquela minha fazenda! — exclamou o velho jovialmente, como se estivesse mesmo entusiasmado com a perspectiva. — Não é um mau lugar, especialmente para quem espera encontrar ali muitos antigos conhecidos, como é o meu caso. Tenho muita vontade de ficar com eles, às vezes, nas noites de inverno, pois é muito cacete, para um velho solitário como sou, ficar pensando na vida, sem outra companhia além de um fogareiro. Mas inverno ou verão, há muita coisa boa para se dizer a respeito da minha fazenda! E, no outono, o que pode ser mais agradável do que passar um dia inteiro tomando sol junto de um paiol ou de uma pilha de lenha, conversando com alguém tão velho como a gente, ou, talvez, passando o tempo como um simplório de nascença, que sabe como passar o tempo, porque mesmo os nossos atarefados ianques não descobriram um jeito de utilizá-lo. Palavra de honra, srta. Hepzibah, duvido que eu já tenha sido tão feliz como pretendo ser em minha fazenda, que a maior parte das pessoas chama de asilo, Mas a senhora, uma mulher ainda moça, não tem nada que fazer lá. Alguma coisa melhor lhe está reservada. Tenho certeza disso!

Havia algo de peculiar na expressão fisionômica e no tom de voz do seu venerável amigo; e ela o encarou com visível interesse, procurando descobrir se havia, de fato, alguma significação oculta em sua atitude.

As pessoas cuja situação chegou a uma crise desesperadora quase invariavelmente tratam de se fortalecerem com esperanças, de modo que, quanto mais magníficos sejam os castelos que levantam no ar, tanto menos material concreto têm à mão, para nele apoiarem qualquer judiciosa e moderada expectativa de êxito. Assim, durante todo o tempo em que aperfeiçoava o projeto de seu pequeno negócio comercial, Hepzibah também acalentava a inconfessada ideia de que um espetacular truque do destino interviria em seu favor. Como, por exemplo, um tio, que partira para a Índia havia cinquenta anos e nunca mais dera notícia, poderia voltar e escolhê-la como o consolo de sua extrema e decrépita velhice, enfeitando-a com pérolas, diamantes, xales e turbantes orientais, e, ao mesmo tempo, tornando-a herdeira universal da fabulosa fortuna que amealhara. Também podia acontecer que um membro do Parlamento, agora o chefe do ramo inglês da família — com o qual a estirpe mais velha deste lado do Atlântico pouco ou nada se comunicara durante os últimos dois séculos —, aquele eminente *gentleman* poderia convidar Hepzibah a deixar a arruinada Casa das Sete Torres e ir morar com seus parentes no suntuoso Palácio Pyncheon. Por motivos imperiosos, contudo, ela não pôde atender ao convite. Era mais provável, portanto, que os descendentes de um dos Pyncheon que haviam se mudado para a Virgínia havia algumas gerações e se tornado ali grandes fazendeiros — ao saberem da pobreza de Hepzibah e impelidos pela esplêndida generosidade de caráter com que a mistura do sangue virginiano deveria ter enriquecido o sangue da Nova Inglaterra — lhe enviariam uma lembrancinha de mil dólares, com a promessa de repetirem o presente todos os anos. Isso sem se falar da hipótese — pois, certamente, a decisão de uma causa tão justa não poderia ser protelada indefinidamente — de ser afinal julgada a favor dos Pyncheon a demanda relativa às terras do condado de Waldo. E assim, em vez de manter uma vendola, Hepzibah construiria um palacete e contemplaria, do alto de sua torre mais alta, os morros, os vales, a floresta, os campos e a cidade, como seu próprio quinhão no território ancestral.

Tais eram algumas das fantasias com que a solteirona por longo tempo sonhara; e, ajudada por elas, a casual tentativa de estímulo do tio Venner acendeu um estranho clarão festivo nas pobres, vazias e melancólicas câmaras do seu cérebro, como se o seu mundo interior tivesse sido de súbito vivamente iluminado. Mas, ou o velho nada sabia a respeito de seus castelos no ar — e como saberia? —, ou, então, a cara fechada de Hepzibah o desencorajou, como teria desencorajado um homem mais corajoso. E, em vez de insistir no assunto, o velho preferiu ajudá-la com alguns conselhos sensatos sobre o modo de dirigir o seu negócio.

— Não venda fiado! — foi uma das suas máximas de ouro. — Não aceite papel-moeda! Confira bem o troco! Rejeite toda moeda inglesa de meio *penny* e moedinhas de cobre, de que a cidade está repleta! E, nas horas de folga, faça meias de lã para crianças e mitenes! Prepare a senhora mesmo o fermento e a cerveja de gengibre!

E, enquanto Hepzibah fazia o maior esforço possível para engolir as pílulas de sua dogmática sabedoria, o velho ministrava o conselho final e que afirmava ser o mais importante de todos:

— Faça uma cara amável para os fregueses e sorria quando lhes mostrar os artigos que procuram! Um artigo mais ordinário, quando é oferecido com um sorriso franco, uma fisionomia acolhedora, parece melhor do que um outro realmente melhor, mas que é mostrado de cara fechada.

A esse derradeiro apotegma, Hepzibah replicou com um suspiro profundo, arrancado do imo do peito, tão forte que quase atirou o velho Venner para bem longe, como uma folha seca em face de uma ventania de outono. Recuperando-se, contudo, ele se curvou e, com uma expressão bondosa no rosto envelhecido, convidou a solteirona a aproximar-se mais dele, com um gesto.

— Quando é que está esperando que ele chegue aqui? — sussurrou.

— A quem o senhor está se referindo? — redarguiu Hepzibah, empalidecendo.

— Ah! A senhora não gosta de falar sobre isso — comentou o tio Venner. — Está bem, está bem! Não falemos mais, embora seja o assunto preferido de todo mundo na cidade. Eu me lembro dele, srta. Hepzibah, antes que ele soubesse andar!

Durante o resto do dia, a pobre Hepzibah desempenhou ainda mais precariamente o seu papel de vendedora do que conseguira com os seus esforços anteriores. Tinha a impressão de que estava sonhando; ou, mais exatamente, a vida e a realidade assumidas por suas emoções tornavam insubstanciais todas as ocorrências externas, como fantasmas irrequietos de um cochilo semiconsciente.

Não deixou, porém, de atender, mecanicamente, os frequentes apelos da campainha e os pedidos dos fregueses, espreitando a loja com um olhar vago, oferecendo-lhes um artigo depois do outro e deixando de lado — por maldade, segundo a maior parte deles supunha — exatamente o que o freguês estava querendo.

Há uma triste confusão, em verdade, quando o espírito mergulha no passado, ou no mais assustador futuro, ou, de qualquer outra maneira, atravessa o incorpóreo limite entre a sua própria região e o mundo real; quando o corpo fica condenado a se guiar, o melhor que puder, com pouca coisa mais do que o mecanismo da vida animal. É como a morte sem o tranquilo privilégio da morte: a libertação dos cuidados mortais. Pior de tudo, quando os deveres reais são compreendidos em detalhes tão mesquinhos como aqueles que agora vexavam a sorumbática alma da velha solteirona.

A animosidade do destino se fazia sentir; foi considerável o número de fregueses que apareceu durante a tarde. Hepzibah, desorientada, atrapalhava-se, cometendo os mais inacreditáveis enganos: ora vendia doze, ora sete velas de sebo à libra, em vez de dez velas; vendia gengibre em vez de rapé, alfinetes em vez de agulhas e agulhas em vez de alfinetes; errava o troco, às vezes prejudicando o freguês, mas na maioria das vezes prejudicando a si mesma. E assim continuou, fazendo todo o esforço que estava ao seu alcance para que o caos voltasse a dominar o universo, até que, ao encerrar um dia de trabalho, constatou, atônita, que a gaveta do caixa se encontrava quase vazia. Após toda aquela labuta, não havia muito mais que meia dúzia de moedas de cobre e uma discutível moeda de nove pence, que, como foi posteriormente constatada, também era de cobre.

Diante de tal preço, como aconteceria diante de qualquer outro preço, a pobre coitada regozijou-se que o dia tivesse acabado. Jamais, em toda a sua vida, lhe parecera tão longo o espaço de tempo que se estende entre o nascer e o pôr do sol, tão desagradável o esforço e tão mais sensato descansar logo, tristemente resignada, e deixar que a vida, com todas as suas fadigas e todos os seus vexames, tripudiasse à vontade sobre o seu corpo prostrado!

A última atividade de Hepzibah foi com o pequeno devorador de Jim Crow e do elefante, agora disposto a comer um camelo. Com a sua desorientação, a comerciante lhe ofereceu primeiro um dragão de madeira, depois um punhado de bolinhas de gude; como nenhum dos dois se adaptava ao onívoro apetite do menino, ela se apressou em desfazer-se de toda a sua coleção zoológica feita de bolo de gengibre e empurrou o insistente freguês para fora da loja. Em seguida, abafou a campainha com a meia inacabada e fechou a porta com uma tranca de carvalho.

Enquanto tomava essa última providência, um ônibus parou embaixo da copa do olmo. Hepzibah teve a impressão de que o coração lhe estava chegando à garganta. Longínqua e enevoada, sem um raio de sol no espaço intermediário, era a região do passado aonde poderia chegar o único hóspede esperado! Iria recebê-lo agora?

O fato é que alguém estava se dirigindo do fundo do ônibus para a saída. Um cavalheiro desceu, mas somente para oferecer a mão a uma moça, cuja figura esbelta, de modo algum necessitando de ajuda, desceu lepidamente a escadinha e deu mesmo um gracioso pulinho, do último degrau para o passeio. Agradeceu ao cavalheiro com um sorriso, cuja cordialidade se refletia no rosto do próprio rapaz, até quando tornou a entrar no veículo.

A moça se dirigiu, então, à porta da Casa das Sete Torres — não a da loja, mas a antiga —, para junto da qual o homem do ônibus levara uma mala e uma chapeleira. Depois de bater com força a aldrava da porta e deixar a bagagem junto à soleira, o rapaz se afastou.

"Quem pode ser?", pensou Hepzibah, que focalizava o órgão visual da melhor maneira que podia. "Essa moça deve ter errado de casa!"

Caminhou para o vestíbulo, sem se apressar, e, invisível ela própria, olhou, através da fresta da porta, para o rosto jovem, viçoso e sorridente que se apresentava pretendendo entrar na velha mansão.

Era um rosto diante do qual qualquer porta deveria se abrir de par em par.

A moça, tão jovem, tão simples, tão de acordo com as regras e injunções do bom senso, constituía, no entanto, naquele momento, um vivo contraste com tudo que se encontrava em torno dela. O sórdido e feio viço das gigantescas plantas daninhas que cresciam em um canto da casa, a pesada saliência que a sombreava e a porta gasta pela ação do tempo — nada disso pertencia à sua esfera. Do mesmo modo, porém, que um raio de sol, caindo em um lugar desolado, instantaneamente cria um novo ambiente pelo simples fato de sua presença, assim também aconteceu com a chegada da linda jovem ao limiar da casa. Não era menos evidente que a porta deveria ser escancarada para recebê-la. A própria solteirona, indisposta para com a hospitalidade em seu primeiro impulso, não tardou a sentir que a porta teria de ser aberta, e a enferrujada chave começou a se mover na relutante fechadura.

"Será Phoebe?", perguntou a si mesma. "Deve ser Phoebe, pois não pode ser outra pessoa, e, além disso, ela se parece um pouco com o pai! Mas o que é que ela pode estar querendo aqui? E como é que uma prima da roça aparece assim, sem avisar antes, sem saber se será bem recebida? Bem! Deve ter vindo passar uma noite aqui. Deve ser isso. Amanhã volta para junto de sua mãe!"

Phoebe, convém lembrar, era o rebentozinho da raça dos Pyncheon ao qual já fizemos referência, como nascida em uma zona rural da Nova Inglaterra, onde os velhos costumes e sentimentos do parentesco ainda são em parte conservados. Em seu próprio círculo, não se achava impróprio que um parente visitasse outro sem ser convidado, ou, pelo menos, tê-lo prévia e cerimoniosamente advertido. No entanto, levando em conta a vida reclusa de srta. Hepzibah, fora, na verdade, devidamente escrita e enviada uma carta, participando a projetada visita. Tal epístola, durante três dos quatro dias passados depois de sua expedição, ficara no bolso do agente postal, que, como não tinha outros negócios a tratar na rua Pyncheon, não achara ainda conveniente ir levá-la à Casa das Sete Torres.

— Não! — murmurou Hepzibah, abrindo a porta. — Ela não pode ficar por mais de uma noite. Clifford ficaria muito perturbado se a encontrasse aqui!

V

Maio e novembro

Phoebe Pyncheon dormiu, na noite em que chegara, em um quarto que dava para o quintal do velho casarão. Estava voltado para o nascente, de modo que, muito cedo ainda, uma luz avermelhada começou a se infiltrar através da janela e a colorir com o seu matiz o encardido teto e o não menos encardido papel de parede. Havia um cortinado na cama de Phoebe: um dossel escuro e antigo, e pesados festões de um pano, que custara caro e fora luxuoso em seu tempo, mas que, agora, se estendia sobre a moça como uma nuvem, conservando a noite naquele canto, ao passo que, em todas as outras partes, o dia estava raiando.

A luz matinal, no entanto, acabou se infiltrando por uma fresta nos pés da cama, entre o desbotado cortinado. Encontrando ali uma nova hóspede — com faces rosadas como a do próprio amanhecer e a gentil agitação do fim do sono em seus membros, à semelhança do que acontece quando uma brisa suave agita as folhagens —, a aurora beijou-lhe a fronte. Foi a carícia que a orvalhada donzela — tal como é a aurora, imortalmente — propiciou à sua irmã adormecida, em parte por um impulso de irresistível afeto, e em parte como delicada advertência de que já era tempo de abrir os olhos.

Ao contato daqueles lábios de luz, Phoebe acordou tranquilamente e, durante um momento, não reconheceu onde se encontrava e por que aquele pesado cortinado pendia em torno dela. Na verdade, coisa alguma lhe era absolutamente explicável, exceto o fato de que já amanhecera e, fosse o que fosse que em seguida pudesse acontecer, convinha, afinal de contas, levantar-se e rezar as suas orações. Sentia-se mais inclinada à devoção que de costume, em virtude do aspecto soturno do quarto e da mobília, especialmente as cadeiras, altas e rígidas, uma das quais se achava junto da cabeceira da cama, como se alguma velha personagem tivesse estado sentada ali durante a noite e desaparecido justamente a tempo de não ser descoberta.

Depois de se vestir, Phoebe chegou à janela e viu uma roseira no quintal. Uma roseira muito alta e muito viçosa, que fora escorada na parede da casa e estava carregada de uma rara e linda qualidade de rosas brancas. Muitas delas, como a jovem constatou posteriormente, já se encontravam um tanto murchas no centro, mas, vista a distância, a roseira parecia ter sido trazida do Éden naquele mesmo verão, juntamente com o canteiro onde crescia. A verdade, porém, é que fora plantada por Alice Pyncheon, tia-tetravó de Phoebe, em um terreno que, destinado apenas a ser um jardim, se tornara agora abandonado e lamacento, com as plantas envelhecendo e morrendo. Abandonadas como estavam, no entanto, as flores ainda erguiam um suave e oloroso incenso ao seu criador, que não seria menos puro e aceitável porque a jovem respiração de Phoebe com ele se misturava, enquanto o perfume subia junto à janela. Descendo apressadamente a escada rangedeira e sem carpete, a moça correu ao quintal, apanhou algumas das rosas mais bem conservadas e levou-as para o seu quarto.

Phoebe era uma daquelas pessoas que possuem, como seu exclusivo patrimônio, o dom de se ambientarem, uma espécie de magia natural que permite àquelas pessoas privilegiadas descobrirem as possibilidades ocultas das coisas que as rodeiam e, em particular, dar um aspecto de conforto e tornar acolhedor qualquer lugar que, ainda que por um tempo muito breve, tem que lhes servir de morada. Uma rústica cabana de colmo, construída às pressas por viajantes, em plena selva, adquiria o aspecto de um lar se uma mulher dotada de tal qualidade ali tivesse de passar uma noite, e o teria conservado até bem depois que o seu vulto tranquilo tivesse desaparecido na sombra em torno.

E muito daquela magia caseira se tornava, em verdade, necessária para melhorar o quarto de Phoebe, vasto, desarrumado e empoeirado, por tão longo tempo abandonado, a não ser pelas aranhas, pelos ratos e camundongos e pelos fantasmas, até se cobrir de uma desolação que parecia fazer questão de apagar todas as lembranças de horas mais felizes.

Qual era, precisamente, o processo utilizado por Phoebe confessamos ser impossível dizer. Ela não parecia ter um intuito preliminar, mas ir dando um toquezinho aqui, e outro ali; expôs à luz algumas peças do mobiliário e levou outras para a sombra; levantou ou desceu uma cortina da janela; e, no fim de meia hora, dera um aspecto franco e acolhedor ao aposento. Ainda na noite da véspera, ele se parecia com o coração da solteirona, pois, em nenhum dos dois havia luz solar ou luz acesa, e, a não ser espectros e reminiscências espectrais, nenhum hóspede entrara, há muitos e muitos anos, quer no quarto, quer no coração.

Havia ainda uma outra peculiaridade naquele inexplicável encantamento. O quarto de dormir, sem dúvida, tivera grandes e variadas experiências, como cenário da vida humana; a alegria das noites de núpcias passara por ali; novos imortais haviam pela primeira vez ali respirado o ar terreno; e ali pessoas idosas tinham morrido. Mas fosse por causa das rosas brancas, fosse por causa da sutil influência, uma pessoa de instinto delicado perceberia imediatamente que ali era agora o quarto de dormir de uma donzela e que fora purificado de todos os antigos males e pesares por sua presença suave e seus bons pensamentos. Os seus sonhos da noite anterior, tendo sido agradáveis, tinham esconjurado a tristeza e tomado o seu lugar.

Depois de fazer a arrumação ao seu gosto, Phoebe saiu do quarto, a fim de voltar ao quintal. Além da roseira, observara ali várias outras espécies de flores crescendo no meio do mato e prejudicando o desenvolvimento umas das outras (como muitas vezes ocorrem na sociedade humana casos paralelos) por seu desordenado intrometimento e confusão. No alto da escada, porém, se encontrou com Hepzibah, a qual, como ainda era cedo, convidou-a a entrar em um quarto que provavelmente chamaria de seu *boudoir*, se a sua instrução comportasse o conhecimento de qualquer expressão francesa.

Viam-se no quarto alguns livros velhos, um cesto de costura e uma escrivaninha empoeirada; havia ainda, de um lado, um móvel grande e preto de aspecto muito estranho que a solteirona disse ser um cravo. Parecia mais um caixão de defunto do que qualquer outra coisa;

e, na verdade, não tendo sido tocado, ou sequer aberto, há muitos anos, devia guardar muita música morta sufocada por falta de ar. Era pouquíssimo provável que dedos humanos o tivessem dedilhado desde os dias de Alice Pyncheon, que aprendera na Europa a manejar o melodioso instrumento.

Hepzibah convidou a sua jovem hóspede a sentar-se e, acomodando-se em uma cadeira ao seu lado, contemplou tão intensamente a delicada figurinha de Phoebe como se pretendesse ler as suas intenções e os seus impulsos secretos.

— Prima Phoebe — disse, afinal —, para falar a verdade, não sei exatamente como devo agir com relação à sua presença aqui.

Estas palavras, todavia, não tinham a grosseira inospitalidade que o leitor sem dúvida imaginou, pois as duas parentas, conversando antes de se recolherem na véspera, haviam chegado a um certo grau de entendimento mútuo. Hepzibah já sabia o suficiente para compreender as circunstâncias (resultantes do segundo casamento da mãe da jovem) que tinham levado Phoebe a achar conveniente ir morar em outra casa. E não interpretou mal o caráter de Phoebe e a tranquila atividade com que se manifestava — uma das mais louváveis feições das mulheres da Nova Inglaterra — a tendência que a impelira, como se poderia dizer, a sair em busca da fortuna, mas com correta intenção de prestar tantos benefícios como os que pudesse receber. Como uma de suas parentas mais próximas, ela naturalmente recorrera a Hepzibah não com a ideia de forçar a prima a protegê-la, mas apenas de pedir-lhe hospedagem durante uma semana ou duas, prazo que poderia ser indefinidamente prolongado, caso se constatasse que ambas se beneficiariam com isso.

Assim, Phoebe replicou com a mesma franqueza e mais jovialmente à rude observação de Hepzibah:

— Minha cara prima, não posso dizer como será. Mas estou certa de que nos daremos muito melhor uma com a outra do que você supõe.

— Você é uma boa menina, vejo muito bem — continuou Hepzibah. — E não é, de modo algum, por isso que estou preocupada. Mas o caso, Phoebe, é que esta minha casa é um lugar muito triste para uma pessoa jovem morar. Recebe o vento e a chuva, e a neve, também, durante o inverno, no sótão e nos cômodos de cima, mas não recebe um raio de sol! E quanto a mim, como você pode ver, não passo de uma triste e desanimada velha (pois já estou me chamando de velha, Phoebe), cujo gênio, tenho de confessar, não é dos melhores, e cujo estado de espírito não podia ser pior. Não tenho condições de tornar a sua vida agradável, prima Phoebe, e, além disso, a minha situação financeira é muito precária.

— Vai ver que não me queixarei — retrucou Phoebe, sorrindo, mas com um ar de quem estava falando com seriedade, embora jovial. — E estou disposta a trabalhar para me sustentar. Como deve saber, não fui criada como uma Pyncheon. As moças aprendem muita coisa em uma aldeia da Nova Inglaterra.

— Ah, Phoebe! — exclamou Hepzibah, com um suspiro. — Os seus conhecimentos não vão lhe valer de muito aqui! E é doloroso pensar que você vai passar a mocidade em um lugar como este. O seu rostinho já não estará tão corado dentro de um ou dois meses. Olhe para a minha cara — na verdade, o contraste era chocante — e veja como sou pálida! Ninguém me tira da cabeça que a poeira e o mofo destas casas velhas fazem mal aos pulmões.

— Há o jardim, para se tratar — observou Phoebe. — Vou ter muita coisa para fazer ao ar livre.

— E, além de tudo, menina — exclamou Hepzibah, como que pondo um ponto final no assunto —, não é a mim que compete resolver quem será o hóspede ou o morador da Casa dos Pyncheon. Seu dono está para chegar.

— Está se referindo ao juiz Pyncheon? — perguntou a moça, surpresa.

— O juiz Pyncheon! — retrucou a outra, visivelmente irritada. — Ele não vai entrar nesta casa enquanto eu for viva! Não, não! Mas vou lhe mostrar o retrato daquele de quem estou falando.

Saiu em procura da miniatura que já foi descrita e voltou com ela na mão. Entregou-a a Phoebe, cuja fisionomia ficou contemplando atentamente, e com um certo ciúme, para ver como a jovem seria afetada pelo retrato.

— O que acha dele? — perguntou.

— É bonito! É lindo! — exclamou Phoebe, entusiasmada. — Um rosto tão delicado quanto pode ser, ou melhor, deve ser um rosto de homem. Tem algo da expressão de uma criança, e, no entanto, não é infantil. A gente não pode deixar de simpatizar com ele. Não deve ter sofrido jamais. Devem ter feito tudo para lhe pouparem qualquer trabalho e qualquer aborrecimento. Quem é, prima Hepzibah?

— Nunca ouviu falar de Clifford Pyncheon? — sussurrou a solteirona, debruçando-se sobre sua prima.

— Nunca! — respondeu Phoebe. — Pensei que os últimos Pyncheon que ainda restavam fossem você e o nosso primo Jaffrey. Mas me parece que já ouvi mesmo falar em Clifford Pyncheon. Sim... Meu pai e minha mãe falaram dele. Mas ele não morreu há muito tempo?

— Bem, minha filha, talvez tenha morrido! — admitiu Hepzibah. — Mas, você sabe, nas casas antigas, como esta, os mortos de vez em quando costumam ressuscitar! Veremos. E, Phoebe, como, afinal de contas, depois de tudo que eu lhe disse, sua coragem não se abalou, não vamos nos separar tão cedo. Você é bem-vinda a esta casa, e esta sua prima velha fará por você tudo que estiver ao seu alcance.

Com essa garantia comedida, mas não fria, de hospitalidade, a solteirona selou a promessa com um beijo.

As duas desceram então a escada, e Phoebe — não tanto assumindo o encargo como o atraindo, pelo magnetismo de sua eficiência inata — desempenhou o papel mais ativo no preparativo da refeição. Enquanto isso, a dona da casa, como é habitual nas pessoas de sua rígida e inadaptável casta, ficou de lado a maior parte do tempo, desejosa de prestar ajuda, mas consciente de que a sua natural inaptidão iria prejudicar em vez de ajudar.

Phoebe e o fogo que aquecia a chaleira se mostravam ambos brilhantes, ardentes e eficientes em suas respectivas tarefas. Hepzibah os contemplava, com a inércia habitual, resultado necessário de sua prolongada solidão; assistia àquilo como se estivesse em um outro plano. Não podia, porém, deixar de se interessar, e mesmo se divertir, com a presteza com que a sua hóspede se adaptava às circunstâncias e, além disso, fazia com que a casa, com todas as velharias e todos os estragos, se tornasse conveniente para os seus intentos. E o que ela fazia era feito sem esforço consciente e frequentemente acompanhado por canções muito agradáveis de serem ouvidas. Essa natural maviosidade fazia Phoebe se parecer com um pássaro, à sombra de uma árvore; ou dava a ideia de que o fluxo da vida lhe atravessava o coração como uma fonte irrompe às vezes em uma pequena grota. Revelava a alegria de um temperamento ativo, encontrando prazer na atividade e, portanto, a tornando bela; era uma característica da Nova Inglaterra: o velho galho seco do puritanismo coberto por uma teia dourada.

Hepzibah tirou do armário algumas velhas colheres de prata gravadas com o timbre da família e um serviço de chá de porcelana com figuras grotescas de homens, aves e quadrúpedes, em uma paisagem grotesca. Eram figuras humorísticas, em um mundo próprio, um mundo brilhante quanto à cor, ainda não desbotado, embora o bule e as chávenas fossem tão velhos como o próprio costume de beber chá.

— A tetravó de sua bisavó ganhou este aparelho quando se casou — explicou Hepzibah a Phoebe. — Era uma Davenport, uma família importante. Foi um dos primeiros aparelhos de chá usados na colônia e, se uma destas xícaras se quebrasse, meu coração também ficaria em pedaços. Mas é uma tolice falar assim a respeito de uma xícara quando penso no que o meu coração enfrentou sem se despedaçar.

As chávenas — que provavelmente não tinham sido usadas desde que Hepzibah era jovem — haviam contraído uma camada nada desprezível de poeira, que Phoebe lavou com todo o cuidado e delicadeza necessários para satisfazer até mesmo a proprietária daquela porcelana preciosíssima.

— Que boa dona de casa você é! — exclamou Hepzibah, sorrindo, e, ao mesmo tempo, franzindo a testa tão prodigiosamente que o sorriso ficou parecido com um raio de sol debaixo de uma nuvem de tempestades. — Você faz as outras coisas tão bem assim? É tão boa nos estudos como é para lavar xícaras?

— Infelizmente, acho que não — confessou Phoebe, rindo da maneira com que a outra perguntara. — Mas fui professora primária em nosso distrito, no verão passado, e poderia ainda ser.

— Muito bem! — observou a solteirona. — Mas você deve ter herdado essas qualidades de sua mãe. Nunca soube que alguma Pyncheon tivesse jeito para essas coisas.

É muito esquisito, mas nem por isso menos verdadeiro, que, em geral, as pessoas tenham mais orgulho de seus defeitos do que de suas qualidades; e assim era Hepzibah quando se referia à incapacidade dos Pyncheon para o desempenho de qualquer função realmente útil. Considerava tal coisa como uma característica hereditária; talvez fosse mesmo, mas, infelizmente, uma característica mórbida, como surge, com frequência, em famílias que permanecem por muito tempo acima da superfície da sociedade.

Antes de se levantarem da mesa, a campainha da loja tocou ruidosamente, e Hepzibah engoliu o resto de chá da xícara com tal expressão de desespero no rosto que dava pena vê-la.

Nos casos de ocupação desagradável, o segundo dia em geral é pior do que o primeiro; voltamos ao cavalete com as marcas da tortura anterior em nossos membros. De qualquer maneira, Hepzibah reconhecera plenamente a impossibilidade de um dia se acostumar com o irritante barulho da campainha. Por mais vezes que fosse tocada, aquele toque sempre afetava o seu sistema nervoso, rude e subitamente. Em especial agora, quando, com as suas colheres timbradas e a porcelana antiga, estava se enfeitando com ideias de nobreza, sentia-se pouquíssimo inclinada a dar atenção a um freguês.

— Não se preocupe, minha prima! — apressou-se em dizer Phoebe. — Hoje a loja fica por minha conta.

— Você, minha filha? — contestou a velha. — Como é que uma mocinha da roça vai entender dessas coisas?

— Ora! — replicou Phoebe. — Sou eu que faço todas as compras da família no armazém da nossa aldeia. E tenho muito jeito para isso. Sempre me saí muito bem. Essas coisas a gente não aprende. Acho que é um dom natural. Devo ter herdado de minha mãe — acrescentou, sorrindo. — Você vai ver que sou tão boa vendedora como dona de casa.

A solteirona caminhou disfarçadamente atrás de Phoebe e ficou espiando do corredor, para ver como ela se arranjava na loja. Uma mulher muito velha, vestindo uma blusa curtinha e uma saia verde, com um cordão de ouro no pescoço e algo que parecia uma touca de dormir na cabeça, levara grande quantidade de fios de algodão ou de lã para trocar por mercadorias da loja. Provavelmente, era a única pessoa na cidade que ainda punha em constante revolução uma roda de fiar, outrora tão conceituada.

Valia a pena ouvir a voz de taquara rachada da velha e a maviosa voz de Phoebe misturando-se na conversa; e era mais interessante ainda observar o contraste de suas figuras: uma tão jovem e tão esbelta, a outra tão decrépita e tão gasta, separadas apenas, em um certo sentido, pelo balcão, mas, em outro sentido, por mais de sessenta anos. Quanto à barganha, foi a manha e astúcia da velhice contra a franqueza e a sagacidade natas.

— Não foi um bom negócio? — perguntou Phoebe, dando uma risada, depois que a freguesa se retirara.

— Muito bom, na verdade, minha filha! — respondeu Hepzibah. — Eu não conseguiria isso, de modo algum. Como você diz, deve ter herdado isso de sua mãe.

É verdadeiramente sincera a admiração que as pessoas muito tímidas ou muito desajeitadas sentem por aqueles que participam ativa e vitoriosamente das atividades práticas da vida; tão sincera, de fato, que os admiradores têm de torná-la aceitável ao seu amor-próprio, presumindo que aquelas qualidades ativas e compensadoras são incompatíveis com outras, que resolvem considerar como mais elevadas e mais importantes. Assim, Hepzibah se apressou em reconhecer as qualidades, muito superiores às suas, de Phoebe como caixeira; ouviu, de boa vontade, suas sugestões a respeito dos diversos recursos graças aos quais o comércio poderia aumentar e se tornar lucrativo, sem o arriscado emprego de capital. Admitiu que a mocinha roceira poderia fazer fermento, tanto líquido quanto sólido; e poderia fabricar uma espécie de cerveja, agradável ao paladar e de raras virtudes estomacais; e, além disso, poderia assar e pôr à venda alguns bolinhos que, quem provasse, não resistiria à vontade de comer de novo. Tais provas de espírito prático e habilidade manual foram prazerosamente aceitas pela aristocrática negociante, enquanto ela pudesse murmurar consigo mesma, com um sorriso irônico e um suspiro seminatural, e um sentimento misto de admiração, piedade e crescente afeto: "É muito engraçadinha! Se pudesse ser uma *lady* também! Mas é impossível. Phoebe não é uma Pyncheon. Puxou tudo de sua mãe."

Se Phoebe podia ou não ser uma *lady* talvez não fosse difícil decidir, mas é duvidoso que tal questão preocupasse qualquer pessoa sensata. Fora da Nova Inglaterra, seria impossível encontrar alguém combinando tantos atributos de uma dama de qualidade com tantos outros que não fazem necessariamente (se compatíveis) parte do caráter. Não violava nenhum padrão do bom gosto; comportava-se com perfeita educação, sem jamais protestar contra as circunstâncias do ambiente. Sem dúvida, a sua estatura era bem baixa, quase a de uma criança, e tão ágil, tão elástica, que dificilmente poderia dar a ideia de uma condessa. E nem o seu rosto — emoldurado de ambos os lados por mechas de cabelo castanho, com o narizinho levemente petulante, as faces rosadas e amorenadas, e meia dúzia de sardas, lembrança amável do sol e da brisa de abril — teria precisamente o direito de ser chamado de belo. Era muito bonitinha; graciosa como um pássaro, de uma graciosidade realmente do mesmo gênero; a sua presença, agradável como a de um raio de sol entrando em casa através da sombra de folhagens farfalhantes, ou como um raio de luz refletida do fogo da lareira dançando na parede, enquanto lá fora a tardinha se transforma em noite. Em vez de discutirmos o seu direito de ser classificada entre as damas de qualidade, será preferível considerar Phoebe como o exemplo da graciosidade feminina combinada com a eficiência, em uma situação social, se existe tal coisa, em que não têm lugar as damas de qualidade. Em tal situação, o papel da mulher seria o de se movimentar no meio dos encargos práticos e embelezá-los todos, mesmo os mais grosseiros — mesmo a lavagem de panelas e caçarolas — com uma atmosfera de beleza e alegria.

Tal era a esfera de Phoebe. Para encontrarmos uma dama de qualidade, inata e educada, por outro lado, não precisaríamos ir além de Hepzibah, nossa desalentada solteirona, com seus engomados vestidos de seda, com a sua consciência de alta linhagem tão profundamente arraigada quanto ridícula, suas fantásticas pretensões ao território principesco e, no capítulo das realizações, a lembrança, talvez, de haver dedilhado um cravo, dançado um minueto e feito um bordado copiando uma velha tapeçaria. Um belo paralelo entre sua atual condição de plebeia e sua nobreza hereditária.

Parecia, realmente, que a castigada fachada da Casa das Sete Torres, enegrecida e suja como se encontrava, apresentava uma espécie de brilho jovial entre as suas janelas empoeiradas, quando Phoebe caminhava dentro de casa de um lado para o outro. De outro modo, seria impossível explicar como os moradores da vizinhança tão cedo tomaram conhecimento da presença da jovem. Havia um grande afluxo de fregueses, que aumentava de dez horas, mais ou menos, até cerca de meio-dia, diminuindo um pouco na hora do jantar, mas recomeçando durante a tarde e, afinal, acabando uma meia hora antes do prolongado crepúsculo vespertino. Um dos fregueses mais assíduos era o pequeno Ned Higgins, o devorador de Jim Crow e do elefante, que, naquele dia, realizara a onívora proeza de engolir dois dromedários e uma locomotiva. Phoebe riu quando somou as compras na ardósia, enquanto Hepzibah, não sem primeiro ter calçado luvas de seda, contava a sórdida acumulação de moedas de cobre, com a presença, também, de moedas de prata, que se fizera na gaveta do caixa.

— Precisamos renovar o estoque, prima Hepzibah! — exclamou a caixeirinha. — As figurinhas de gengibre já acabaram, e o mesmo aconteceu com aquelas bonequinhas holandesas de pau e com a maior parte dos outros brinquedos. Foi enorme a procura de passas, assim como de apitos, cornetinhas e berimbaus de boca; e pelo menos uma dúzia de meninos veio comprar açúcar-cande. E temos de dar um jeito de arranjar maçãs de inverno, apesar de a estação já estar tão adiantada. Mas, querida prima, que montão de moedas de cobre! Uma montanha de cobre, não resta dúvida!

— Ótimo! Ótimo! Ótimo! — proclamou o tio Venner, que tivera oportunidade de entrar e sair da loja por diversas vezes durante o dia. — Eis uma moça que de modo algum terminará os seus dias em minha fazenda! Benza-a Deus, que menina formidável!

— Sim, Phoebe é uma boa moça — disse Hepzibah, com uma careta de austera aprovação. — Mas, tio Venner, o senhor, que conhece a família há muitos anos, pode me dizer se houve algum Pyncheon de quem ela tenha herdado o seu gênio?

— Não acredito que tenha havido algum — admitiu o velho. — De fato, nunca vi ninguém parecido com ela entre os Pyncheon, e, para falar a verdade, nem fora da família. Tenho conhecido muita gente, não só nas cozinhas e nos quintais, mas também nas esquinas e nos locais de trabalho, aonde tenho de ir. E posso afirmar, srta. Hepzibah, que nunca conheci uma criatura humana que trabalhasse parecendo um anjo do Senhor como essa menina, Phoebe!

O elogio de tio Venner, embora pudesse parecer exagerado para a pessoa e a ocasião, se revestia, no entanto, em certo sentido, de sutileza e de verdade. Havia, mesmo, algo de espiritual na atividade de Phoebe. O decorrer daquele dia longo e trabalhoso — gasto em ocupações que facilmente assumiriam um aspecto mesquinho e feio — se tornara agradável, e belo mesmo, pela graciosidade espontânea com que aquelas tarefas vulgares pareciam escapar de seus limites, de maneira que o trabalho, quando executado pela mocinha, tinha o fácil e flexível encanto de uma diversão. Os anjos não trabalham, mas as suas boas ações escapam espontaneamente deles; assim fazia Phoebe.

As duas parentas — a jovem e a velha donzela — acharam tempo, antes do anoitecer, no intervalo do trabalho, de progredirem rapidamente rumo ao afeto e à compreensão. Uma reclusa como Hepzibah em via de regra mostra notável franqueza e uma afabilidade, pelo menos temporária, quando é encurralada e obrigada a chegar ao ponto de manter comunicação pessoal; como o anjo com quem Jacob lutou, ela se apressava em abençoar, uma vez vencedora.

A velha dama mostrou-se melancólica e orgulhosamente satisfeita em levar Phoebe de aposento em aposento da casa e recontar as tradições com as quais, se assim se pode dizer, as paredes se achavam lugubremente pintadas. Mostrou os entalhes produzidos pela espada do vice-governador na porta do quarto onde o coronel Pyncheon, um anfitrião morto, recebera os assustados convivas com uma careta horrorosa.

O sombrio terror daquela careta, observou Hepzibah, permanecera, desde então, segundo se acreditava, assombrando o corredor.

A solteirona fez com que Phoebe trepasse em uma das altas cadeiras e observasse de bem perto o velho mapa do território dos Pyncheon na região oriental. No ponto que mostrou com a ponta do dedo, existia uma mina de prata, cuja localização exata era mencionada em um memorando do próprio coronel Pyncheon, mas somente deveria se tornar conhecida quando a pretensão da família fosse reconhecida pelo governo. Interessava, portanto, a toda a Nova Inglaterra que se fizesse justiça aos Pyncheon. Também explicou Hepzibah que havia, incontestavelmente, um imenso tesouro em guinéus ingleses escondido em algum lugar da casa, no porão ou, possivelmente, no quintal.

— Se você encontrá-lo, Phoebe — disse a solteirona, sorridente —, vamos tirar a campainha da porta da loja para todo o sempre!

— Está certo, minha querida prima — replicou a outra. — Mas, por enquanto, alguém está tocando a campainha.

Depois que o freguês se retirou, Hepzibah falou um tanto vagamente, e por muito tempo, acerca de uma certa Alice Pyncheon, uma mulher muito bela e muito prendada que vivera há cem anos. A fragrância de seu rico e deleitável caráter ainda pairava no lugar onde ela vivera, como as pétalas murchas de uma rosa continuam a perfumar uma gaveta, onde a flor murchou e morreu. A linda Alice enfrentara uma grande e misteriosa calamidade, e foi emagrecendo e empalidecendo, até que enfim deixou este mundo. Ainda agora, porém, acreditava-se que assombrava a Casa das Sete Torres, e muitas vezes — especialmente quando um Pyncheon estava à morte — fora ouvida tocando no cravo alguma música linda e triste. Uma delas fora anotada por um músico amador; era tão requintadamente dolorosa que ninguém, até então, tolerava ouvi-la ser tocada, a não ser que um grande pesar lhe tornasse possível perceber a profunda doçura que nela havia.

— Era aquele mesmo cravo que você me mostrou? — quis saber Phoebe.

— Ele mesmo — respondeu Hepzibah. — Era um cravo de Alice Pyncheon. Quando eu estava aprendendo música, meu pai nunca me permitiu que o abrisse. Assim, como eu só podia tocar no instrumento de meu professor, esqueci há muito tempo tudo que sabia de música.

Deixando de lado, afinal, aqueles assuntos antigos, a solteirona começou a falar acerca do técnico em daguerreótipo, o qual, como parecia ser um bom rapaz muito ajuizado e bem-comportado, e atravessando dificuldades, ela permitira que ficasse morando em uma das torres da casa. Depois que o ficara conhecendo melhor, no entanto, não sabia que resolução tomar a seu respeito.

Sr. Holgrave tinha os amigos mais estranhos que se podia imaginar: homens com barbas compridas e outros que trajavam blusas de linho e vestimentas esquisitas; reformistas, propagandistas da liga contra o alcoolismo e toda a sorte de filantropos extravagantes; homens do lugar e de fora, segundo Hepzibah acreditava, que não seguiam lei alguma e não ingeriam alimento sólido, mas viviam do cheiro da comida dos outros. Quanto ao próprio Holgrave, havia algum tempo ela lera uma noticiazinha em um jornal acusando-o de fazer um discurso incendiário, em uma reunião de seus amigos que pareciam bandidos. Ela mesma, Hepzibah, tinha motivos para acreditar que ele praticava o magnetismo animal, e, como tais coisas estavam então em moda, todo mundo poderia desconfiar que ele estudava magia negra naquele quarto solitário.

— Mas, minha prima, se esse moço é tão perigoso, por que é que você o deixa ficar aqui? — admirou-se Phoebe. — Se não fizer coisa pior, ele é capaz de pôr fogo na casa!

— Às vezes, fico mesmo pensando se não deveria mandá-lo embora — replicou Hepzibah. — Já tenho cogitado isso seriamente. Mas, por outro lado, ele é uma pessoa muito sossegada, e, na verdade, muito simpático, de modo que, mesmo sem poder dizer exatamente que gosto dele (pois, afinal de contas, não conheço esse moço direito), o fato é que iria sentir saudade se ele fosse embora. Quando uma mulher vive muito sozinha, como é o meu caso, fica apegada mesmo a quem conhece pouco.

— Mas se sr. Holgrave é um homem que não respeita a lei! — protestou Phoebe, cuja uma das características era o respeito à lei.

— Ora! — exclamou a outra, com indiferença, pois, por mais formalista que fosse, muitas vezes, em sua atribulada vida, se revoltara contra a lei humana. — Acho que ele segue a sua própria lei!

VI

O poço de Maule

Depois de tomar o chá bem cedo, a roceirinha foi para o quintal. Esse quintal era, antes, bem grande, mas a sua superfície se achava agora bem reduzida, contida em parte por altas cercas de pau e em parte pelo fundo das casas situadas em outra rua. Em seu centro, havia um espaço coberto de relva, cercando uma construção arruinada, mas da qual ainda haviam sobrado restos suficientes para mostrar que se tratava de um pavilhão rústico. Uma trepadeira estava começando a subir por aquela ruína, mas ainda iria demorar muito para cobrir o telhado com o seu verde manto. Três das sete torres davam de frente ou de lado, com um aspecto sombriamente solene, para o quintal.

O solo negro e fértil se alimentara com as ruínas de um longo período, tais como folhas caídas, pétalas de flores, hastes e frutos podres de plantas abandonadas ou nascidas espontaneamente, mais úteis depois de mortas do que tinham sido quando crescendo à luz do sol. Aqueles longos anos de abandono naturalmente teriam de se manifestar pela luxuriante irrupção de ervas daninhas (símbolo dos vícios transmitidos na sociedade), sempre dispostas a crescer nas moradas humanas. Phoebe notou, no entanto, que a sua expansão fora detida por um trabalho cuidadoso, realizado diária e sistematicamente naquele quintal.

Era evidente que o pé de rosas brancas fora apoiado de novo na parede da casa depois do começo da estação; e uma pereira e três ameixeiras, que, com exceção de algumas groselheiras, constituíam as únicas plantas frutíferas ali existentes, traziam marcas de terem sido podadas recentemente, com a eliminação de galhos defeituosos ou supérfluos. Havia algumas espécies de plantas de jardim, plantadas ou nascidas há muito tempo, que, se não se encontravam em pleno florescimento, tinham sido cuidadosamente tratadas, com a eliminação dos parasitas, como se alguma pessoa, ou por amor às plantas, ou por simples curiosidade, estivesse se esforçando para torná-las tão perfeitas quanto poderiam ser. O resto do quintal era ocupado por uma horta, com um bem selecionado conjunto de legumes e verduras em apreciável estado de desenvolvimento. Pés de abóbora quase apresentando já seus frutos dourados; pés de pepino, com a sua tendência de se espalharem para longe; duas ou três filas de pés de vagem, e muitos outros mal saindo da terra; tomateiros ocupando um lugar tão bem protegido e tão bem ensolarado que as plantas já estavam enormes e prometiam uma abundante colheita.

Phoebe ficou imaginando quem teria cuidado daquela horta com tanto carinho, plantando e conservando as plantas em bom estado. Sem dúvida alguma, não fora a sua prima Hepzibah, que não tinha gosto nem disposição para a ocupação de cultivar flores, mais adequada às damas de qualidade, e — com os seus hábitos de reclusão e sua tendência de se enfurnar dentro de casa — dificilmente teria saído ao ar livre para cortar ervas daninhas e plantar abobreiras e pés de vagem.

Em seu primeiro dia de completo afastamento das coisas rurais, Phoebe encontrou um inesperado deleite junto daquele relvado e daquelas folhagens, das flores aristocráticas e das plebeias hortaliças. Os olhos celestes pareciam estar olhando para baixo, satisfeitos por perceberem que a natureza, em todas as outras partes vencida e expulsa da poeirenta cidade, ali conseguira conservar um refúgio. O lugar adquirira um ar pitoresco um tanto selvagem, e, no entanto, muito agradável, pelo fato de um casal de tordos ter construído seu ninho na pereira e se mostrar alegre e ruidoso no escuro labirinto das ramagens.

Também abelhas — era curioso constatar — tinham achado que valia a pena esvoaçarem por ali de um lado para outro, vindas talvez de colmeias situadas em fazendas a milhas de distância. Quantas viagens aéreas podiam ter feito, em busca de mel ou carregadas de mel, entre o amanhecer e o anoitecer! No entanto, embora já fosse tão tarde, ainda se ouvia um agradável zumbido em uma ou duas flores de abobreira, dentro de cujas profundidades ainda havia abelhas entregues ao seu doce trabalho.

Havia outra coisa no quintal que a natureza podia lisamente reclamar como sua propriedade inalienável, por mais que o homem fizesse para reclamá-la. Era uma fonte, em torno da qual havia um círculo de velhas pedras cobertas de lodo e cujo leito estava pavimentado com o que parecia ser uma espécie de mosaico, feito de pedrinhas de colorações variadas. O movimento da água, correndo e ligeiramente agitada em seu empuxo de baixo para cima, executava um trabalho mágico com aquelas pedrinhas multicoloridas, produzindo uma contínua e oscilante aparição de singulares figuras, que desapareciam muito depressa para que pudessem ser definidas. Dali, transbordando e ultrapassando o círculo das pedras lodosas, a água corria, passando por debaixo da cerca, através de um rego que não merecia o nome de canal.

Não devemos nos esquecer de mencionar um galinheiro de veneranda antiguidade que se via no canto mais afastado do quintal, não muito longe da fonte. Só continha agora Chantecler, suas duas esposas e um frango solitário. Todos os quatro eram exemplares puro-sangue de uma raça que fora transmitida hereditariamente como patrimônio da família Pyncheon, e que, segundo se dizia, alcançara em seus primórdios o tamanho de um peru, juntamente com uma carne saborosa, digna da mesa de um príncipe. Como prova da autenticidade daquela fama legendária, Hepzibah poderia ter exibido a casca de um ovo enorme de que avestruz algum precisaria ter vergonha. Por maiores, porém, que tivessem sido, agora as galinhas não eram muito maiores do que pombos e davam uma esquisita impressão de tristeza, de desânimo, com os seus movimentos lerdos e seu cacarejar fraco e desentoado. Era evidente que a raça havia degenerado, como acontece com muitas estirpes de nobres, devido aos rigorosos esforços para ser mantida pura. As galinhas continuavam vivas, é verdade, e, de vez em quando, botavam um ovo e chocavam um pinto; não porque isso lhes desse prazer algum, mas porque o mundo não podia ignorar que existiu uma tão admirável raça de galináceos. A marca característica daquelas galinhas era a crista, de tamanho lamentavelmente degenerado naqueles dias, mas tão estranha e diabolicamente semelhante à touca de Hepzibah que Phoebe — com remorso, mas inevitavelmente — foi levada a imaginar uma semelhança geral entre aqueles desamparados bípedes e a sua respeitável parenta.

A jovem correu para casa, a fim de ajuntar migalhas de pão e restos de outros alimentos, para saciar o apetite das aves. Voltando, chamou-as como se costuma chamar galinha, e elas pareceram entender. O frango passou entre as estacas do galinheiro e correu para perto da moça, demonstrando certa agilidade, enquanto Chantecler e as damas de sua corte olhavam-na de esguelha e depois cacarejavam entre si, como que dando suas abalizadas opiniões a respeito do caráter de Phoebe. O seu aspecto era tão solene e tão vetusto que dava a ideia de que eles não somente eram descendentes de uma raça outrora exaltada, mas tinham existido, em sua capacidade individual, desde que surgiu a Casa das Sete Torres e estavam, de certo modo, envolvidos com o seu destino. Constituíam uma espécie de espírito tutelar; e, embora com asas e penas, bem diferentes da maioria dos outros anjos da guarda.

— Venha cá, franguinho! — exclamou Phoebe. — Tem umas coisas gostosas para você!

Ouvindo isso, o frango, embora quase tão venerável no aspecto quanto sua mãe — dotado, na verdade, de toda a vetustez dos progenitores em miniatura —, teve agilidade suficiente para dar um pequeno voo e pousar no ombro de Phoebe.

— Este franguinho lhe prestou uma grande homenagem! — disse uma voz atrás da moça.

Virando-se sem demora, ela ficou surpresa ao ver um rapaz, que tivera acesso ao quintal por uma porta aberta em uma torre diferente daquela por onde ela viera. Estava com uma enxada e, enquanto Phoebe ficara dentro de casa procurando alimento para as galinhas, ele estivera ocupado em colocar mais terra nas raízes dos tomateiros.

— Realmente o frango a está tratando como se fosse uma velha conhecida — continuou o moço, com um sorriso que tornava o seu rosto mais simpático do que parecera à primeira vista. — Também aquelas venerandas personagens do galinheiro parecem muito bem-dispostas. É muita sorte sua gozar tão cedo da boa vontade delas. Elas me conhecem há muito mais tempo, mas nunca me honraram com a sua familiaridade, embora não se passe um só dia sem que eu lhes traga o que comer. Sem dúvida, srta. Hepzibah relacionará esse fato com as suas outras tradições e deduzirá que estas aves sabem que estão tratando com uma Pyncheon!

— O segredo — replicou Phoebe, sorrindo — é que eu aprendi a conversar com frangos e galinhas.

— Ah! — exclamou o moço. — Mas estas galinhas, de linhagem aristocrática, não compreenderiam a linguagem vulgar de uma galinha comum. Na minha opinião, e garanto que também na opinião de srta. Hepzibah, elas reconheceram o tom da família. Não é uma Pyncheon?

— Eu me chamo Phoebe Pyncheon — respondeu a moça com alguma reserva, pois estava certa de que o rapaz só podia ser o tal hóspede cujo desapreço pela lei, revelado pela solteirona, a havia assustado. — Não sabia que o quintal da prima Hepzibah se achava entregue aos cuidados de outra pessoa.

— Está, sim — disse Holgrave. — Eu cavo, capino e podo nesta velha terra preta para refrescar um tanto as ideias com o pouco de natureza e simplicidade que nela foi deixado, depois que, durante tanto tempo, os homens aqui plantaram e colheram. Trabalho na terra como passatempo. Minha ocupação mais séria, se assim se pode dizer, é com um material mais leve. Em resumo, tiro retratos com a luz solar; e, para não ficar muito ofuscado com a minha profissão, consegui que srta. Hepzibah me deixasse morar em uma destas escuras torres. É como pôr uma venda em um dos olhos, por assim dizer. Mas não gostaria de ver um exemplar de minhas produções?

— Uma figura em daguerreótipo, está querendo dizer? — redarguiu a jovem, com menos reserva, pois, apesar do preconceito, a sua juventude ansiava para se encontrar com a dele. — Não gosto muito de imagens desse tipo: são muito duras, muito rígidas. Além disso, afastam-se dos olhos e tentam fugir inteiramente. Sabem que têm o aspecto pouco amável e detestam que a gente as veja, portanto.

— Se me permite — disse o artista, encarando Phoebe —, gostaria de verificar se o daguerreótipo pode imprimir feições desagradáveis a um rosto perfeitamente amável. Mas concordo que há verdade no que diz. A maior parte dos retratos que tiro mostra uma fisionomia desagradável; mas acho que o único motivo é o fato de acontecer o mesmo com o original. Há uma percepção maravilhosa na larga e simples luz solar do céu. Embora lhe atribuamos apenas a capacidade de retratar a mera superfície, na realidade ela revela o caráter secreto, de uma maneira à qual pintor algum jamais se aventurou ou sequer pôde perceber. Pelo menos, não há lisonja em minha humilde expressão artística. Há uma imagem que tirei repetidas vezes, mas nunca com melhor resultado. No entanto, aos olhos comuns, o original apresenta uma expressão de todo diferente. Eu gostaria muito de saber a sua opinião a respeito.

E, assim dizendo, o rapaz mostrou uma miniatura, em uma caixinha de marroquim. Phoebe apenas lhe lançou um olhar e devolveu-a.

— Conheço este rosto — disse. — De fato, o seu olhar severo me seguiu durante todo o dia. É meu antepassado puritano, o retrato que se encontra na sala de visitas. É verdade que o senhor encontrou um meio de copiar o retrato sem o solidéu de veludo preto e a barba grisalha, e ainda o meteu em um terno moderno e com uma gravata de cetim, em vez de seu manto e sua faixa. Não acho que o retoque o melhorou.

— A senhorita teria notado outras diferenças se tivesse olhado durante algum tempo mais — retrucou Holgrave rindo, embora aparentemente chocado. — Posso lhe assegurar que esta é uma fisionomia moderna e de alguém que a senhorita vai muito provavelmente conhecer. O que é importante é que o original apresenta aos olhos do mundo (e, como posso afirmar, aos olhos de seus amigos mais íntimos) uma fisionomia simpaticíssima, refletindo benevolência, bom coração, bom humor e outras louváveis qualidades desse gênero. O sol, como viu, conta uma história de todo diferente e não se afastou dela depois de meia dúzia de tentativas de minha parte. Aqui, temos o homem: fingido, astucioso, prepotente e, acima de tudo, frio como gelo. Veja o seu olhar! Gostaria de ficar à sua mercê? E a boca? É capaz de sorrir?

E, no entanto, se pudesse ver o sorriso amável do original! E o fato é tanto mais lamentável quanto ele é uma personalidade pública de certa importância, e a imagem se destinava a ser gravada.

— Está bem — disse Phoebe, virando o rosto. — Não quero ver mais. Sem dúvida, se parece muito com o velho retrato. Mas minha prima Hepzibah tem um outro retrato, uma miniatura. Se o original ainda se encontra no mundo, acho que ele poderia desafiar o sol a fazê-lo parecer mau e prepotente.

— Quer dizer que viu aquele retrato! — exclamou o artista, visivelmente interessado, e muito. — Eu nunca vi, mas tenho muita vontade de ver. E a impressão é favorável, então?

— Nunca vi uma fisionomia mais doce — disse Phoebe. — Parece até que é delicada demais para um homem.

— Nada há de feroz em seus olhos? — prosseguiu Holgrave, com uma insistência que embaraçava Phoebe, do mesmo modo que a embaraçava a liberdade que ele tomava, depois de conhecê-la há tão pouco tempo. — Nada havia de sombrio, de sinistro? Não poderia conceber o retratado como tendo sido culpado de um grande crime?

— Que tolice! — protestou Phoebe, um tanto impaciente. — Como é que vamos conversar sobre um retrato que o senhor nunca viu? Está fazendo confusão. Um crime, ora essa! Como é amigo de minha prima Hepzibah, pode pedir a ela para lhe mostrar o retrato.

— Eu gostaria ainda mais de ver o original — replicou o artista, com frieza. — Quanto ao seu caráter, não há necessidade de discutirmos os seus aspectos; já foram julgados por um tribunal competente ou que pelo menos se considera competente. Mas fique! Não vá embora ainda, por favor! Quero lhe fazer uma proposta.

Phoebe fizera menção de afastar-se, mas voltou, com certa hesitação; ainda não entendera perfeitamente o comportamento daquele moço, embora, observando melhor, a sua principal característica parecesse ser a falta de cerimônia, e não a grosseria. Havia nele, também, uma estranha autoridade, pois parecia insinuar que aquele quintal era sua propriedade e não que ali se encontrasse por mera cortesia de Hepzibah.

— Se a senhorita concordasse — continuou Holgrave —, seria um grande prazer para mim confiar aos seus cuidados estas flores e estes velhos e respeitáveis galináceos. Recém-chegada do campo, das ocupações ao ar livre, não tardará a sentir necessidade de um trabalho semelhante. O meu próprio setor não se situa muito entre as flores. Pode, portanto, podá-las e tratar delas à vontade. E só pedirei algumas flores, de vez em quando, em troca dos honestos legumes e verduras com que pretendo enriquecer a mesa de srta. Hepzibah. Assim, seremos colegas de trabalho, seguindo mais ou menos o sistema comunitário.

Calada e bastante surpresa com a sua própria concordância, Phoebe tratou de capinar um canteiro de flores ao mesmo tempo que surgiam em sua mente mil cogitações a respeito daquele moço, do qual, inesperadamente, estava se aproximando tanto. Não podia dizer que simpatizava de todo com ele. Sentia-se perplexa diante da sua atitude, como se sentiria mesmo um observador mais experiente; realmente, embora o tom de suas conversas fosse, em via de regra, cordial, a impressão que ele deixava no espírito da roceirinha era de gravidade e quase de severidade, atenuada apenas por sua juventude. Phoebe se rebelava, como se houvesse um certo magnetismo na natureza do artista, que se fazia sentir a seu respeito possivelmente de maneira inconsciente.

Algum tempo depois, o crepúsculo, agravado pela sombra das árvores frutíferas e das casas vizinhas, escureceu o quintal.

— Já é tempo de parar de trabalhar! — anunciou Holgrave. — A última enxadada arrancou um pé de feijão. Boa noite, srta. Phoebe Pyncheon! Quando estiver um dia bem claro, ponha uma destas rosas no cabelo e venha ao meu ateliê na rua do Centro, que tratarei de apanhar o mais puro raio de sol e tirar um retrato da rosa e da moça da rosa.

E, assim tendo dito, o rapaz voltou à sua torre solitária, mas, antes de entrar, olhou para trás e gritou para Phoebe, em um tom de voz um tanto zombeteiro, mas que, ao mesmo tempo, parecia denotar uma certa preocupação:

— Tenha o cuidado de não beber a água do poço de Maule! Não beba daquela água nem lave o rosto com ela!

— O poço de Maule? — replicou Phoebe. — É aquele rodeado de pedras cheias de lodo? Não pensei em beber daquela água. Mas por que não?

— Porque — respondeu o artista —, como a xícara de chá de uma velha, a água é enfeitiçada!

Com estas palavras, ele desapareceu; e Phoebe, demorando-se por um momento, viu uma luz bruxuleante e, depois, o foco mais firme de um lampião em um dos cômodos da torre. Voltando à parte do casarão onde Hepzibah morava, encontrou a sala de visitas tão escura que nem pôde ver um pouco adiante. Teve, porém, a indistinta impressão de que o emaciado vulto da solteirona se achava sentado em uma das cadeiras de encosto reto, um pouco afastada da janela, através da qual uma fímbria de luz incidia sobre a descorada palidez do seu rosto.

— Quer que eu acenda um lampião, prima Hepzibah? — perguntou a jovem, aproximando-se.

— Faça-me esse favor, minha filha — respondeu Hepzibah. — Mas ponha o lampião na mesa do corredor. Meus olhos são muito fracos, e custo a suportar a luz do lampião.

Que instrumento é a voz humana! Como é sensível a todas as emoções da alma humana! No tom da voz de Hepzibah, naquele momento, havia como que uma rica profundidade e lentura, como se as palavras, por mais banais que fossem, tivessem mergulhado no fundo do seu coração. E, enquanto estava acendendo o lampião na cozinha, Phoebe teve a impressão de que a sua prima lhe falava de novo.

— Já vou agora mesmo, prima! — gritou a moça. — Estes fósforos, mal se acendem, se apagam logo.

Em vez, porém, de uma resposta de Hepzibah, pareceu ouvir o murmúrio de uma voz desconhecida. Era, porém, algo de estranhamente indistinto, parecendo menos palavras articuladas do que um som informe, tal como seria uma expressão de sentimento e afinidade, e não do intelecto. Era tão vaga que a impressão ou eco que deixou no espírito de Phoebe foi a de irrealidade. E chegou à conclusão de que deveria ter confundido algum outro som com a voz humana; ou então que tudo não passara de mera fantasia sua.

Deixando o lampião aceso no corredor, entrou na sala de visita. O vulto de Hepzibah, embora o seu contorno escuro se misturasse com a penumbra do crepúsculo, se achava menos imperfeitamente visível. Nas partes mais afastadas da sala, porém, com as paredes tão mal-adaptadas a refletirem a luz, a escuridão era a mesma de antes.

— Você falou comigo, minha prima? — perguntou Phoebe.

— Não, minha filha! — foi a resposta.

Menos palavras do que antes, mas trazendo a mesma música misteriosa! Suave, melancólico, embora não doloroso, o tom de voz parecia vir das profundezas do coração de Hepzibah, imbuído de profunda emoção. Também havia nele um tremor, que — como todo sentimento forte, era elétrico — em parte se transmitiu a Phoebe. A jovem ficou calada por um momento. Como, porém, os seus sentidos se achavam muito aguçados, tomou consciência de uma respiração irregular em um canto escuro da sala. Além disso, a sua disposição física, ao mesmo tempo delicada e saudável, deu-lhe a percepção, atuando quase à maneira de um médium espírita, de que havia alguém ali perto.

— Querida prima — perguntou, vencendo uma indefinível relutância —, não há outra pessoa nesta sala?

— Phoebe, minha filhinha — disse Hepzibah, depois de fazer uma pausa —, você se levantou muito cedo e esteve muito ocupada o dia todo. Por favor, vá se deitar. Deve estar muito precisada de repouso. Vou continuar sentada aqui mais um pouco, pensando na vida. É um costume que tenho desde antes de você nascer!

E, tendo assim a dispensado, a solteirona levantou-se e aproximou-se de Phoebe, beijou-a e abraçou-a com força, com o coração batendo forte e tumultuosamente. Como surgiu tanto amor naquele desolado e velho coração, a ponto de transbordar de tal modo?

— Boa noite, prima — disse Phoebe, estranhamente afetada pelo comportamento de Hepzibah. — Fico muito satisfeita, se você está começando a gostar de mim!

Foi para o seu quarto, mas não adormeceu logo, e nem profundamente. Em um momento incerto da madrugada, e como se aquilo tivesse ocorrido entre as névoas de um sonho, percebeu passos subindo a escada pesadamente, mas não com força e decisão. A voz sussurrada de Hepzibah acompanhava os passos; e outra vez, em resposta à voz da prima, Phoebe ouviu um vago e estranho murmúrio que podia ser comparado à indistinta sombra da expressão humana.

VII

O hóspede

Quando Phoebe acordou — despertada pelo chilreio de um casal de tentilhões na pereira —, ouviu o ruído de movimentos no pavimento térreo e, tendo descido a escada, encontrou Hepzibah já na cozinha. Estava de pé, junto à janela, segurando um livro bem junto do nariz, como se na esperança de travar um conhecimento olfativo com o seu conteúdo, uma vez que a sua precária visão não tornava fácil a leitura. Se um volume pudesse manifestar a sabedoria essencial da maneira sugerida, teria sido, certamente, aquele que Hepzibah tinha nas mãos e a cozinha estaria rescendendo com o agradável cheiro de caças, perus, capões, perdizes, pudins, bolos e tortas de Natal, com toda a sorte de condimentos e temperos. Era um livro de receitas, repleto de instruções para a confecção dos mais variados pratos da cozinha inglesa e ilustrado com gravuras, representando a arrumação de banquetes que um nobre poderia oferecer no salão de jantar de seu castelo. E, no meio daqueles ricos e requintados recursos da arte culinária (nenhum dos quais, provavelmente, fora experimentado, desde tempos imemoriais), a pobre Hepzibah procurava a receita de algum modesto prato que estivesse ao alcance de sua habilidade e dos materiais de que dispunha, para preparar o almoço matinal.

Afinal, dando um suspiro profundo, pôs de lado o livro de receitas e perguntou a Phoebe se a velha Pintada, como se chamava uma das galinhas, pusera um ovo no dia anterior. Phoebe correu a verificar, mas voltou sem trazer o esperado tesouro. Naquele instante, porém, ouviu-se o toque da buzina do peixeiro, anunciando a sua aproximação na rua. Com enérgicas pancadas na vitrine, Hepzibah convocou a presença do vendedor e comprou o que o peixeiro garantiu ser a melhor cavala que trazia em seu carro, fresquinha e gorda.

Pedindo a Phoebe que torrasse um pouco de café — que, a propósito, observou ser um legítimo moca e tão bem conservado que cada um dos grãos valia o seu peso em ouro —, a solteirona encheu de combustível a vesta fornalha do fogão, em quantidade suficiente para acabar com a persistente penumbra da cozinha. A roceirinha, querendo se mostrar bem útil, resolveu fazer um bolo de milho, segundo a receita de sua mãe, de confecção muito fácil e, ao mesmo tempo, delicioso de gosto. Hepzibah concordou de boa vontade, e a cozinha logo se tornou palco de promissores preparativos.

Talvez, no meio de seu peculiar elemento de fumaça, que saía aos borbotões da mal construída chaminé, os fantasmas das desaparecidas cozinheiras olhassem maravilhados, ou espreitassem através da grossa massa de fuligem, desprezando a simplicidade do projetado alimento, mas tentando em vão intrometerem as mãos espectrais em cada prato iniciado. Os esfomeados ratos, porém, se mostravam abertamente, saindo de seus esconderijos; firmando-se nas patas traseiras, aspiravam a fumacenta atmosfera e, confiantes, esperavam uma oportunidade de saborear as migalhas.

Hepzibah não tinha muita queda para cozinheira, e a verdade é que a sua presente magreza se devia, em grande parte, ao fato de, às vezes, preferir ficar sem jantar do que cuidar da rotação do espeto de assar carne ou do grau de fervura nas panelas. Os seus cuidados com o fogo, portanto, constituíam uma heroica prova de decisão. Era tocante e positivamente digno de lágrimas (se Phoebe, a única espectadora, fora os ratos e os fantasmas supracitados, não estivesse fazendo coisa melhor que derramá-las) vê-la ajeitar uma camada de brasas e tratar de assar a cavala. As suas bochechas, habitualmente pálidas, avermelhavam-se com o fogo e o esforço. Ela olhava para o peixe com tanta atenção, tanta preocupação, como se — não sabemos como usar outra comparação — o seu próprio coração estivesse sendo assado e toda a felicidade consistisse em saber virá-lo no momento exato!

A vida, no interior da casa, apresentava poucas perspectivas mais agradáveis que a de uma mesa de almoço bem arrumada e fartamente servida. Vamos procurá-la no começo do dia, e quando os nossos elementos espirituais e sensuais se acham mais de acordo que em um período posterior; assim, os deleites materiais da refeição matinal se mostram em condições de serem plenamente apreciados, sem qualquer censura prejudicial, de ordem gástrica ou ditada pela consciência, porque afetam favoravelmente o departamento animal de nossa natureza. Também os pensamentos, que correm em torno do círculo de gente da família, apresentam um sabor picante e uma jovialidade que raramente se encontram entre a compenetrada conversa de um jantar de cerimônia.

A antiga mesinha de Hepzibah, apoiada em seus esbeltos e graciosos pés e coberta com uma toalha de finíssimo damasco, parecia digna de ser o cenário e o centro da mais alegre festividade. O cheiro do peixe assado se levantava como o incenso do altar de um ídolo bárbaro, cuja fragrância teria deleitado as narinas de um lar tutelar ou de qualquer divindade que tivesse pairado sobre uma moderna mesa de almoço.

Os bolos de milho de Phoebe foram as mais doces oferendas — dignos, com seu aspecto convidativo, de figurarem nos rústicos altares da inocente Idade de Ouro. E, por outro lado, tão brilhantemente amarelos eram que pareciam o pão que se mudara em outro brilhante depois que Midas tentou comê-lo. A manteiga também não fora esquecida; manteiga que a própria Phoebe fabricara em seu lar campesino e levara para a prima como uma dádiva propiciatória, cheirando a folhas de trevo e espalhando o encanto de um cenário pastoril na sala de paredes escuras. Tudo isso com uma singular exibição de velhas xícaras e pires de porcelana, de colheres timbradas e uma leiteira de prata (o único outro utensílio de prata de Hepzibah e do mesmo formato da sopeira mais rude), tudo isso disposto em uma prateleira que os mais solenes convidados do coronel Pyncheon não precisariam achar ridículo ter tomado o seu lugar. O retrato do puritano, porém, olhava para baixo de cara fechada, como se coisa alguma que se encontrava na mesa lhe agradasse.

Procurando dar ao lugar a aparência mais agradável possível, Phoebe colheu algumas rosas e algumas outras flores, perfumadas ou bonitas, e arrumou-as em um jarro de vidro, que perdera a asa há muito tempo, de modo que estava naturalmente indicado para se transformar em um vaso de flores. A luz solar matutina — tão nova quanto a que iluminou o corpo de Eva quando ela e Adão se sentaram para comer o primeiro almoço — chegou, tremeluzindo, através dos galhos da pereira, caindo quase em cheio sobre a mesa. Tudo estava pronto agora. Havia cadeiras, pratos e talheres para três. Uma cadeira e um prato para Hepzibah, o mesmo para Phoebe... mas quem seria o outro convidado que a sua prima esperava?

Durante toda a marcha dos preparativos, Hepzibah fora tomada por uma tremura invencível, uma agitação tão forte que Phoebe pôde notar a sombra de seu corpo magro tremendo, à luz do fogo do fogão na parede da cozinha e à luz solar no chão da sala. As suas manifestações eram tão variadas e combinavam tão pouco umas com as outras que a moça chegou à conclusão de que não adiantava levá-las a sério.

Às vezes, a solteirona parecia estar em êxtase, de alegria e felicidade. De vez em quando, apertava Phoebe nos braços e lhe beijava o rosto com tanta ternura como teria feito sua mãe; parecia ter sido levada por inevitável impulso, como se o seu peito transbordasse de ternura, da qual precisava se livrar para não sufocar. No momento seguinte, sem qualquer motivo aparente, a sua desacostumada vivacidade era substituída pela reserva habitual; ou corria a se esconder, por assim dizer, no cárcere de seu coração, onde por muito tempo estivera acorrentada, enquanto uma tristeza fria, espectral, tomava o lugar da alegria aprisionada, que sentia vergonha de ser liberada — um terror tão negro quanto a liberação fora brilhante.

Frequentemente, Hepzibah dava risadinhas nervosas, histéricas, que causavam mais pena do que causariam as suas lágrimas; e logo em seguida, como se para permitir uma comparação a fim de se ver o que era mais tocante, seguia-se um derramar de lágrimas; outras vezes, o riso e as lágrimas chegavam ao mesmo tempo e rodeavam a pobre Hepzibah, em um sentido moral, com uma espécie de arco-íris pálido, desmaiado. Com relação a Phoebe, como já foi dito, ela se mostrava afetuosa — muito mais terna do que em qualquer ocasião depois do pouco tempo em que se conheciam, com exceção do beijo na noite da véspera —, mas, ao mesmo tempo, com o constante reaparecimento da rabugice e da irritabilidade. De vez em quando, falava asperamente com a prima; depois, pondo de lado a reserva habitual, pedia-lhe perdão, para, um momento depois, repetir a ofensa recém-esquecida.

Afinal, quando o trabalho das duas terminara, Hepzibah segurou a mão da prima, com a própria mão tremendo muito.

— Quero que você se dê bem comigo, minha filha — exclamou. — O meu coração está transbordando! Quero que se dê bem comigo, pois eu gosto de você, Phoebe, embora seja tão grosseira! Não ligue para isso, minha filha! Aos poucos, irei ficando delicada, e só delicada!

— Minha querida prima, não pode dizer o que aconteceu? — perguntou Phoebe, com sincera e comovida simpatia. — O que a afetou dessa maneira?

— Psiu! Psiu! Ele está chegando! — sussurrou Hepzibah, apressando-se em enxugar os olhos. — Deixe que ele veja você primeiro, Phoebe, pois você é jovem e risonha, e ele sempre gostou de rostos alegres! E o meu rosto hoje está envelhecido e as lágrimas ainda não secaram de todo. Ele nunca tolerou lágrimas. Por favor, puxe a cortina um pouco, para que este lado da mesa fique na sombra. Mas deixe entrar bastante sol também, pois ele jamais gostou de penumbra, como algumas pessoas gostam. Teve pouca luz do sol em sua vida, coitado de Clifford, e uma sombra tão negra! Coitado de Clifford!

Assim falando em voz muito baixa, como se estivesse falando com o seu próprio coração, e não com Phoebe, a solteirona saiu da sala na ponta dos pés, tomando as providências que a crise sugeria.

Enquanto isso, ouviram-se passos no corredor do andar de cima. Phoebe reconheceu serem os mesmos passos que ouvira subindo a escada na noite anterior, como se se tratasse de um sonho. O visitante invisível, porém, quem quer que fosse ele, pareceu ter se detido no alto da escada; parou duas ou três vezes na descida; e parou de novo embaixo. Segurou a maçaneta da porta; depois soltou-a, sem abri-la. Com as mãos convulsivamente entrelaçadas, Hepzibah não tirava os olhos da entrada.

— Prima Hepzibah, por favor, não fique assim! — exclamou Phoebe, tremendo, pois a emoção da prima e aqueles passos misteriosos chegavam a lhe dar a impressão de que um fantasma estava entrando na sala. — Palavra que você está realmente me assustando! Vai acontecer alguma coisa horrível?

— Psiu! — sussurrou Hepzibah. — Pode se tranquilizar, porque, seja o que for que acontecer vai ser bom.

A pausa na soleira da porta se prolongou por tanto tempo que Hepzibah, não podendo suportar a expectativa, correu até a porta, escancarou-a e introduziu o visitante, puxando-o pela mão.

À primeira vista, Phoebe divisou um homem idoso, metido em um *robe de chambre* fora de moda, de damasco desbotado, e com os cabelos grisalhos ou quase todos brancos muito mais compridos do que seria de se esperar. Essa cabeleira quase lhe encobria o rosto, exceto quando virava a cabeça e olhava, vagamente, em torno. Depois de um breve exame de sua fisionomia, era fácil conceber que os seus passos tinham de ser, necessariamente, como tinham sido aqueles que muito devagar e com um objetivo tão indefinido como o dos primeiros passos de uma criança aprendendo a andar acabavam de trazê-lo ao rés do chão.

Inexistia, porém, qualquer indício de que o seu vigor físico fosse insuficiente para movimentos mais livres e determinados. Era o espírito do homem que afetava os seus passos. A expressão de sua fisionomia — muito embora se refletisse nela a luz da razão — parecia tensa e oscilante, ou quase desaparecer e dificilmente se recuperar. Era como uma chamazinha que vemos oscilando entre brasas quase apagadas; olhamos para ela mais intensamente do que se fosse uma chama de verdade, mais intensamente, porém com certa impaciência, como se ela devesse ou atear-se em um esplendor satisfatório, ou se extinguir de uma vez.

Durante um momento, depois de entrar na sala, o visitante ficou imóvel, retendo a mão de Hepzibah, como faz uma criança quando é guiada por um adulto. Viu Phoebe, contudo, e se iluminou com o seu aspecto juvenil e atraente, que, na verdade, alegrava a sala, como o círculo de luz refletida em torno do vaso de vidro com flores exposto ao sol.

O homem cumprimentou, ou, mais exatamente, fez uma tentativa mal definida, abortiva, de se mostrar cortês. Por mais imperfeita que fosse, no entanto, trazia uma ideia, ou pelo menos fazia lembrar, uma elegância indescritível, tal como nenhuma arte praticada de comportamento social poderia alcançar. Era leve demais para ser percebida em um instante; no entanto, relembrada depois, pareceu transfigurar todo o homem.

— Prezado Clifford — disse Hepzibah, no tom de quem tranquiliza uma criança agitada —, esta é a nossa prima Phoebe, filha única de Arthur, você sabe. Ela veio do campo para ficar conosco durante algum tempo, pois a nossa velha casa ficou agora muito vazia.

— Phoebe? Phoebe Pyncheon? — repetiu o visitante, com uma expressão estranha, mal definida. — Filha de Arthur! Ah, me esqueci! Não importa! Tenho muito prazer!

— Venha, caro Clifford, sente-se aqui — disse Hepzibah, oferecendo uma cadeira. — Por favor, Phoebe, baixe a cortina um pouco mais. E, agora, vamos tratar de comer.

O visitante sentou-se no lugar que lhe era destinado e olhou em torno, com um modo estranho. Estava, evidentemente, procurando se ambientar, acomodar o espírito. Queria ter certeza, pelo menos, de que se encontrava ali, naquela sala tachonada, de paredes com lambris de carvalho, e não em algum outro lugar, que se havia estereotipado em seus sentidos. O esforço, porém, era grande demais para ser sustentado com algo mais que um sucesso fragmentado. Constantemente, se assim se pode dizer, ele desaparecia de seu lugar; ou, em outras palavras, o seu espírito e a sua consciência partiam, deixando o seu vulto gasto, grisalho e melancólico — um vazio substancial, um fantasma material — ocupando o seu lugar à mesa. De novo, depois de um momento vazio, surgia um brilho apagado em seu globo ocular. Era como se a sua parte espiritual tivesse regressado e estivesse fazendo todo o esforço para manter acesa a lareira do coração e a luz das lâmpadas intelectuais da escura e arruinada mansão, da qual ele estava condenado a ser um desamparado morador.

Em um daqueles momentos de menos entorpecida, porém ainda imperfeita animação, Phoebe afinal se convenceu do que, a princípio, rejeitara como ideia por demais extravagante e chocante. Chegou à conclusão de que o homem que tinha diante de si devia ser o original da bela miniatura que sua prima Hepzibah possuía. Na verdade, com a tão exaltada capacidade feminina de observar a indumentária, ela já identificara o robe de damasco que Clifford vestia com o mesmo que, novo e na moda, aparecia no retrato. Aquela vestimenta velha e desbotada, que perdera todo o antigo brilho, parecia, de algum modo indescritível, traduzir o inconfessado infortúnio do usuário e torná-lo perceptível aos olhos do espectador. Era o que melhor discernia, pelo seu tipo exterior, quanto estavam velhos e estragados os trajos que recobriam mais imediatamente aquela alma; aquela forma e aquele semblante cuja beleza e graciosidade quase ultrapassaram a habilidade do mais requintado dos pintores. Tornara-se mais fácil saber que a alma daquele homem devia ter sido atingida por terrível malefício, em virtude de suas experiências terrenas. Ele parecia estar sentado ali, com um sombrio véu de desintegração e ruína entre ele próprio e o mundo, mas através do qual, em rápidos intervalos, podia ser captada a mesma expressão, tão refinada, tão suavemente imaginativa que Malbone — aventurando um rápido contato, com a respiração suspensa — imprimira à miniatura! Houvera algo de tão inatamente característico em seu olhar que todos aqueles anos sombrios e o peso da impérvia calamidade que caíra sobre ele não tinham sido suficientes para destruir inteiramente.

Hepzibah encheu uma xícara de café com um aroma agradabilíssimo e ofereceu-a ao hóspede. Quando os dois se entreolharam, Clifford pareceu nervoso e inquieto.

— É você, Hepzibah? — murmurou, com voz triste, acrescentando mais baixo e como que se esquecendo de que ela estava ouvindo: — Como mudou! Como mudou! E está com raiva de mim? Por que está com a cara tão fechada?

Pobre Hepzibah! Seu rosto tinha a expressão que a passagem do tempo, a miopia e a sensação de desconforto íntimo haviam tornado tão habitual que qualquer atitude mais veemente invariavelmente a produzia. Ouvindo, porém, as palavras sussurradas pelo hóspede, a sua fisionomia se tornou terna e até mesmo atraente, refletindo afeto e preocupação; seu rosto se iluminou, descontraído.

— Com raiva! — exclamou. — Eu, com raiva de você, Clifford?

O tom de sua voz, ao dizer isso, revestia-se de uma queixosa e realmente suave melodia, sem se livrar, no entanto, de algo que um ouvinte obtuso poderia tomar por grosseria. Era como se algum músico transcendental estivesse executando dulcíssimos acordes em um instrumento desafinado, que ressaltaria a imperfeição material no meio da harmonia etérea — tão profunda era a sensibilidade que fez um órgão da voz de Hepzibah!

— Aqui só há amor, Clifford — acrescentou ela. — Nada, além de amor! Você está em sua casa!

O hóspede replicou com um sorriso, que não chegou a descontrair-lhe o rosto. Leve e breve, porém, como foi, nem por isso deixou de ter o encanto de maravilhosa beleza. Foi seguido por uma expressão mais grosseira, ou que parecia ser grosseira, porque nada havia de inteligente a temperá-la. Era uma expressão de apetite.

Clifford comeu de uma maneira que quase poderia ser chamada de voraz; e pareceu se esquecer de si mesmo, de Hepzibah, da moça e de tudo mais que tinha em torno de si, entregue tão só ao deleite sensual que a farta mesa lhe propiciava. Em seu sistema natural, embora altamente elaborado e delicadamente refinado, provavelmente era inerente uma sensibilidade especial para com os deleites do paladar. Ela, porém, poderia ter sido reprimida e mesmo convertida em uma realização, em uma das mil maneiras de cultura intelectual, se ele tivesse revigorado as suas características etéreas. Tal como agora existia, porém, o seu efeito era penoso e fez com que Phoebe baixasse os olhos.

Dentro de pouco tempo, o hóspede se tornou sensível ao aroma do café ainda não provado. Bebeu-o avidamente. A essência sutil atuou sobre ele como um filtro encantado e fez com que a substância opaca de seu ser animal se tornasse transparente ou, pelo menos, translúcida, de modo que um brilho espiritual foi transmitido através dele, com mais clareza do que até então.

— Mais, mais! — exclamou, nervoso e apressado, como se ansioso para conservar a posse do que parecia que lhe iria escapar. — É disso que estou precisando! Dê-me mais!

Sob aquela delicada e poderosa influência, ele se sentou mais ereto, e a expressão do seu olhar passou a denotar que estava prestando atenção nas coisas que observava. Não tanto porque tal expressão tivesse se tornado mais intelectual; isso, embora em parte ocorresse, não constituía o efeito mais peculiar. E também não se dera o fato de ter aquilo que chamamos de natureza moral despertado, a ponto de se apresentar com notável proeminência.

De qualquer maneira, uma certa índole do ser se mostrava agora plenamente delineada, mas mutável e imperfeitamente denunciada, a função da qual era a de se haver com as coisas belas e deleitáveis. Em um caráter onde tal índole existisse como principal atributo, o seu possuidor seria dotado de gosto requintado e uma invejável suscetibilidade para a ventura. A beleza constituiria a razão de sua vida; as suas aspirações a buscariam todas; e, permitindo que a sua estrutura e os seus órgãos físicos estivessem em consonância, os seus próprios resultados seriam igualmente belos. Tal homem nada teria a ver com o sofrimento; nada com a discórdia; nada com o martírio, que, assumindo uma infinita variedade de formas, aguarda aqueles que têm coração, vontade e consciência para lutarem contra o mundo. Para esses temperamentos heroicos, o martírio constitui o mais valioso prêmio entre os dons deste mundo. Para o indivíduo que temos diante de nós, o martírio só poderia ser um revés, cuja intensidade seria proporcional à severidade da aplicação. Ele não tinha direito de ser um mártir; e, contemplando-o, tão pronto para ser feliz e tão fraco para todos os outros objetivos, um espírito forte, nobre e generoso se mostraria, é de se acreditar, disposto a sacrificar o pouco de prazer que teria projetado para si mesmo — teria desfeito as esperanças, tão mesquinhas a seu respeito — se, graças a isso, as rajadas hibernais de nossa rude esfera pudessem chegar mais brandas até aquele homem.

Para não se falar com excessivo rigor ou com desprezo, a natureza de Clifford parecia ser a de um sibarita. Era perceptível, mesmo ali, na sala escura, pela inevitável polaridade com que os seus olhos eram atraídos pelo jogo palpitante dos raios de sol coados através da espessa folhagem. Era visível na maneira com que ele tomava conhecimento do vaso de flores, cujo perfume inalava com um gosto quase peculiar a uma organização física tão refinada que os ingredientes espirituais eram moldados com ela. Tal coisa se traía no sorriso inconsciente com que ele olhava para Phoebe, cujo rosto jovem e virginal era a um só tempo flor e raio de sol — sua essência em um modo mais belo e mais agradável de manifestação.

Não menos evidente era aquele amor e necessidade do Belo, na instintiva precaução com que, mesmo tão cedo, os seus olhos se afastaram da dona da casa e se dirigiram para qualquer outro lugar, em vez de regressarem. Era o infortúnio de Hepzibah — não culpa de Clifford. Como poderia ele — estando ela tão descorada, tão amarela, tão enrugada, com tanta tristeza estampada no rosto, com aquela incrível touca na cabeça e aquela testa cheia de dobras profundas —, como poderia ele encará-la? Não lhe deveria, porém, afeto algum, em troca do que silenciosamente ela lhe oferecia? Não, nenhum. Uma natureza igual à de Clifford não contrai dívidas dessa espécie. Era — dizemos tal coisa sem censura, nem menoscabando a sua inevitável manifestação em seres de outro molde — sempre egoísta em sua essência; e temos de deixá-la ser assim e acumular sobre ela o nosso heroico e desinteressado amor cada vez mais, sem esperar recompensa. A pobre Hepzibah sabia dessa verdade, ou, pelo menos, agia instintivamente de acordo com ela. Afastada há tanto tempo do que era amável, como Clifford tinha sido, ela se regozijava — embora com um suspiro e a oculta disposição de ir chorar trancada em seu quarto — porque tinha ele agora diante de seus olhos algo de mais belo do que a sua fisionomia velha e feia. Essa fisionomia jamais tivera encanto; e, se tivessem tido, o câncer do sofrimento que, por causa dele, ela enfrentara já o teria, de há muito, destruído.

O hóspede inclinou-se para trás na cadeira. A expressão de seu rosto refletia, misturado com pensamentos agradáveis, um olhar perturbado pelo afã e o desassossego. Procurava tornar-se mais plenamente sensível ao cenário que o rodeava ou, talvez receando que fosse um sonho ou fruto da imaginação, estragava o bom momento lutando para alcançar um novo brilho ou uma ilusão mais duradoura.

— Como é agradável! Como é delicioso! — murmurou, mas como não estivesse se dirigindo a pessoa alguma. — Irá durar? Como é agradável o ar que passa por aquela janela aberta! Uma janela aberta! Como é bela a luz do sol! E aquelas flores, como são perfumadas! O rosto dessa moça, que graça, que viço! Uma flor com gotas de orvalho e raios de sol nas gotas de orvalho! Ah! Isto deve ser um sonho! Um sonho! Um sonho! Um sonho! Mas bem escondido entre quatro paredes de pedra!

A expressão de seu rosto se tornou sombria, então, como se pesasse sobre ela a penumbra de uma caverna ou de um calabouço; não havia nela mais luz do que a que haveria através das grades da janela de uma prisão, e ainda assim diminuindo, como se ele estivesse se afundando cada vez mais. Phoebe — de gênio ativo e impetuoso, que raramente se continha de participar e, em via de regra, para fazer o bem — sentiu-se agora inclinada a dirigir-se ao estranho:

— Eis uma nova espécie de rosa, que encontrei esta manhã no jardim — disse, escolhendo uma rosinha vermelha entre as flores do vaso. — Só vão dar umas cinco ou seis no pé este verão. Esta é a mais perfeita de todas. Não tem nem uma manchinha. E como é perfumada! Mais do que qualquer outra rosa! A gente jamais se esquecerá do seu perfume!

— Ah! Deixe-me ver! — exclamou o hóspede, pegando a flor, que, graças à peculiar capacidade dos odores relembrados, produziu inúmeras associações de ideias juntamente com o perfume que exalava. — Obrigado! Isso me fez muito bem! Lembro-me como gostava desta flor... há muito tempo, acho, muito tempo mesmo! Ou terá sido apenas ontem? Isso me faz sentir jovem de novo! Sou jovem? Ou esta lembrança é singularmente distinta, ou esta consciência estranhamente vaga! Mas como é boa esta linda moça! Obrigado! Obrigado!

A favorável excitação provocada pela rosinha vermelha proporcionou a Clifford o melhor momento que gozara naquela mesa de almoço. Poderia ter durado mais, mas aconteceu que, logo depois, o seu olhar incidiu no rosto do velho puritano, que, da moldura estragada e da tela embaçada, olhava de cima para baixo para a cena, como um fantasma, e um fantasma mal-humorado e antipático. O hóspede teve um gesto de impaciência e dirigiu-se a Hepzibah de uma maneira que podia ser facilmente reconhecida como a permitida irritabilidade de um membro mimado da família.

— Hepzibah! Hepzibah! — exclamou ele, em alto e bom som. — Por que você conserva na parede aquele odioso retrato? Ah, sim! É exatamente o seu gosto! Já lhe disse mil vezes que este é a asa-negra da casa! A minha asa-negra, particularmente! Tire-o dali, sem demora!

— Meu caro Clifford — replicou Hepzibah, com tristeza. — Você sabe que isso não pode ser!

— Então, pelo menos, cubra-o com uma cortina vermelha, bastante larga para tampá-lo de todo, e com uma barra e borlas douradas — continuou Clifford, ainda falando com alguma energia. — Não posso suportá-lo! Não quero que ele fique olhando para o meu rosto!

— Pois não, caro Clifford, o quadro vai ser coberto — concordou Hepzibah. — Há uma cortina vermelha em uma mala, lá em cima... Acho que está meio desbotada e roída pelas traças, mas eu e Phoebe vamos dar um jeito, e ficará ótima.

— Hoje mesmo, se me faz o favor! — insistiu Clifford, que acrescentou depois, como que falando consigo mesmo: — Afinal de contas, por que temos de morar nesta casa arruinada? Por que não vamos para o Sul da França? Para a Itália?... Paris, Nápoles, Roma? Hepzibah vai dizer que não temos recursos. Muito engraçado!

Sorriu para si mesmo e lançou um olhar sarcástico à solteirona.

As variadas formas de sentimento, por menos ostensivas que tivessem sido, pelas quais passara Clifford, ocorrendo em tão breve espaço de tempo, haviam, porém, naturalmente, o fatigado. Ele estava, sem dúvida, acostumado com uma triste monotonia de vida, não flutuando em um rio, ainda que de correnteza muito lenta, e sim com os pés metidos em água estagnada. Uma expressão sonolenta se desenhou em sua fisionomia e teve um efeito, do ponto de vista moral, sobre o seu contorno naturalmente delicado e elegante, de um nevoeiro melancólico, que nenhum raio de sol atravessasse, cobrindo uma bela paisagem. Ele parecia ter se tornado mais grosseiro, quase atoleimado. Se algo de interesse ou beleza — mesmo de uma beleza arruinada — fora antes visível naquele homem, o espectador agora começaria a duvidar disso e a acusar a sua própria imaginação de tê-lo iludido com qualquer coisa de atraente que tivesse transparecido naquele rosto ou qualquer brilho agradável que tivesse reluzido em seus olhos.

Antes, porém, que ele tivesse se entregue a um completo desânimo, a campainha da porta se fez ouvir. Afetando de maneira desagradabilíssima os órgãos auditivos de Clifford e a característica sensibilidade dos seus nervos, aquele toque fê-lo erguer-se na cadeira.

— Meu Deus do céu, Hepzibah! Que barulho horrível você tem agora nesta casa? — exclamou, descarregando sua impaciência e seu ressentimento, naturalmente, como era um costume antigo, contra a pessoa no mundo que o amava. — Nunca ouvi um barulho tão desagradável! Como é que você deixa uma coisa destas? O que quer dizer isso?

Foi realmente notável em que destacado relevo — exatamente como se um desbotado retrato pudesse pular, de súbito, da tela — o caráter de Clifford foi lançado por aquele aborrecimento aparentemente insignificante. O segredo estava no fato de que um indivíduo do seu temperamento pode sempre ser afetado mais agudamente através do seu sentimento do belo e do harmonioso que do seu coração. É mesmo possível — pois casos semelhantes têm ocorrido — que, se Clifford, em sua vida pregressa, tivesse tido meios de cultivar o seu gosto até a mais completa perfeição, aquele sutil atributo poderia, antes do período presente, ter consumido ou devorado as suas afeições. Podemos, pois, nos aventurar a sugerir que a sua negra e prolongada calamidade não tenha tido no fundo uma gota redentora de misericórdia?

— Meu caro Clifford, queria muito livrar os seus ouvidos deste som — disse Hepzibah, com paciência, mas corada de desaponto. — Eu também o acho muito desagradável. Mas sabe, Clifford? Tenho uma coisa para lhe dizer. Esse horrível barulho... Por favor, Phoebe, vá depressa ver quem é!... este barulho é da campainha de nossa loja!

— Campainha da loja?! — exclamou Clifford, estarrecido.

— Sim, campainha da loja — confirmou Hepzibah, com uma certa dignidade natural misturada com profunda emoção que já estavam fazendo parte do seu comportamento. — O fato é que você precisa saber, caro Clifford, que somos muito pobres. E não havia outro recurso, a não ser aceitar ajuda de alguém de quem eu rejeitaria (e tenho certeza de que você faria o mesmo!), mesmo se ele nos oferecesse o que comer quando estivéssemos morrendo de fome. Ninguém, a não ser ele, ou, então, nos sustentarmos com o trabalho de minhas próprias mãos! Se eu estivesse sozinha, teria me resignado a morrer de fome. Mas você iria voltar para junto de mim. Acha, então, meu caro Clifford — acrescentou com um sorriso contrafeito —, que acarretei uma irreparável desgraça para a nossa velha casa abrindo uma lojinha na torre da frente? Nosso tetravô fez o mesmo quando havia muito menos necessidade! Você está com vergonha de mim?

— Vergonha! Desgraça! É a mim que você diz estas palavras, Hepzibah? — replicou Clifford, mas sem raiva, pois, quando o espírito de um homem foi inteiramente esmagado, ele pode se irritar com as pequenas ofensas, mas não é afetado pelas grandes, e foi apenas com uma certa mágoa que acrescentou: — Não deve falar assim, Hepzibah! Que espécie de vergonha posso ter agora?

E, então, aquele homem desalentado — que nascera para o prazer, mas tivera um destino tão cruel — se desfez em lágrimas, como uma mulher. Não por muito tempo, porém; dentro em pouco se aquietou, e, a julgar por seu semblante, nem parecia muito preocupado. Mas também dessa atitude se afastou por um instante e encarou Hepzibah com um sorriso, cuja expressão, entre sutil e meio zombeteira, constituiu um enigma para ela.

— Quer dizer que somos muito pobres, Hepzibah? — perguntou.

Afinal, como a sua cadeira era funda e macia, Clifford adormeceu.

Ouvindo o ruído mais regular de sua respiração (que, mesmo então, contudo, em vez de ser forte e completa apresentava um tremorzinho, correspondendo à falta de vigor do seu caráter), ouvindo aquele sinal de que ele adormecera, Hepzibah aproveitou a oportunidade para contemplar o seu rosto mais atentamente do que se atrevera a fazer até então. Seu coração desfez-se em lágrimas; do mais profundo de seu espírito, parecia vir uma voz lamentosa, baixa, doce, mas inexpressivamente triste. No fundo daquele pesar e daquela piedade, ela sentiu que não havia irreverência em olhar para o seu rosto alterado, envelhecido, fanado, arruinado. Mal, porém, sentiu algum alívio, a sua consciência a censurou por olhá-lo com curiosidade, agora que ele estava tão mudado; e, afastando-se rapidamente, Hepzibah baixou a cortina da janela por onde passava a luz do sol e deixou Clifford dormindo onde estava.

VIII

Os Pyncheon de hoje

Entrando na loja, Phoebe se viu diante do rosto já bem conhecido do pequeno devorador — se avaliamos devidamente os seus valorosos feitos — de Jim Crow, do elefante, do camelo, dos dromedários e da locomotiva. Tendo gasto toda sua fortuna particular nos dois dias anteriores, na aquisição dos artigos supramencionados, o jovem agora comparecia, representando sua mãe, à procura de três ovos e meia libra de passas. Phoebe forneceu a mercadoria solicitada e, como prova de gratidão pela preferência do freguês e um ligeiro acréscimo após a refeição matinal, pôs em sua mão uma baleia! O grande mamífero, invertendo a sua experiência com o profeta de Nínive, imediatamente começou a sua viagem pelo mesmo caminho avermelhado seguido pela mesma variada caravana que o precedera. Aquele prodigioso menino, em verdade, era o próprio símbolo do Pai Tempo, tanto no que dizia respeito ao seu voraz apetite por homens e coisas, como porque, à semelhança do Tempo, após engolir grande parte da criação, parecia tão jovem como se tivesse sido criado naquele próprio momento.

Depois de fechar parcialmente a porta, o guri voltou e resmungou algumas palavras que Phoebe não pôde compreender perfeitamente, pois a baleia ainda não fora devorada de todo.

— O que foi que você disse, menino? — perguntou, então.

— Minha mãe quer saber — repetiu Ned Higgins, mais distintamente — como está passando o irmão da srta. Pyncheon. Estão dizendo que ele voltou para casa.

— Irmão de minha prima Hepzibah! — exclamou Phoebe, surpresa diante daquela súbita revelação do relacionamento entre Hepzibah e o seu hóspede. — Seu irmão! E onde é que ele pode ter estado?

O menino limitou-se a levar o polegar ao nariz arrebitado, com aquele ar de esperteza que uma criança que vive solta nas ruas grande parte de seu tempo acaba aprendendo a exibir na fisionomia, por menos inteligente que seja. Depois, como Phoebe continuava a encará-lo, sem responder ao recado de sua mãe, o menino se retirou.

Enquanto descia a escada, subia um senhor bem-vestido, que entrou na loja. Era corpulento e, se tivesse possuído a vantagem de um pouco mais de altura, seria sem dúvida uma figura imponente de homem, embora já bem no declínio da vida, vestindo um terno preto de um tecido fino, bem semelhante ao melhor pano inglês. Uma bengala com castão de ouro e de uma rara madeira oriental concorria para a respeitabilidade do seu aspecto, assim como a gravata branca como a neve e os sapatos primorosamente engraxados. Seu rosto moreno, com os olhos sombreados por sobrancelhas espessas, causava impressão naturalmente e talvez refletisse na expressão bastante severidade se o recém-vindo não tivesse o cuidado de se esforçar para que tal coisa não acontecesse, mostrando-se bem-humorado e atencioso. Devido, porém, a um acúmulo positivamente maciço de substância animal na parte inferior do seu rosto, a expressão fisionômica se tornara mais untuosa do que espiritual e mostrava, por assim dizer, uma espécie de refulgência carnosa sem sombra de dúvida não tanto satisfatória quanto pretendia ser. De qualquer maneira, um observador atento teria notado que ela não contribuía para provar a benignidade de alma de que pretendia ser o reflexo. E, se o observador fosse, além de atento e perspicaz, também mal-humorado, provavelmente desconfiaria de que o sorriso daquele cavalheiro era semelhante ao brilho de seus sapatos e que cada um deveria ter custado muito esforço, a ele próprio e ao engraxate, respectivamente.

Quando o estranho entrou na loja, onde a saliência do segundo pavimento e espessa folhagem do olmo, assim como os artigos expostos na vitrine, criavam uma espécie de penumbra, o seu sorriso se tornou tão acentuado, como se ele estivesse empenhado em dissipar a escuridão do ambiente (além de qualquer escuridão moral envolvendo Hepzibah e seus hóspedes) com a desajudada luz de sua fisionomia.

Percebendo a beleza de uma jovem, em vez da descamada presença da solteirona, manifestou-se uma expressão de espanto. A princípio, o homem enrugou a testa; depois, sorriu com uma amabilidade ainda mais untuosa que dantes.

— Ah! Estou vendo como é! — disse, com um tom de voz que, se tivesse vindo da garganta de um homem sem educação, teria sido grosseiro, mas que, graças a cuidadoso treinamento, era até agradável. — Não sabia que srta. Hepzibah Pyncheon começara os seus negócios sob tão favoráveis auspícios. A senhorita é sua ajudante, não é mesmo?

— Sou, sim — respondeu Phoebe, e acrescentou, com um arzinho de dama de qualidade (pois, por mais bem-educado que fosse o recém-chegado, era evidente que a estava tomando por uma caixeirinha). — Sou prima de srta. Hepzibah e estou hospedada em sua casa.

— Sua prima? E do interior? Desculpe-me, então — disse o cavalheiro, curvando-se e sorrindo, como Phoebe nunca vira antes alguém curvar-se e sorrir. — Nesse caso, devemos ficar nos conhecendo melhor, pois, a não ser que eu esteja muito enganado, você é também minha parenta! Vejamos... Mary?... Dolly?... Phoebe?... Sim, Phoebe, é este o nome! É possível que você seja Phoebe Pyncheon, filha única do meu querido primo e colega de escola, Arthur? Ah! Você se parece com ele! Sim, sim! Devemos nos conhecer melhor! Sou seu parente, minha filha. Sem dúvida, você já ouviu falar no juiz Pyncheon, não é mesmo?

Como Phoebe inclinasse a cabeça em resposta, o juiz se curvou, com o perdoável e mesmo louvável intuito — levando-se em conta a identidade do sangue e a diferença de idade — de dar em sua jovem parenta um beijo, comemorando o reconhecimento do parentesco e manifestando a natural afeição. Infelizmente (sem intenção, ou apenas com aquela intenção instintiva que não se comunica com o intelecto), nesse momento exato Phoebe recuou, de modo que o seu altamente respeitável parente, com o corpo inclinado sobre o balcão, se viu na contingência absurda de beijar o ar. Foi um paralelo moderno do caso de Ixion abraçando uma nuvem, porém muito mais ridículo, pois o juiz se orgulhava de evitar qualquer matéria aérea e jamais confundir a realidade com uma sombra. A verdade era — e essa foi a única desculpa de Phoebe — que, embora a vibrante amabilidade do juiz Pyncheon pudesse não ser inteiramente desagradável a uma representante do sexo feminino que a observasse do outro lado de uma rua, ou mesmo do outro lado de um aposento de tamanho normal, tornara-se excessivamente intensa quando aquele rosto moreno, gordo (e também com uma barba tão cerrada que não havia navalha capaz de torná-la macia) procurava entrar em contato direto com o objeto de sua atenção. O homem, o sexo, uma ou outra coisa, se destacava demais nas demonstrações daquele gênero do juiz. Phoebe baixou os olhos e, sem saber por que, sentiu o sangue lhe subir às faces, diante do seu olhar. No entanto, fora beijada antes, e sem qualquer espécie de escrúpulo, por meia dúzia de primos diferentes, mais moços ou mais velhos do que aquele juiz moreno, grisalho, amável e de gravata branca. Por que, então, não podia ser beijada por ele?

Quando levantou os olhos, Phoebe ficou espantada com a mudança ocorrida na expressão fisionômica do juiz Pyncheon, tão notável essa mudança, respeitada as devidas proporções, como a que ocorre com uma paisagem plenamente ensolarada ou pouco antes de uma violenta tempestade; não que a fisionomia tivesse a apaixonada intensidade desse último aspecto, mas estava fria, dura, implacável, como uma nuvem negra que permanece no céu o dia inteiro.

"Meu Deus do céu!", pensou a moça. "E essa agora? Ele está com uma cara de quem não tem dentro de si coisa alguma menos dura que um rochedo ou mais branda do que o vento leste! Eu não quis ofendê-lo. Já que ele é realmente meu primo, eu deveria ter deixado que ele me beijasse, mas não pude!"

Então, e de repente, Phoebe percebeu que aquele mesmo juiz Pyncheon era o original da miniatura que Holgrave lhe mostrara no quintal, e que aquela expressão dura, severa, implacável de seu rosto agora era a mesma que o sol havia, tão inflexivelmente, teimado em revelar. Não se tratava, portanto, de uma aparência momentânea, e, sim, embora cuidadosamente escondida, o verdadeiro retrato de seu ser? E não apenas isso, mas uma qualidade hereditária que trazia consigo e transmitida, como uma herança preciosa, desde aquele antepassado barbudo, em cujo retrato tanto a expressão como, de maneira singular, as feições do juiz moderno se apresentavam como uma espécie de profecia? Um filósofo mais profundo do que Phoebe poderia encontrar algo de muito terrível nessa ideia. Significava que as debilidades e os defeitos, as paixões maléficas, as tendências mesquinhas e a baixeza moral que levam ao crime tinham passado de uma geração a outra, por um meio de transmissão mais seguro do que aqueles que as leis humanas conseguiram estabelecer para a transmissão de riquezas e honrarias que visam à posteridade.

Aconteceu, porém, que, mal o olhar de Phoebe se fixou de novo no rosto do juiz, a sua feia catadura se abrandou; e a jovem se viu de novo sobrepujada pelo calor abafante, como era de fato, da benevolência que o excelente homem irradiava de seu grande coração para todo o ambiente que o cercava — bem semelhante à serpente, que, segundo se diz, como uma fascinação preliminar, costuma encher a atmosfera de seu odor peculiar.

— Gostei de ver, prima Phoebe! — exclamou ele, com uma enfática inclinação de cabeça em aprovação. — Estou muito satisfeito, priminha! Você é uma menina ajuizada e sabe se defender. Uma mocinha, especialmente quando é muito bonita, não deve andar beijando a torto e a direito.

— Na verdade — replicou Phoebe, tentando mudar de assunto, jovialmente —, não tive intenção de ser grosseira.

De qualquer maneira, fosse ou não devido inteiramente ao pouco auspicioso começo de seu conhecimento, a jovem continuou a se comportar com certa reserva, de modo algum habitual ao seu gênio franco e alegre. Não conseguia se livrar da fantasia de que o puritano original, a cujo respeito tomara conhecimento de tantas tradições sombrias — o progenitor de toda a estirpe dos Pyncheon da Nova Inglaterra, o construtor da Casa das Sete Torres e que nela morrera de maneira tão estranha — havia agora entrado na loja. Nesses dias de equipamentos improvisados, o caso foi facilmente resolvido. Chegando do outro mundo, ele apenas julgara necessário passar um quarto de hora com um barbeiro, que transformara a barba do puritano em um par de suíças grisalhas; depois, recorrendo a uma casa de roupas feitas, trocara o calção de veludo e o casaco de pele, juntamente com a faixa ricamente trabalhada, por um terno de roupa, uma camisa, um colarinho e uma gravata branca; e, afinal, substituindo a espada de aço por uma bengala com castão de ouro, o coronel Pyncheon de dois séculos passados se transformou no juiz do momento presente!

É claro que Phoebe era uma moça muito sensata para encarar essa ideia com algo mais que um sorriso. Também era possível que, se os dois personagens tivessem aparecido juntos diante de seus olhos, muitos pontos de diferença se tornariam perceptíveis, deixando apenas, talvez, uma semelhança geral.

O longo tempo decorrido, em um clima tão diferente daquele que acalentara os antepassados ingleses, teria inevitavelmente ocasionado importantes mudanças no sistema físico dos seus descendentes. O volume dos músculos do juiz dificilmente seria o mesmo do coronel; havia nele incontestavelmente menos carne. Embora parecesse um homem pesado entre os seus contemporâneos, no que dizia respeito à substância animal, e fosse igualmente favorecido com um notável grau de desenvolvimento fundamental, que o adaptava bem à curul da magistratura, é concebível que o moderno juiz Pyncheon, se pesado na mesma balança que o seu antepassado, teria exigido um contrapeso considerável para manter equilibrados os pratos. Além disso, no rosto do juiz, o rosado inglês que se mostrava com todo o vigor nas faces do coronel, castigado pelas intempéries, ficara amarelado, a tez comum entre os seus patrícios. Também parecia que um certo nervosismo se tornara mais ou menos manifesto, mesmo em um tão sólido exemplar de descendência puritana como o cavalheiro que está agora sendo discutido. Um de seus efeitos consistia em dar à sua fisionomia maior mobilidade e vivacidade, mas à custa de algo mais vigoroso, sobre o qual aqueles elementos mais agudos pareciam agir, à semelhança de ácidos dissolventes. Esse processo, ao que parece, pode pertencer ao grande sistema de progresso humano, que, com todos os passos ascendentes, à medida que diminui a necessidade da força animal, talvez se destine a nos espiritualizar gradativamente, enfraquecendo os atributos mais grosseiros do nosso corpo. Se assim é, o juiz Pyncheon deveria ser submetido a mais um ou dois séculos de aperfeiçoamento, do mesmo modo que a maior parte dos outros homens.

A semelhança, intelectual e moral, entre o juiz e o seu antepassado parece ter sido pelo menos tão forte quanto a semelhança física levaria a antecipar. No sermão fúnebre do velho coronel Pyncheon, o clérigo, sem sombra de dúvida, canonizara o seu falecido paroquiano, e como que lhe abrira uma perspectiva, através do teto da igreja, e de lá, atravessando o firmamento, o mostrara, sentado, de harpa em punho, no meio do coro bem-aventurado do mundo espiritual. Também em sua lápide tumular, as palavras são altamente encomiásticas; e, por seu lado, a história, até onde ele ocupa lugar em suas páginas, jamais contestou a fibra e a retidão do seu caráter. Do mesmo modo, no que diz respeito ao juiz Pyncheon dos nossos dias, nenhum clérigo, nenhum jurista, nenhum gravador de inscrições em lápides funerárias, nenhum historiador de acontecimentos locais ou gerais se aventuraria a dizer uma só palavra pondo em dúvida a sinceridade daquela eminente personalidade como cristão, a sua respeitabilidade como homem, a sua integridade como juiz ou a sua coragem e fidelidade como o representante muitas vezes escolhido de seu partido político. Além, contudo, daquelas palavras frias, formais e vazias do cinzel que grava, da voz que fala e da pena que escreve, visando ao público atual ou ao tempo futuro — e que, inevitavelmente, perdem muito de sua verdade e liberdade em virtude da própria finalidade a que visam —, havia tradições acerca do antepassado e cotidianas conversas particulares acerca do juiz, notavelmente acordes em seu testemunho. É muitas vezes altamente instrutivo ouvir-se a opinião da mulher, do soldado raso e do criado a respeito de um homem público; e nada pode haver de mais curioso do que a enorme diferença que existe entre os retratos destinados a serem gravados e os desenhos a lápis, que passam de mão em mão, por trás do original.

Por exemplo: a tradição afirmava que o puritano era ganancioso; também o juiz, com toda a mostra de liberalidade nos gastos, tinha fama de ser um unha de fome. O antepassado se envolvera em uma severa presunção de bondade, uma rude cordialidade de palavras e de atitudes, que a maioria das pessoas acreditava ser indício de uma cordialidade natural, abrindo caminho entre a espessa e inflexível casca de um caráter viril. Seu descendente, atendendo às exigências de uma época mais amena, requintara aquela rude benevolência, tornando-a uma vasta amabilidade sorridente, graças à qual brilhava nas ruas como um sol do meio-dia, ou como um fogo de lareira nas salas de visitas dos amigos. O puritano — segundo algumas revelações singulares, até hoje contadas em voz baixa — incidiu em certas transgressões a que estão sujeitos, quaisquer que sejam os seus princípios ou a sua fé, os homens cujo lado animal é muito desenvolvido, e das quais só se livram quando a impureza tiver partido em companhia da grosseira substância terrena que a envolve. Não devemos manchar a nossa página com algum escândalo contemporâneo, de igual natureza, que possa ter sido sussurrado a respeito do juiz. O puritano, autocrata em seu próprio lar, usara três esposas, e meramente pelo desapiedado peso e dureza de seu caráter nas relações conjugais, as mandara para o túmulo, uma atrás da outra, sucumbidas aos maus-tratos. O juiz só se casara uma vez, e a mulher morrera depois de três ou quatro anos de casada. Há, contudo, uma lenda — pois assim a resolvemos considerar, embora não seja impossível — de que a dama em questão sofreu um golpe mortal em plena lua de mel, porque o marido a obrigou a servir-lhe café na cama todas as manhãs, como prova de fidelidade e vassalagem ao seu amo e senhor.

É, porém, muito prolífico assunto esse das semelhanças hereditárias, cuja ocorrência frequente, em linha reta, é, realmente, inexplicável quando levamos em consideração o grande acúmulo de situações ancestrais que há por trás de cada homem, a uma distância de um ou dois séculos. Só acrescentaremos, portanto, que o puritano — ou, pelo menos, conta a tradição das conversas ao pé do fogo, que muitas vezes conserva os traços de um caráter com maravilhosa fidelidade — era atrevido, prepotente, implacável, astucioso; firmava profundamente os seus propósitos e tratava de realizá-los com uma perseverança que não conhecia descanso nem consciência; pisava nos fracos e, quando era essencial aos seus intuitos, fazia o possível para derrotar os fortes. Se o juiz se parecia com ele de algum modo, o futuro desenrolar do nosso relato irá mostrar.

Mal ocorreu a Phoebe algum dos tópicos do paralelo anteriormente apresentado; na verdade, o fato de ter nascido e sido criada na roça a deixara lamentavelmente ignorante quanto à maior parte das tradições da família, que pendiam, à semelhança de teias de aranha e de picumã, nos aposentos e nos cantos de lareira da Casa das Sete Torres. Havia, no entanto, uma circunstância, muito trivial em si mesma, que a impressionou, provocando um estranho horror. Ouvira falar da praga rogada por Maule, o feiticeiro executado, ao coronel Pyncheon e sua posteridade — que Deus lhe desse sangue para beber — e também da crença popular de que se podia ouvir, de vez em quando, aquele sangue milagroso gorgolejando na garganta dos Pyncheon. Essa última crendice — como faria uma pessoa de bom senso, especialmente pertencente à família Pyncheon — foi posta de lado por Phoebe, tão incontestavelmente absurda era ela. No entanto, as antigas superstições, depois de penetrarem nos corações humanos e se encarnarem no alento humano, passando dos lábios para os ouvidos em múltipla repetição através de uma série de gerações, assumem um aspecto de verdade corriqueira. Graças à prolongada transmissão, entre os acontecimentos domésticos, acabaram ficando parecidas com eles e tinham afinal se sentido tão à vontade em casa que a sua influência era, em via de regra, maior do que se pensava. Aconteceu assim que, quando Phoebe ouviu um certo barulho na garganta do juiz Pyncheon — bastante habitual nele, não inteiramente voluntário, mas sem indicar coisa alguma, a não ser que se tratasse de ligeira indisposição bronquial ou, como algumas pessoas insinuavam, um sintoma de apoplexia —, quando a jovem ouviu o esquisito e desagradável ruído daquela ingurgitação (que o autor nunca ouviu e, portanto, não pode descrever), assustou-se e apertou as mãos, nervosamente.

Sem dúvida, foi um papel ridículo de Phoebe assustar-se com tal tolice e, mais do que isso, imperdoável mostrar o susto à pessoa diretamente relacionada com o caso. O incidente, porém, parecia se ajustar tanto às suas fantasias anteriores acerca do coronel e do juiz que, durante um momento, ela chegou a confundir as suas identidades.

— O que tem, moça? — perguntou o magistrado, de cara fechada. — Está com medo de alguma coisa?

— Não é nada, nada, não, senhor! — respondeu Phoebe, dando uma risadinha, para disfarçar o desaponto. — Mas o senhor deve estar querendo conversar com minha prima Hepzibah. Quer que eu a chame?

— Espere um momento, se me faz favor — retrucou o juiz, de novo com o sol brilhando em seu rosto. — Você parece um pouco nervosa hoje. O ar da cidade, prima Phoebe, não faz bem a seus sadios e simples hábitos roceiros. Ou será que está perturbada com alguma coisa... alguma coisa diferente na família da prima Hepzibah? A chegada de alguém, hein? Pensei nisso. Não é de se admirar que esteja tão nervosa, priminha. Conviver com tal hóspede deve perturbar uma mocinha inocente como você.

— Não estou entendendo direito — replicou Phoebe, encarando fixamente o juiz. — Não há nesta casa um hóspede que meta medo, mas apenas um pobre homem, delicado, parecendo uma criança, que creio que é irmão da prima Hepzibah. Estou achando (mas o senhor deve saber melhor do que eu) que ele não tem o juízo perfeito; mas me pareceu tão sossegado, tão bonzinho, que acho que qualquer mãe seria capaz de deixar que ele tomasse conta de seu filhinho, e que ele brincaria com o menino como se fosse apenas poucos anos mais velho do que ele. Fiquei admirada!

— Regozijo-me, vendo que teve uma impressão tão favorável e tão ingênua de meu primo Clifford — disse o benevolente magistrado. — Há muitos anos, quando éramos crianças e depois rapazes, eu lhe dediquei muita amizade e ainda me preocupo com tudo que lhe diz respeito. Você acha, prima Phoebe, que ele é fraco da cabeça. Que o céu lhe conceda ao menos uma parte de sua inteligência, para se arrepender dos seus pecados passados!

— Eu acho que ninguém deve ter menos do que se arrepender — opinou a jovem.

— Será possível, minha prima — prosseguiu o juiz, com um olhar de benevolente comiseração —, que você nunca tenha ouvido falar de Clifford Pyncheon, que nada saiba a respeito de sua história? Bem... está certo... E sua mãe mostrou que sabia resguardar bem o bom nome da família da qual veio fazer parte. Faça o melhor juízo possível daquela infortunada pessoa e lhe deseje o melhor! É uma regra que os cristãos sempre seguem quando julgam um semelhante. E isso é especialmente sensato e correto quando se trata de parentes próximos, cujos caracteres têm necessariamente um certo grau de dependência recíproca. Mas Clifford está na sala? Vou entrar para ver.

— Talvez seja melhor chamar minha prima Hepzibah — disse Phoebe, sem saber, contudo, se deveria impedir a entrada nos aposentos particulares da casa de tão amável parente. — O irmão dela ficou dormindo logo depois do almoço, e acho que ela não quer que ele seja acordado. Por favor, vou avisá-la.

O juiz Pyncheon, porém, mostrava-se singularmente disposto a entrar sem ser anunciado, e, como Phoebe, com a vivacidade de uma pessoa cujos movimentos respondem inconscientemente aos pensamentos, caminhou rumo à porta, ele usou de pouca cerimônia para afastá-la.

— Não, não, srta. Phoebe! — exclamou, com um tom de voz que fazia lembrar o troar do trovão e com uma expressão tão sombria que fazia lembrar as nuvens negras que acompanham o trovão. — Fique aqui! Conheço a casa e conheço minha prima Hepzibah e seu irmão Clifford. Não há necessidade de minha priminha da roça tomar o trabalho de me anunciar — acrescentou, com sintomas de que a sua súbita manifestação autoritária iria mudar para a amabilidade anterior. — Você tem de reconhecer, Phoebe, que aqui estou em casa e que você é que é estranha. Vou só entrar, portanto, e ver como Clifford está passando, e oferecer os meus préstimos a ele e a Hepzibah, e desejar-lhes felicidade. É justo que, nessa conjuntura, eles ouçam de meus próprios lábios quanto desejo lhes ser útil. Ah! Eis a própria Hepzibah!

Tal fora o caso. As vibrações da voz do magistrado haviam chegado aos ouvidos da solteirona, na sala de visitas, onde se achava sentada, velando o sono do irmão. E agora avançou, segundo parecia, para defender a entrada, assemelhando-se, temos de admitir, ao dragão que, nos contos de fadas, é o guardião da beleza encantada. A cara, habitualmente fechada, tornara-se, naquele momento, excessivamente feroz para ser atribuída à inocente miopia. E seus olhos se fixavam no juiz Pyncheon de um modo que parecia confundi-lo, senão assustá-lo, tão inadequadamente ele calculara a força moral de uma antipatia profundamente arraigada. Hepzibah fez um gesto de repulsa e se postou como uma perfeita imagem da proibição, em tamanho natural, na moldura da porta. Mas temos que revelar o seu segredo e confessar que a timidez congênita de seu caráter mesmo naquela contingência se manifestou, provocando um forte tremor, que fez com que ela própria percebesse que cada uma de suas juntas estava em desacordo com as suas colegas.

Possivelmente, o juiz sabia quão pouca coragem de verdade se escondia atrás da carranca formidável de Hepzibah. De qualquer modo, sendo um *gentleman* de nervos de aço, dentro em pouco se recuperou e não deixou de se aproximar da prima com a mão estendida, adotando, contudo, a sensata precaução de proteger o avanço com um sorriso tão rasgado e amável que, com metade apenas do calor que parecia desprender, uma latada de uvas teria amadurecido de repente se exposta àquele sol de verão. Talvez tivesse sido mesmo o seu intuito derreter a pobre Hepzibah, como se ela fosse uma figura de cera.

— Hepzibah, minha querida prima, estou satisfeitíssimo! — exclamou enfaticamente. — Agora, afinal, você tem uma razão para viver. Isso mesmo, e todos nós, seus amigos e parentes, deixe-me dizer, temos mais motivos para nos alegrar do que tínhamos ontem. Não perdi tempo e vim logo oferecer-lhe os meus préstimos, no que estiver ao meu alcance, para que Clifford se sinta bem. Nós todos nos preocupamos com ele. Sei de quanto ele precisa, de quanto costumava precisar, com o seu gosto delicado e seu amor pelo belo. Tudo em minha casa, quadros, livros, vinho, iguarias finas, está às suas ordens! Ficaria muito satisfeito se pudesse vê-lo. Posso entrar?

— Não — respondeu Hepzibah, cuja voz tremia tanto que não conseguia dizer muitas palavras. — Ele não pode receber visitas!

— Visita, minha cara prima! Você me chama de visita? — protestou o juiz, cuja sensibilidade parecia afetada pela frieza da resposta. — Nesse caso, deixe-me hospedar Clifford e você também. Venham logo para a minha casa. O ar campestre e todo o conforto, direi mesmo luxo, que reuni em torno de mim vão encantá-lo. E eu e você, minha cara Hepzibah, vamos tratar de resolver juntos como tornar feliz o caro Clifford. Venha! O que adianta falar mais a respeito do que é tanto um dever como um prazer para mim? Venha comigo, imediatamente!

Ouvindo esse hospitaleiro oferecimento e o generoso reconhecimento dos deveres de parentesco, Phoebe teve vontade de correr até o juiz e dar-lhe o beijo que tão recentemente evitara. Hepzibah, porém, agiu de maneira bem diversa: o sorriso do ilustre magistrado pareceu provocar um efeito contrário em seu coração, como a luz do sol sobre o vinagre, tornando-o dez vezes mais azedo.

— Clifford — disse ela, tremendo demais para conseguir articular mais do que uma frase ab-rupta —, Clifford tem um lar nesta casa!

— Que o céu lhe perdoe, Hepzibah — disse o juiz Pyncheon, erguendo, reverente, os olhos na direção da alta corte de justiça para a qual apelava —, se você se deixa influenciar nessa questão por qualquer antigo preconceito ou animosidade! Estou aqui, de coração aberto, para nele acolher, prazerosamente, você e Clifford. Não rejeite o meu oferecimento, a minha sugestão visando ao seu bem-estar! São, sob todos os aspectos, tais como compete ao seu parente mais próximo fazer. Você assumirá uma séria responsabilidade, minha prima, se confinar seu irmão nesta casa horrível e nesta atmosfera viciada, quando a minha mansão no campo está ao seu dispor.

— Clifford jamais se sentiria bem lá — disse Hepzibah, sempre recorrendo ao menor número de palavras possível.

— Mulher! — vociferou o juiz, dando vazão ao seu ressentimento. — O que significa tudo isso? Você conta com outros recursos? Bem que eu andava desconfiado! Tome cuidado, Hepzibah, tome cuidado! Clifford está à beira de uma situação mais negra do que já conheceu até então! Mas por que estou lhe dando essa confiança, mulher? Deixe-me passar! Preciso ver Clifford!

Hepzibah espalhou seu corpo descarnado através da porta e pareceu realmente ter conseguido aumentar o seu volume; e parecia mais terrível, também, porque havia muito terror e muito tumulto em seu coração. Mas a evidente disposição do juiz Pyncheon de forçar a passagem foi interrompida por uma voz vinda do interior da casa; uma voz fraca, trêmula, chorosa, revelando um susto irreversível, sem mais energia para a defesa própria do que tem uma criança amedrontada.

— Hepzibah, Hepzibah! — exclamou a voz. — Ajoelhe-se diante dele! Beije-lhe os pés! Peça-lhe pelo amor de Deus para não entrar! Que ele tenha piedade de mim! Piedade, piedade!

Durante um instante, ficou duvidoso se o magistrado não estava firmemente decidido a empurrar Hepzibah e entrar na sala de visitas, de onde partira aquela dolorosa e sussurrada súplica. Não foi a piedade que o conteve, pois, ao primeiro som da débil voz, seus olhos flamejaram como fogo e ele deu um passo para a frente com uma expressão tão feroz e implacável que parecia abranger o homem inteiro. Conhecer o juiz Pyncheon era vê-lo naquele momento. Depois de tal revelação, ele poderia sorrir com toda a amabilidade de que era capaz, poderia mais depressa tornar as uvas roxas ou as abóboras amarelas do que apagar a expressão de ferocidade da memória de quem o tivesse observado. E o que tornava o seu aspecto não menos, porém mais amedrontador era que não parecia expressar raiva ou ódio, mas uma certa crueldade de intento, que aniquilava tudo mais que não fosse ela própria.

No entanto, não estaremos caluniando um homem amável e excelente? Olhem agora para o juiz! Está aparentemente consciente de ter errado, por haver insistido com energia excessiva em seus louváveis propósitos de fazer o bem a quem era incapaz de compreendê-lo. Ele aguardará que os beneficiados se acalmem e continuará tão disposto então a ajudá-los como se encontra neste momento. Ao afastar-se da porta, uma benevolência supercompreensiva se irradia de sua fisionomia, indicando que ele acolhe Hepzibah, a priminha Phoebe e o invisível Clifford, todos os três, juntamente com todo mundo que os cerca, em seu imenso coração e os envolve calorosamente pelas ondas do oceano de seu afeto.

— Você cometeu uma grande injustiça comigo, prezada prima Hepzibah — disse ele, a princípio estendendo a mão, cordialmente, depois calçando a luva, como preparativo para a retirada. — Uma grandíssima injustiça! Mas eu lhe perdoo, e vou me esforçar para que você faça melhor juízo de mim. Naturalmente, como o nosso pobre Clifford se encontra em tão lamentável estado mental, não posso insistir em vê-lo agora. Mas vou providenciar para o seu bem-estar, como se ele fosse meu próprio irmão muito querido; e não desisto de ainda fazer com que você e ele acabem reconhecendo a injustiça que praticaram. Quando isso acontecer, não desejo outra vingança senão fazer com que aceitem o que lhes ofereci.

Com uma inclinação de cabeça para Hepzibah, e outra, impregnada de paternal benevolência, para Phoebe, o juiz saiu da loja e caminhou sorridente pela rua afora. Como é habitual com os ricos, quando aspiram às honrarias da república, ele procurava pedir desculpas ao povo por sua riqueza, prosperidade e posição destacada, tratando cordial e afavelmente os conhecidos; deixando de lado a maior parte de sua dignidade, na devida proporção com a humildade da pessoa que cumprimentava, e, de tal modo, provando a elevada consciência de suas vantagens tão incontestavelmente, como se estivesse sendo precedido de um bando de lacaios para abrir caminho. Naquela manhã particular, tão excessivo era o calor do aspecto benevolente do juiz Pyncheon que (pelo menos foi o que se disse na cidade) os carros de água encarregados de molhar as ruas tiveram de passar uma segunda vez, tanta foi a poeira provocada pelo excesso de sol!

Mal ele desapareceu, Hepzibah, que se tornara lívida, aproximou-se de Phoebe com passos trôpegos e escondeu o rosto em seu ombro.

— Ó Phoebe! — murmurou. — Aquele homem tem sido o horror de minha vida! Será que nunca terei coragem, que nunca a minha voz deixará de tremer, que terei coragem de dizer-lhe o que ele é?

— Ele é mesmo tão mau assim? — perguntou Phoebe. — No entanto, fez oferecimentos muito generosos.

— Não me fale nisso! — protestou Hepzibah. — Ele tem um coração de ferro. Agora, vá conversar um pouco com Clifford! Veja se o distrai um pouquinho, que se acalme! Não vou, para que ele não veja como estou nervosa. Vá, minha filha, que eu fico tomando conta da loja.

Phoebe obedeceu, mas estava desconcertada, imaginando qual seria a verdadeira significação da cena a que acabara de assistir, e também se juízes, clérigos e outras pessoas de tão eminente posição e dignidade poderiam realmente, em qualquer exemplo individual, não serem homens justos e honrados. Uma dúvida dessa natureza tem uma influência muito perturbadora e, se confirmada, provoca um efeito terrível e devastador na mente das pessoas ordeiras, bem-comportadas e resignadas, da classe a que pertencia a nossa roceirinha. Disposições mais audaciosamente especulativas podem tirar um contundente prazer da descoberta de que, uma vez que deve haver o mal no mundo, um homem de posição elevada está tão sujeito quanto um homem da classe baixa a possuir o seu quinhão de maldade. Uma perspectiva mais ampla e uma percepção mais profunda podem encarar as dignidades, as honrarias e as elevadas posições sociais como ilusórias, no que diz respeito à sua pretensão de merecerem a reverência humana, sem achar que, por isso, o universo vai mergulhar no caos. Phoebe, porém, a fim de manter o universo no lugar de costume, estava disposta a dissipar, de certo modo, a sua própria intuição quanto ao caráter do juiz Pyncheon. E, quanto às afirmações de sua prima contrariando tal coisa, chegou à conclusão de que a opinião de Hepzibah era afetada por uma daquelas brigas de família nas quais o próprio veneno dos afetos mortos e apodrecidos torna o ódio mais forte.

IX

Clifford e Phoebe

Na verdade, havia algo de elevado, generoso e nobre na composição inata da nossa pobre solteirona Hepzibah! Ou então — e esse era o caso mais provável — ela se enriquecera com a pobreza, se aperfeiçoara com o sofrimento, se elevara com sólido e solitário afeto de sua vida e se cobrira, assim, de um heroísmo que jamais a caracterizaria nas chamadas circunstâncias mais felizes. Durante aqueles anos terríveis, Hepzibah aguardava — a maior parte do tempo desesperada, jamais com uma esperança confiante, mas sempre com o sentimento de que aquela era a sua mais brilhante possibilidade — a situação em que agora se encontrava. Em seu próprio interesse, nada pedira à Providência, a não ser a oportunidade de se dedicar ao irmão, que ela tanto amara — que admirara tanto pelo que ele era ou podia ter sido — e no qual depositava sua fé, só ela em todo o mundo, completa e incansavelmente, em todos os instantes e durante toda a vida. E agora, entregue à decadência final, o extraviado voltara de seu longo e estranho infortúnio e fora entregue ao afeto da irmã, ao que parecia, não apenas em busca do pão de sua existência física, mas em busca de tudo que o pudesse manter moralmente vivo. Ela atendera ao apelo. Acorrera — a nossa pobre, descarnada Hepzibah, com seu vestido de gorgorão, com as suas juntas emperradas e a triste perversidade de sua carranca — disposta a fazer o máximo e com afeição bastante, se houvesse necessidade, para fazer cem vezes mais! Poucos espetáculos mais dolorosos poderia haver — e o Céu nos perdoe se um sorriso procurar imiscuir-se em sua concepção! —, poucos espetáculos tão comoventes, como o que apresentava Hepzibah naquela primeira tarde.

Com quanta paciência se esforçou para envolver Clifford em seu grande e caloroso amor e torná-lo todo o mundo para ele, de modo que não tivesse de conservar, de fora, a frialdade e a lúgubre monotonia! Seus pobres esforços para diverti-lo! Como eram ridículos, como eram magnânimos!

Relembrando o seu antigo gosto pela poesia e pela ficção, ela abriu uma estante e tirou vários livros, excelente literatura em sua mocidade. Havia um volume de Pope contendo o "Rapto da Madeixa" e outro da "Tatler", e um truncado das "Miscelâneas" de Dryden, todos com dourado desbotado nas capas e pensamentos de um brilho desbotado nas páginas. Não fizeram sucesso com Clifford. Aqueles, e todos os demais autores da alta sociedade, cujas obras cintilavam como a rica contextura de um tapete recém-bordado, deviam se contentar em desprender o seu encanto, para todo leitor, após uma ou duas épocas e dificilmente podiam pretender conservar uma parte dele para uma mentalidade que já havia perdido inteiramente a sua avaliação de usos e costumes. Hepzibah pegou, então, "Rasselas", e começou a leitura a respeito do vale venturoso, com a vaga ideia de que se elaborara o segredo de uma vida mais satisfatória, que, pelo menos, poderia ser útil, naquele dia, a ela própria e a Clifford. O vale venturoso estava, porém, sombreado por uma nuvem. Hepzibah perturbou o ouvinte, além disso, com inúmeros pecados de ênfase, que ele notou, sem se interessar pelo sentido; na verdade, não pareceu prestar muita atenção ao sentido do que a irmã estava lendo, mas evidentemente ficou entediado com a leitura, sem colher nenhum proveito. Além disso, a voz da solteirona, naturalmente áspera, havia, no decorrer de sua atribulada vida, contraído uma espécie de coaxo, que, quando se instala na garganta humana, é tão inerradicável quanto o pecado. Em ambos os sexos, esse coaxo vitalício, quando ocorre, é um dos sintomas da melancolia permanente; e, sempre que se manifesta, toda a história do infortúnio se sintetiza em sua mais ligeira inflexão. E o seu efeito é a impressão de que a voz tivesse sido tingida de preto; ou — para sermos menos sarcásticos — aquele horrendo coaxo, se fazendo sentir em todas as variações da voz, faz lembrar um fio de seda preto, no qual estão enfiadas as contas de cristal das palavras da narrativa, e que, em consequência, assumem a sua tonalidade escura. Tais vozes entoam um cântico funéreo pelas esperanças mortas e merecem morrer e ser enterradas com elas.

Percebendo que Clifford não estava satisfeito com os seus esforços, Hepzibah saiu pela casa à procura de um passatempo mais interessante. Certa vez, aconteceu que os seus olhos se fixaram no cravo de Alice Pyncheon. Foi um momento de grande perigo, pois — a despeito do tradicional temor que provocava aquele instrumento musical, e dos acordes que, ao que se dizia, dedos espectrais executavam em seu teclado — a dedicada irmã teve o solene propósito de fazer com que soassem as suas cordas, para deleite de Clifford, e de acompanhar a execução com a sua voz. Pobre Clifford! Pobre Hepzibah! Pobre cravo! Todos três sofreriam juntos. Graças, contudo, a um feliz acaso — talvez a invisível intervenção da própria Alice, há tanto tempo sepultada — foi evitada a ameaçadora calamidade.

O pior de tudo, porém — o mais duro golpe do destino que Hepzibah podia sofrer, e talvez Clifford também —, era a invencível repugnância do irmão pela aparência da irmã. As suas feições, que nunca tinham sido agradáveis, mas que haviam piorado muito com a idade, o sofrimento e a revolta contra o mundo, para o gosto de Clifford; sua roupa e especialmente a sua touca; os modos esquisitos, desgraciosos, que, inconscientemente, ela adquirira no isolamento em que vivera — tais sendo as características exteriores da pobre solteirona, não é de admirar, embora cause piedade, que o instintivo amante do Belo se mostrasse inclinado a afastar os olhos para não vê-la. Não havia remédio para isso. Aquele seria o último impulso a morrer dentro dele. Em sua fase derradeira, com a respiração ofegante saindo a custo entre os seus lábios, Clifford, sem dúvida alguma, iria apertar a mão de Hepzibah, em caloroso reconhecimento pelo seu abnegado amor, e fechar os olhos — mas não tanto para morrer como para não ser obrigado a continuar olhando para o rosto da pobre Hepzibah! Ela discutiu consigo mesma sobre a providência que poderia tomar, e pensou em enfeitar a touca com fitas; mas, felizmente, uma revoada de diversos anjos da guarda impediram-na de levar a cabo uma experiência que só serviria para agravar ainda mais a situação.

Resumindo: além das desvantagens de Hepzibah como pessoa, havia sempre algo de errado em todos os seus atos; algo de desgracioso, que podia, embora mal, adaptar-se para o uso, porém de modo algum para ornamento. Era um desgosto para Clifford, e ela sabia disso. Nessa extremidade, a pobre solteirona recorreu a Phoebe. Nenhum ciúme humilhante havia em seu coração. Se agradasse ao Céu coroar a heroica fidelidade de sua vida tornando-a pessoalmente o instrumento da felicidade de Clifford, isso a recompensaria por todo o seu passado, com uma alegria sem esplendor, é certo, mas verdadeira e profunda, e que valia tanto quanto mil prazeres mais ruidosos. Isso não podia ser. E, assim, ela se voltou para Phoebe e depositou a sua tarefa nas mãos da jovem, que a assumiu jovialmente, como era de seu feitio; revestindo-se em todos os seus atos da mesma simplicidade.

Graças ao efeito involuntário de seu gênio cordial, Phoebe, dentro em pouco, se tornou absolutamente indispensável ao bem-estar cotidiano dos dois desamparados irmãos. A feiura e tristeza da Casa das Sete Torres pareciam ter desaparecido desde que a jovem ali aparecera; os dentes devoradores do apodrecimento tinham parado de roer os caibros da estrutura; a poeira já não caía em grande quantidade dos velhos tetos sobre o soalho e os móveis, ou, de qualquer maneira, havia uma jovem dona de casa, leve como a brisa que varre as aleias de um jardim, deslizando de cá para lá, varrendo e limpando. As sombras dos sinistros acontecimentos que escureciam os abandonados e desolados aposentos; o cheiro pesado, irrespirável, que a morte deixara em mais de um daqueles quartos, depois de suas visitas, há muito tempo, tudo isso era menos poderoso que a influência purificadora espalhada em toda a atmosfera do casarão pela presença de um coração moço, puro e bom.

Não havia morbidez em Phoebe; se houvesse, a velha Casa dos Pyncheon seria o lugar ideal para transformá-la em moléstia incurável. Agora, porém, o seu espírito parecia, com toda a sua potência, uma diminuta quantidade de essência de rosas em uma das enormes canastras de Hepzibah, espalhando o seu perfume pelas várias peças de linho e de renda, lenços, toucas, meias, vestidos desbotados, luvas e tudo mais que era entesourado ali. Do mesmo modo que todas as peças guardadas na grande canastra ficavam perfumadas com o cheiro de rosas, assim também todos os pensamentos e emoções de Hepzibah e de Clifford, por mais sombrios que fossem, adquiriam um sutil atributo de felicidade de Phoebe. As suas atividades, corporais, mentais e sentimentais, a impeliam constantemente a executar os pequenos trabalhos que se apresentavam em torno dela, a ter o pensamento adequado no momento adequado, e a compadecer-se, e procurar consolar, da soturna ansiedade de Hepzibah ou das vagas lamentações de seu irmão, ora com a alegria dos tentilhões na pereira, ora mostrando tanta preocupação quanto podia.

Uma natureza semelhante à de Phoebe exerce invariavelmente influência, mas poucas vezes é considerada como mereceria ser. A sua força espiritual, contudo, pode ser em parte estimada pelo fato de haver a jovem encontrado um lugar para si mesma no meio de circunstâncias tão hostis como aquelas que rodeavam a dona da casa; e também pelo efeito que produziu sobre um caráter de tão maior volume do que o seu próprio. De fato, a figura descarnada, ossuda, de Hepzibah, quando comparada com a leveza da figura de Phoebe, apresentava, talvez, uma proporção adequada com o peso moral e a substância, respectivamente, da solteirona e da jovem.

Esta última se mostrava especialmente necessária ao hóspede, o irmão de Hepzibah, ou primo Clifford, como Phoebe começara a chamá-lo. Isto não quer dizer que ele conversasse realmente com ela ou que manifestasse muitas vezes, de outra maneira definida, o encanto que a sua companhia lhe proporcionava. Quando, porém, Phoebe se afastava dele por mais tempo, Clifford ficava nervoso e mal-humorado, andando de um lado para o outro, com a hesitação que caracterizava todos os seus movimentos; ou, então, deixava-se ficar sentado, escondendo o rosto com as mãos, e somente dando sinal de vida com manifestações de mau humor, quando Hepzibah tentava animá-lo. A presença de Phoebe e a contiguidade da sua vida luminosa à vida sombria que era a dele próprio era, em via de regra, tudo que ele queria.

Na verdade, tal eram a vivacidade e jovialidade inatas de seu espírito que raras vezes a jovem se mostrava inteiramente calada e reservada, do mesmo modo que uma fonte jamais cessa o seu puro jorro de água. Tinha o hábito de cantar, e também fazia isso com tanta naturalidade que ninguém pensaria em indagar-lhe como o adquirira ou quem lhe ensinara a cantar tão bem, pois seria a mesma coisa que perguntar a um passarinho como aprendeu a música em que reconhecemos a voz do Criador, tão distintamente como no mais forte troar do trovão. Enquanto estava cantando, Phoebe podia andar à vontade pela casa. Clifford ficava contente, mesmo se a doçura da sua voz viesse dos aposentos do pavimento superior, do corredor para a loja, ou do quintal, através da folhagem da pereira, como os raios de sol. Ele, então, se deixava ficar sentado, muito quieto, com a satisfação refletida no rosto, ora quase sorridente, ora um pouco mais sério, quer a canção viesse de perto dele, quer viesse de longe. Era-lhe mais agradável, porém, quando Phoebe estava sentada em um baixo escabelo, aos seus pés.

Tendo-se em vista o seu gênio alegre, é interessante observar que a jovem escolhia, com mais frequência, uma música triste do que uma alegre. Mas a juventude e a felicidade não se sentiam mal temperando sua vida com uma sombra transparente. Além disso, por mais patéticos que fossem, a voz e o canto de Phoebe se filtravam na áurea contextura de um espírito jovial e eram de algum modo impregnados da qualidade ali adquirida, de modo que os corações se sentiam mais leves por terem chorado ao ouvi-los. Uma alegria desmesurada, na sagrada presença do negro infortúnio, teria parecido dura e irreverente para com a solene sinfonia que soava os seus acordes abafados na vida de Hepzibah e de seu irmão. Era bom, portanto, que Phoebe escolhesse tantas vezes músicas tristes, e não era de se estranhar que deixassem de ser tristes enquanto ela as entoava.

Habituando-se com a sua companhia, Clifford prontamente mostrou como a sua natureza devia ter sido originalmente capaz de captar todos os matizes e todos os lampejos de luz vivificante vindos de todas as partes. Parecia remoçado quando a jovem se sentava ao seu lado. Uma beleza — não, precisamente real, que um pintor teria de contemplar por longo tempo para captar e fixar em sua tela, e, afinal de contas, em vão — mas, de qualquer maneira, beleza que não era apenas um mero sonho, às vezes surgia e iluminava-lhe o rosto. Mais do que o iluminava: transfigurava-o, com uma expressão que só podia ser interpretada como o brilho de um espírito requintado e feliz. Desapareciam, por um momento, os cabelos grisalhos e as rugas que gravavam profundamente em sua fronte o relato do sofrimento infinito, tão comprimido, pelo inútil esforço de tudo registrar, que se tornava ilegível. Um olhar, ao mesmo tempo terno e penetrante, poderia ter divisado naquele homem aquilo que ele pretendera ser. Depois, quando a velhice capciosamente voltava, como um triste crepúsculo a sombrear-lhe a fisionomia, o observador sentir-se-ia tentado a discutir com o Destino e afirmar que ou aquele ser não seria mortal, ou a existência mortal deveria ter sido acorde com as suas qualidades. Não parecia ter havido necessidade de que ele viesse a respirar: o mundo nunca o quis; já, porém, que ele respirou, deveria ter respirado sempre o ar balsâmico do verão. A mesma perplexidade nos desafiará, invariavelmente, a respeito das naturezas que se nutrem exclusivamente do Belo, a menos que o seu destino terreno seja o mais brando possível.

Phoebe, é provável, tinha apenas uma compreensão muito imperfeita da personalidade que afetara de maneira tão benéfica. E nem havia necessidade. O fogo da lareira pode alegrar todo um semicírculo de rostos em torno dele, sem ter que conhecer a individualidade de qualquer um dos presentes. Na verdade, havia algo de demasiadamente fino e delicado nas feições de Clifford para ser apreciado por aqueles cuja esfera de ação tanto reside na realidade, como acontecia com Phoebe.

Para Clifford, no entanto, a realidade, a simplicidade e a completa despretensão da natureza da jovem tinham um encanto tão poderoso como todos os outros que possuía. A beleza, é verdade, e beleza quase perfeita em seu próprio gênero, era indispensável. Se Phoebe tivesse feições grosseiras, um corpo feio e uma voz áspera, e fosse desgraciosa, poderia ser rica de todos os outros dons, embaixo daquela aparência infortunada, e ainda assim, na qualidade de mulher, teria chocado Clifford, e o deprimido, pela ausência de beleza. Nada, porém, de mais belo — ou, pelo menos, de mais bonito — fora feito do que Phoebe. E, portanto, para aquele homem — cujo miserável e impalpável gozo da existência até então, e até que tanto o coração como a fantasia morreram dentro dele, não passara de um sonho; para quem as imagens da mulher tinham perdido cada vez mais o calor e a substância, tornando-se frias como as telas dos pintores reclusos, transformando-se na mais fria irrealidade —, para ele, aquela figurinha cuja vivacidade alegrava toda a casa era exatamente o que precisava para trazê-lo de volta ao mundo dos vivos. As pessoas que se extraviaram, ou foram expulsas, do rumo comum das coisas, ainda que tenha sido para um melhor sistema, nada desejam mais do que serem levadas de volta. Tremem de horror em seu isolamento, seja esse uma montanha ou um calabouço. Ora, a presença de Phoebe criava um lar em torno dela — aquela própria esfera que o banido, o prisioneiro, o potentado, o desgraçado abaixo da humanidade ou o desgraçado acima da humanidade instintivamente procuram: um lar! Ela era real! Apertando-lhe a mão, sentia-se algo; algo de terno; uma substância e um calor: e enquanto se podia segurar-lhe a mão, podia-se ter certeza de contar com um lugar seguro na corrente de solidariedade da natureza humana. O mundo já não era uma ilusão.

Olhando mais um pouco nessa direção, podemos sugerir uma explicação para um mistério muitas vezes sugerido. Por que motivo os poetas com tanta frequência escolhem as suas companheiras não levados por qualquer semelhança de talento poético, e sim por qualidades que fariam a felicidade do mais rude dos artesãos, tanto como daquele idealista artesão do espírito? Provavelmente porque, em sua mais alta sublimação, o poeta não precise de companhia humana; mas acha terrível descer das alturas e se sentir um estranho.

Havia algo de muito belo no relacionamento que se fortalecia entre aqueles dois, tão estreita e constantemente ligados, e, no entanto, separados por tantos anos sombrios e misteriosos entre o nascimento de um e de outro. Da parte de Clifford, havia o sentimento de um homem naturalmente dotado com a mais viva sensibilidade à influência feminina, mas que jamais provara o sabor do amor apaixonado e sabia que agora era tarde demais. Sabia disso, com a delicadeza instintiva que resistira à sua decadência intelectual. Assim, seu sentimento por Phoebe, sem ser paternal, não era menos casto do que se ela fosse sua filha. Era um homem, é verdade, e reconhecia nela uma mulher. Para ele, Phoebe era a única representante da humanidade. Nela observava todo o encanto que pertence ao seu sexo e notava a perfeição de seus lábios e a virginal revelação do seu colo. Todas aquelas pequeninas manifestações femininas, que dela brotavam como as flores de uma árvore frutífera, o afetavam, e muitas vezes faziam com que o seu coração batesse com força, cheio de alegria. Em tais momentos — pois o efeito era quase sempre momentâneo — aquele homem semientorpecido se enchia de uma vida harmoniosa, como uma harpa fica cheia de sons, quando tangida pela mão do artista. Afinal de contas, porém, aquilo parecia mais uma percepção, ou uma afinidade, do que um sentimento pertencente a ele próprio, como indivíduo. Ele lia Phoebe, como leria uma simples e doce história; ouvia-a, como se fosse um verso de poesia familiar, que Deus, para compensar o seu sombrio e doloroso quinhão, tivesse permitido que algum anjo, o que mais se apiedava dele, cantasse naquela casa. Phoebe não era para ele um fato real, mas a interpretação de tudo que lhe faltara na terra levada calorosamente à sua concepção, de modo que aquele mero símbolo, ou imagem à semelhança da vida, quase tinha a solidez da realidade.

Lutamos em vão, todavia, para traduzirmos a ideia por palavras. Não somos capazes de expressar adequadamente a beleza e o profundo patético de que nos impregna. Aquele ser, feito somente para a felicidade, e até então tão miseravelmente privado de felicidade — com as suas tendências tão horrivelmente deturpadas que, em certa ocasião desconhecida, as delicadas fontes de seu caráter, nunca moral ou intelectualmente fortes, haviam cedido, e ele se tornara agora impotente —, aquele pobre, desamparado viajante partido das Ilhas Aventuradas, em frágil barco e mar tempestuoso, fora empurrado, pela última onda gigantesca de seu naufrágio, para um porto tranquilo. Ali, enquanto jazia estendido na praia, pouco mais do que vivo, o perfume de uma rosa terrestre chegara-lhe às narinas e, como acontece com os perfumes, trouxera-lhe reminiscências ou visões de toda a beleza viva e vivificante que o seu lar deveria ter tido. Com a sua inata suscetibilidade a influências felizes, ele inalava até a alma aquele êxtase leve e etéreo, e o exalava!

E como Phoebe encarava Clifford? A natureza da jovem não era dessas que se sentem atraídas pelo que há de estranho e excepcional no caráter humano. O caminho que melhor lhe convinha era o batido caminho da vida ordinária; as companhias com as quais mais se deleitava eram aquelas que encontrava em cada encruzilhada. O mistério que envolvia Clifford, tanto quanto a afetava, constituía mais um aborrecimento do que algo com um encanto picante, que teria interessado muitas mulheres. De qualquer maneira, a sua bondade inata se fizera sentir fortemente não pelo que havia de sombriamente pitoresco na situação, não tanto, mesmo, pelo que havia de refinado na personalidade de Clifford, mas pelo simples apelo de um coração tão desamparado, que despertou a solidariedade de seu próprio coração. Ela o olhava com afeto porque estava tão precisado de amor e parecia ter recebido tão pouco. Com um tato admirável, fruto de uma sensibilidade completa e sempre ativa, ela compreendeu, e fez, o que era bom para ele. Ignorava tudo que fosse mórbido em sua mente e em sua experiência; e, graças a isso, fazia com que as conversas que mantinham fossem saudáveis, pela liberdade, incauta mas dirigida pelo céu, de todo o seu comportamento.

Os enfermos da mente, e talvez do corpo, se tornam mais abatidos e desesperados pelo múltiplo reflexo de sua doença em todas as manifestações das pessoas que os cercam; são obrigados a inalar o veneno de sua própria respiração, infinitamente repetido. Phoebe, porém, levava ao pobre paciente um suprimento de ar puro. Impregnava-o, além disso, com o perfume não de uma flor silvestre — pois a selva não a interessava —, mas de rosas, cravos e outras flores perfumadas do jardim, que a natureza e o homem concordaram em, juntos, fazer com que florescessem, de verão a verão, de século a século. Tal como uma flor era Phoebe, em seu relacionamento com Clifford, e tal era o deleite que ele dela inalava.

No entanto, temos de dizer, as pétalas da jovem às vezes murchavam um pouco, devido ao pesado ambiente que a rodeava. Ela se tornou mais pensativa do que dantes. Olhando disfarçadamente para o rosto de Clifford, e vendo apagada e insatisfatória a elegância e a inteligência quase aniquilada, a jovem tentava imaginar como fora a sua vida. Teria sido sempre assim? Aquele véu o cobriria desde o nascimento? Aquele véu sob o qual a maior parte do seu espírito era antes escondida do que revelada, e através do qual ele tão imperfeitamente enxergava o mundo real? Ou teria sido aquele véu cinzento resultado de uma negra calamidade?

Phoebe não gostava de enigmas e ficaria satisfeita caso se livrasse da perplexidade que aquele lhe causava. De qualquer modo, surgira um bom resultado de suas meditações acerca do caráter de Clifford, pois, quando suas involuntárias conjecturas, juntamente com a tendência de toda circunstância estranha contar a sua própria história, pouco a pouco lhe revelavam o fato, o mesmo não produziu sobre ela um efeito terrível. Ainda que o mundo o condenasse totalmente, ela conhecia o primo Clifford muito bem — ou assim imaginava — para sequer estremecer ao contato de sua mão.

Poucos dias depois do aparecimento daquele hóspede notável, a vida rotineira se firmara, com uma boa dose de uniformidade, no velho casarão da nossa história. Bem cedo, logo depois da refeição matinal, era costume de Clifford adormecer sentado na cadeira; e, a não ser que fosse acidentalmente perturbado, só largava o cochilo lá para o meio-dia. Essas horas de sono eram a oportunidade que tinha a solteirona de cuidar do irmão, enquanto Phoebe se encarregava da loja; uma combinação que a freguesia prontamente compreendeu e demonstrou a sua preferência pela jovem caixeira, fazendo as compras de manhã. Terminado o jantar, Hepzibah pegava o seu trabalho de agulha — uma meia de lã cinzenta, para o irmão usar no inverno — e, dando um suspiro, e lançando a Clifford um afetuoso olhar de despedida, e um sinal à jovem para que ficasse bem atenta, ia se sentar atrás do balcão. Era a hora de Phoebe assumir o papel de enfermeira, de guardiã e de companheira de folguedo — ou qualquer outra denominação mais adequada — do homem grisalho.

X

O quintal dos Pyncheon

A não ser graças à instigação mais ativa de Phoebe, Clifford, ordinariamente, se entregava ao torpor que penetrara em todos os seus modos de ser e que, com a sua indolência, o induzia a continuar sentado na mesma cadeira, de manhã até o anoitecer. A jovem, porém, raramente deixava de sugerir uma caminhada até o quintal, onde o tio Venner e Holgrave haviam consertado o telhado da arruinada cabana, de maneira que ela agora oferecia um abrigo suficiente para algum aguaceiro inesperado. Também a trepadeira começara a cobrir as paredes com sua viçosa folhagem e formava um interior de uma verdejante reclusão, com frestas, aqui e ali, para a solidão mais ampla do quintal.

Dentro, à luz esverdeada que lá penetrava, Phoebe costumava ler para o primo. O artista, com quem travara conhecimento e que parecia ter tendências literárias, lhe emprestara obras de ficção, em brochuras, e alguns poucos volumes de poesia, de todo diferentes, pelo estilo e pelo conteúdo, do que Hepzibah escolhia para distrair o irmão. Pouco se deveria aos livros, contudo, pelo fato de terem sido as leituras feitas pela jovem mais bem-sucedidas do que as leituras feitas pela solteirona. A voz de Phoebe tinha sempre algo de musical e ou animava Clifford pelo seu tom vivo e alegre, ou o acalmava pela repetição de suaves, fluentes cadências. Mas os enredos — que faziam com que a roceirinha, pouco familiarizada com obras de tal natureza, neles concentrasse a sua atenção — interessavam muito pouco, ou nada, ao seu estranho ouvinte. Quadros da vida, cenas de paixão ou sentimento, o chiste, o humor e o patético, tudo isso era desperdiçado, ou pior do que desperdiçado, com Clifford, fosse porque lhe faltasse experiência para verificar a sua veracidade, fosse porque o seu próprio sofrimento constituísse a pedra de toque da realidade, que poucas emoções fingidas conseguiriam enfrentar. Quando Phoebe dava uma gargalhada com o que estava lendo, ele, de vez em quando, também ria, para agradá-la, mas, em via de regra, reagia com um olhar perturbado, inquisidor. Se uma lágrima — uma resplendente lágrima de donzela derramada por um mal imaginário — caía sobre uma página melancólica, Clifford ou a considerava como sinal de alguma calamidade real, ou, então, ficava mal-humorado e com um sinal mandava a jovem fechar o livro. E fazia muito bem! O mundo já não é bastante triste, em si mesmo, para se arranjar como passatempo sofrimentos inventados?

Com a poesia, as coisas eram bem melhores. Clifford se deleitava com os altos e baixos do ritmo e com a rima bem lançada. E não era incapaz de captar o sentimento poético, não, talvez, quando era mais elevado ou mais profundo, mas quando era mais ajustado e etéreo. Era impossível prever que belo verso faria surgir o encantamento, mas, erguendo os olhos da página, para ver a fisionomia de Clifford, Phoebe percebia, pela luz que parecia iluminá-la, que uma inteligência mais delicada que a dela própria avistara uma chama tremulante no que ela estava lendo. Um brilho dessa sorte, contudo, muitas vezes era o precursor de melancolia que durava, depois, muitas horas; porque, quando o brilho o deixava, ele tomava consciência da falta de percepção e poder, e os buscava em vão, como um cego procuraria a vista perdida.

Clifford ficava mais satisfeito, e era melhor para o seu bem-estar interior, que Phoebe conversasse e tornasse as ocorrências banais bem vivas em sua mente, descrevendo-as e comentando-as. O jardim oferecia os assuntos que mais lhe agradavam. O que sentia pelas flores era algo de requintado, menos parecido com o prazer do que com a emoção; gostava de ficar sentado, segurando uma flor, observando-a atentamente, e, tirando os olhos de suas pétalas para fixá-los no rosto de Phoebe, como se a flor do jardim fosse irmã da jardineira. Não apenas se deleitava com o seu perfume, ou com a sua bela forma, e com a delicadeza ou brilho de sua cor; o prazer de Clifford era acompanhado por uma percepção de vida, de caráter, de individualidade, que o fazia amar as flores como se elas fossem dotadas de sentimento e inteligência. Esse afeto, essa afinidade com as flores é quase exclusivamente uma qualidade feminina. Os homens, se é que foram dotados de tal qualidade pela natureza, não tardam a perdê-la, a esquecê-la e aprender a desprezá-la, pelo contato com coisas mais grosseiras do que as flores. Também Clifford havia, de há muito, esquecido; mas encontrou-a de novo, ao reviver, paulatinamente, libertando-se do terrível torpor de sua vida.

Era maravilhoso constatar quantos incidentes agradáveis ocorriam continuamente naquele quintal isolado, quando Phoebe começou a observá-los. Logo no dia em que travara conhecimento com o lugar, a jovem vira ali uma abelha, ou ouvira o seu zumbido. E, a partir de então, muitas vezes — na verdade quase constantemente — as abelhas para lá afluiriam, só o Céu sabe o porquê, ou por algum pertinaz desejo de doçuras longínquas, quando, sem dúvida, havia grandes campos de trevo e todas as espécies de flores muito mais perto de suas colmeias do que ali. Para lá as abelhas acorriam, porém, e mergulhavam entre as flores, como se não houvesse outras ao longo de um voo de muitos dias, ou como se a terra do jardim de Hepzibah desse aos seus produtos a exata qualidade que aquelas feiticeirinhas precisavam, para conferirem o odor do Himeto ao mel produzido em todas as colmeias da Nova Inglaterra. Quando ouviu o seu zumbido, no meio das grandes flores amarelas, Clifford olhou em torno, tomado por uma agradável sensação de tepidez, sob aquele céu azul, pisando aquele capim verdinho, e com o ar livre de Deus estendido em toda a altura, da terra ao céu. Afinal de contas, não era preciso indagar por que as abelhas vinham procurar aquela verde nesga de terra na cidade poeirenta. Deus as mandava alegrar o nosso pobre Clifford. Elas traziam consigo o rico verão em troca de um pouquinho de mel.

Quando os pés de feijão começaram a florescer, havia uma determinada variedade que tinha uma flor de um vermelho-vivo. Holgrave encontrara os feijões em uma das sete torres, guardados em uma velha cômoda por algum Pyncheon horticultor dos velhos tempos que, sem dúvida, pretendia semeá-los no verão seguinte, mas, antes disso, fora semeado no horto da Morte. Com curiosidade de saber se ainda havia um gérmen vivo naquelas velhas sementes, Holgrave as plantara;

e o resultado da experiência fora uma esplêndida fila de pés de feijão, subindo pela latada até o topo, em uma profusão espiralada de flores escarlates. E, desde que nascera o primeiro botão, uma multidão de beija-flores fora atraída para ali. Em certas ocasiões, parecia que, para cada uma daquelas cem flores, havia um passarinho daqueles, do tamanho de um polegar, com a plumagem brilhante, pairando e vibrando entre a latada. Era com um interesse indescritível e uma alegria infantil que Clifford observava os beija-flores. Costumava estender a cabeça cautelosamente para fora da cabana, a fim de vê-los melhor; e, enquanto isso, pedir com um gesto a Phoebe para ficar quieta e olhar de relance o sorriso da jovem, para aumentar o seu prazer ao vê-la compreensiva. Ele não rejuvenescera apenas; voltara a ser criança.

Hepzibah, quando acontecia testemunhar uma daquelas manifestações de entusiasmo, sacudia a cabeça, estranhamente mãe e irmã ao mesmo tempo, e refletindo uma mistura de alegria e de tristeza. Dizia que sempre aquilo acontecia com Clifford, quando os colibris apareciam — desde a sua mais tenra infância — e que o prazer que as avezinhas lhe despertavam constituíra uma das primeiras manifestações de seu amor pelas coisas belas. E fora uma maravilhosa coincidência, pensou a solteirona, o fato de Holgrave ter plantado aquelas flores escarlates — que os beija-flores procuravam, tantas vezes e em tão grande número, e que há quarenta anos não cresciam no quintal dos Pyncheon — no próprio verão em que Clifford regressara.

E, então, as lágrimas caíam dos olhos da pobre Hepzibah a tal ponto que ela era obrigada a se esconder em algum canto, para que seu irmão não as visse. Na verdade, todos os prazeres que experimentava naquele período lhe provocavam lágrimas. Chegando tão tarde como chegara, a ocasião fora uma espécie de veranico, com um nevoeiro em seu ar ensolarado, e decadência e morte de mistura com a alegria. Quanto mais Clifford parecia gozar a felicidade de uma criança, tanto mais doloroso era reconhecer a diferença que havia. Com um misterioso e terrível passado, que lhe aniquilara a memória, e um futuro vazio em sua frente, tinha diante de si apenas aquela perspectiva visionária e impalpável que, se observada mais de perto, se revelava inexistente. Ele próprio, como era perceptível por muitos sintomas, ficava escondido atrás daquele prazer; que, sabia, não passava de um brinquedo infantil, com o qual podia brincar sem nele acreditar de modo algum.

No espelho de sua mais profunda consciência, pode-se dizer, Clifford se via como um exemplo e representante daquele grande grupo de pessoas que uma inexplicável providência continuamente punha em conflito com o mundo: violando o que parece ser a própria promessa ditada pela sua natureza; privando-as do alimento necessário e oferecendo veneno para o seu banquete; e assim — quando seria tão fácil, como tudo indica, ajustá-la de outro modo — tornar a sua existência um isolamento, uma solidão e um suplício. Durante toda a sua vida, aprendera a ser desgraçado, como se aprende um idioma estrangeiro; e agora, sabendo a lição inteirinha de cor, dificilmente conseguiria entender aquela tênue felicidadezinha. Frequentemente, uma sombra de dúvida anuviava-lhe os olhos.

— Pegue a minha mão e a belisque com força, Phoebe! — dizia então. — Dê-me uma rosa, para que eu possa enfiar na mão os seus espinhos e, sentindo dor, provar que estou acordado!

Evidentemente, desejava aquela experiência de uma dorzinha insignificante para se assegurar, por aquele meio que sabia ser real, que o quintal e as sete torres castigadas pela ação do tempo, a carranca de Hepzibah e o sorriso de Phoebe eram igualmente reais. Sem aquele sinete em sua carne, não poderia atribuir-lhes mais substância do que a confusão vazia de cenas imaginárias que lhe haviam alimentado o espírito, até que mesmo aquele pobre alimento se esgotasse.

O autor precisa muito da compreensão do leitor; de outro modo, hesitaria em oferecer detalhes tão diminutos e relatar incidentes aparentemente tão triviais que, no entanto, são indispensáveis para que se possa fazer uma ideia daquela vida paradisíaca. Era o Éden de um Adão castigado por uma tempestade que fugira, para ali procurar refúgio, do mesmo ermo selvagem e perigoso para onde o Adão original fora expulso.

Um dos meios de divertimento a que Phoebe mais recorria em benefício de Clifford era as galinhas, uma raça das quais, como já foi dito, constituía herança imemorial da família Pyncheon. Obedecendo a um capricho de Clifford, que se sentia mal as vendo presas, as galinhas tinham sido postas em liberdade e agora andavam à vontade pelo quintal, cometendo alguns pequenos deslizes, mas impedidas de fugirem pelas casas vizinhas em três lados e pela cerca de pau do outro. Passavam grande parte das suas fartas horas de lazer à beira do poço de Maule, onde grassava uma praga de caramujos, que se revelou uma ambrosia para o seu paladar; a própria água escura do poço, embora nauseabunda para o resto do mundo, era tão apreciada por aquelas galinhas que elas podiam ser vistas provando-a, virando a cabeça e estalando o bico, exatamente como faria o provador mais habilitado junto de um barril de excelente vinho.

Bem-comportadas de um modo geral, aquelas aves muitas vezes, porém, agiam com vivacidade e, cacarejando constantemente, conversavam umas com as outras, ou mesmo sozinhas, enquanto catavam vermes na terra negra e fértil ou bicavam plantas, conforme o seu gosto, e pareciam tão à vontade que era de se admirar que ainda não tivessem estabelecido um intercâmbio de ideias regular a respeito de assuntos domésticos, humanos e galináceos. Todas as galinhas eram dignas de estudo pela pitoresca e rica variedade de seus modos; mas não havia possibilidade de haver aves domésticas de tão esquisita aparência e conduta como as de tão veneranda origem. Provavelmente encarnavam as peculiaridades tradicionais de toda uma linhagem de antepassados, transmitida através de uma sucessão de ovos jamais quebrada; ou, então, aquele galo e as suas duas esposas tinham se tornado humoristas e um tantinho malucos mesmo por causa de sua vida solitária, e em solidariedade com sua dona, Hepzibah.

Realmente, eram bem esquisitas aquelas aves! O próprio Chantecler, embora andando com duas pernas que pareciam pernas de pau, com a dignidade da interminável linha de antepassados refletida em todos os seus gestos, não era muito maior que uma perdiz comum; as suas duas consortes eram do tamanho de codornas; e, quanto ao frango, era tão pequeno que a impressão que dava era a de que ainda deveria estar dentro do ovo e, ao mesmo tempo, parecia bastante velho, murcho e experiente para ter sido o fundador de uma raça antiquíssima.

Em vez de parecer o mais moço da família, parecia, ao contrário, ter acumulado em si todas as idades, não somente daqueles seres vivos da estirpe, como de todos os antepassados e antepassadas, cujas excelências e esquisitices estivessem espremidas em seu corpinho diminuto. Sem dúvida, sua mãe o considerava o único frango do mundo, e como necessário à continuação do mundo ou, de qualquer forma, ao equilíbrio do atual sistema de vida, quer na Igreja, quer no Estado. De fato, apenas o reconhecimento da importância do infante galináceo teria justificado, mesmo aos olhos de uma mãe, a perseverança com que ela velava pelo seu bem-estar, ruflando as penas até se tornar duas vezes maior que o seu diminuto tamanho natural e ameaçando quem quer que se atrevesse sequer a olhar para o esperançoso rebento. Somente tal convicção explicaria o infatigável zelo com que ela escavava a terra e o escrúpulo com que arrancava uma plantinha, para ir pegar o gordo verme em suas raízes. E seu cacarejo nervoso, quando o franguinho ficava escondido no capim mais comprido ou por folhas caídas, ou seu cacarejo exultante, quando ele se encontrava bem protegido sob a sua asa; a sua manifestação de mal-escondido temor e ruidoso desafio, quando via o superinimigo, o gato do vizinho, no alto da cerca; um ou outro daqueles cacarejos era ouvido durante quase todo o dia. Aos poucos, o observador era forçado a dedicar àquele frangote de raça ilustre um interesse semelhante ao de sua mãe.

Phoebe, depois de bem familiarizada com a galinha, teve permissão, algumas vezes, de pegar o filhote, que lhe cabia perfeitamente na mão. Enquanto, curiosa, examinava as marcas hereditárias — as manchas características da plumagem, o esquisito topete e um calombo em cada uma das pernas — do diminuto bípede, este, por seu lado, a olhava, piscando os olhos, com ar malicioso. Certa vez, Holgrave, em voz baixa, observou à jovem que aquelas marcas refletiam as esquisitices da família Pyncheon e que o próprio frangote era um símbolo da vida da velha casa, encarnando sua interpretação, do mesmo modo, embora ininteligível, como tais interpretações o são, em via de regra. Era um enigma emplumado, um mistério chocado em um ovo, e tão misterioso como se o ovo tivesse gorado!

A segunda esposa de Chantecler se encontrava, desde a chegada de Phoebe, presa de profundo desânimo, causado, como se viu posteriormente, por sua incapacidade de botar um ovo. Certo dia, porém, por sua maneira de caminhar, como se fosse muito importante; pelo modo com que virava a cabeça para os lados e pelo brilho de orgulho de seus olhos, enquanto andava de um canto para o outro no quintal — cacarejando sozinha o tempo todo, com indescritível regozijo — tornou-se evidente que a galinha, por mais que a humanidade a desvalorizasse, carregava consigo algo cujo valor não poderia ser calculado em ouro ou em pedras preciosas. Pouco depois, houve um prodigioso cacarejar de Chantecler e de toda a sua família, inclusive do mirrado franguinho, que parecia estar tão a par da situação quanto seu pai, sua mãe e sua tia.

Na tarde daquele dia, Phoebe encontrou um ovo diminuto — não no ninho comum, pois era precioso demais para ali ficar exposto, e sim habilmente escondido no mato. Tomando conhecimento do fato, Hepzibah se apossou do ovo e usou-o no almoço de Clifford, onde poderia ser devidamente apreciado o sabor delicado que, afirmou, tornara aqueles ovos famosos. Dessa maneira, a solteirona, inescrupulosamente, sacrificou talvez a continuação daquela raça galinácea, sem outro resultado que o de oferecer ao irmão um ovo que mal deu para encher uma colher de chá! Deve ter sido devido a esse ultraje que, no dia seguinte, Chantecler, acompanhado pela lesada mãe do ovo, se colocou diante de Phoebe e Clifford e pronunciou um discurso, que teria sido tão longo quanto a sua própria raça se Phoebe não o interrompesse com uma gargalhada. Visivelmente ofendido, o galo se afastou, desaparecendo da vista da moça e de todo o gênero humano, até que fez as pazes, graças a uma oferta de farinha de rosca, que, depois dos caramujos, era a iguaria preferida pelo seu gosto aristocrático.

Demoramo-nos, sem dúvida, demasiadamente, à margem desse insignificante arroio de vida que corria através do quintal da Casa dos Pyncheon. Achamos, porém, perdoável registrar aqueles mesquinhos incidentes e pobres deleites, porque se mostraram tão benéficos a Clifford. Traziam consigo o cheiro da terra e contribuíram para lhe dar força e saúde. Algumas de suas ocupações, por outro lado, produziram efeitos menos desejáveis. Ele se mostrava, por exemplo, singularmente propenso a debruçar-se sobre o poço de Maule e ficar olhando a constantemente mutável fantasmagoria das figuras, produzida pela agitação do vento na água, e seu reflexo no mosaico colorido do fundo. Clifford dizia que rostos o encaravam de baixo para cima — rostos sorridentes e amáveis —, cada um dos rostos momentâneos belos, corados e sorrindo tão alegremente que ele se sentia lesado quando um qualquer sumia, e ficava à espera de um novo rosto. Às vezes, porém, Clifford dava, de repente, um grito de horror:

— Aquele rosto medonho olhando para mim!

E ficava amuado o resto do dia.

Quando debruçava sobre o poço, ao lado de Clifford, Phoebe nada via, nem de belo nem de feio, mas apenas as pedrinhas coloridas, dando a impressão de que o movimento das águas as sacudia e desarranjava. E o rosto medonho que perturbava Clifford não era mais que a sombra de um galho de árvore afetando a luz dentro do poço de Maule. A verdade, porém, era que a fantasia de Clifford — revivendo mais depressa que a sua vontade e o seu entendimento, e sempre mais forte que ambos — criava formas amáveis, símbolos de seu caráter inato, e, de vez em quando, uma forma amedrontadora, que representava o seu destino.

Aos domingos, depois de Phoebe ter ido à igreja — pois a jovem tinha uma consciência devota e fazia questão de frequentar a igreja, sem perder reza, canto, sermão ou bênção —, o quintal se movimentava. Além de Clifford, Hepzibah e Phoebe, dois visitantes lhes faziam companhia. Um era o artista, Holgrave, que, apesar de sua ligação com os reformistas e de outros aspectos esquisitos e discutíveis de seu comportamento, continuava a gozar de elevado conceito por parte de Hepzibah. O outro, quase temos vergonha de dizer, era o venerando tio Venner, de camisa limpa e um casaco mais respeitável do que aquele que usava habitualmente, porquanto os cotovelos estavam bem remendados, e o conjunto seria bem apresentável se a aba do casaco não tivesse uma certa desigualdade no comprimento.

Por diversas vezes, Clifford deu demonstrações de apreciar a companhia do velho por causa de seus modos joviais e bem-humorados, que faziam lembrar o doce sabor de uma maçã castigada pelo frio, como as que costumam ser colhidas em dezembro. Era mais fácil e mais agradável para o *gentleman* decadente a companhia de um homem pertencente à última categoria da escala social do que a de uma pessoa pertencente às categorias intermediárias; além disso, como a mocidade de Clifford fora perdida, ele se achava relativamente moço agora, em comparação com a idade patriarcal do tio Venner. De fato, podia-se notar, algumas vezes, que Clifford conseguia, de certo modo, esquecer o peso dos anos que carregava e alimentar visões de um futuro terreno em sua frente; visões, todavia, muito indistintamente delineadas para serem acompanhadas pela decepção — embora, sem dúvida, pelo abatimento — quando qualquer incidente ou lembrança o fazia voltar à realidade.

Assim, aquele grupo social tão estranhamente composto costumava reunir-se na cabana arruinada. Hepzibah se mostrava graciosamente hospitaleira, por mais imponência que guardasse no coração, e sem ceder uma polegada de sua velha fidalguia, mas se valendo dela, em via de regra, para justificar uma condescendência principesca. Conversava amavelmente com o artista vagabundo e pedia a opinião — ela, a ilustre dama — do cortador de lenha, do biscateiro, do filósofo remendado. E o tio Venner, que estudara o mundo nas esquinas das ruas, e em outros postos igualmente adequados para uma correta observação, mostrava-se tão disposto a fornecer a sua sabedoria como um chafariz público a fornecer água.

— Srta. Hepzibah — disse ele, certa vez, depois de terem tido um de seus alegres encontros —, gosto de verdade dessas nossas reuniõezinhas de domingo à tarde. São parecidas com aquelas de que espero participar quando tiver me retirado para a minha fazenda!

— O tio Venner — observou Clifford, com voz sonolenta, abafada — fala sempre a respeito dessa fazenda. Mas tenho um melhor plano para ele no futuro.

— Ah, sr. Clifford Pyncheon! — exclamou o velho remendado. — O senhor pode fazer quantos planos quiser para mim. Mas jamais vou desistir de meu próprio plano, mesmo que ele jamais se realize. Acho que os homens cometem um erro tremendo procurando amontoar riquezas sobre riquezas. Se eu tivesse feito isso, acharia que a Providência não teria de cuidar de mim; e, de qualquer maneira, a cidade não teria! Sou dessas pessoas que acham que o infinito é grande demais para nele cabermos nós todos, e a eternidade bastante longa.

— Realmente são, tio Venner — observou Phoebe após uma pausa, pois estivera procurando medir a profundidade e a aplicabilidade daquele conclusivo apotegma. — Mas, nesta nossa curta vida, a gente gosta de ter uma casa própria, com um quintalzinho.

— Eu acho — opinou o artista, sorrindo — que o tio Venner tem os princípios de Fourier no fundo de sua sabedoria; apenas eles não se mostram com tanta nitidez em sua mente como na mente do sistematizador francês.

— Vamos, Phoebe — interveio Hepzibah. — É hora de trazer a groselha.

E então, enquanto o rico dourado da luz do sol poente banhava o espaço aberto do quintal, Phoebe trouxe uma tigela de porcelana cheia de groselhas, colhidas no mato e esmagadas com açúcar. Misturadas com água — não do mal-afamado poço próximo —, aquelas groselhas com açúcar constituíam a única coisa oferecida na reunião.

Enquanto isso, Holgrave enfrentava alguma dificuldade para se relacionar com Clifford, levado, segundo parecia, por simples impulso de bondade, a fim de que as horas presentes fossem mais alegres do que a maior parte das horas que o pobre recluso já tivera que passar. No entanto, aos olhos profundos, pensativos e penetrantes do artista, a expressão fisionômica de Clifford se tornava, às vezes, se não sinistra, pelo menos duvidosa, como se ele tivesse algum outro interesse na cena que um estranho, um jovem e isolado aventureiro supostamente deveria ter.

Com muita vivacidade, porém, Holgrave se esforçou para animar a reunião; e com tal sucesso que mesmo Hepzibah deixou de lado o seu ar melancólico e fez todo o esforço de que foi capaz para acompanhar a animação dos outros, o que levou Phoebe a pensar: "Como ele é simpático!" Quanto ao tio Venner, como prova de estima e aprovação, prontamente concordou em oferecer ao moço o próprio semblante, para ser aproveitado em sua profissão não metaforicamente, deve ficar claro, mas literalmente, permitindo que o próprio rosto, tão conhecido na cidade, fosse exposto na entrada do estúdio de Holgrave.

Enquanto o grupo saboreava o diminuto banquete, Clifford se mostrou o mais alegre de todos, fosse porque se tratava de uma daquelas explosões a que estão sujeitas as mentes em situação anormal, fosse porque o artista tivesse, sutilmente, tocado alguma corda que produzia uma vibração musical. Na verdade, naquela agradável tarde de verão, rodeado pela simpatia daquele pequeno círculo de almas bondosas, era natural que um caráter tão impressionável quanto o de Clifford se animasse e se mostrasse prontamente responsivo ao que se passava em torno. Ele, porém, igualmente emitia, com um brilho gracioso e fantasista, os seus próprios pensamentos, que pareciam escapar da cabana por entre os interstícios da folhagem. Sem dúvida, Clifford já se mostrara igualmente alegre em companhia de Phoebe, apenas, nunca, porém, com demonstrações de tão aguda, embora parcial, inteligência.

No entanto, quando a luz do sol deixou o alto das sete torres, também a animação desapareceu do rosto de Clifford, que ficou olhando vaga e tristemente em torno de si, como se tivesse perdido alguma coisa preciosa e lamentasse a perda tanto mais quanto não sabia precisamente do que se tratava.

— Eu quero a minha felicidade! — murmurou afinal, áspera e indistintamente, mal articulando as palavras. — Por muitos e muitos anos a esperei! É tarde! É tarde! Quero a minha felicidade!

Pobre Clifford! Estás velho e gasto por sofrimentos que jamais deviam ter te atingido. Estás em parte louco e em parte imbecilizado; uma ruína, um fracasso, como quase todo mundo é — embora alguns em grau menor, ou menos perceptivamente, que os teus semelhantes. O destino não tem felicidade armazenada para te fornecer; a não ser se o teu lar tranquilo no velho casarão da família, com a fiel Hepzibah, as tardes de verão com Phoebe e essas reuniões domingueiras com o tio Venner e o artista do daguerreótipo mereçam ser chamados de felicidade! Por que não? Se não é a mesma coisa, é maravilhosamente semelhante a ela, principalmente no que se refere àquela qualidade etérea e intangível que faz com que tudo desapareça em face de uma introspecção muito de perto. Apodera-te dela, pois, enquanto podes! Não murmures, não questiones, mas tira dela o melhor proveito!

XI

A janela em arco

Com o caráter inerte, ou que poderia ser chamado de vegetativo, de seu comportamento habitual, Clifford poderia talvez se dar por satisfeito em passar um dia depois do outro, interminavelmente — ou, pelo menos, durante todo o verão —, naquela espécie de vida descrita nas páginas anteriores. Imaginando, contudo, que lhe poderia fazer bem diversificar ocasionalmente a cena, Phoebe às vezes sugeria que ele fosse olhar o movimento da rua. Para isso, os dois subiam juntos a escada para o pavimento superior da casa, onde, na extremidade de um grande vestíbulo, havia uma janela em arco, de dimensões fora do comum e sombreada por um par de cortinas, que ficava em cima do pórtico, no lugar em que antigamente havia uma sacada, cuja balaustrada de há muito se estragara e tivera de ser removida.

Naquela janela em arco, bem aberta, mas se mantendo ele próprio meio escondido graças à cortina, Clifford tinha oportunidade de assistir ao movimento do grande mundo tal como se apresentava em uma das ruas longe do centro de uma cidade não muito populosa. Ele e Phoebe, porém, formavam um par realmente digno de ser visto em qualquer cidade. O aspecto pálido, grisalho, infantil, idoso, melancólico, e, no entanto, simplesmente jovial e às vezes delicadamente inteligente de Clifford espreitando por trás do vermelho desbotado da cortina, contemplando a monotonia das ocorrências cotidianas com uma espécie de interesse e seriedade inconsequentes, e, a cada diminuta palpitação de sua sensibilidade, procurando simpatia nos olhos da resplandecente jovem!

Uma vez instalado à janela, mesmo a rua Pyncheon dificilmente se mostrava tão desinteressante e vazia que, em um ponto ou outro de sua extensão, Clifford não descobrisse algo diante dos olhos que não merecesse, quando não absorvia, a sua observação. Coisas familiares a uma criancinha que começa a tomar conhecimento da existência lhe pareciam estranhas. Um carro de aluguel; um ônibus, com o seu populoso interior, largando, aqui e ali, um passageiro e recebendo outro, e simbolizando, assim, o grande veículo, o mundo onde o fim de cada viagem está em toda parte e em parte alguma; aquelas fainas eram seguidas avidamente por seus olhos, mas delas se esquecia, antes que a poeira levantada pelos cavalos e pelas rodas tivesse se depositado no chão. No que dizia respeito às novidades contempladas (entre as quais tinham de ser incluídos os carros de aluguel e os ônibus), a sua mente parecia ter perdido a capacidade adequada de captação e retenção. Duas ou três vezes, por exemplo, durante as horas mais quentes do dia, um carro-pipa passava diante da Casa dos Pyncheon, deixando atrás de si um sulco de terra molhada em vez da alva poeira levantada pelos leves passos de uma dama elegante; era como uma chuva de verão, que as autoridades municipais tivessem aprisionado e domesticado, obrigando-a a executar uma tarefa rotineira, ao seu gosto. Jamais Clifford se acostumou com o carro-pipa; cada vez que o via, era com a mesma surpresa que sentira ao vê-lo antes. A sua mente, ao que parecia, se impressionava muito com o espetáculo, mas o esquecia até o reaparecimento seguinte, tão completamente como se esquecia da própria rua, ao longo da qual o calor tão depressa espalhava de novo a poeira branca. O mesmo se dava com a estrada de ferro. Clifford podia ouvir o estrepitoso uivo do diabo a vapor e, curvando-se um pouco para fora da janela em arco, podia ver de relance os trens em uma momentânea travessia no fim da rua. A ideia da terrível energia que assim lhe era imposta representava uma novidade em cada vez que acontecia, e parecia afetá-lo tão desagradavelmente, causando quase tanta surpresa na centésima vez como na primeira.

Nada provoca uma sensação mais triste de decadência do que essa perda ou suspensão do poder de se haver com coisas inabituais, mantendo-se o equilíbrio com a velocidade do momento que passa. Pode se tratar meramente de uma animação suspensa; de fato, se perecesse realmente o poder, de pouco adiantaria a imortalidade. Somos menos que fantasmas, no momento, sempre que essa calamidade nos atinge.

Clifford era, realmente, o mais inveterado dos conservadores. Eram-lhe caros todos os antigos aspectos da rua; mesmo aqueles caracterizados por uma grosseria que naturalmente desagradaria os seus apurados sentidos. Gostava das velhas carroças, barulhentas e sacolejantes, o antigo rastro das quais ainda encontrava em sua lembrança há tanto enterrada, como o observador de hoje encontra marcas de roda dos veículos antigos em Herculano. A carroça do açougueiro, com seu dossel muito branco, era um objeto aceitável; o mesmo acontecia com a carroça do peixeiro, enfeitada pela buzina; e isso igualmente se dava com a carroça do verdureiro, que parava de porta em porta, com longas pausas do paciente cavalo, enquanto o dono negociava nabos, cenouras, abóboras de verão, vagem, ervilhas e batatas com metade das donas de casa da vizinhança. A carroça do padeiro, com a áspera música de suas campainhas, produzia sobre Clifford um efeito agradável, porque, como muito poucas outras coisas, reproduzia a própria dissonância de antanho.

Certa tarde, um amolador de tesouras se postou à sombra do Olmo dos Pyncheon, bem defronte da janela em arco. Acorreram crianças, levando tesouras de costura de suas mães, facas de trinchar ou navalhas paternas, ou qualquer outra coisa que não estivesse afiada (exceto, é verdade, a inteligência do pobre Clifford), a fim de que o amolador, recorrendo à sua roda mágica, lhes devolvesse a antiga eficiência. A máquina não parava de trabalhar, movida pelo pé do amolador, e o atrito do duro metal com a pedra dura produzia um silvo áspero e contínuo, tão diabólico como se fosse emitido por Satanás e seus comparsas no Pandemônio, embora reduzido a um compasso menor. Era um barulho que fazia lembrar uma serpente feia, pequena, venenosa, mais desagradável aos ouvidos humanos que qualquer outro barulhinho de seu porte. Clifford, porém, o ouvia deliciado. O som, embora desagradável, trazia consigo vivacidade, ânimo e, juntamente com o círculo de crianças curiosas olhando as evoluções da roda, lhe proporcionava uma ideia mais clara e mais ativa da existência do que quase sempre conseguia de outro modo. O seu encanto, porém, residia principalmente no passado: a roda do amolador assoviara em seus ouvidos infantis.

Às vezes, Clifford manifestava a sua tristeza pelo fato de não haver mais diligências agora. E indagava, quase que ofendido, o que tinham feito com aquelas velhas caleças de teto quadrado, puxadas por um cavalo acostumado a puxar arados, que a mulher e a filha do chacareiro dirigiam na cidade, vendendo morangos e amoras. O seu desaparecimento, dizia, fazia-o duvidar que ainda houvesse amoreiras e morangueiros à beira dos caminhos.

Nem tudo, porém, que afetava o sentimento de beleza, da maneira mais humilde que fosse, precisava ser fortalecido por aquelas velhas associações de ideias. Isso ficou claro quando um dos jovens italianos (que constituíam um aspecto bem moderno das nossas ruas) surgiu com o seu realejo e parou à sombra do frondoso olmo. Prontamente, com os seus olhos profissionais, o italiano notou os dois rostos que o viam da janela em arco e, abrindo o instrumento, começou a tocar, em alto e bom som, as suas melodias. Trazia no ombro um macaquinho vestido com um saiote escocês; e, para completar as esplêndidas atrações com que se apresentava em público, havia um conjunto de figurinhas, cujo campo de ação e residência ficava na caixa de mogno do realejo e cujo meio de vida era a música que o italiano tinha por encargo produzir. Com toda a sua variedade de ocupação — o sapateiro, o ferreiro, o soldado, a dama com o seu leque, o beberrão com a sua garrafa, o leiteiro ao lado da vaca — aquela afortunada sociedadezinha gozava de fato, podia-se dizer, uma existência harmoniosa, fazendo da vida, literalmente, uma dança. O italiano girava a manivela, e eis que o sapateiro ia fazendo um sapato; o ferreiro martelava a bigorna; o soldado sacudia a espada; a dama agitava o leque; o alegre beberrão levava a garrafa à boca; um estudioso abria o livro, levado por sua sede de saber, e movia a cabeça de um lado para o outro ao ler as páginas; o leiteiro ordenhava a vaca energicamente, e um avarento contava o dinheiro de sua arca, tudo ao simples giro de uma manivela. Sim, e movido pelo mesmo impulso, um namorado beijava a namorada na boca!

Possivelmente, algum sujeito cético, ao mesmo tempo alegre e amargo, quisera significar, naquela cena pantomímica, que os mortais, quaisquer que sejam as suas atividades ou as suas diversões — por mais sérias, por mais fúteis — todos dançam ao som da mesma música, e, a despeito da ridícula atividade, a nada chegam no fim. De fato, o aspecto mais notável do caso era que, cessando a música, todo o mundo ficava petrificado, passando imediatamente da vida mais extravagante ao mais absoluto torpor. Nem o sapateiro acabava de fazer o sapato, nem o ferreiro de bater o ferro; não havia menos uma gota de aguardente na garrafa do ébrio nem mais uma gota de leite no balde do leiteiro, nem mais uma moeda na arca do avarento, nem uma noção a mais na cabeça do estudioso. Todos se encontravam precisamente na mesma situação anterior, cobrindo de ridículo a sua pressa de trabalhar, de se divertir, de acumular dinheiro e de se tornar sábios. E, o mais triste de tudo, o namorado não ficara mais feliz com o beijo consentido da donzela! Mas, em vez de engolirmos esse último e acre ingrediente, rejeitamos toda a moral do espetáculo.

Enquanto isso, o macaco, com a espessa cauda projetada abaixo do saiote, se colocava junto aos pés do italiano, voltando a carinha enrugada e abominável para todo mundo que passava, para o círculo de crianças que logo se reunira em torno do realejo, para a porta da loja de Hepzibah e, mais acima, para a janela em arco, de onde Phoebe e Clifford estavam olhando para baixo. Constantemente, também, tirava o gorro escocês da cabeça, todo compenetrado, e cumprimentava os presentes, curvando-se em um rapapé. Às vezes, porém, fazia pedidos diretos aos indivíduos, estendendo a mão ou demonstrando, por outro meio qualquer, o seu excessivo desejo de receber qualquer dinheirinho, por mais suja que fosse a sua origem, guardado em algum bolso. A expressão grosseira, primitiva e, ao mesmo tempo, estranhamente humana de seu rosto enrugado; o olhar perscrutador e astuto, que revelava a sua disposição de tirar vantagem sempre que pudesse; o seu enorme rabo (grande demais para que o saiote o escondesse) e a diabólica natureza que indicava faziam daquele macaco, exatamente como era, a melhor imagem do Mammon das moedas de cobre, simbolizando a forma mais grosseira do amor ao dinheiro. E não havia possibilidade de satisfazer o voraz capetinha. Phoebe lhe atirou um bom punhado de níqueis, que ele apanhou com presteza e alegria, entregando-os ao italiano e continuando a série de salamaleques, querendo mais.

Sem dúvida, mais de um indivíduo natural da Nova Inglaterra — ou fosse de outro lugar qualquer, que provavelmente seria a mesma coisa — passava por ali, olhava o macaco e seguia caminho, sem imaginar até que ponto a sua própria condição moral ali se achava retratada. Clifford, porém, era um ser de uma outra espécie. Deleitara-se, infantilmente, com a música e sorrira ao ver as figuras do realejo se movimentarem. Depois, porém, de contemplar durante algum tempo o rabudo diabrete, se sentira tão chocado com a sua horrível feiura, espiritual como física, que começou a chorar; uma fraqueza que os homens dotados de mera delicadeza e destituídos da capacidade mais forte, mais profunda e mais trágica para a gargalhada dificilmente conseguem evitar quando se veem diante dos aspectos piores e mais mesquinhos da vida.

A rua Pyncheon às vezes se animava com espetáculos de pretensões mais imponentes das anteriormente descritas e que traziam a multidão consigo. Sentindo uma viva repugnância à ideia de um contato pessoal com o mundo, Clifford ainda se sentia dominado por um poderoso impulso, sempre que lhe chegava aos ouvidos o ruído da agitação humana. Isso se evidenciou certo dia, quando um cortejo político, com bandeiras desfraldadas e tambores, pífanos e clarins ecoando entre as fileiras das casas, desfilou pela cidade e quebrou a habitual quietude da Casa das Sete Torres, com o barulho dos passos e dos gritos dos manifestantes. Como simples espetáculo visual, nada é mais deficiente, em matéria de pitoresco, do que um desfile passando por uma rua estreita. O espectador chega a tal conclusão quando pode ver de perto a tediosa mediocridade de cada rosto humano, coberto de suor e refletindo vaidade e cansaço, e as calças mal-ajambradas, os colarinhos apertados ou largos demais, a poeira nas costas dos casacos escuros. Para que se torne majestoso, o cortejo tem de ser visto de certa distância, enquanto avança, vagarosamente, no centro de uma larga planície ou na mais imponente praça da cidade; então, graças ao seu afastamento, mistura todas as insignificantes personalidades das quais é constituído, formando uma única e ampla massa de existência — uma grande vida —, um corpo selecionado da humanidade, animado por um largo e homogêneo espírito. Por outro lado, se uma pessoa impressionável, sozinha na borda de um daqueles desfiles, o contemplar, não em seus átomos, mas em seu conjunto — como um formidável rio de vida, arrebatador em seu fluxo, negro e misterioso, e de suas profundezas, apelando para a profunda afinidade que há dentro dessa pessoa —, nesse caso, a proximidade fortalecerá o efeito. Pode, assim, fascinar aquele que dificilmente é impedido de mergulhar no rio caudaloso da solidariedade humana.

Assim se deu com Clifford. Ele tremeu; empalideceu; olhou, ansiosamente, para Hepzibah e Phoebe, que estavam com ele à janela. As duas nada compreenderam de sua emoção, achando que ele apenas se perturbara com o desacostumado tumulto. Afinal, com as pernas bambas, Clifford levantou-se, pôs o pé no beiral da janela e, em um instante mais, estaria na sacada desguarnecida. Se isso acontecesse, todos os manifestantes poderiam vê-lo, um vulto conturbado, macilento, com os cabelos grisalhos sacudidos pelo vento que fazia tremular as bandeiras; um ser solitário, estranho à sua grei, mas agora se sentindo de novo homem, graças àquele instante irreprimível que o arrebatava. Se tivesse chegado à sacada, provavelmente Clifford pularia para a rua; mas não seria fácil saber se fora impelido por aquela espécie de terror que, às vezes, lança a vítima ao próprio precipício que a assusta, ou por um natural magnetismo, visando ao grande centro da humanidade. Ambos os impulsos podem tê-lo afetado ao mesmo tempo.

No entanto, as suas companheiras, assustadas pelo seu gesto, que era o de um homem impulsionado contra sua vontade, agarraram Clifford pela aba do casaco e o puxaram para trás. Hepzibah deu um grito. Phoebe, para quem toda extravagância causava horror, começou a chorar.

— Clifford, Clifford, você enlouqueceu? — perguntou a irmã.

— Eu mesmo não sei direito — respondeu Clifford, depois de respirar fundo. — Não tenha medo... tudo já passou... Mas, se eu tivesse dado aquele mergulho e sobrevivido, acho que tal coisa teria feito de mim um outro homem!

É possível que, de certo modo, Clifford tivesse razão. Precisava de um choque; ou talvez precisasse de um mergulho profundo no oceano da vida humana, afundando-se e ficando coberto por suas profundezas, para depois emergir, equilibrado, revigorado, devolvido ao mundo e a si mesmo. Talvez, de novo, precisasse do grande remédio final: a morte!

Um anseio semelhante de renovar os laços perdidos da fraternidade com os seus semelhantes às vezes se apresentava de forma mais branda; e, em certa ocasião, foi embelezado pela religião, que era mais profunda do que ele próprio. No incidente que a seguir será sumariamente descrito, ocorreu um tocante reconhecimento, por parte de Clifford, da preocupação e do amor de Deus para com ele, para com aquele pobre homem desamparado que, mais que outro mortal, poderia ser perdoado por se considerar como posto de lado, esquecido e entregue aos cuidados de algum demônio cuja distração consistia em fazer o mal.

Era a manhã do Sabá, um daqueles Sabás calmos e brilhantes, com a sua própria atmosfera santificada, quando o Céu parece espalhar sobre a face da Terra um sorriso solene, não menos doce que solene. Em tais manhãs de Sabá, se fôssemos bastante puros para sermos seu instrumento, perceberíamos o culto natural da Terra se elevando através de nosso corpo, qualquer que fosse o lugar em que estivéssemos. Os sinos das igrejas, com várias tonalidades, mas todos em harmonia, proclamavam e respondiam aos outros:

— É o Sabá! O Sabá! Sim, o Sabá!

Em toda a cidade, os sinos espalhavam os sons abençoados, ora devagar, ora apressada e alegremente, ora apenas um sino, ora todos os sinos juntos, gritando uníssonos:

— É o Sabá!

E o som dos sinos se espalhava pelo ar, misturando-se e conservando no ar a palavra sagrada. O ar, com a doçura de Deus e a acolhedora luz solar que continha, oferecia-se para ser aspirado pela humanidade até o fundo de seus corações, e ser devolvido depois, na elocução da prece.

Clifford estava sentado à janela com Hepzibah, olhando os vizinhos que saíam para a rua. Todos eles, por menos espirituais que fossem nos outros dias, estavam transfigurados, graças à influência do

Sabá, de maneira que a sua própria indumentária — fosse o decente casaco de um velho, escovado pela milésima vez, fosse a primeira roupinha do menino, costurada na véspera por sua mãe — tivesse algo de túnicas sagradas.

Embaixo da porta do casarão saiu Phoebe, abrindo a sombrinha verde e lançando para cima um olhar e um sorriso de despedida, uma mensagem de amor para as faces que se debruçavam na janela em arco. Trazia consigo a alegria habitual e uma santidade com a qual se poderia divertir, mas, ao mesmo tempo, reverenciar como merecia. Era como uma prece, oferecida com a mais acessível beleza de uma língua materna. Suave, além disso, vaporosa e doce era Phoebe em suas vestes; era como se ela não trouxesse seu vestido, nem o chapeuzinho de palha, nem o seu lencinho, nem as suas meias brancas; ou, se os usasse, eles, por sua vez, trouxessem consigo a doçura do ar, como se estivessem entre rosais.

A jovem acenou para Hepzibah e Clifford, e caminhou pela rua; uma religião em si mesma, calorosa, simples, verdadeira, com uma substância capaz de caminhar na Terra e um espírito capaz de andar no Céu.

— Hepzibah — disse Clifford, depois de Phoebe ter dobrado a esquina —, você não costuma ir à igreja?

— Não, Clifford — respondeu ela. — Não vou, há muitos e muitos anos.

— Acho que, se eu fosse lá — comentou Clifford —, seria capaz de tornar a rezar, vendo tanta gente rezando em torno de mim!

Hepzibah encarou Clifford e notou em seu rosto uma expressão suave e espontânea; realmente, ele sentia o coração arrebatado, pleno de uma grata reverência para com Deus e uma terna afeição por seus irmãos humanos. A sua emoção se transmitiu a Hepzibah, que ansiou por tomá-lo pela mão e irem se ajoelhar, os dois juntos — ambos há tanto tempo separados do mundo e, como agora ela reconhecia, bem pouco próximos d'Aquele que está lá em cima — ajoelharem-se no meio dos homens, e se reconciliarem, ao mesmo tempo, com Deus e com os homens.

— Vamos, querido irmão! — exclamou ela, entusiasmada. — Não pertencemos a igreja alguma. Não temos um pouquinho de espaço para nos ajoelharmos em uma igreja, mas vamos a qualquer lugar de culto, mesmo que tenhamos de ficar entre as filas dos bancos. Pobres e abandonados como somos, ainda assim, alguém nos cederá um lugarzinho em um banco de igreja!

E, assim, Hepzibah e o irmão se aprontaram — e se aprontaram como puderam, lançando mão das melhores roupas, bem fora de moda, é claro, de que dispunham, umas penduradas em cabides, outras metidas em velhas canastras e cheirando a mofo — e, metidos em suas desbotadas melhores roupas, tomaram o rumo da igreja.

Desceram juntos a escada — a descarnada Hepzibah, trêmula e lívida; Clifford curvado ao peso dos anos! Abriram a porta da rua, transpuseram-lhe a soleira, e ambos sentiram a impressão de que se achavam na presença do mundo inteiro e que todos os grandes e terríveis olhos da humanidade os contemplavam, e somente a eles. Os olhos de seu Pai haviam se afastado, não mais os encorajava. O ar quente e ensolarado da rua os fazia tremer. Os corações também tremiam, à ideia de darem mais um passo.

— Não pode ser, Hepzibah... É tarde demais! — disse Clifford, com tristeza profunda. — Somos fantasmas! Não temos direitos entre os seres humanos, nenhum direito, a não ser nesta velha casa, que carrega consigo uma maldição, à qual, portanto, temos de nos curvar! Além disso — acrescentou, com uma insistente sensibilidade que o caracterizava inalienavelmente —, não estou em condições de ir! É triste imaginar que eu iria causar medo aos meus semelhantes e que as crianças, ao me verem, iriam se esconder na barra da saia das mães!

Os dois recuaram para o sombrio corredor e fecharam a porta. Ao subirem a escada de novo, porém, acharam o interior da casa dez vezes mais sombrio e menos acolhedor, com a atmosfera abafada, pesada, em comparação com o relance de liberdade que tinham contemplado e respirado. Não puderam fugir; seu carcereiro deixara, por zombaria, a porta entreaberta e ficara atrás deles, vendo-os escapar. No limiar, ambos sentiram seu punho impiedoso agarrá-los. Que calabouço, realmente, é mais sombrio do que o próprio coração? Que carcereiro é mais inexorável do que a própria pessoa?

Não seria, contudo, correto descrever o estado de espírito de Clifford como constante ou preferentemente desgraçado. Ao contrário, temos a coragem de afirmar: não havia outro homem naquela terra com metade de sua idade que gozasse tantos momentos despreocupados. Não lhe pesava qualquer responsabilidade ou encargo; não enfrentava nenhum daqueles problemas futuros que desgastam a vida dos outros, de quem luta para assegurar a própria sobrevivência. A esse respeito, ele era uma criança — uma criança até o fim da vida, fosse ela longa ou curta.

Na verdade, a sua vida parecia ter se estacionado em um período não muito afastado da infância, e ele enfeixava todas as suas reminiscências em torno de tal época, do mesmo modo que, sob o efeito entorpecente de uma forte pancada, a vítima, ao recuperar a consciência, volta a lembrança a um momento consideravelmente anterior ao acidente que o desacordou. Às vezes, ele contava a Phoebe e Hepzibah os seus sonhos, nos quais, invariavelmente, aparecia como criança ou adolescente. Tão vivas eram as suas recordações com relação aos sonhos que, certa vez, discutiu com a irmã a respeito do estampado de um vestido de chita caseiro que sua mãe usava e com o qual sonhara na noite anterior. Hepzibah, estribada na competência feminina sobre tais assuntos, afirmava que o padrão do vestido era um tanto diferente daquele que Clifford descrevia; retirando, porém, o próprio vestido de uma velha mala, ele provou que a sua lembrança é que estava certa.

Se, todas as vezes que saía do sonho para a realidade, Clifford sofresse a tortura da transformação de um jovem em um homem velho e alquebrado, a diária repetição do choque o teria alquebrado ainda mais. Ter-lhe-ia causado um sofrimento atroz impressionar-se desde o amanhecer até a hora de se deitar; e, mesmo então, estaria misturado um desgosto vago, inescrutável, e um pálido matiz de infortúnio, o visionário viço e a juvenilidade de seu sonho. Mas o forte luar entrelaçava-se com o nevoeiro matinal e o envolvia em uma túnica, que pendia em torno de sua pessoa e poucas vezes permitia que a realidade a atravessasse; muitas vezes, Clifford não estava inteiramente acordado, mas dormindo de olhos abertos, e talvez então fantasiando a maior parte dos sonhos.

Assim, demorando-se tanto tão perto da infância, Clifford simpatizava com as crianças e conservava o coração bem puro, como um reservatório que os arroios enchem, a pequena distância da fonte. Embora impedido, por uma sutil noção de conveniência, de querer se associar com elas, gostava de poucas coisas mais do que ver da janela uma menina empurrando um arco de brinquedo ao longo do passeio ou meninos jogando bola. As suas vozes, igualmente, lhe eram agradáveis, e ouvidos de longe os seus gritos, todos se misturando em uma espécie de zumbido, semelhante ao das moscas em um aposento ensolarado.

Sem dúvida, Clifford ficaria feliz se pudesse participar daquelas diversões infantis. Certa tarde, ele se viu presa de um desejo irresistível de fazer bolhas de sabão; um brinquedo, explicou Hepzibah a Phoebe, em particular, que o irmão adorava quando criança. Ei-lo, pois, na janela em arco, com uma taquara oca na boca! Ei-lo, com os cabelos grisalhos, e um triste e irreal sorriso no rosto, onde ainda se notava uma certa beleza e graciosidade, que o seu pior inimigo reconheceria como espiritual e imortal, já que sobrevivera tanto tempo! Ei-lo lançando esferas transparentes, da janela para a rua! Mundozinhos impalpáveis eram aquelas bolhas de sabão, refletindo o grande mundo, com matizes vivos como a imaginação, no nada da sua superfície. Era curioso ver como os transeuntes olhavam para aquelas brilhantes fantasias, que iam descendo e tornando fantasista a bronca atmosfera que as cercava. Alguns paravam para observar, e talvez levassem consigo uma grata lembrança das bolhas de sabão voando até a esquina; outros olhavam enfurecidos para cima, como se o pobre Clifford os insultasse, lançando uma imagem flutuante de beleza tão perto do empoeirado caminho que trilhavam. Muitos estendiam a mão ou a bengala para atingirem as bolhas e se sentiam, sem dúvida, perversamente gratificados, quando elas desapareciam, como se nunca tivessem existido, levando consigo a imagem reproduzida da terra e do céu.

Aconteceu, afinal, que, justamente quando estava passando um cavalheiro idoso, de imponente aparência, uma grande bolha de sabão, navegando majestosamente para baixo, foi se espatifar no nariz do *gentleman*! Este olhou para cima, a princípio com um olhar severo e penetrante, que chegou até a penumbra atrás da janela em arco, depois com um sorriso, que dava a impressão de espalhar uma claridade ofuscante no espaço de várias jardas em torno.

— Ah, primo Clifford! — exclamou o juiz Pyncheon. — O quê? Ainda fazendo bolhas de sabão?

O tom parecia destinado a ser delicado e carinhoso, mas trazia consigo o amargo do sarcasmo. Clifford ficou paralisado de medo. Além de qualquer motivo definido de temor que a sua experiência passada lhe pudesse ter trazido, ele experimentava o inato e natural horror despertado pelo excelente juiz, que ocorre em um caráter fraco, delicado e apreensivo diante de uma força poderosíssima. A força não é compreendida pela fraqueza e se torna, portanto, mais terrível. Não há maior bicho-papão do que um parente enérgico no círculo de seus próprios familiares.

XII

O artista do daguerreótipo

Não seria concebível que a vida de uma pessoa tão naturalmente ativa como Phoebe pudesse se confinar inteiramente no recinto da velha Casa dos Pyncheon. As exigências de Clifford quanto à sua presença eram, em via de regra, satisfeitas, naqueles dias muito longos, bem antes do pôr do sol. Por tranquila que parecesse a sua existência cotidiana, esta, no entanto, esgotava todos os recursos de energia de que ele dispunha. Não era o exercício físico que o cansava, pois, embora algumas vezes capinasse um pouco com a enxada, caminhasse pelo quintal ou, em dias de chuva, andasse dentro de casa de um lado para o outro, a sua tendência era de permanecer extremamente quieto no que dizia respeito a qualquer esforço dos membros e dos músculos. No entanto, ou havia dentro dele um fogo devorador, que consumia a sua energia vital, ou a monotonia, que teria tido um efeito entorpecedor sobre uma mente diversamente situada, não produzia tal efeito em Clifford. Provavelmente, ele se encontrava em um estado de segundo desenvolvimento e recuperação e descobria, de maneira constante, alimento para o espírito e o intelecto em cenários, sons e acontecimentos que passavam de todo despercebidos por pessoas mais acostumadas com o mundo. Como tudo é atividade e vicissitude para a jovem mente de uma criança, assim também pode ser para a mente que sofreu uma espécie de nova criação, depois de uma vida por longo tempo suspensa.

Fosse a causa qual fosse, o fato é que Clifford se recolhia para descansar, de todo exausto, enquanto os raios de sol ainda atravessavam as cortinas da janela do seu quarto ou lançavam o seu brilho derradeiro na parede do fundo. E, enquanto ele dormia cedo, como as outras crianças, e sonhava com a infância, Phoebe tinha liberdade de fazer o que queria durante o resto do dia e à noite.

Era uma liberdade essencial à saúde, mesmo de uma pessoa tão pouco suscetível a influências mórbidas como era Phoebe. O velho casarão, como já foi dito, tinha as paredes arruinadas e úmidas; não era bom respirar apenas aquela atmosfera. Hepzibah, embora dotada de nobres qualidades, que compensavam os defeitos, tornara-se uma espécie de lunática, aprisionando-se durante tanto tempo naquele lugar, sem outra companhia que uma única série de ideias, com uma única afeição e um amargo sentimento de fracasso. Clifford, talvez o leitor imagine, era inerte demais para influenciar os seus semelhantes, por mais íntimas e exclusivas que fossem as suas relações com ele. No entanto, a afinidade ou magnetismo entre os seres humanos é mais sutil e universal do que julgamos; existe, na verdade, entre as diferentes classes da vida organizada e vibra de uma a outra. Uma flor, por exemplo, como a própria Phoebe observava, sempre murchava mais depressa na mão de Clifford ou de Hepzibah do que na sua; e, de acordo com a mesma lei, atuando diária e constantemente como um perfume de flor para aqueles dois espíritos doentios, aquela jovem flor iria, inevitavelmente, murchar e fenecer muito mais depressa do que se estivesse aconchegada a um peito mais jovem e mais feliz. A não ser que ela, de vez em quando, obedecesse aos seus impulsos ambulatórios e fosse respirar o ar dos campos em um passeio pelos arredores, ou respirar o ar marinho na praia; a não ser que tivesse, ocasionalmente, seguido o impulso da Natureza, nas jovens da Nova Inglaterra, assistindo a uma conferência metafísica ou filosófica, ou contemplando um panorama com um raio de sete milhas, ou ouvindo um concerto; a não ser que tivesse ido fazer compras na cidade, mandando descer prateleiras inteiras de mercadorias, para voltar para casa levando uma fita; a não ser que tivesse passado, igualmente, uma pequena parte do tempo dentro do quarto, lendo a Bíblia, e dedicasse um pouco mais de tempo para se lembrar, com saudade, da mãe e de sua terra natal — a não ser que tivesse empregado medicamentos morais como estes, teríamos, muito em breve, de ver a nossa pobre Phoebe emagrecer, tornar-se pálida, descolorida, e também tímida, desconfiada e, às vezes, estranha, prenúncio da futura solteirona, murcha e triste.

Mesmo então, ocorreu uma mudança; uma mudança em parte lamentável, embora o encanto afetado tenha sido reparado por outro, talvez mais precioso. Phoebe já não se mostrava constantemente alegre, porém muitas vezes pensativa, o que Clifford, de modo geral, apreciava mais do que a sua antiga fase de ininterrupta jovialidade; de fato, agora, ela o compreendia melhor e mais delicadamente, e, algumas vezes mesmo, interpretava-o para ele próprio. Os seus olhos se tornaram maiores, mais escuros, mais profundos; tão profundos que, em certos momentos, pareciam poços artesianos, escavados até o infinito. Phoebe já não era a mocinha que vimos descer agilmente do ônibus; tornara-se mais mulher.

A única mentalidade jovem com quem a moça tinha oportunidade de se comunicar era a do artista do daguerreótipo. Inevitavelmente, pela pressão que o isolamento exercia sobre eles, os dois tinham acabado mantendo entre si uma certa intimidade. Se tivessem se conhecido em circunstâncias diferentes, provavelmente nenhum dos dois teria se preocupado muito com o outro, a não ser, em verdade, que a sua extrema desemelhança se mostrasse um motivo de atração recíproca. Ambos, é verdade, eram personalidades adequadas à vida da Nova Inglaterra, e possuindo, portanto, um terreno comum em suas manifestações mais exteriores; tão diferentes, no entanto, nos aspectos interiores, como se as suas respectivas terras natais estivessem a uma distância do tamanho do mundo. Logo que travou conhecimento com Holgrave, Phoebe se mostrou muito mais reservada do que era habitual ao seu gênio franco e simples, em face das tentativas de aproximação, não muito acentuadas, do rapaz. E não achava que o conhecia bem, embora os dois se encontrassem e conversassem quase diariamente, amistosa e, ao que parecia, familiarmente.

O artista, de maneira um tanto desconexa, revelara a Phoebe algo dos seus antecedentes. Embora jovem como era e tendo a sua carreira terminado em um ponto já alcançado, os acontecimentos de sua vida eram suficientes, segundo parecia, para encherem um volume de autobiografia. Um romance no gênero do *Gil Blas* adaptado à sociedade e aos costumes norte-americanos deixaria de ser um romance.

As experiências de muitos indivíduos entre nós, que acham que nem vale a pena contá-las, equivaleriam às vicissitudes do começo da vida do espanhol, ao mesmo tempo que os seus sucessos finais, ou o ponto para onde se dirigem, podem ser incomparavelmente mais altos do que aquele que qualquer romancista imaginaria para o seu herói.

Holgrave, como disse a Phoebe com um certo orgulho, não podia se vangloriar de sua origem, a não ser pelo fato de ser muito obscura, nem de sua instrução, a não ser pelo fato de ter sido a mais escassa possível e alcançada graças a uma frequência de alguns meses de inverno em uma escola distrital. Bem cedo entregue a si mesmo, aprendera a ser independente desde menino; e tal condição combinou bem com a sua natural força de vontade. Embora tivesse apenas 22 anos (menos alguns meses, que correspondem a anos em tal vida), já fora primeiro mestre-escola rural; depois caixeiro em uma venda da roça e, ao mesmo tempo e depois, redator político de um jornal do interior. Mais tarde viajara na Nova Inglaterra e nos Estados Centrais como mascate, vendendo produtos de uma firma de Connecticut, que fabricava água-de-colônia e outras essências. Ocasionalmente, estudara e praticara a odontologia, com sucesso, aliás, especialmente em muitas cidades fabris, às margens dos nossos rios do interior. Como tripulante extranumerário, a bordo de um navio, visitara a Europa e conseguira, antes de regressar, conhecer a Itália e uma parte da França e da Alemanha. Posteriormente, permanecera alguns meses em uma colônia de adeptos de Fourrier. Mais recentemente ainda, tornara-se conferencista, falando ao público sobre o mesmerismo, ciência para a qual tinha muita queda, como disse a Phoebe, e provou, fazendo dormir Chantecler, que estava ciscando o chão perto deles.

A sua fase atual, como artista do daguerreótipo, não era, na sua opinião, menos importante e, provavelmente, também não mais duradoura do que as fases anteriores. Fora assumida com a alegria descuidada de um aventureiro que não se sentia ameaçado de morrer de fome. Poderia ser posta de lado, também descuidadamente, quando resolvesse ganhar seu pão por algum outro meio igualmente agradável. O que, porém, era mais notável e revelava mais que uma simples atitude no jovem consistia, sem dúvida, no fato de jamais ter ele perdido a sua identidade, no meio de tantas vicissitudes pessoais. Sem lar como estivera — mudando constantemente de paradeiro, e, portanto, sem responsabilidade para com a opinião pública ou para com os indivíduos de uma localidade, que em breve deixaria em busca de outra, logo também sucedida por uma terceira —, Holgrave jamais violentara o homem interior, conduzindo sempre a sua consciência consigo. Era impossível conhecê-lo sem se reconhecer esse fato. Hepzibah viu tal coisa. Phoebe, igualmente, não tardou a vê-la e outorgou-lhe a confiança que tal certeza inspira. Às vezes, contudo, se assustava ou se sentia mesmo desgostosa não porque duvidasse de sua integridade, fossem quais fossem os princípios que seguia, mas pela intuição de que tais princípios não eram os mesmos que ela própria seguia. Isso a constrangia e parecia desequilibrar tudo em torno dela, em vista da falta de reverência de Holgrave pelo que estava estabelecido, a não ser que, com uma advertência oportuna, o estabelecido firmasse o seu direito de permanecer.

Além disso, Phoebe não acreditava que Holgrave fosse afetuoso. Era um observador calmo e frio demais. Phoebe sentia o seu olhar muitas vezes; seu coração, raramente ou nunca. Ele mostrava um certo interesse por Hepzibah e seu irmão, e pela própria Phoebe. Estudava-os atentamente, não permitia que lhe escapasse a mais leve circunstância de suas individualidades. Mostrava-se disposto a fazer-lhes todo o bem que podia; mas, afinal de contas, jamais se confraternizava com eles na expressão da palavra ou lhes oferecia qualquer prova concreta de que os estimava mais depois que os conhecia melhor. Em suas relações com eles, parecia estar em busca de alimento mental, e não de sustento para o coração. Phoebe não podia imaginar o que lhe interessava tanto em seus amigos e nela própria, no sentido intelectual, ao mesmo tempo que não os encarava, ou pelo menos os encarava muito pouco, como objetos de afeição humana.

Sempre, em seus encontros com Phoebe, o artista se interessava em saber, de maneira especial, como ia passando Clifford, o qual raramente via, a não ser nas reuniões de domingo.

— Ele ainda parece feliz? — perguntou ele um dia.

— Tão feliz como uma criança — respondeu Phoebe. — Mas, também como uma criança, se perturba muito facilmente.

— Perturba-se como? — insistiu Holgrave. — Pelas coisas externas ou por pensamentos no íntimo?

— Como é que eu vou saber o que ele está pensando? — redarguiu Phoebe, um tantinho irritada. — Com muita frequência, o seu humor muda, sem qualquer motivo que se possa adivinhar, do mesmo modo de uma nuvem que sombreasse o sol. Ultimamente, desde que o fiquei conhecendo melhor, acho que é muito correto observar de perto o seu comportamento. Ele sofreu tanto que o seu coração se tornou solene e sagrado pelo sofrimento. Quando está alegre, quando há sol em seu espírito, então eu me aventuro a observá-lo, mas só até onde chega a luz, não além. O lugar sombreado é sagrado!

— Como você expressa bem esse sentimento! — exclamou o artista. — Posso compreendê-lo, sem possuí-lo. Se eu tivesse a oportunidade que você tem, nenhum escrúpulo me impediria de sondar Clifford tão profundamente quanto chegasse a minha sonda!

— É muito estranho que você deseje isso! — observou Phoebe, involuntariamente. — O que é que o primo Clifford representa para você?

— Oh! Nada, é claro que nada! — apressou-se em responder Holgrave, sorrindo. — É que este mundo é tão estranho, tão incompreensível! Quanto mais o observo, mais ele me intriga, e começo a desconfiar que o espanto de um homem é a medida de sua sabedoria. Os homens e as mulheres, e as crianças também, são criaturas tão estranhas que jamais se pode ter certeza de que os conhecemos; nem adivinhar o que foram pelo que agora são. O juiz Pyncheon! Clifford! Que enigma complexo, um complexo de complexidade, eles apresentam! Para resolvê-lo, é preciso afinidade intuitiva, como a de uma mocinha! Um mero observador como sou (que nunca tive intuição e apenas tenho, da melhor hipótese, sutileza e acuidade) sem sombra de dúvida tem de se extraviar.

O artista mudou, depois, de assunto, abordando temas menos sombrios dos que abordara até então. Ele e Phoebe eram, afinal de contas, dois jovens juntos; Holgrave, apesar de toda a sua prematura experiência de vida, não desgastara inteiramente o belo espírito da mocidade, que, se expandindo de um pequeno coração imaginativo, pode se espalhar pelo universo, tornando tudo tão luminoso como no primeiro dia da criação. A própria juventude do homem é a juventude do mundo; pelo menos, ele sente como se assim fosse e supõe que a substância granítica da Terra é algo ainda não endurecido, e que ele pode modelar, para assumir qualquer forma que deseje.

Assim ocorria com Holgrave. Ele podia falar, sensatamente, acerca da velhice do mundo, mas realmente não acreditava no que dizia; era jovem ainda e, portanto, olhava para o mundo — aquele crápula enrugado, de barbas grisalhas, decrépito sem ser venerável — como um tenro meninote, capaz de melhorar, para se tornar tudo que deveria ser, mas que jamais prometeu ou insinuou, de modo algum, que será. Holgrave acalentava aquele sentimento, ou profecia secreta — que, para um jovem é melhor não ter nascido do que não acalentá-lo, e, para um homem maduro, é melhor morrer logo do que abandoná-lo inteiramente —, de que não estamos condenados a viver para sempre no antigo mau caminho, mas que, agora mesmo, existem os prenúncios de uma idade de ouro que se concretizará enquanto vivermos. Holgrave achava — como, sem dúvida, achavam os esperançosos de todos os séculos, desde a época dos netos de Adão — que, nesta época, mais do que em qualquer outra anterior, o carcomido, apodrecido passado ruirá, as instituições defuntas serão atiradas para fora do caminho, as suas carcaças serão enterradas e tudo começará de novo.

No que diz respeito ao ponto principal — oxalá jamais vivamos para dele duvidar — que os séculos melhores são os vindouros, o artista tinha razão, sem sombra de dúvida. O seu erro consistia em supor que o seu tempo, mais do que qualquer época passada ou futura, estava destinado a ver as esfarrapadas vestes da antiguidade trocadas por uma roupa nova, em vez de ir sendo renovada pouco a pouco, graças a um trabalho semelhante ao de quem faz uma colcha de retalhos; em aplicar a duração de sua vida como medida de uma consecução interminável; e, acima de tudo, em imaginar que teria alguma importância, para o grande fim a que se visava, o fato de lutar, ou deixar de lutar, ele próprio, a seu favor ou contra. No entanto, fazia-lhe bem pensar assim. Aquele entusiasmo, introduzindo-se entre a calma de seu temperamento e assumindo, destarte, um aspecto de raciocínio e sabedoria definitivos, servia para manter pura a sua juventude e tornar elevadas as suas aspirações. E quando, com a passagem dos anos fazendo-se sentir mais pesadamente sobre ele, sua fé anterior acabasse afetada pela inevitável experiência, não haveria uma súbita e rude revolução em seus sentimentos. Ele continuaria a confiar no destino brilhante do homem e talvez amá-lo mais, ao reconhecer a sua impotência em seu próprio interesse; e a altiva confiança, que ostentava no começo de sua vida, seria substituída por uma outra mais humilde em seu fim, ao compreender que os melhores esforços do homem levam a cabo uma espécie de sonho, ao passo que Deus é o único construtor de realidades.

Holgrave lera muito pouco, e esse pouco de passagem pelos caminhos da vida, onde a linguagem mística de seus livros necessariamente se misturava com o murmúrio da multidão, de maneira que tanto um como o outro perdiam o sentido que poderiam ter cada um como coisa própria. Ele se considerava um pensador e certamente apreciava as especulações intelectuais, mas, esforçando-se para descobrir ele próprio o caminho, dificilmente teria alcançado o ponto em que um homem instruído começava realmente a pensar. O verdadeiro valor do seu caráter residia na profunda consciência de uma força interior, que fazia com que todas as suas passadas vicissitudes parecessem apenas uma simples troca de indumentária; no entusiasmo, tão tranquilo que ele próprio mal reconhecia a sua existência, mas que conferia calor a tudo que empreendia; em sua ambição pessoal, escondida — de seus próprios olhos assim como dos olhos dos outros — entre os seus mais generosos impulsos, mas que continha uma certa eficácia, capaz de torná-lo de teórico em campeão de alguma causa viável. Ao todo, em sua cultura e em sua falta de cultura, em sua crua, violenta e nebulosa filosofia, e na experiência prática que neutralizava algumas de suas tendências; em seu zelo magnânimo pelo bem-estar do homem, e em seu desprezo pelo que o tempo criara a favor do homem; em sua fé e sua infidelidade; no que possuía e no que lhe faltava — o artista podia perfeitamente apresentar-se como representante de muitos companheiros em sua terra natal.

Seria difícil prever a sua carreira. Holgrave tinha qualidades tais que, em um país onde tudo está ao alcance das mãos que podem agarrá-lo, dificilmente lhe escaparia um prêmio mundano. Tais coisas, porém, são muito incertas. Com muita frequência, encontramos jovens mais ou menos da idade de Holgrave para os quais antecipamos triunfos maravilhosos, mas do quais, mesmo muito tempo depois, e após cuidadosa procura, ninguém sabe dar notícia. A efervescência de paixão e juventude, e o lustre ainda fresco de inteligência e imaginação asseguram-lhes um falso brilho, que ilude tanto eles próprios quanto os outros. Como certas chitas e outros tecidos semelhantes, são bonitos quando novos, mas não podem enfrentar o sol e a chuva, e tomam um aspecto lamentável depois de lavados.

O nosso assunto, porém, é com Holgrave, tal como o encontramos naquela determinada tarde, na cabana do quintal dos Pyncheon. Em tais circunstâncias, era realmente agradável contemplar o jovem, com tanta confiança em si mesmo e tão bela aparência de admirável energia — tão pouco afetado, também, pelas muitas provas que enfrentara —, era agradável vê-lo, conversando animadamente com Phoebe. Esta última não lhe fizera justiça, quando o considerava frio; ou, se assim fosse, o fato é que ele se modificara, e muito. De maneira não intencional de sua parte, e sem que ele tomasse consciência, ela tornara a Casa das Sete Torres como que um lar para ele, e o quintal um recinto familiar. Com a percepção de que se orgulhava, Holgrave imaginou que seria capaz de olhar através de Phoebe e em torno dela, e ler o seu íntimo como leria as páginas de um livro infantil. Essas naturezas transparentes, porém, muitas vezes são ilusórias em sua profundez; aquelas pedrinhas no fundo do poço da fonte estão mais longe de nós do que pensamos. Assim, o artista, por melhor que julgasse a capacidade de Phoebe, se iludiu, por algum silencioso encanto da jovem, ao ser levado a conversar livremente a respeito do que sonhava para o mundo. Transbordou-se em um outro ser. Muito possivelmente, se esqueceu de Phoebe enquanto lhe falava e foi movido apenas pela inevitável tendência do pensamento, quando, revestindo-se de afinidade, pelo entusiasmo e pela emoção, flui como uma correnteza para o primeiro reservatório seguro que encontra. Se alguém, contudo, os tivesse espiado entre as grades do quintal, vendo o arrebatamento do moço e o seu rosto corado, teria achado que ele estava declarando amor à jovem.

Afinal, algo foi dito por Holgrave que levou Phoebe a perguntar o que o fizera travar conhecimento com sua prima Hepzibah e ir morar no desolado casarão dos Pyncheon. Sem responder diretamente, o artista deixou o futuro, que vinha sendo o tema de seu discurso, e começou a falar sobre a influência do passado. O assunto, em verdade, não era mais que a repercussão do outro.

— Será que jamais, jamais, nos livraremos desse passado! — exclamou, alteando a voz e mantendo a veemência anterior. — Ele se estende sobre o presente como um cadáver gigantesco! De fato, a situação é como se um jovem gigante fosse obrigado a desperdiçar toda a sua força, para carregar o cadáver do gigante velho, seu avô, que morreu há muito tempo, e apenas está precisando de um sepultamento decoroso. Pense um momento, e se espantará ao ver como estamos escravizados aos tempos passados, ou à morte, para empregarmos a expressão correta!

— Não acho que seja assim — observou Phoebe.

— Veja este exemplo, então — replicou Holgrave. — Um morto, se deixou testamento, dispõe da riqueza que não mais lhe pertence; ou, se morre intestado, a riqueza é distribuída de acordo com normas ditadas por homens que morreram muito antes dele. Um morto tem assento em todos os nossos tribunais; e os juízes vivos nada mais fazem do que procurarem e seguirem as suas decisões. Lemos os livros dos mortos! Rimos com as pilhérias dos mortos e choramos com o patético dos mortos! Adoecemos com as enfermidades dos mortos, físicas e morais, e morremos devido aos mesmos remédios com que os médicos mortos matavam os seus pacientes! Adoramos a divindade morta, de acordo com as fórmulas e credos dos mortos. Sempre que procuramos fazer alguma coisa, por nossa vontade, com os nossos livres movimentos, nos vemos detidos pela álgida mão de um morto! Para qualquer ponto em que voltemos os olhos, o rosto lívido, inexorável, de um morto os encontra e congela o nosso coração! E temos nós mesmos de estar mortos, para podermos influenciar o nosso próprio mundo, que então já não será o nosso mundo, e sim o mundo de uma outra geração, sobre a qual não teremos o menor direito de interferir. Devo também dizer que vivemos em casas de mortos; como, por exemplo, esta Casa das Sete Torres!

— E por que não, enquanto nos sentirmos bem nelas? — retrucou Phoebe.

— Mas tenho confiança de que viveremos para ver o dia em que homem algum construirá a sua casa para a posteridade — continuou o artista. — Para que fazer isso? Seria a mesma coisa que encomendar um jogo de roupas muito duráveis, de couro ou guta-percha, ou qualquer tecido muito resistente, para deixar para os filhos, de modo que a bisavó fizesse a roupa boa para o seu corpo, e os descendentes se adaptassem a ela. Se cada geração pudesse e esperasse construir as suas próprias casas, essa simples mudança, relativamente sem importância, acarretaria quase todas as reformas de que a sociedade está precisando. Duvido que mesmo os nossos edifícios públicos, nossos palácios governamentais, tribunais, prefeituras e igrejas, devam ser construídos com materiais tão permanentes como a pedra e o tijolo. Seria melhor que eles ficassem arruinados de vinte em vinte anos, como uma advertência ao povo para que examinasse e promovesse a reforma das instituições que tais edifícios simbolizam.

— Como você odeia tudo que é velho! — exclamou Phoebe, desanimada. — Fico tonta só de pensar em um mundo tão mutável!

— De fato, não gosto de coisa alguma mofada — admitiu Holgrave. — Olhe esta velha Casa dos Pyncheon! Será um lugar saudável para se viver, com suas paredes negras e seu lodo verde que mostra quanto ela é úmida? Seus cômodos escuros, abafados? Sua sujeira, sua sordidez, que são a cristalização em suas paredes da respiração humana, aqui inalada e exalada, com desgosto e angústia? Esta casa deveria ser purificada pelo fogo, purificada até que só restassem as suas cinzas!

— Então, por que é que você mora nela? — replicou Phoebe, um pouco irritada.

— Oh! Estou prosseguindo os meus estudos aqui — respondeu Holgrave. — Não nos livros, contudo. Esta casa, na minha opinião, reflete bem aquele odioso e abominável passado, com todas as suas nefastas influências, contra as quais estou justamente declamando. Moro aqui por algum tempo, a fim de poder saber melhor como a odeio. A propósito, você já ouviu contar a história de Maule, o feiticeiro, e o que aconteceu entre ele e o seu incomensurável bisavô?

— Já, sim! — disse Phoebe. — Meu pai me contou, há muito tempo, e depois a prima Hepzibah também me contou, umas duas ou três vezes, logo que cheguei aqui. Acho que ela pensa que todas as calamidades dos Pyncheon começaram desde aquela briga com o feiticeiro, como você diz. E parece que você também pensa da mesma maneira! É bem estranho que acredite em uma coisa tão absurda, quando rejeita tantas coisas muito mais dignas de crédito!

— Acredito nisso — replicou o artista, muito sério. — Não, porém, como uma superstição, e sim por estar provado, por fatos incontestáveis, e como exemplo de uma teoria. Veja bem: sob aquelas sete torres, para as quais estamos olhando agora, e que o coronel Pyncheon destinava a ser a casa de seus descendentes, prósperos e felizes, até uma época muito além da atual, sob aquele teto, durante três séculos diferentes, tem havido um perpétuo remorso, uma esperança constantemente derrotada, discórdia entre parentes, sofrimentos variados, uma estranha forma de morte, negras suspeitas, desgraças indizíveis, e em todas, ou pelo menos na maior parte dessas calamidades, tenho condições de atribuí-las ao desordenado desejo do velho puritano de plantar e dotar uma família. Plantar uma família! Esta ideia está no fundo da maior parte dos erros e malefícios cometidos pelos homens. A verdade é que, de meio em meio século, cada família deveria mergulhar na grande e obscura massa da humanidade e esquecer tudo a respeito de seus antepassados. Para manter a sua pureza, o sangue humano deve correr em canais ocultos, como a água de um aqueduto é conduzida em canos subterrâneos. Na família desses Pyncheon, por exemplo (desculpe-me,

Phoebe, mas não posso considerá-la como uma Pyncheon), em sua curta estirpe da Nova Inglaterra, já houve tempo suficiente para infectar todos com um tipo ou outro de loucura!

— Você se refere à minha família de maneira bem pouco cerimoniosa! — protestou a moça, sem saber se deveria ou não se ofender.

— Estou dizendo verdades a uma mentalidade de verdade! — retrucou Holgrave, com uma veemência que Phoebe ainda não observara nele. — A verdade é o que estou dizendo! E, além disso, o autor original e pai desses malefícios parece ter se perpetuado e ainda caminhar pelas ruas, pelo menos a sua própria imagem, em corpo e alma, com a bela perspectiva de transmitir à posteridade uma herança tão rica e tão amaldiçoada quanto ele a recebeu! Lembra-se do daguerreótipo e de sua semelhança com o velho retrato?

— Como você é estranho quando se exalta! — exclamou Phoebe, encarando o moço com surpresa e perplexidade; meio assustada, mas também com vontade de rir. — Você está falando de loucura dos Pyncheon. Ela é contagiosa?

— Compreendo o que você está achando — disse o artista, enrubescendo e sorrindo. — Acho mesmo que sou um pouco doido. Esse assunto entrou em minha cabeça com uma tenacidade incrível, desde que vim morar nesta velha torre. Para me livrar dele, escrevi, sob a forma de lenda, um caso que aconteceu na família Pyncheon e que fiquei sabendo, e pretendo publicá-lo em uma revista.

— Você escreve para revistas? — indagou Phoebe.

— Será possível que você não saiba? — redarguiu Holgrave. — Eis o que é a fama literária! Sim, srta. Phoebe Pyncheon, entre a multidão de minhas maravilhosas qualidades, está a de produzir literatura; e posso lhe assegurar que o meu nome tem figurado nas capas das publicações de Graham & Godey, em lançamentos tão respeitáveis, pelo que pude ver, como qualquer um dos autores consagrados constantes do catálogo. Na literatura humorística, creio que tenho um belíssimo caminho aberto diante de mim; e, no que diz respeito ao patético, provoco tantas lágrimas quanto a melhor cebola. Mas quer que eu leia a minha história para você?

— Quero, se não for muito comprida — disse Phoebe. — E nem muito cacete — acrescentou, sorrindo.

Como aquela última condição não podia ser avaliada pelo próprio Holgrave, ele, sem demora, foi buscar o manuscrito e, enquanto os raios do sol vespertino douravam as sete torres, começou a leitura.

XIII

Alice Pyncheon

Certo dia, chegou um recado do respeitável Gervayse Pyncheon para o jovem carpinteiro Matthew Maule, determinando a sua presença imediata na Casa das Sete Torres.

— E o que quer o seu patrão comigo? — perguntou o carpinteiro ao negro mandado por sr. Pyncheon. — A casa está precisando de algum conserto? É possível, depois de tanto tempo. E sem culpa de meu pai, que a construiu! Ainda no último Sabá, estive lendo a inscrição no túmulo do coronel; e, calculando-se pela data, já há 37 anos que a casa foi construída. Não é de se admirar que haja necessidade de algum conserto no telhado.

— Não sei o que o patrão está querendo — disse Scipio. — A casa é muito boa, e o velho coronel Pyncheon também acha. Não sei porque o velho há de assombrar a casa e atormentar um pobre negro como faz.

— Está bem, Scipio — disse o carpinteiro, rindo. — Diga a seu patrão que já vou. Para fazer um serviço bem-feito, ele não pode arranjar um melhor. Mas quer dizer que a casa é mal-assombrada, hein? Será preciso um operário melhor do que eu para afastar os espíritos da Casa das Sete Torres. Mesmo se o coronel ficar quieto — acrescentou, em voz muito baixa, falando consigo mesmo —, meu avô, o feiticeiro, há de perseguir os Pyncheon, enquanto aquelas paredes estiverem de pé.

— O que está aí resmungando sozinho, Matthew Maule? — perguntou Scipio. — E por que está me olhando com essa cara feia?

— Não importa! — retrucou o carpinteiro. — Está achando que só você é que pode ter cara feia? Diga ao seu patrão que já vou. E se encontrar a filha dele, srta. Alice, diga-lhe que Matthew Maule lhe envia recomendações, respeitosamente. Ela veio muito bonita da Itália; bonita, graciosa e orgulhosa, aquela Alice Pyncheon!

— Ele falou sobre srta. Alice! — exclamou Scipio, quando voltou. — Aquele reles carpinteiro! Só faltava essa!

Convém esclarecer que aquele jovem carpinteiro Matthew Maule era uma pessoa pouco compreendida e geralmente não muito querida na cidade em que vivia; não que algo pudesse ser alegado contra a sua integridade, ou quanto à sua perícia e diligência na profissão que exercia. A aversão (como deve realmente ser chamada) que muitas pessoas sentiam por ele era, em parte, resultado de seu próprio gênio e de seu comportamento, e, em parte, resultado de uma herança.

Ele era neto de um certo Matthew Maule, um dos primeiros habitantes da cidade, que fora, em vida, famoso e terrível feiticeiro. Esse velho renegado foi uma das vítimas, quando Cotton Mather e seus irmãos ministros, os doutos juízes e outros homens eminentes, e o insigne governador Sir William Phipps trataram de fazer os mais louváveis esforços no sentido de solapar o grande inimigo das almas, enviando uma multidão de seus adeptos para o pedregoso caminho do morro da Forca. Posteriormente, é verdade, surgiu a suspeita de que, em consequência do infortunado exagero com que foi efetuada uma tarefa por si mesma de todo louvável, os processos contra os feiticeiros acabaram se tornando muito menos gratos ao Pai Benevolente do que ao Arqui-inimigo, que deveriam ferir e esmagar de todo. Não é menos certo, porém, que o temor, o verdadeiro terror, envolveu a memória daqueles que tinham morrido por cometerem o horrível crime da bruxaria. As suas sepulturas, nas fendas dos rochedos, se mostraram, supunha-se, incapazes de reter os ocupantes, tão apressadamente neles lançados. Sabia-se, de um modo especial, que o velho Matthew Maule pouco hesitava e não tinha dificuldade de se levantar do túmulo, como os vivos levantam da cama, e era visto à meia-noite com tanta frequência como as pessoas vivas ao meio-dia.

Aquele maldito feiticeiro (cujo justo castigo de modo algum parecia ter servido para corrigir) cultivava o hábito inveterado de assombrar uma certa mansão, denominada Casa das Sete Torres, contra cujo proprietário pretendia levar a cabo uma velha cobrança por arrendamento de imóvel. O fantasma, ao que parece, com a teimosia que fora uma de suas qualidades características em vida, insistia em se considerar o legítimo proprietário do terreno no qual fora construída a casa. As condições que impunha eram que ou teria de ser pago o arrendamento mencionado antes, desde o dia que começaram a ser feitas as escavações para os alicerces, ou a própria mansão lhe deveria ser entregue; do contrário, o fantasma credor meteria o bedelho em todos os negócios dos Pyncheon e lhes atrapalharia a vida, até mesmo mil anos depois da própria morte. Era uma história talvez absurda, mas não parecia de todo inacreditável aos que se lembravam que sujeito teimoso, inflexivelmente obstinado, fora o feiticeiro Maule.

Agora, o neto do bruxo, o jovem Matthew Maule da nossa história, na opinião de muita gente herdara algumas das discutíveis qualidades do avô. Era incrível quantos absurdos foram admitidos com referência ao jovem. Inventou-se, por exemplo, que ele possuía o estranho poder de entrar nos sonhos de uma pessoa e dispô-los de acordo com a sua própria fantasia, bem semelhante ao diretor de cena de um teatro. Os seus vizinhos, e especialmente as comadres suas vizinhas, conversavam muito a respeito do que chamavam de sortilégio dos olhos de Maule. Alguns diziam que ele podia ler o pensamento dos outros; alguns que, graças ao poder maravilhoso do seu olhar, ele era capaz de fazer com que as pessoas cumprissem a sua vontade ou de mandá-las, se quisesse, levar uma mensagem para o seu avô, no mundo espiritual; e, ainda, que ele possuía o que se chama mau-olhado, e era dotado da valiosa faculdade de fazer com que as plantas murchassem e transformar criancinhas em múmias. Afinal de contas, porém, o que prejudicava mais o jovem carpinteiro era, em primeiro lugar, o seu gênio reservado e introvertido e, em segundo lugar, o fato de não frequentar a igreja, e a desconfiança que provocava por seu comportamento herético em matéria de religião e política.

Depois de receber o recado de sr. Pyncheon, o carpinteiro apenas terminou um pequeno trabalho que estava executando e se encaminhou para a Casa das Sete Torres. Aquele notável prédio, embora o seu estilo estivesse um pouquinho fora de moda, ainda constituía um respeitável edifício residencial, como o de qualquer *gentleman* da cidade. Dizia-se que o então proprietário, Gervayse Pyncheon, tomara antipatia pela casa em consequência ao choque que sofrera na infância, com a morte repentina de seu avô. Justamente quando correra para se sentar nos joelhos do coronel Pyncheon, o menino descobrira que o velho puritano era apenas um cadáver! Depois de grande, sr. Pyncheon estivera na Inglaterra, onde se casara com uma moça rica e, posteriormente, passara muitos anos na Europa, em parte na antiga metrópole, em parte em cidades do continente. Durante esse tempo, a mansão da família ficou entregue a um parente, que teve permissão de habitá-la até o regresso do dono, com a condição de mantê-la em perfeito estado. Tão fielmente tinha sido cumprido esse contrato que, ao aproximar-se da casa, o carpinteiro, com o seu olhar apurado, nada notou de anormal. O cimo das torres se erguia majestosamente; o telhado de ardósia parecia inteiramente à prova de água da chuva; a pintura das paredes se conservava perfeita e brilhava à luz do sol, como se tivesse sido feita uma semana antes.

A casa tinha aquele agradável aspecto de vida que se assemelha à jovial expressão da fisionomia humana provocada por uma atividade satisfatória. Podia-se ver de pronto que havia em seu interior a agitação de uma grande família. Um enorme carregamento de traves e pranchas de carvalho estava atravessando o portão e sendo conduzido para o barracão atrás da casa; a gorda cozinheira — ou, mais provavelmente, governanta — se encontrava junto à porta, regateando o preço de alguns perus e galinhas que um roceiro vendia. De vez em quando, uma criada bem-vestida, e outras vezes o rosto escuro de um escrava, apareciam do outro lado das janelas, na parte baixa da mansão. Em uma janela aberta do segundo pavimento, debruçada sobre alguns vasos de belas e delicadas flores — exóticas, mas que jamais tinham conhecido um sol tão agradável quanto o sol de outono da Nova Inglaterra —, via-se uma jovem, exótica, bela e delicada como as flores. A sua presença imprimia uma graça indescritível e um leve sortilégio a toda a mansão, que, sob outros aspectos, era sólida, bonita e adequada à residência de um patriarca, que podia fixar o seu posto de comando na torre da frente e destinar os outros a cada um de seus seis filhos, enquanto a grande lareira no centro simbolizava o coração hospitaleiro do velho, que a todos levava o calor e fazia um grande todo com as sete menores.

Na torre da frente, havia um relógio de sol vertical; e, ao passar debaixo dele, o carpinteiro levantou a cabeça e olhou as horas.

— Três horas! — disse consigo mesmo. — Meu pai me contou que este relógio começou a funcionar apenas uma hora antes da morte do velho coronel. Como continua a marcar a hora certinho, há 37 anos! A sombra vai avançando, e está sempre atrás do raio de sol.

Poderia ser mais correto para um operário, como Matthew Maule, chamado à casa de um homem importante entrar pela porta dos fundos, por onde os criados e trabalhadores geralmente entravam, ou, pelo menos, pela porta de lado, onde a classe um tanto superior dos vendedores era admitida. O carpinteiro, porém, era, por natureza, altivo e orgulhoso; além disso, naquele momento, sentia o coração amargurado com a lembrança da iniquidade hereditária, pois achava que a grande casa dos Pyncheon se erguia em um terreno que deveria ser dele próprio. Naquele lugar exato, junto de uma fonte de deliciosa água, seu avô derrubara os pinheiros e construíra uma cabana, na qual nasceram seus filhos, e fora somente das mãos de um morto que o coronel Pyncheon arrancara a escritura de compra e venda. Assim, o jovem Maule caminhou sem hesitação para a porta principal, sob um portal de carvalho trabalhado, e bateu na aldrava com tal força que seria de se imaginar que o próprio feiticeiro malcriado é que se encontrava no limiar.

Scipio correu a abrir a porta, com uma prodigiosa pressa; mas arregalou os olhos, espantado, ao ver que se tratava apenas do carpinteiro.

— Deus que nos acuda! Que homem importante é este carpinteiro! — resmungou. — Até parece que ele trouxe o maior martelo que tem, para bater na porta!

— Aqui estou! — anunciou Maule, rispidamente. — Me mostre o caminho para a sala de seu patrão!

Quando entrou na casa, acordes de uma doce e melancólica música vibravam ao longo do corredor, vindos de um dos aposentos do pavimento superior. Era o cravo que Alice Pyncheon trouxera de além-mar.

A bela Alice passava a maior parte do tempo de folga entre flores e música, embora as primeiras depressa murchassem e a música fosse muitas vezes triste. Fora educada no exterior e não podia se conformar de boa vontade com os costumes da Nova Inglaterra, onde nada de belo se criava.

Como sr. Pyncheon estava aguardando com impaciência a chegada de Maule, Scipio, naturalmente, não perdeu tempo em levar o carpinteiro à presença de seu senhor. O aposento em que este último se achava era uma sala de bom tamanho, dando para o quintal da casa, e tendo as janelas em parte sombreadas pelas copas das árvores frutíferas. Tratava-se do aposento particular de sr. Pyncheon, com um mobiliário elegante e caro, que procedia principalmente de Paris; o soalho (o que não era comum naqueles dias) estava coberto com um tapete tão hábil e ricamente confeccionado que as suas flores pareciam de verdade. Em um canto, uma mulher de mármore ostentava uma beleza que constituía a sua única vestimenta. Das paredes pendiam quadros, que pareciam velhos e ostentavam um matiz suave impregnando todo o seu trabalhado esplendor. Perto da lareira, via-se um lindo armário de ébano, incrustado de marfim; um móvel antigo, que sr. Pyncheon comprara em Veneza e que usava para guardar a sua coleção de medalhas, moedas antigas e outras pequenas e valiosas curiosidades que arrecadara em suas viagens. Com toda essa variedade de decoração, no entanto, a sala apresentava as suas características originais: a trave baixa, a viga transversal, a lareira com tijolos holandeses de estilo antiquado; de maneira que se tornara o símbolo de uma mentalidade cheia de ideias alienígenas e artificialmente refinada, mas nem maior, e nem exatamente mais elegante do que antes.

Havia dois objetos que pareciam bem fora de lugar naquela sala muito bem mobiliada. Um era um grande mapa, ou planta de agrimensor, que parecia ter sido feita muitos anos antes e se encontrava agora enfumaçada e suja, aqui e ali, com o sinal do contato de dedos. O outro era o retrato de um velho carrancudo, com vestes de puritano, toscamente pintado, porém produzindo um efeito incisivo e uma notável expressão de caráter.

Sr. Pyncheon estava sentado junto a uma mesinha, diante da lareira, que queimava carvão inglês, tomando café, bebida com a qual se acostumara durante a sua permanência na França. Era um homem de meia-idade, e realmente bonito, com uma peruca caindo até os ombros; vestia um casaco de veludo azul, com rendas nas orlas e nos punhos; a luz do fogão fazia reluzir o seu colete, todo enfeitado com ouro. Quando Scipio entrou, conduzindo o carpinteiro, sr. Pyncheon virou-se um pouco, mas logo retomou a antiga posição, e voltou deliberadamente a beber o café, sem dar importância à presença do visitante que ele mesmo mandara chamar. Não que tivesse a intenção deliberada de ser grosseiro ou de mostrar desdém pelo outro — do que, na verdade, se envergonharia —, mas jamais lhe ocorreu a ideia de que uma pessoa da posição social de Maule tivesse a pretensão de ser tratada com cortesia, ou que se preocupasse, de qualquer maneira, com tal coisa.

O carpinteiro, porém, imediatamente caminhou até junto da lareira e virou-se, a fim de olhar de frente para sr. Pyncheon.

— O senhor mandou me chamar — disse. — Faça o favor de explicar o que deseja, para que eu possa voltar para o meu serviço.

— Ah! Desculpe-me — exclamou sr. Pyncheon, sem se alterar. — Não pretendo tomar o seu tempo sem uma recompensa. Seu nome, se não me engano, é Maule, Thomas ou Matthew Maule, filho ou neto do construtor desta casa.

— Matthew Maule — replicou o carpinteiro. — Filho daquele que construiu esta casa e neto do legítimo proprietário deste terreno.

— Sei qual é a controvérsia a que está aludindo — observou sr. Pyncheon, com imperturbável equanimidade. — Estou bem a par do fato de meu avô ter sido obrigado a recorrer à justiça para provar o seu direito ao terreno onde foi construída esta casa. Não vamos renovar a discussão, se me faz o favor. O assunto foi resolvido oportunamente e pela autoridade competente, equitativamente, segundo é de se presumir, e, de qualquer modo, de maneira irrevogável. No entanto, por mais estranho que seja, a questão que teremos de tratar está, de certo modo, relacionada com tal fato. E essa mesma má vontade (desculpe, não tenho intenção de ofender), essa irritabilidade de sua parte, mostrada até agora, não está fora da questão.

— Se o senhor é capaz de descobrir algo que lhe interessa no natural ressentimento de um homem pelas injustiças cometidas contra a sua família, sr. Pyncheon — disse o carpinteiro —, estou às suas ordens.

— Acredito no que está dizendo, seu Maule — disse o dono da mansão, sorrindo —, e vou dizer como é que os seus sentimentos hereditários, justificados ou não, podem ter a ver com os meus negócios. Já deve ter ouvido dizer, suponho, que a família Pyncheon, desde o tempo do meu avô, vem reivindicando, ainda sem solução, o domínio de grande extensão de terras no Leste, não é mesmo?

— Sim, muitas vezes — respondeu Maule, com um sorriso involuntário. — Muitas vezes meu pai me falou sobre isso.

— Essa pretensão — continuou Pyncheon, depois de uma pausa, como se estivesse imaginando o que poderia significar o sorriso do outro — parecia estar prestes a ser atendida plenamente, por ocasião da morte de meu avô. É bem sabido que ele não esperava que houvesse demora ou dificuldade no atendimento. Ora, o coronel Pyncheon, nem é preciso lembrar, era um homem prático, bem a par dos negócios públicos e privados, e de modo algum homem para acalentar esperanças infundadas ou tentar levar a cabo um projeto impraticável. É de se concluir, portanto, evidentemente, que ele tinha motivos, desconhecidos de seus herdeiros, para a confiança com que encarava o sucesso da pretensão às terras do território oriental. Em resumo: acredito, e meus advogados também acreditam, e o que, além disso, é confirmado, de certo modo, por tradições da família, que meu avô possuía alguma escritura, ou algum outro documento indispensável para provar a legitimidade da reivindicação, mas que desapareceu mais tarde.

— É muito provável — disse Matthew Maule, e, mais uma vez, um sorriso sarcástico entreabriu-lhe os lábios. — Mas o que tem a ver um pobre carpinteiro com os grandes negócios da família Pyncheon?

— Talvez nada — replicou sr. Pyncheon. — Possivelmente, muito!

Seguiu-se uma longa conversa entre Matthew Maule e o dono da Casa das Sete Torres sobre o assunto que este último abordara. O fato é que (embora sr. Pyncheon hesitasse um pouco em se referir a histórias tão excessivamente absurdas em seu aspecto) a crença popular atribuía uma misteriosa conexão e dependência entre a família dos Maule e as vastas terras reivindicadas pelos Pyncheon. Costumava-se dizer que o velho feiticeiro, apesar de enforcado como estava, levara a melhor em sua briga com o coronel Pyncheon; a tal ponto que tomara posse das vastas terras do Leste, em troca de um acre ou dois do terreno do casarão. Uma mulher muito velha, que morrera recentemente, usava muitas vezes em suas conversas a metáfora de que milhas e milhas das terras do território oriental tinham sido enterradas na cova de Maule, que, por sinal, não passava de uma cova bem rasa, entre dois rochedos, perto do cume do morro da Forca. E, quando os advogados procuravam descobrir o paradeiro do documento desaparecido, dizia-se que ele jamais seria encontrado, a não ser se fosse na mão do esqueleto do feiticeiro. Tão grande foi o valor que os argutos advogados atribuíram a tais rumores (mas sr. Pyncheon não achou conveniente revelar esse fato ao carpinteiro) que haviam, secretamente, revistado o túmulo do feiticeiro. Nada foi descoberto, a não ser que a mão do esqueleto havia inexplicavelmente desaparecido.

Ora, havia algo de incontestavelmente importante no fato de uma parte do que se dizia sobre o caso provir, ainda que de maneira duvidosa e indistinta, de palavras ocasionais e obscuras insinuações do filho do feiticeiro executado e pai do carpinteiro Matthew Maule. E, nesse ponto, sr. Pyncheon estava em condições de fazer uma contribuição baseada em seu próprio testemunho pessoal. Embora não passasse, na época, de uma criança, lembrava-se, ou imaginava lembrar-se, que o pai de Matthew tivera de executar um serviço na véspera, ou, possivelmente, na manhã do próprio dia da morte do coronel, naquele mesmo aposento onde ele e o carpinteiro estavam agora conversando. Certos documentos pertencentes ao coronel Pyncheon, como seu neto se lembrava distintamente, se encontravam espalhados em cima da mesa.

Matthew Maule compreendeu a suspeita insinuada.

— Meu pai — disse ele, mas ainda com o sorriso escarninho lhe sombreando a fisionomia —, meu pai era um homem mais honesto do que o sanguinário coronel! Nem para fazer valer os seus direitos iria tirar um daqueles papéis!

— Não vou me rebaixar em discutir — exclamou sr. Pyncheon, altivo e compenetrado. — Nem vou me ofender com suas grosserias a respeito de meu avô e de mim mesmo. Quando um homem de alta categoria conversa com um outro de hábitos e educação diferentes dos seus, tem de verificar, antes de mais nada, se a importância do assunto compensa o sacrifício. É o que ocorre no presente caso.

Continuou, então, a conversa e ofereceu ao carpinteiro grandes compensações monetárias em troca de informações que levassem à descoberta do documento perdido e consequente êxito da pretensão às terras orientais. Segundo se diz, Matthew Maule por muito tempo fez ouvidos moucos às propostas. Afinal, porém, dando uma estranha risada, perguntou se sr. Pyncheon lhe devolveria o terreno da antiga casa do feiticeiro, juntamente com a Casa das Sete Torres, agora construída no terreno, em troca da prova documental tão insistentemente procurada.

A lenda contada de boca em boca (que a minha narrativa segue, em suas linhas gerais, sem copiar, no entanto, todas as suas extravagâncias) nesse ponto fala em um comportamento muito estranho por parte do retrato do coronel Pyncheon. Tal retrato, convém saber, estava, ao que se supunha, tão intimamente relacionado com o destino da casa e tão magicamente entranhado em suas paredes que, se fosse retirado alguma vez de onde estava, todo o prédio no mesmo instante desabaria, transformando-se em um montão de pó. Durante a conversa anterior entre sr. Pyncheon e o carpinteiro, o retrato vinha fechando a cara, cerrando os punhos e mostrando a sua agitação por vários outros sinais, sem, contudo, atrair a atenção dos dois interlocutores. E, finalmente, diante da audaciosa sugestão de Matthew Maule, sobre a transferência da Casa das Sete Torres, o retrato fantasma, dizem, perdeu de todo a paciência e esteve a ponto de sair da moldura para intervir. Esses incríveis incidentes, todavia, são mencionados apenas por curiosidade.

— Entregar esta casa! — exclamou sr. Pyncheon, estarrecido com a proposta. — Se eu fizesse tal coisa, meu avô não permaneceria quieto em seu túmulo!

— Ele nunca ficou, se as histórias que contam são verdadeiras — retrucou o carpinteiro, imperturbável. — Mas isso diz mais respeito a seu neto que a Matthew Maule. Não tenho outras condições a propor.

Apesar da impossibilidade de aceitar os termos de Maule, pensando melhor, sr. Pyncheon chegou à conclusão de que o assunto merecia pelo menos ser discutido. Ele próprio não tinha grande apego àquela casa, nem lembranças agradáveis da infância nela passada. Ao contrário, depois de 37 anos, a presença do avô parecia ainda impregná-la, como naquela manhã em que o menino o vira sentado em sua cadeira já com a rigidez dos mortos. Além disso, a sua longa permanência no exterior e a sua familiaridade com os castelos e mansões avoengas da Inglaterra e os palácios de mármore da Itália tinham-no levado a olhar com desdém a Casa das Sete Torres quer no que se referia ao esplendor, quer no que se referia ao conforto. Era uma mansão de todo inadequada ao estilo de vida que sr. Pyncheon teria de seguir depois de reconhecido o seu direito sobre as terras do Leste. Seu mordomo poderia ocupá-la, mas jamais, sem dúvida, o grande proprietário territorial pessoalmente. No caso de sucesso, em verdade, a sua intenção era voltar para a Inglaterra; e já teria mesmo deixado aquela casa se a sua própria fortuna, assim como a de sua falecida esposa, não começasse a dar sinais de esgotamento. Uma vez devidamente resolvido o caso das terras orientais, e de posse das mesmas sem possibilidade de contestação, a propriedade territorial de sr. Pyncheon — medida em milhas, e não em acres — seria digna de um condado e lhe permitiria razoavelmente obter a elevada dignidade do monarca britânico. Lorde Pyncheon, ou conde de Waldo! Como poderia um nobre de tal quilate acomodar a sua grandeza dentro de sete humildes torres?

Em resumo: de um ponto de vista mais amplo, as condições do carpinteiro pareciam tão ridiculamente fáceis que sr. Pyncheon mal pôde conter o riso. Sentiu vergonha, depois de ter refletido como se viu, de propor qualquer diminuição de tão moderada recompensa pelo imenso serviço que lhe seria prestado.

— Concordo com a sua proposta, Maule! — exclamou. — Dê-me a posse do documento indispensável para confirmar o meu direito, e a Casa das Sete Torres é sua!

Segundo algumas versões da história, o instrumento de um contrato sobre o que ficara combinado foi redigido por um advogado e assinado na presença de testemunhas. Outras versões dizem que Matthew Maule se contentou com uma declaração por escrito de Pyncheon, obrigando-se a cumprir rigorosamente a promessa feita. Depois, o dono da casa mandou servir vinho, que ele e o carpinteiro beberam juntos, confirmando o acordo. Durante toda a discussão anterior e formalidades subsequentes, parece que o retrato do velho puritano continuou as suas manifestações de desaprovação; sem resultado, contudo; o único efeito produzido foi o fato de sr. Pyncheon, depois de haver bebido o vinho, ter tido a impressão de que seu avô fechara a cara, irritado.

— Este xerez é um vinho muito forte para mim — comentou, então, depois de ter olhado espantado para o quadro. — Já me afetou o cérebro. Quando voltar à Europa, vou me limitar àqueles vinhos mais suaves da Itália e da França.

— Milorde Pyncheon pode beber o vinho que quiser e sempre que quiser — replicou o carpinteiro, como se estivesse a par dos ambiciosos projetos de sr. Pyncheon. — Mas, antes, se o senhor quer obter aquele documento perdido, tenho de conseguir o favor de ter uma conversinha com sua linda filha Alice!

— Está louco, Maule?! — exclamou sr. Pyncheon, altiva e desdenhosamente (e agora, afinal, havia raiva misturada com o seu orgulho). — O que tem a ver minha filha com um assunto como esse?

Na verdade, diante desse novo pedido por parte do carpinteiro, o dono das Sete Torres ficou muito mais estarrecido do que com a proposta de lhe ceder a casa. Havia, pelo menos, um motivo admissível para a primeira exigência; nenhum motivo, aparentemente, para a outra. Não obstante, Matthew Maule insistiu teimosamente que a moça deveria ser chamada, e fez mesmo que o seu pai compreendesse, através de uma explicação misteriosa — que tornou o caso ainda mais obscuro do que antes — que o único meio de conseguir o desejado conhecimento seria através do veículo claro, cristalino, de uma inteligência pura e virgem como a bela Alice. Para não prolongar o nosso relato, falando sobre os escrúpulos de sr. Pyncheon, motivados por consciência, orgulho ou amor paterno, o fato é que, afinal, ele mandou chamar a filha. Sabia muito bem que a moça se encontrava em seus aposentos, e não empenhada em qualquer ocupação que não pudesse ser posta de lado sem demora, pois, desde que o nome de Alice fora pronunciado, tanto seu pai como o carpinteiro vinham ouvindo a música triste e suave do cravo e a melancólica cantiga que entoava.

Assim, Alice Pyncheon foi chamada e apareceu. Segundo se sabe, um retrato daquela jovem, pintado por um artista veneziano e deixado por seu pai na Inglaterra, foi parar nas mãos do atual duque de Devonshire, e se encontra guardado em Chatsworth, não por causa de qualquer relacionamento com o original, mas devido ao valor do quadro e a beleza da retratada. Se um dia houve uma *lady* inata e distante da massa comum da humanidade por uma graciosa e fria majestade, essa mulher foi, sem sombra de dúvida, Alice Pyncheon. No entanto havia nela a presença feminil; a ternura, ou, pelo menos, a capacidade para a ternura. Graças a tal qualidade redentora, um homem generoso por natureza teria perdoado todo o seu orgulho, e quase se contentado em deitar-se no caminho de Alice Pyncheon e deixar que ela lhe pisasse no coração, com seus pezinhos delicados. Tudo que exigiria é que ela lhe reconhecesse como homem, como um ser humano, composto dos mesmos elementos de que ela própria era composta.

Quando entrou na sala, Alice logo avistou o carpinteiro, que se encontrava no centro do aposento, vestindo uma jaqueta de lã verde, calça larga, aberta nos joelhos e com um bolso fundo para guardar a sua régua, cuja ponta aparecia do lado de fora: era um emblema tão perfeito de sua profissão como a espada de cerimônia de sr. Pyncheon era o emblema de suas pretensões aristocráticas. Um brilho de aprovação artística perpassou no olhar de Alice Pyncheon; a moça foi tomada de admiração — que não tentou de modo algum esconder — pela notável esbeltez, vigor e energia da figura de Maule. Mas aquele olhar de admiração (que, talvez, a maior parte os outros homens guardaria na lembrança, durante toda a vida, como uma recordação gratíssima) jamais foi perdoado pelo carpinteiro. Devia ter sido o próprio diabo que dera a Maule tão fina capacidade de percepção.

"Esta moça estará pensando que sou um animal?", pensou ele, cerrando os dentes. "Vai saber que tenho um espírito humano; e pior para ela, se for mais forte do que o seu!"

— O senhor mandou me chamar, meu pai — disse a moça, com a voz doce e harmoniosa como o som de uma harpa. — Mas, se está tratando de negócios com esse moço, por favor, deixe-me voltar. O senhor sabe que não gosto desta sala, a despeito daquele Claude, com que o senhor quer trazer lembranças agradáveis.

— Por favor, espere um momento, senhorita! — interveio Matthew Maule. — Eu e seu pai já conversamos o que tínhamos a conversar. Agora é com a senhora que tenho de falar!

Alice olhou para o pai surpresa, com uma interrogação nos olhos.

— Sim, Alice — disse sr. Pyncheon, um tanto perturbado e confuso. — Este moço, que se chama Matthew Maule, acha, pelo que pude entender, que será capaz de descobrir, com a sua ajuda, um papel ou pergaminho que desapareceu muito antes de você ter nascido. A importância do documento em questão torna aconselhável não se desprezar qualquer meio, ainda que improvável, que leve à sua descoberta. Você, portanto, me fará um grande favor, querida Alice, se responder às perguntas deste moço e atender aos seus pedidos justos e razoáveis, desde que mostrem estar relacionados com o mencionado objetivo em vista. Como vou estar presente, você não precisa temer qualquer excesso ou grosseria por parte desse jovem; e, naturalmente, a conversa será imediatamente interrompida se você assim desejar.

— Srta. Alice Pyncheon — começou Matthew Maule, com toda a deferência, mas com um sarcasmo semioculto na expressão do rosto e no tom da voz. — Sem dúvida, se sente muito segura na presença de seu pai e perfeitamente protegida por ele.

— É claro que não tenho apreensão alguma, junto de meu pai — replicou Alice, com voz firme. — E nem posso conceber como uma dama, fiel a si mesma, fosse ter medo de quem quer que fosse e em quaisquer circunstâncias!

Pobre Alice! Que impulso infeliz a levou a colocar-se assim, de pronto, desafiando uma força que não podia avaliar?

— Então, srta. Alice — disse Matthew Maule, oferecendo uma cadeira, com muita cortesia para um simples operário —, quer fazer o favor de sentar-se e (embora seja um favor de todo acima dos méritos de um pobre carpinteiro) fixar os seus olhos nos meus?

Alice atendeu ao pedido. Era muito orgulhosa. Deixando de lado todas vantagens da posição social, a linda moça parecia consciente de um poder — combinação de beleza, alta e imaculada pureza e a força protetora da feminilidade — que tornava a sua esfera impenetrável, a não ser se traída interiormente. Por instinto sabia, talvez, que alguma potência sinistra ou maligna se esforçava agora para atravessar as suas barreiras; e ela não devia fugir do desafio. Assim, Alice lançou o poder feminino contra o poder masculino; uma luta desigual para a mulher.

Enquanto isso, seu pai virara as costas e parecia absorvido na contemplação de uma paisagem de Claude, na qual uma perspectiva mista de sombra e de listras ensolaradas penetrava tão remotamente em um velho bosque que não seria de se admirar que, em sua fantasia, sr. Pyncheon tivesse ele próprio se perdido nas desnorteantes profundezas do quadro. A verdade, porém, é que, naquele momento, o quadro, para ele, não se mostrava mais distinto do que a descorada parede de onde pendia. Sua mente se perturbava com muitas e estranhas histórias que ouvira contar, atribuindo qualidades misteriosas, se não sobrenaturais, àqueles Maule, tanto ao neto ali presente como aos seus dois ascendentes imediatos. A longa permanência de sr. Pyncheon no exterior, sua convivência com homens cultos e atualizados — homens da corte, da alta sociedade e livres-pensadores — concorrera muito para solapar as sombrias superstições puritanas, das quais não escapava inteiramente pessoa alguma daquele tempo nascida na Nova Inglaterra. Por outro lado, porém, toda a comunidade não acreditara que o avô de Maule era um feiticeiro? O crime não ficara provado? Não transmitira ele um legado de ódio contra os Pyncheon a seu único neto, que, ao que parecia, se achava agora em vias de exercer uma sutil influência sobre a filha da família sua inimiga? Não seria essa influência a mesma que era chamada feitiçaria?

Virando-se, viu, de relance, o rosto de Maule no espelho. A alguns passos de Alice, com os braços levantados, o carpinteiro fazia um gesto como estivesse trazendo de cima para baixo, vagarosamente, um grande e invisível peso sobre a moça.

— Pare, Maule! — exclamou sr. Pyncheon, avançando. — Eu o proíbo de continuar!

— Por favor, meu querido pai, não interrompa o moço — disse Alice, sem mudar a sua posição. — Os seus esforços vão ser inúteis, pode estar certo.

De novo sr. Pyncheon voltou a olhar o quadro de Claude Lorrain. Foi, pois, por vontade da filha, contrária à sua própria vontade, que a experiência seria tentada plenamente. De então para diante, portanto, não lhe competia senão consentir, sem estimular. E, afinal de contas, não era mais por causa da filha do que por sua própria causa que desejava o êxito de tal tentativa? Uma vez encontrado o pergaminho perdido, a linda Alice Pyncheon, com o rico dote que poderia oferecer, estaria em condições de se casar com um duque inglês ou um príncipe reinante alemão, em vez de se tornar esposa de algum clérigo ou advogado da Nova Inglaterra! Assim pensando, o ambicioso pai quase consentia, em seu coração, que, se o poder diabólico fosse necessário para a descoberta do pergaminho, que Maule o exercesse. A pureza de Alice a protegeria.

Com a mente repleta de imaginária magnificência, sr. Pyncheon ouviu uma exclamação em voz baixa da filha; uma exclamação abafada, tão indistinta que se tinha a impressão de que apenas metade de sua vontade ditava as palavras, muito indefinidas para serem inteligíveis. No entanto, era um pedido de socorro: a consciência lhe dizia que era; e, chegando aos ouvidos como pouco mais que um sussurro, era um grito de desespero, que ecoou por muito tempo em seu coração de pai. Dessa vez, porém, o pai não se voltou para ver o que estava acontecendo.

Depois de algum tempo, Maule falou:

— Veja a sua filha!

Sr. Pyncheon aproximou-se, apressadamente. O carpinteiro estava de pé, ereto, diante da cadeira de Alice, e apontando com o dedo indicador para a moça, com uma expressão de triunfo, cujos limites não podiam ser definidos, como se, na verdade, a sua esfera se estendesse, vagamente, rumo ao invisível e ao infinito. Alice estava sentada em uma atitude de repouso completo, com as madeixas do cabelo castanho caídas sobre os olhos.

— Ei-la! — exclamou o carpinteiro. — Fale com ela!

— Alice, filhinha! — chamou sr. Pyncheon. — Minha Alice!

A moça nem se mexeu.

— Fale mais alto! — convidou Maule, sorrindo.

— Alice! Acorde! — implorou o pai, quase gritando. — Não posso vê-la assim! Acorde!

Falou, com terror refletido na voz, bem junto do ouvido da filha, sempre tão sensível a qualquer tom de voz mais elevado. Era evidente, porém, que ela não ouvia. E experimentou a indescritível sensação de que havia uma distância intransponível entre ele e Alice, ao perceber a impossibilidade de fazê-la ouvir a sua voz.

— É melhor tocá-la! — aconselhou Matthew Maule. — Pode sacudi-la, e com muita força! As minhas mãos são muito grosseiras por causa do uso constante do machado, do serrote e da plaina, senão eu poderia ajudá-lo!

Sr. Pyncheon apertou a mão da filha com força, beijou-a, com o coração batendo descompassadamente. Depois, como que furioso com a sua insensibilidade, sacudiu-a com toda a força, com tal violência que, um momento depois, se afligia ao pensar no que fizera. Largou-a afinal, e Alice, cuja fisionomia se mantivera impassível, voltou à mesma atitude de antes de terem sido feitas aquelas tentativas de acordá-la. Maule mudou de posição, de sorte que o rosto da jovem ficou voltado para ele, ligeiramente, mas de uma maneira que parecia indicar a dependência de seu próprio sono à direção do carpinteiro.

Foi, então, um espetáculo estranho ver como o homem da alta sociedade sacudiu o pó de arroz da peruca; como o *gentleman* compenetrado e grave se esqueceu de sua dignidade; como o colete enfeitado de ouro tremeu e escorregou à luz da lareira, movimentado pela convulsão de raiva, de terror e de sofrimento do coração humano que batia debaixo dele.

— Canalha! — gritou sr. Pyncheon, ameaçando Maule, com os punhos cerrados. — Você e o diabo juntos me roubaram minha filha! Trate de devolvê-la ou irá parar no morro da Forca, ao lado do seu avô!

— Calma, sr. Pyncheon! — retrucou o carpinteiro, com uma irritante compostura. — Calma, pois, do contrário, vai amarrotar a renda de seus punhos! Será culpa minha que o senhor tenha vendido sua filha em troca da simples esperança de se apoderar de um simples pergaminho? Lá está a srta. Alice dormindo tranquilamente! Agora, vamos ver Matthew Maule verificar se ela ainda está tão orgulhosa como o carpinteiro achou há pouco.

Falou, e Alice respondeu com uma aquiescência leve, contida, interior, e virando o corpo em sua direção, como a chama de uma tocha quando encontra um leve sopro de vento. Ele fez um sinal com a mão, e, levantando-se da cadeira — cega mas indubitavelmente, como voltada para o seu seguro e inevitável centro —, a orgulhosa Alice se aproximou dele. Maule fez um gesto mandando-a se afastar, e ela se sentou de novo.

— Ela é minha! — exclamou Matthew Maule. — Minha, pelo direito do espírito mais forte!

No prosseguimento da lenda, há um relato longo, grotesco e ocasionalmente amedrontador sobre os encantamentos do carpinteiro (se assim podem ser chamados) destinados à descoberta do documento perdido. Parece que o seu objetivo era transformar a mente de Alice em uma espécie de telescópio, através do qual ele próprio e sr. Pyncheon poderiam vislumbrar o mundo espiritual. Conseguiu algo nesse sentido, mantendo uma espécie imperfeita de conversa com pessoas falecidas, sob cuja custódia o valioso segredo fora levado para fora da Terra.

Durante o seu transe, Alice descreveu três figuras presentes à sua percepção espiritualizada. Uma era um cavalheiro idoso, solene, de expressão fisionômica severa, vestido no túmulo como para uma festa solene, mas com uma grande mancha de sangue em sua faixa ricamente bordada; a segunda era um velho, malvestido, de rosto moreno e fisionomia maligna, e uma corda ao redor do pescoço; a terceira, uma pessoa de idade não tão avançada como as outras duas, mas já no começo da velhice, usando uma grosseira túnica de lã e calção de couro, com uma régua de carpinteiro aparecendo no bolso lateral. Aqueles três personagens fantasmagóricos tinham todos conhecimento do documento desaparecido. Um deles, é verdade — aquele com a faixa manchada de sangue —, parecia, a não ser que a sua atitude esteja sendo mal-interpretada, parecia estar querendo manter o pergaminho consigo, mas era impedido, por seus dois companheiros de mistério, de se encarregar ele próprio da missão. Afinal, quando fez menção de gritar o segredo, bem alto para ser ouvido, fora de sua esfera, pelos mortais, foi impedido pelos outros dois, que lutaram com ele e lhe taparam a boca com as mãos; e, sem demora — fosse porque ele ficasse sufocado, fosse porque o próprio segredo tivesse um matiz carmesim —, apareceu uma nova mancha de sangue em sua faixa. Depois disso, os dois personagens mal vestidos riram e zombaram do humilhado alto dignatário, apontando para a mancha de sangue.

Nesse ponto, Maule dirigiu-se a sr. Pyncheon:

— Jamais será permitido. A custódia desse segredo, que tanto enriqueceria os seus herdeiros, faz parte do castigo de seu avô. Ele tem de se engasgar com ela, até que não tenha mais valor algum. E fique com a Casa das Sete Torres. É uma herança comprada por alto preço e pesada demais com a maldição, para ser, por enquanto, afastada da herança do coronel Pyncheon!

Sr. Pyncheon tentou falar, mas, furioso e amedrontado, não conseguiu mais do que emitir uma espécie de grunhido. O carpinteiro sorriu.

— Ah, honrado senhor! Tem de beber o sangue do velho Maule! — exclamou, escarninho.

— Demônio em figura de gente, por que está fazendo isso com minha filha? — disse sr. Pyncheon, quando, afinal, conseguiu falar. — Dê-me minha filha de volta! Depois, suma-se, e que jamais nos encontremos de novo!

— Sua filha! — replicou Matthew Maule. — Ora, ela é toda minha! Contudo, para não me mostrar muito severo com a bela srta. Alice, vou deixá-la sob a sua guarda. Não lhe garanto, porém, que ela jamais terá ocasião de se lembrar do carpinteiro Maule.

Ergueu os braços estendidos, e, depois de repetir o gesto algumas vezes, a bela Alice Pyncheon despertou de seu estranho transe.

Acordou sem a mais leve lembrança de sua experiência visionária, e sim como alguém que se entregasse a um devaneio momentâneo e voltasse à consciência da vida real, em um intervalo quase tão breve quanto o necessário para que uma chama esmorecida na lareira se reavivasse. Ao reconhecer Matthew Maule, assumiu um ar de dignidade um tanto fria, mas gentil, diante de um sorrizinho do carpinteiro que estimulava o orgulho da bela moça.

Assim terminou, naquela ocasião, a procura da escritura perdida das terras do território oriental; e, embora a busca tivesse sido mais tarde renovada, jamais aconteceu que um Pyncheon pudesse ver sequer o pergaminho.

Ai, porém, da bela, da graciosa, mas por demais altiva Alice! Um poder que ela pouco temia se apoderara da alma da donzela. Uma vontade, em diferente da sua, a mantinha dentro de seu círculo fantástico e grotesco. Seu pai, como se viu, sacrificara a pobre filha ao seu desordenado desejo de medir as suas terras por milhas e não por acres. E assim, enquanto viveu, Alice foi escrava de Maule, uma servidão mil vezes mais humilhante do que se tivesse cadeias em torno do corpo.

Sentado em sua casa humilde, bastava a Maule fazer um gesto; e, estivesse onde estivesse a jovem orgulhosa — fosse em seu quarto, ou recebendo as importantes visitas de seu pai, ou rezando na igreja —, fosse qual fosse o lugar onde se encontrasse ou a ocupação a que se dedicasse, o seu espírito escapava do seu próprio domínio e se curvava ao de Maule. "Dobre uma gargalhada, Alice!", ordenava Maule, em voz alta, ou mesmo apenas em pensamento. E, ainda que estivesse rezando ou em um enterro, Alice tinha um frouxo de riso. "Fique triste, Alice!" E, no mesmo instante, a moça começava chorar, acabando com a alegria dos que a rodeavam, como a chuva apaga uma fogueira. "Dance, Alice!" E Alice dançava não as danças elegantes que aprendera no estrangeiro, mas uma jiga ou um rigodão agitado, alguma dança saltitante usada nas festas rústicas. O objetivo de Maule parecia ser não o de destruir Alice, não de impor-lhe um negro e gigantesco erro, que coroaria o sofrimento com a majestade da tragédia, e, sim, humilhá-la impiedosamente. Assim, perdeu-se toda a dignidade da vida. A jovem se sentia por demais rebaixada e chegava a querer trocar a sua sorte com a de um verme.

Em um fim de tarde, a pobre Alice foi atraída a um casamento pelo seu invisível déspota (mas não seu próprio casamento, pois, na situação em que se achava, considerava um pecado casar-se) e obrigada, de leve vestido branco e chinelas de cetim, a caminhar, pelas ruas, até a morada humilde de um operário. Ali havia risos e alegria, pois, naquela noite, Matthew Maule ia casar-se com a filha de um trabalhador e convocara a orgulhosa Alice Pyncheon para servir de dama de sua noiva. E assim aconteceu. E, quando os dois noivos se tornaram um só, Alice acordou do seu sono encantado. Não mais orgulhosa, porém; humilde, e com um sorriso marcado por profunda tristeza, ela beijou a mulher de Maule e seguiu seu caminho.

Era uma noite inclemente; o vento sudeste lançava chuva e neve de mistura ao seu mal protegido peito; as chinelas de cetim estavam cada vez mais molhadas, caminhando pelas ruas lamacentas. No dia seguinte, apareceu um resfriado; ela começou a tossir; e, dentro em pouco, um rosto héctico, um corpo magro, sentada diante do cravo, Alice enchia a casa de música! Música em que ecoava um coro celestial! Oh, alegria! Alice suportava a derradeira humilhação! Oh, alegria ainda maior! Alice penitenciava-se de seu único pecado na Terra e já não tinha orgulho!

Os Pyncheon fizeram um grande funeral para Alice. Amigos e parentes compareceram, juntamente com todas as pessoas gradas da cidade. Mas, em último lugar no cortejo, caminhava Matthew Maule, rilhando os dentes, como se tivesse mordido o seu próprio coração até parti-lo em dois — o mais sombrio e pesaroso homem que já acompanhou um defunto. Quisera humilhar Alice, não matá-la; mas agarrara com as suas rudes mãos, para com ela brincar, uma alma delicada de mulher — e Alice estava morta!

XIV

O adeus de Phoebe

Mergulhado na leitura de sua obra com a energia e a concentração de um autor jovem, Holgrave acompanhara de muitos gestos as partes da narrativa suscetíveis de serem exemplificadas de tal maneira. Observou depois que um certo e acentuado entorpecimento (de todo diferente daquele que o leitor possivelmente sofreu) afetara os sentidos de sua ouvinte. Sem dúvida, resultara das místicas gesticulações com que ele procurara representar, perante a percepção de Phoebe, a figura do carpinteiro mesmeriano. Com as pálpebras caindo — depois erguidas por um momento e descendo de novo como que puxadas por um peso —, a jovem se inclinava ligeiramente para Holgrave e parecia quase regular a sua respiração pela dele.

O rapaz a olhou, enquanto enrolava o manuscrito, e reconheceu um estágio incipiente daquela curiosa condição psicológica que, como ele próprio dissera a Phoebe, possuía mais que uma faculdade comum de atuar. A jovem começava a ser envolvida por um véu, graças ao qual só poderia vê-lo e viver em seus pensamentos e emoções. Enquanto fitava a moça, o olhar de Holgrave involuntariamente se tornou mais concentrado; em sua atitude havia a consciência do poder, dotando a sua figura quase imatura de uma dignidade que não correspondia à sua manifestação física. Era evidente que, com um simples aceno de mão e um esforço correspondente de sua vontade, podia exercer um domínio completo sobre o espírito ainda livre e virginal de Phoebe; podia exercer sobre aquela criança boa, pura e simples uma influência tão perigosa e talvez tão desastrosa como aquela que o carpinteiro de sua lenda adquirira e exercera sobre a malfadada Alice.

Para um temperamento como o de Holgrave, ao mesmo tempo especulativo e ativo, não poderia haver maior tentação do que a oportunidade de dominar um ser humano; nem ideia mais sedutora para um homem jovem do que se tornar árbitro do destino de uma moça. Seja-nos lícito, pois, atribuir ao artista do daguerreótipo — quaisquer que fossem os seus defeitos de nascença e de educação, e a despeito de seu desprezo pelas crenças e instituições — a rara e alta qualidade de respeito pela individualidade do próximo. Seja-nos lícito, também, atribuir-lhe integridade, uma vez que ele não permitiu a si mesmo avançar mais um só passo no caminho que tornaria indissolúvel o encantamento que exercia sobre Phoebe.

Ergueu o braço de leve.

— Você realmente me mortificou, prezada srta. Phoebe! — exclamou, com um sorriso um tanto sarcástico. — É mais do que evidente que o meu pobre conto jamais será publicado por Godey ou Graham! Vê-la dormir com a leitura do que eu imaginava que os críticos literários iriam pôr nas nuvens, como o mais brilhante, vigoroso, imaginativo, patético e original enredo! Está bem. O manuscrito pode servir para acender lampiões, se é que mesmo o fogo quer alguma coisa com tanta insipidez!

— Eu, dormir? Como pode dizer uma coisa dessas? — protestou Phoebe, tão inconsciente da crise por que passara quanto uma criança do precipício em que rolou. — Não, não! Acho que prestei muita atenção. E, embora não me lembre dos incidentes com absoluta nitidez, ficou-me a impressão de muitas agitações e calamidades, de modo que, sem dúvida alguma, a história vai agradar muito.

Enquanto isso, o sol baixara no horizonte e tingia as nuvens próximas do zênite com aqueles matizes brilhantes que são vistos apenas algum tempo após o ocaso, e quando o próprio horizonte já perdeu o seu brilho. Também a lua, que de há muito vinha subindo pelo céu e introduzindo discretamente o seu disco no azul do firmamento — como um ambicioso demagogo, que esconde as suas aspirações de mando se revestindo do matiz das reivindicações populares —, agora começava a brilhar, larga e oval, em seu caminho intermediário. Os seus raios prateados já eram bastante fortes para mudarem a natureza da luz do dia retardatária. Abrandavam e embelezavam o aspecto do velho casarão, embora as sombras caíssem mais profundamente nos ângulos das diversas torres e se demorassem embaixo do andar proeminente e dentro da porta entreaberta. A cada momento, o quintal se tornava mais pitoresco; as árvores frutíferas, os arbustos e as moitas em flor já se achavam rodeadas pelas trevas. As características rotineiras — que ao meio-dia pareciam ter levado um século de vida bem sórdida para se acumularem — agora se transfiguravam por um encanto romanesco. Cem anos misteriosos perpassavam entre as folhas, sempre que a leve brisa marinha as alcançava e agitava. Através da folhagem que cobria a pequena cabana, o luar se insinuava de um lado para o outro e caía, prateado, sobre o chão escuro, a mesa e o banco circular, com uma constante e caprichosa alteração, seguindo a agitação das folhas provocada pela brisa.

A atmosfera estava tão agradavelmente fresca, depois do excessivo calor do dia, que se poderia fantasiar que aquele começo de noite estival estava sendo aspergido com orvalho e luar líquido, lançados de um vaso de prata. Aqui e ali, aquelas gotas atenuantes borrifavam um coração humano e davam-lhe de novo juventude e afinidade com a eterna juventude da natureza. Aconteceu que o artista foi um daqueles atingido pela influência reanimadora. E fê-lo sentir — coisa de que às vezes se esquecia, lançado tão cedo como fora na rude luta de homem contra homem — como ainda era jovem.

— Eu acho — observou ele — que nunca assisti ao nascimento de uma noite tão bela, e nunca me senti tão feliz como neste momento. Afinal de contas, é um bom mundo este em que vivemos! Como é bom e como é belo! Como é jovem, também, sem coisa alguma realmente podre, realmente carcomida! Esta velha casa, por exemplo, que tantas vezes me provocou um aperto no coração, com seu cheiro de madeira apodrecida! E este quintal, cuja terra preta sempre se agarrava à minha pá, como se eu fosse um coveiro cavando uma sepultura! Será que conseguirei conservar a sensação que agora experimento, este quintal parecendo cada dia um solo virgem, com o cheiro sempre novo das hortaliças, e a casa parecendo uma mansão no Éden, enfeitada com as primeiras rosas criadas por Deus? O luar e o sentimento no coração do homem a ele responsivo são os maiores renovadores e reformadores. E suponho que todas as outras formas de renovação e de reforma não são melhores que o luar!

— Já me senti mais feliz do que me sinto agora, ou, pelo menos, muito mais alegre — disse Phoebe, pensativa. — No entanto, sou sensível ao grande encanto deste lindo luar e gosto de ver como o dia, cansado como está, se afasta com relutância e não quer ser chamado de ontem tão cedo. Nunca prestei muita atenção no luar antes. O que terá ele de tão belo nesta noite?

— E nunca sentiu isso antes? — perguntou o artista, encarando intensamente a moça, através do crepúsculo.

— Nunca — respondeu Phoebe. — E a vida não parece a mesma, agora que senti. Tenho a impressão de que, até agora, olhei para tudo à crua luz do dia, ou melhor, à luz avermelhada de um alegre fogo de lareira, brilhando e dançando através de uma sala. Ah, pobre de mim! — acrescentou, com um riso triste. — Nunca serei tão feliz como antes de conhecer a prima Hepzibah e o pobre primo Clifford. Fiquei muito mais velha em bem pouco tempo. Mais velha e, espero, mais experiente, e não exatamente mais triste, mas, sem dúvida, com menos da metade de despreocupação em meu espírito! Eu lhes dei a minha luz solar e me sinto satisfeita por ter dado; mas, naturalmente, não pude dá-la e continuar com ela. De qualquer maneira, porém, estou muito satisfeita de ter feito isso por eles.

— Você nada perdeu que valesse a pena conservar ou que poderia conservar, Phoebe — disse Holgrave, depois de uma pausa. — O começo da nossa juventude não tem valor, pois só tomamos consciência dela depois que já passou. Às vezes, porém (ou talvez, desconfio, sempre, a não ser que se seja muito infeliz) vem uma segunda juventude, trazendo ao coração a alegria de estar amando, ou, possivelmente, vem para coroar alguma outra grande alegria na vida, se é que tal coisa existe. Essa lamentação de uma pessoa (como a de você agora) sobre a primeira, descuidada e superficial alegria da juventude passada, e essa profunda alegria em face da juventude reconquistada, tão mais profunda e rica do que aquela que perdemos, são essenciais à evolução da alma. Em alguns casos, os dois estados surgem quase simultaneamente e misturam a tristeza e o arrebatamento em uma só e maravilhosa emoção.

— Não sei se o estou entendendo — confessou Phoebe.

— Não é de se admirar — replicou Holgrave, sorrindo —, pois estou lhe dizendo um segredo que mal começara a saber antes de começar explicá-lo. Lembre-se dele, contudo; e, quando a verdade se tornar clara para você, pense nesta noite de luar!

— Tudo agora é luar, exceto uma pequena mancha de vermelho desmaiado entre aquelas casas — observou Phoebe. — Tenho que entrar. A prima Hepzibah não é muito boa para fazer contas e vai ter dor de cabeça para verificar a féria do dia se eu não for ajudá-la.

Holgrave, porém, a reteve por mais algum tempo.

— Srta. Hepzibah me disse que você vai voltar para sua terra, dentro de poucos dias.

— Vou, sim — confirmou a jovem. — Mas só por pouco tempo. Vou para tomar algumas providências e para me despedir definitivamente de minha mãe e de minhas amigas. É bom viver onde a gente se sente útil e vê que a nossa presença é desejada; e acho que aqui me sinto assim.

— É claro que você aqui é muito desejada e muito útil, muito mais do que você mesma pensa — disse o artista. — Tudo que existe nesta casa no que diz respeito à saúde, bem-estar e vida natural se deve a você. Tais coisas chegaram junto com você e vão desaparecer com a sua partida. Srta. Hepzibah, isolando-se da sociedade, perdeu todos os seus laços com ela e está, de fato, morta, embora ela se galvanize em uma aparência de vida e se coloque atrás do balcão, assustando os outros com a sua carranca. Seu pobre primo Clifford é outra pessoa de há muito morta e enterrada, ao qual o governador e o conselho impuseram um milagre necromântico. Eu não me surpreenderia se, uma manhã destas, depois de você ter partido, ele se desfizesse e nada mais se visse dele, a não ser um punhado de pó. Srta. Hepzibah, sem dúvida alguma, perderia a pouca disposição para qualquer atividade que ainda lhe resta. Ambos só existem por causa de você.

— Tenho de ficar muito triste por pensar tal coisa — replicou Phoebe, gravemente. — Mas é verdade que as minhas poucas aptidões eram precisamente aquilo de que eles precisavam; e tenho um sincero interesse no bem-estar deles, um estranho sentimento maternal, do qual espero que você não ria. E vou lhe dizer francamente que, às vezes, fico intrigada, sem saber se você lhes deseja o bem ou o mal.

— Indubitavelmente — disse o artista — me interesso por aquela solteirona, pobre e velha, e por aquele abatido e sofrido cavalheiro, fracassado amante da beleza. Um interesse compassivo, também, desamparadas crianças que ambos são! Mas você não pode conceber quanto o meu coração é diferente do seu. Quando contemplo aquelas duas pessoas, não tenho impulso nem de ajudá-las, nem de prejudicá-las; mas sim de olhá-las, analisá-las, explicar muita coisa a mim mesmo e compreender o drama que, durante quase duzentos anos, tem pesado sobre este mesmo terreno que nós dois agora estamos pisando. Se puder examiná-lo de perto, duvido que não tire dele uma satisfação moral, qualquer que seja o seu desenrolar. Guardo comigo a convicção de que o fim se aproxima. Mas, embora a Providência a tenha mandado aqui para prestar ajuda, e me mandado apenas como um espectador privilegiado e oportuno, tenciono prestar àqueles seres desventurados toda a ajuda que estiver ao meu alcance!

— Queria que você falasse mais claramente — exclamou Phoebe, perplexa e contrariada. — E, acima de tudo, que os seus sentimentos fossem mais os de um cristão e de um ser humano! Como é possível ver gente sofrendo sem querer, acima de tudo, aliviar-lhes o sofrimento? Você fala como se este casarão fosse um terreno, e parece olhar para o infortúnio de Hepzibah e de Clifford e das gerações que os antecederam como se estivesse assistindo a uma tragédia representada em uma sala de teatro, com a diferença que o espetáculo se destina exclusivamente a diverti-lo. Não gosto disso. A representação custa muito aos atores, e a plateia tem o coração muito frio.

— Você está sendo severa demais — disse Holgrave, obrigado a reconhecer o que havia de verdade no mordente comentário sobre a sua própria conduta.

— E, além disso — prosseguiu a jovem —, o que você quis dizer com a sua convicção de que o fim está próximo? Sabe de alguma nova desgraça que está ameaçando os meus pobres parentes? Se é isso, diga-me imediatamente, e não irei me separar deles!

— Desculpe-me, Phoebe! — disse o artista, segurando a mão da moça, que se viu obrigada a consentir. — Sou um tanto místico, tenho de confessar. A tendência está no meu sangue, juntamente com a faculdade do mesmerismo, que teria me levado ao morro da Forca, nos bons tempos da caça às bruxas. Pode me acreditar: se eu soubesse de qualquer segredo cuja revelação iria beneficiar os seus amigos (que são meus amigos também), você o ficaria sabendo antes de partir. Mas não tenho tal conhecimento.

— Você está escondendo alguma coisa! — protestou Phoebe.

— Nada, nenhum segredo, a não ser o meu próprio — replicou Holgrave. — Posso perceber, é verdade, que o juiz Pyncheon ainda se preocupa com Clifford, para cuja desgraça tanto concorreu. Os seus motivos e as suas intenções, contudo, constituem um mistério para mim. Ele é um homem implacável e incansável, com a exata mentalidade de um inquisidor, e, se tiver qualquer coisa a lucrar torturando Clifford, não poupará esforços para isso. Mas, tão rico e importante como é, tão poderoso por si mesmo e pelo apoio que a sociedade lhe dá de todos os lados, o que poderia o juiz Pyncheon esperar ou temer de um pobre coitado, aniquilado, abobalhado, como Clifford?

— No entanto, você fala como se a desgraça estivesse iminente! — observou Phoebe.

— Ora! É porque sou mórbido! — replicou o artista. — A minha mente sofre de uma certa deformação, como a de todo o mundo, exceto a sua. Além disso, é tão estranho me ver morando nesta velha Casa dos Pyncheon e sentado neste velho quintal (escute como a fonte de Maule está murmurando) que, só por essa circunstância, não posso deixar de imaginar se o Destino não estará preparando o ambiente para uma catástrofe.

— Como?! — exclamou Phoebe, visivelmente contrariada, pois era tão contrária ao mistério quanto um raio de sol a um canto escuro. — Você está me intrigando ainda mais!

— Então, vamos nos separar amigos! — disse Holgrave, apertando-lhe a mão. — Ou, se não amigos, pelo menos antes de você me odiar inteiramente. Você, que gosta de todo mundo!

— Adeus, então — replicou Phoebe. — Não tive intenção de continuar com raiva e ficaria triste se você pensasse isso. Vejo a prima Hepzibah em pé na porta, há bem um quarto de hora! Deve estar pensando que me acho há muito tempo na umidade do quintal. Boa noite, pois, e adeus!

Dois dias depois, pela manhã, Phoebe podia ser vista, de chapéu de palha, levando um xale em uma das mãos e uma sacola na outra, despedindo-se de Hepzibah e de Clifford. Iria embarcar no próximo trem, que a levaria a seis milhas de sua aldeia natal.

Os olhos da jovem tinham lágrimas; a sua boca se entreabria em um sorriso, com que procurava esconder o seu pesar. Ela imaginava por que seria que aquela permanência de poucas semanas ali naquele velho casarão a marcara de tal modo, que agora sentia que a lembrança que iria deixar seria mais forte do que a lembrança de tudo que antes acontecera. Como pudera Hepzibah — calada, carrancuda, reservada — ter despertado tanto afeto? E Clifford — com a sua decadência precoce, trazendo o mistério do terrível crime e a abafada atmosfera da prisão como que saindo do próprio ar que, ao respirar, exalava — como pudera se transformar em uma inocente criança, pela qual Phoebe se sentia na obrigação de velar, como se fosse a providência de suas horas irrefletidas? Tudo, naquele momento da despedida, se destacava aos olhos da jovem. Para qualquer direção que olhasse e em qualquer objeto que tocasse, a impressão é que encontrava ao seu alcance um orvalhado coração humano.

Olhou, da janela, para o quintal, e sentiu-se ainda mais saudosa por ter de deixar aquele pedaço de terra negra, coberta por tanto mato e ervas daninhas, em vez de se alegrar à ideia de rever as olorosas florestas de pinheiro e os campos cobertos de trevos da sua terra. Chamou Chantecler, suas duas esposas e o venerável frangote, e atirou-lhes algumas migalhas de pão deixadas na toalha da mesa do almoço. As galinhas acorreram prontamente, e o frango, batendo as asas, ficou olhando para Phoebe, muito compenetrado e manifestando as suas emoções por cacarejos. A moça recomendou-lhe que fosse um frango bem-comportado durante a sua ausência e prometeu trazer-lhe um saquinho de trigo-sarraceno.

— Ah, Phoebe! — observou Hepzibah. — Você não sorri com tanta naturalidade como quando chegou! Então, o sorriso vinha espontaneamente; agora, vem quando você quer. É bom você voltar por algum tempo para a sua terra. O seu espírito tem sido muito atribulado. Esta casa é muito sombria, muito triste; a loja acarreta muita contrariedade; e, infelizmente, não tenho condições de fazer com que as coisas melhorem. Clifford tem sido a sua única satisfação!

— Venha cá, Phoebe! — gritou, de repente, o primo Clifford, que quase não abrira a boca naquela manhã. — Mais perto! Mais perto! E olhe-me bem de frente!

Phoebe firmou as mãos nos dois braços da poltrona em que ele estava sentado e o encarou bem de perto, de modo que ele pudesse examinar-lhe o rosto à vontade. É provável que as emoções latentes daquela hora de despedida tivessem revivido, de algum modo, as faculdades obscurecidas e debilitadas de Clifford. De qualquer maneira, Phoebe logo sentiu que, se não a percepção de um vidente, pelo menos uma delicadeza de apreciação mais do que feminina, fazia de seu próprio coração o objeto daquele exame. Um momento antes, ela nada via em si mesma que precisasse esconder. Agora, como se algum segredo tivesse se insinuado em sua própria consciência, através da percepção de outra pessoa, teve medo de abaixar as pálpebras diante do olhar perscrutador de Clifford. Um rubor, também — mais forte porque se esforçava para dominá-lo —, foi lhe subindo pelo rosto, até cobrir mesmo a testa.

— Já chega, Phoebe — disse Clifford, com um sorriso melancólico. — Quando a vi pela primeira vez, você era a mocinha mais bonita do mundo, e agora a sua beleza aumentou ainda mais! De mocinha, você se tornou uma mulher. O botão floresceu! Vá, agora! Eu me sinto mais solitário que nunca.

Phoebe despediu-se do desolado par e atravessou a loja, piscando os olhos para expulsar uma lágrima, pois — levando em conta quanto a sua ausência seria breve e, portanto, que era uma tolice sofrer por causa dela — não podia tomar conhecimento das lágrimas até o ponto de enxugá-las com o lenço. Na saída, encontrou-se com o menino cujos maravilhosos feitos gastronômicos foram registrados antes neste livro. Phoebe tirou da vitrine um indeterminado espécime da história natural — estando os olhos bastante enevoados com as lágrimas importunas para saber se se tratava de um hipopótamo ou de um coelho —, pôs na mão do guri como um presente de despedida e seguiu caminho.

O velho tio Venner estava justamente acabando de sair de sua casa, carregando no ombro uma banqueta e um serrote; e, como ia na mesma direção de Phoebe, não se acanhou de caminhar ao seu lado, e nem ela teve vergonha de lhe fazer companhia, apesar de seu casaco manchado, de seu chapéu furado e de sua curiosa calça de estopa.

— Vamos sentir falta da senhorita na próxima tarde de Sabá — disse o filósofo das ruas. — É incrível como, em pouquíssimo tempo, certas pessoas se tornam tão naturais para um homem como a sua própria respiração. E peço desculpas de dizer-lhe (embora não seja ofensa um velho dizer tal coisa) que foi justamente isso que a senhorita fez comigo! Tenho muitos e muitos anos, e a sua vida mal está começando; no entanto, tenho a impressão de que a conheço tão bem como se a tivesse visto pela primeira vez na porta da casa de minha mãe, e a senhorita tivesse florescido como uma planta ao longo do meu caminho, desde então. Volte logo, senão irei para a minha fazenda, pois estou começando a achar estes trabalhos que faço um pouco pesados demais para a minha dor nas costas.

— Vou voltar muito em breve, tio Venner — prometeu a moça.

— E que seja bem depressa, também por causa daqueles pobres sofredores — continuou o velho. — Eles não podem mais viver sem a sua presença. Jamais, jamais, Phoebe, é como se um anjo de Deus estivesse morando com eles e tornando aquela triste casa agradável e alegre. Já imaginou como eles ficariam tristes se, em uma bela manhã de verão como esta, o anjo abrisse as asas e voasse para o lugar de onde viera? Pois é isso que eles estão sentindo agora com a sua partida pela estrada de ferro! Não podem suportar tal coisa, srta. Phoebe. Não deixe de voltar!

— Não sou um anjo, tio Venner — disse a moça, sorrindo, quando lhe apertou a mão em despedida, na esquina seguinte. — Mas acho que as pessoas apenas se sentem um tanto como os anjos se sentem, quando fazem o pouco de bem que podem fazer. Assim, não deixarei de voltar!

O velho e a bela jovem se separaram; e Phoebe se deixou levar pela manhã e se afastou tão rapidamente como se realmente se locomovesse no ar, tal qual os anjos com os quais o tio Venner tão graciosamente a comparara.

XV

A carranca e o sorriso

Passaram-se sobre as Sete Torres vários dias, pesados e tristes. Na realidade (para não se atribuir toda a sombra do céu e da terra à aziaga circunstância da partida de Phoebe), uma tempestade, trazida pelo vento leste, se aplicara, infatigavelmente, à tarefa de fazer com que as escuras paredes e os escuros telhados do velho casarão parecessem ainda mais desolados do que antes. No entanto, a tristeza do lado de fora nem se comparava à tristeza que reinava lá dentro. O pobre Clifford se vira privado, logo, de todos os seus escassos recursos de distração. Phoebe não estava lá, e a luz do sol não mais caía sobre o soalho. O quintal, com os seus caminhos lamacentos e a folhagem da cabana gotejando a água da chuva, não era menos desagradável à vista. Nada florescia naquela atmosfera fria, úmida, deprimente, exceto o musgo ao longo das juntas do telhado e o grande tufo de ervas daninhas, que ultimamente vinham sofrendo com a estiagem, no ângulo entre as duas torres da frente.

Quanto a Hepzibah, ela parecia não apenas afetada pelo vento leste, como apresentara, em sua própria pessoa, apenas uma outra fase de sua cinzenta e desolada espécie de tempo: o próprio vento leste, sombrio e desconsolado, metido em um vestido de gorgorão preto e com uma touca de nuvens escuras na cabeça. A freguesia da loja diminuiu, porque começaram a dizer que ela estragava a cerveja e outros artigos, só de olhar para eles com a sua cara furiosa. Na verdade, talvez os fregueses tivessem razão de se queixar da maneira com que eram tratados; com Clifford, porém, a solteirona jamais se mostrava mal-humorada e pouco delicada, e não poupava os seus esforços para provar-lhe o seu afeto. A inutilidade de tais esforços, contudo, amargurava a pobre coitada. Ela pouco mais podia fazer do que ficar sentada, calada, em um canto da sala, quando os galhos da pereira, molhados pela chuva, em frente das pequenas janelas, criavam uma penumbra ao meio-dia, que Hepzibah, inconscientemente, enegrecia ainda mais com o seu lamentável aspecto. Não era culpa dela. Tudo — até mesmo as velhas mesas e cadeiras, que tinham aprendido o que o tempo significava para elas três ou quatro gerações antes de Hepzibah — pareciam tão úmidas e frias como se aquela fosse a sua primeira experiência. O retrato do coronel puritano tiritava na parede. A própria casa tiritava, desde os sótãos de suas sete torres até o fogão da cozinha, que servia, no máximo, como um símbolo do coração da casa, pois, embora construído para aquecer, estava agora apagado e vazio.

Hepzibah tentou melhorar as coisas, acendendo a lareira da sala de visitas. Mas o demônio da tempestade se mantinha atento e, sempre que uma chama se acendia, obrigava a fumaça a voltar, enchendo o fuliginoso cano da chaminé com o seu próprio sopro. Apesar de tudo, durante os quatro dias que durou aquela maldita tempestade, Clifford se meteu em um velho capote e ocupou a sua cadeira de costume. Na manhã do quinto dia, quando chamado para a primeira refeição, ele respondeu apenas por um resmungo, dando a entender a decisão de não sair da cama. Sua irmã não tentou demovê-lo da ideia. De fato, apesar de todo o afeto que lhe dedicava, Hepzibah não mais podia pensar em cumprir o malfadado dever — de todo impraticável para as suas poucas e emperradas faculdades — de buscar um passatempo para aquela mente ainda sensível, mas arruinada, crítica e fastidiosa, sem força ou volição. Foi, pelo menos, algo aquém de um desespero positivo a circunstância de que, naquele dia, ela pôde sentar-se tiritando sozinha, e não sofrer constantemente uma nova dor, e o absurdo tormento do remorso, cada vez que via o seu companheiro de infortúnio.

Clifford, porém, embora não tivesse aparecido no pavimento térreo, acabara, afinal de contas, se mexendo em busca de diversão. E, à tarde, Hepzibah ouviu alguns acordes musicais, que (não havendo outra fonte de acordes musicais na Casa das Sete Torres) evidentemente procediam do cravo de Alice Pyncheon. Sabia que, em sua mocidade, Clifford revelara muito bom gosto para a música e acentuada perícia na execução. Era difícil, no entanto, conceber que ele tivesse conservado um dote que exige um exercício diário, e que se revelava agora nos suaves acordes que chegavam aos ouvidos de Hepzibah. E não era menos maravilhoso que o instrumento há tanto tempo mantido em silêncio fosse capaz de executar tal melodia. Involuntariamente, Hepzibah pensou nas fantasmagóricas harmonias, prelúdio de uma morte na família, que, segundo a lenda eram atribuídas à legendária Alice. Talvez, porém, fossem uma prova da atuação de dedos materiais, e não espirituais, o fato de, depois de alguns toques, as cordas parecerem ter se despedaçado com a sua própria vibração, e a música cessou.

Um som mais áspero, contudo, sucedeu às notas misteriosas; e o dia tempestuoso não estava destinado a passar sem um acontecimento suficientemente capaz de envenenar, em si mesmo, para Hepzibah e Clifford, até o mais balsâmico ambiente que já trouxe consigo os colibris. Os ecos finais da execução musical de Alice Pyncheon (ou de Clifford, se preferirem) foram abafados por uma dissonância não menos vulgar que o tinir da campainha da loja. Ouviram-se passos pisando a soleira da porta, e alguém caminhou pesadamente na parte de dentro.

Hepzibah demorou um pouco, enquanto se envolvia em um xale desbotado, que constituíra a sua armadura defensiva contra o vento leste, em uma guerra de quarenta anos. No entanto, um ruído característico — não uma tosse, ou um pigarro, mas uma espécie de espasmo retumbante, vindo das profundidades de um peito — impeliu-a a se apressar, tomada daquela espécie de medo ameaçador tão comum nas mulheres, em caso de um perigo iminente. Poucas, em tais ocasiões, se mostrariam tão terríveis quanto a nossa pobre Hepzibah. O visitante, porém, fechou tranquilamente a porta depois de haver entrado na loja, encostou o guarda-chuva no balcão e virou o rosto, onde se achava estampada a benevolência, para enfrentar o alarme e o perigo que o seu aparecimento provocara.

O pressentimento de Hepzibah se confirmara. Não era outro senão o juiz Pyncheon, que, depois de ter em vão tentado entrar pela porta da frente, acabara entrando pela loja.

— Como está passando, prima Hepzibah? E como este tempo inclemente afetou o nosso pobre Clifford? — começou o juiz; e, na verdade, é de se admirar que a tempestade provocada pelo vento leste não tenha se envergonhado e acabado, ou, pelo menos, melhorado um pouco, com a incrível benevolência do seu sorriso. — Não pude deixar de vir perguntar, mais uma vez, se posso, de qualquer maneira, concorrer para o conforto dele e o seu próprio.

— Nada pode fazer — replicou Hepzibah, procurando dominar, como podia, a sua agitação. — Eu mesma cuido de Clifford. Ele tem tudo que a sua situação permite.

— Mas permita-me sugerir, prezada prima — continuou o magistrado —, que está errada. Bem sei de todo o seu afeto e de toda a sua bondade, e que tem a melhor das intenções, mas a verdade é que está errada, deixando o seu irmão tão segregado. Por que privá-lo da solidariedade e da bondade? O pobre Clifford já ficou isolado durante muito tempo, coitado! Agora, deixe-o experimentar a convivência, quer dizer, a convivência dos parentes e dos velhos amigos. Deixe-me, por exemplo, só ver Clifford, e garanto que o encontro será muito bom.

— Não pode vê-lo — replicou Hepzibah. — Clifford está de cama desde ontem.

— Como?! Ele está doente? — exclamou o juiz Pyncheon, parecendo assustado e furioso, pois a própria fronte do velho puritano se tornou sombria enquanto ele falava. — Então, preciso e tenho de vê-lo! E se ele morresse?

— Ele não corre risco de vida — retrucou Hepzibah, logo acrescentando, com uma amargura que já não podia reprimir: — A não ser que seja levado à morte agora pelo mesmo homem que, há muito tempo, tentou fazer isso!

— Prima Hepzibah! — disse o juiz, com uma veemência que se tornou mesmo patética, enquanto prosseguia: — Será possível que não perceba quanto é injusto, impiedoso, anticristão, esse velho rancor contra mim, devido ao papel que tive de desempenhar, constrangido pelo dever e pela consciência, por força de lei, e me expondo, eu mesmo, ao perigo? O que fiz em detrimento de Clifford que poderia deixar de ser feito? Como poderia você, sua irmã (se, para seu perpétuo sofrimento, como é o meu, tivesse sabido o que fiquei sabendo), mostrar maior ternura? E acha, minha prima, que isso não me fez sofrer muito? Que não tenha deixado um tormento em minha alma, desde então até hoje, no meio de toda a prosperidade com que o Céu me abençoou? Ou que não me regozije agora, quando se tornou compatível com os deveres da justiça pública e o bem-estar da sociedade que aquele nosso caro parente, aquele velho amigo, aquela natureza tão delicada e belamente constituída, tão infortunado e (permita-me dizer) tão culpado, o nosso Clifford, em suma, tenha voltado à vida e às suas possibilidades de contentamento? Ah! Como me conhece pouco, prima Hepzibah! Como conhece pouco o meu coração! Meu coração agora bate com mais força ao pensamento de vê-lo! Não há outro ser humano (a não ser você, e não mais do que eu) que tenha derramado tantas lágrimas pela desgraça de Clifford! Você está vendo algumas delas neste momento. Não há ninguém que tanto se alegraria em promover a felicidade dele! Ponha-me à prova, Hepzibah, ponha à prova este homem que você tem tratado como seu inimigo e de Clifford; ponha à prova Jaffrey Pyncheon, e há de ver que ele é leal e sincero até o fundo do coração!

— Em nome do Céu — exclamou Hepzibah, na qual aquela exibição de inestimável ternura por parte de tão sombrio caráter apenas servira para aumentar a indignação —, em nome de Deus, que você insulta, e de cujo poder eu quase chego a duvidar, já que ouviu as muitas falsidades que você dizia sem paralisar a sua língua, acabe com esse sórdido fingimento de afeto por sua vítima! Você o odeia! Diga isso como um homem! Você acalenta agora, em seu coração, alguma negra intenção contra ele! Diga logo o que é! Ou, se espera assim facilitar a sua execução, guarde-a em segredo, até que possa fazê-la triunfar! Mas nunca mais fale de seu afeto pelo meu pobre irmão! Não posso suportar tal coisa! Ela me faz perder a cabeça, me enlouquece! Pare! Nem mais uma palavra! Serei obrigada a expulsá-lo!

Por uma vez, a raiva de Hepzibah lhe dera coragem. Ela falara, mas, afinal de contas, aquela invencível descrença na integridade do juiz Pyncheon e na ternura e bondade de seu coração estaria baseada em uma justa percepção do seu caráter ou seria apenas fruto do imotivado preconceito de uma mulher?

O juiz Pyncheon, sem sombra de dúvida, gozava de eminente respeitabilidade. A Igreja a reconhecia; o Estado a reconhecia. Ninguém a negava. Em toda a amplíssima esfera daqueles que o conheciam, quer por suas qualidades públicas, quer pelas qualidades particulares, não havia indivíduo — com exceção de Hepzibah, de alguns místicos fora da lei como Holgrave e, possivelmente, de alguns poucos adversários políticos — que sonhasse contestar seriamente a sua pretensão de ocupar alta e honrosa posição na sociedade. E também o próprio juiz Pyncheon (seja-lhe feita mais essa justiça) provavelmente jamais alimentou muitas ou frequentes dúvidas de que a sua invejável reputação estava bem de acordo com os seus méritos. A sua consciência, portanto (e a consciência é, em via de regra, considerada a mais segura prova da integridade de um homem), a sua consciência, a não ser pelo pequeno espaço de cinco minutos durante as 24 horas do dia, ou, muito de vez em quando, algum dia aziago nos 365 dias do ano, fora isso, a sua consciência sempre concordava plenamente com a voz laudatória da sociedade. E, no entanto, por mais sólidas que essas provas possam parecer, hesitaríamos em arriscar a nossa própria consciência com a afirmação de que o juiz e a unânime sociedade estavam certos, e a pobre Hepzibah, com o seu solitário preconceito, estava errada. Ignorado pela humanidade — esquecido por ele próprio, ou enterrado tão profundamente na esculpida e ornamentada pilha das ações ostensivas, que a sua vida cotidiana não o notava — talvez tivesse se escondido algo de mau e disforme. Mais ainda, quase nos aventuraríamos a acrescentar que um pecado diário poderia ter sido cometido por ele, continuamente renovado, e avermelhando-se de novo, como a milagrosa mancha de sangue de um assassínio, sem que ele, necessariamente e a todo momento, tomasse consciência disso.

Os homens de forte mentalidade, de grande força de caráter e dura contextura de sensibilidade estão sujeitos a cair em erros dessa espécie. São, ordinariamente, homens para que as formas têm a maior importância. O seu campo de ação se situa entre os fenômenos externos da vida. São dotados de grande habilidade para agarrarem, arranjarem, e delas se apoderarem para si mesmos, as grandes, pesadas, sólidas irrealidades, tais como o ouro, a propriedade territorial, os cargos que asseguram crédito e emolumentos, e as honrarias públicas. Com esses materiais, e com ações de aspecto meritório praticadas diante dos olhos do público, um indivíduo dessa classe constrói, por assim dizer, um alto e majestoso edifício, que, do ponto de vista das outras pessoas, e, afinal, do seu próprio ponto de vista, não é outra coisa senão o caráter humano de si mesmo. Vejam que palácio! Suas salas esplêndidas e os conjuntos de espaçosos aposentos estão forrados com mosaicos feitos com os mármores mais valiosos; as janelas, ocupando toda a altura das paredes, deixam passar a luz solar através das mais transparentes vidraças; as altas cornijas são douradas, e os tetos ricamente pintados; e tudo é coroado por uma elevada cúpula, através da qual, do pavimento central, pode-se contemplar o céu, sem a interposição de qualquer obstáculo.

Que emblema mais belo e mais nobre poderia um homem desejar para representar o seu caráter? Ah! Mas em algum canto obscuro — em algum estreito quartinho sem janelas do pavimento térreo, fechado, trancado, e cuja chave foi jogada fora, ou debaixo do chão de mármore, em uma poça de água estagnada, tendo por cima a rica pavimentação de mosaicos — talvez exista um cadáver, meio apodrecido e ainda apodrecendo, e espalhando o cheiro da morte por toda a vastidão do palácio! O morador não o nota, porque se acostumou a respirá-lo diariamente. E os visitantes também não notam, porque absorvem apenas os perfumes que o proprietário diligentemente espalha pelo palácio e o perfume do incenso que eles próprios levam e se deleitam em queimar diante do homem! De vez em quando, pode aparecer um vidente, diante de cujo olhar, dotado de uma pouco invejável percepção, todo o edifício se desmancha no ar e aparece o canto escondido, o quartinho escuro trancado, com teias de aranha cobrindo a porta esquecida, ou o tenebroso buraco embaixo do soalho, com o cadáver apodrecendo. Então, devemos procurar o verdadeiro símbolo do caráter do homem e das ações que dão realidade à sua vida. E, por baixo daquele palácio de mármore, daquela poça de água estagnada, repleta de impurezas e talvez manchada de sangue — aquela abominação secreta acima da qual possivelmente ele reze as suas preces sem se lembrar —, está a alma miserável do homem!

Aplicando-se, um tanto mais diretamente, essas observações ao caso do juiz Pyncheon, podemos dizer (sem, de modo algum, imputarmos a prática de um crime a um personagem de tão eminente respeitabilidade) que havia em sua vida entulho magnífico suficiente para cobrir e paralisar uma consciência bem mais ativa e sutil que a do juiz. A pureza de seu caráter de magistrado, no tribunal; a sua correção nos cargos públicos que exercera; a dedicação ao seu partido, e o rigor com que aderira aos seus princípios, ou acompanhara sempre os seus movimentos organizados; o notável zelo como presidente de uma sociedade bíblica; a impecável honestidade como tesoureiro de um fundo de viúvas e órfãos; os benefícios que prestara à horticultura, criando duas variedades muito apreciadas de pera, e à pecuária, com a introdução do famoso touro Pyncheon; a correção de seu comportamento, durante muitos e muitos anos; a severidade com que tratara e finalmente expulsara de casa um filho perdulário e libertino, adiando o perdão até o último quarto de hora da vida do moço; as suas preces pela manhã e à noite, e as graças rendidas à hora das refeições; os seus esforços em apoio à luta contra o alcoolismo; o fato de ter se limitado, desde o seu último ataque de gota, a só tomar cinco copos de xerez por dia; a alvura de sua roupa de baixo, o brilho de seus bem engraxados sapatos, a beleza de sua bengala de castão de ouro, a elegância de seu casaco, tanto pelo seu acabamento como por seu material, e, de um modo geral, o bom gosto de sua indumentária e acessórios; o escrúpulo com que ele notava, na rua, e mostrava que havia notado, tirando o chapéu e fazendo uma mesura acentuada, um leve inclinar de cabeça ou um aceno de mão, a presença de qualquer conhecido, rico ou pobre; o sorriso benevolente com que fazia questão de alegrar o mundo inteiro; tantas e tão notáveis qualidades permitiriam que alguém notasse traços sombrios em um retrato de traços tão perfeitos? Aquele rosto era o que ele contemplava no espelho. Aquela vida admiravelmente disposta era a de que tinha consciência no decorrer de cada dia. Nada mais natural, portanto, que ele se considerasse o resultado e a soma de tudo aquilo e proclamasse a si mesmo e à comunidade:

— Admirem o juiz Pyncheon!

E admitindo-se que, há muitos e muitos anos, em sua primeira e descuidada juventude, ele tivesse cometido algo de pouco recomendável — ou que, mesmo agora, a inevitável força das circunstâncias o obrigasse a praticar algum ato duvidoso, ocasionalmente, no meio de tantos atos louváveis, ou, pelo menos, inocentes — alguém iria caracterizar o juiz levando em conta aquele ato inevitável e quase esquecido, deixando que isso lançasse uma sombra sobre toda a luminosidade de sua vida? O que há de tão ponderável no mal que algo do tamanho de um polegar fosse pesar mais que o montão de ações boas ou inofensivas acumulado no outro prato da balança? A balança e o sistema de equilíbrio constituem uma imagem favorita entre os pares do juiz Pyncheon. Um homem frio e duro, assim infortunadamente colocado, raras vezes, ou nunca, olhando para o interior e resolutamente fazendo ideia de si mesmo pelo que acredita ser a sua própria imagem refletida no espelho da opinião pública, dificilmente chegará a se conhecer, a não ser em consequência da perda da fortuna ou da reputação. A doença nem sempre o ajuda nesse sentido; nem mesmo a hora da morte!

O nosso caso agora, porém, é com o juiz Pyncheon, tal como ele se encontrava, enfrentando a feroz irrupção da raiva de Hepzibah. Sem premeditação, e para sua surpresa, e, mais do que isso, para seu terror, ela manifestara, uma vez na vida, a imperturbabilidade de seu ressentimento, acalentado contra aquele parente havia trinta anos.

Até então, a fisionomia do magistrado expressara uma desaprovação tolerante e quase gentil para com a impertinente violência da prima e um cristianíssimo perdão para o mal causado por suas palavras. Quando, porém, tais palavras foram irrevogavelmente pronunciadas, o seu semblante refletiu severidade, sentimento do poder e determinação irretratável; e isso através de uma mudança tão natural e imperceptível que parecia que o homem de aço estivera ali desde o começo e o homem manso nem aparecera. Foi um efeito semelhante ao que ocorre quando nuvens leves e vaporosas, com seu suave colorido, abandonam de súbito o rosto de pedra de uma alcantilada montanha, lá deixando a carranca que imediatamente sentimos que é eterna. Hepzibah quase adotou a insana crença de que fora contra o seu velho antepassado puritano, e não contra o moderno magistrado, que ela acabara de lançar o ódio que trazia no coração. Jamais um homem mostrara prova mais forte da linhagem que lhe era atribuída do que o juiz Pyncheon naquela crise, mercê de sua inconfundível semelhança com o retrato da sala de visitas.

— Prima Hepzibah — disse ele, muito calmo —, já é tempo de acabar com isso.

— Perfeitamente! — replicou a velha. — Então, porque ainda nos persegue? Deixe-nos, eu e o pobre Clifford, em paz. Nenhum de nós deseja mais do que isso!

— Estou decidido a ver Clifford, antes de me retirar desta casa — insistiu o juiz. — Não se comporte como uma louca, Hepzibah! Sou o seu único amigo, e um amigo todo-poderoso. Nunca lhe passou pela cabeça a ideia (será tão cega que não tenha visto?), a ideia de que, sem meu consentimento, e não meramente por meu simples consentimento, mas por meus esforços, minhas representações, o recurso a toda a minha influência, política, oficial, pessoal, jamais Clifford estaria o que você chama de livre? Você pensa que a liberdade dele foi um triunfo contra mim? Como está enganada, minha cara prima! De modo algum! Na verdade, tratou-se da execução de um propósito que há muito tempo eu vinha mantendo. Eu o pus em liberdade!

— Você?! — exclamou Hepzibah. — Jamais acreditarei tal coisa! Ele lhe deve é o calabouço em que esteve, e sua liberdade à Providência divina!

— Eu o pus em liberdade! — reafirmou o juiz Pyncheon, perfeitamente calmo. — E vim aqui agora para decidir se ele continuará livre. Vai depender dele mesmo. Para isso, tenho de vê-lo!

— Jamais! Isso o enlouqueceria! — protestou Hepzibah, mas com uma hesitação perceptível aos olhos atilados do juiz, pois, sem a menor confiança nas boas intenções do parente, não sabia se seria pior curvar-se ou resistir à sua vontade. — E por que deseja ver aquele homem desgraçado, aniquilado, que mal conserva uma fração de sua inteligência e esconderá mesmo essa fração diminuta aos olhos despidos de afeto?

— Ele verá afeto suficiente em meus olhos, se se trata só disso! — asseverou o juiz, com bem fundamentada confiança na benignidade do seu aspecto. — E, agora, preste atenção, e ouça os meus motivos para insistir em tal encontro. Por ocasião da morte, há trinta anos, do nosso tio Jaffrey, verificou-se (não sei se as circunstâncias então lhe interessaram muito, em face das preocupações mais tristes decorrentes daquele acontecimento), mas o fato é que se verificou que os bens por ele deixados, bens de qualquer espécie, eram muito inferiores ao montante que se calculava. Supunha-se que ele era imensamente rico. Ninguém duvidava que a sua fortuna fosse uma das maiores da época. Uma de suas excentricidades, todavia, e não era uma loucura completa, consistia em esconder o valor de seus bens fazendo investimentos longe e no exterior, talvez com nomes supostos, em vez do seu, e se valendo de diversos recursos, bem conhecidos pelos capitalistas, mas que não há necessidade de serem aqui explicados. Pelo testamento do tio Jaffrey, todos os seus bens foram deixados para mim, com exceção do usufruto em seu benefício, Hepzibah, desta velha mansão da família e do terreno respectivo.

— E você está querendo me privar disso? — perguntou Hepzibah, incapaz de conter por mais tempo o seu asco. — É esse o seu preço para deixar de perseguir o pobre Clifford?

— É claro que não, minha cara prima! — respondeu o magistrado, sorrindo com benevolência. — Ao contrário, como você deve me fazer justiça, sempre manifestei a minha disposição de dobrar ou triplicar os seus recursos, tão cedo se dispusesse a aceitar o oferecimento de seu parente. Não, não se trata disso! Mas vamos ao ponto essencial da questão. Da herança incontestavelmente grande deixada por meu tio, como já disse, nem metade... Ou melhor, estou convencido de que nem a terça parte dos seus bens apareceu depois de sua morte. Ora, tenho os mais fortes motivos para acreditar que seu irmão Clifford pode me dar uma informação para a recuperação do restante.

— Clifford! Clifford saber de uma fortuna escondida? Clifford com o poder de fazê-lo enriquecer? — exclamou a solteirona, impressionada com o ridículo de tal suposição. — Impossível! Desista dessa ideia! É uma coisa que dá vontade de rir!

— É tão certa quanto eu estar aqui! — insistiu o juiz, batendo no chão com a bengala de castão de ouro e com o pé, como para expressar de maneira mais forte a sua convicção, com toda a ênfase de sua importantíssima pessoa. — Clifford mesmo me disse isso!

— Não, não! — retrucou Hepzibah, incrédula. — Está sonhando, primo Jaffrey!

— Não pertenço à classe dos sonhadores — disse o juiz, muito calmo. — Alguns meses antes da morte de meu tio, Clifford se vangloriou, comigo, de possuir o segredo de incalculável riqueza. O seu objetivo era me provocar e despertar a minha curiosidade. Sei disso muito bem. Mas, lembrando-me de certas particularidades da nossa conversa, estou plenamente convencido de que ele estava falando a verdade. Agora, Clifford, se quiser (e não há de deixar de querer), pode me informar onde conseguirei encontrar a relação, os documentos, as provas, sob qualquer forma que existam, tudo o que estiver relacionado com os bens desaparecidos do tio Jaffrey. Ele sabe o segredo. Estava contando prosa, mas falava a verdade. Falou com muita convicção e revelando certos detalhes que mostram que estava a par do mistério.

— Mas qual poderia ser o intuito de Clifford, escondendo o mistério durante tanto tempo? — indagou Hepzibah.

— Foi um dos maus impulsos de nossa frágil natureza humana — explicou o juiz, olhando para o alto. — Ele me considerava seu inimigo. Achava que eu fora o causador de sua terrível desgraça, do iminente perigo de morte, de sua irrecuperável ruína. Não havia, portanto, grande probabilidade de que ele desse voluntariamente, enquanto estivesse preso, a informação que faria elevar ainda mais a minha posição social. Agora, porém, chegou o momento em que ele deve revelar o seu segredo.

— E se ele recusar? — perguntou Hepzibah. — Ou se, como estou convencida, ele não tiver conhecimento dessa riqueza?

— Minha cara prima — disse o juiz Pyncheon, com uma tranquilidade mais ameaçadora do que qualquer violência —, desde o regresso de seu irmão, tive o cuidado (mais do que natural por parte de um parente próximo e tutor nato de um indivíduo em tal situação) de mandar vigiar constantemente o seu comportamento. Os seus vizinhos têm sido testemunhas de tudo que se passa no quintal. O açougueiro, o padeiro, o peixeiro, alguns dos fregueses de sua loja e muitas velhas intrometidas têm me contado vários segredos do interior de sua casa. Um círculo mais largo, inclusive eu mesmo, pode testemunhar a respeito das extravagâncias de Clifford na janela em arco. Milhares o viram, há uma ou duas semanas, quase se atirando na rua. Diante de todos esses testemunhos, sou levado a concluir, com relutância e profundo pesar, que o infortúnio de Clifford afetou a sua inteligência, que nunca foi muito sólida, a tal ponto que ele não pode continuar em liberdade. A alternativa, você deve ficar bem ciente (e a sua adoção vai depender inteiramente da decisão que vou tomar agora), a alternativa será o seu internamento, provavelmente para o resto da vida, em um asilo público para pessoas com o seu lamentável estado mental.

— Você não pode fazer isso! — gritou Hepzibah.

— Se meu primo Clifford — continuou o magistrado, imperturbável —, por simples malícia e ódio àqueles cujos interesses lhe deveriam ser caros (uma atitude que, na maioria das vezes, indica distúrbio mental), recusar uma informação tão importante para mim, vou considerar tal fato como a única coisa que faltava para provar a sua loucura. E, uma vez convencido de qual será o caminho ditado pela minha consciência, você me conhece muito bem, prima Hepzibah, para não duvidar de que seguirei tal caminho.

— Oh, Jaffrey! — exclamou Hepzibah, com tristeza, mas sem paixão. — É você que está doente da cabeça, e não Clifford! Você se esqueceu que uma mulher foi sua mãe, que teve irmãs, irmãos, filhos seus, e que deve haver afeição entre os homens, e piedade para com os seus semelhantes, neste miserável mundo! Do contrário, como poderia ter pensado uma coisa dessas? Você não é mais menino, primo Jaffrey, nem mesmo um homem maduro, mas um velho! Os seus cabelos estão brancos! Quantos anos ainda tem de vida? Não é bastante rico para tão pouco tempo? Vai passar fome, vai deixar de ter um teto para morar, entre o dia de hoje e o túmulo? Não! Mas, com a metade do que agora possui, pode se regalar com finas iguarias e bons vinhos, e construir uma casa muito melhor do que aquela onde mora, levar uma vida faustosa, e ainda deixar uma fortuna para seu filho único abençoar a hora de sua morte! Então, por que quer cometer essa crueldade? Ah, primo Jaffrey! Esse espírito duro e ganancioso tem corrido em nosso sangue há duzentos anos. Você não faz mais do que repetir, sob outra forma, o que nosso antepassado havia feito e transmitir para a sua posteridade a maldição que herdou dele!

— Deixe de falar tolices, Hepzibah, pelo amor de Deus! — exclamou o juiz, com a impaciência natural em um homem razoável, ouvindo uma argumentação tão absurda, em uma discussão sobre negócios. — Já lhe disse o que resolvi. Não vou mudar de propósito. Clifford tem de me revelar o segredo ou sofrer as consequências. E precisa resolver logo; tenho muitos negócios para tratar esta manhã e um importante jantar com alguns correligionários políticos.

— Clifford não sabe segredo algum! — protestou Hepzibah. — E Deus não vai permitir que você faça o que está pretendendo!

— Veremos! — retrucou o inflexível magistrado. — Enquanto isso, decida se prefere chamar Clifford e deixar o caso ser resolvido amigavelmente, entre dois parentes, ou me obrigar a tomar medidas enérgicas, que eu me sentiria muito feliz se pudesse evitar. A responsabilidade é inteiramente sua.

— Você é mais forte do que eu — disse Hepzibah, depois de refletir um pouco. — E não tem piedade ao usar a sua força! Clifford não está louco, mas o encontro em que você insiste pode enlouquecê-lo. Apesar disso, conhecendo você como conheço, acho que o melhor que posso fazer é deixar que reconheça com os próprios olhos a impossibilidade de conseguir qualquer segredo valioso. Vou chamar Clifford. Mas tenha misericórdia na maneira de tratá-lo, seja mais misericordioso do que seu coração o aconselha que seja, pois Deus o está vendo, Jaffrey Pyncheon.

O juiz acompanhou a prima, saindo da loja, onde se encontravam até então, e entrando na sala de visitas, onde se sentou na grande cadeira ancestral. Muitos do Pyncheon anteriores tinham descansado naquela poltrona: rosadas crianças, com os seus brinquedos; jovens, sonhando com amores; homens feitos, carregados de preocupações; velhos, curvados ao peso dos invernos — ali tinham meditado e cochilado e partido para um sono mais profundo.

Havia uma antiga tradição, muito duvidosa em verdade, de que fora sentado naquela cadeira que o mais antigo antepassado do juiz Pyncheon na Nova Inglaterra, já morto, recebera, lúgubre e silenciosamente, os ilustres convidados. A partir daquela hora de mau presságio até o presente, talvez — embora não conheçamos o segredo de seu coração —, nenhum homem mais triste e mais abatido se sentara naquela cadeira do que o mesmo juiz Pyncheon, que acabamos de ver tão inabalavelmente duro e resoluto. Sem dúvida, não fora muito fácil forrar a alma com ferro para fortalecê-la. Tais calmas exigem um maior esforço do que a violência em um homem mais fraco. E ele tinha pela frente uma árdua tarefa. Seria uma coisinha à toa — um assunto resolvido em um momento e esquecido no momento seguinte — ter agora, depois de trinta anos, de se encontrar com um parente recém-saído de um túmulo dos vivos e arrancar-lhe um segredo ou mandá-lo de volta para tal túmulo?

— Você falou alguma coisa? — perguntou Hepzibah, olhando para trás, da soleira da porta, pois imaginara que o juiz resmungara alguma coisa, que ela desejava interpretar como um impulso de compaixão. — Pensei que tivesse me chamado.

— Não, não! — respondeu o outro, com voz abafada, enquanto a sua testa quase se tingia de vermelho-escuro, na penumbra da sala. — Por que eu havia de chamá-la? O tempo voa! Traga Clifford logo!

Tinha tirado o relógio do bolso do colete e o conservou na mão, para medir o tempo que se seguiria até o aparecimento de Clifford.

XVI

O quarto de Clifford

Jamais a casa parecera tão lúgubre à pobre Hepzibah como quando foi executar a sua desgraçada tarefa. Ao caminhar ao longo dos tristes corredores, abrir uma porta emperrada atrás da outra e subir a escada rangedora, olhou em torno, ansiosa e amedrontada. Não teria causado surpresa à sua mente atribulada se, atrás de si, ou ao seu lado, ouvisse o farfalhar de vestes de pessoas mortas ou rostos lívidos a esperando no pavimento superior.

A sua conversa com o juiz Pyncheon, que representava tão perfeitamente a pessoa e os atributos do fundador da família, a tinham levado ao fúnebre passado. E esse passado oprimia-lhe o coração. Tudo que ouvira contar a respeito de legendárias tias e avós, da fortuna ou do infortúnio dos Pyncheon agora lhe voltava à memória, sombrio, fantasmagórico, frio, como a maior parte dos episódios da história da família. Tudo parecia apenas uma série de calamidades, reproduzindo-se em sucessivas gerações, com uma tonalidade geral, e pouco variando, salvo o contorno. Mas agora Hepzibah tinha a impressão de que ela própria, o primo juiz e Clifford — todos os três juntos — se achavam na iminência de acrescentar um incidente aos anais da casa, com um realce mais acentuado de mal e sofrimento, que o levaria a destacar-se de todos os outros. É assim que a aflição do momento presente assume uma individualidade e um caráter de desfecho, destinado a desaparecer depois de algum tempo e desvanecer-se no encadeamento cinzento comum aos tristes ou alegres acontecimentos de muitos anos antes. É apenas por um momento, relativamente, que qualquer coisa parece estranha ou surpreendente — uma verdade que traz consigo amargura e doçura.

Hepzibah, porém, não conseguia se livrar da impressão de que algo sem precedente estava se aproximando naquele instante e dentro em pouco se consumaria. Seus nervos estavam à flor da pele. Instintivamente, ela parou junto à janela em arco e olhou para a rua, a fim de captar seus objetos permanentes com a sua percepção mental, e se afastar assim, com mais firmeza, da vertigem e vibração que afetava a sua esfera mais imediata. Ela sentiu, podemos dizer, uma espécie de choque, quando encontrou tudo com a mesma aparência dos dias anteriores, com exceção da diferença entre um dia ensolarado e um tempestuoso. Percorreu a rua com o olhar, de porta em porta, notando os passeios úmidos, tendo, aqui e ali, uma diminuta lagoa, formada, imperceptivelmente, nos buracos que haviam se enchido de água. Fez o maior esforço para ajustar a sua miopia, fixando o olhar em certa janela, onde em parte entrevira e em parte adivinhara uma costureira entregue ao seu trabalho. Hepzibah agarrou-se à companhia daquela desconhecida, mesmo tão longe. Depois, foi atraída por uma caleça, que passava velozmente, e ficou contemplando o seu teto molhado e lustroso e as suas rodas que espalhavam água, até o carro sumir-se na esquina, recusando-se a levar mais adiante a mente distraída e fútil, porque amedrontada e atribulada, da pobre solteirona. Quando o veículo desapareceu, ela ainda permitiu a si mesma um momento de distração, pois, com sua roupa cheia de remendos, o velho tio Venner se tornara visível, descendo devagar a rua, porque o frio do vento leste lhe emperrara as juntas. Hepzibah desejava que ele andasse ainda mais devagar e compartilhasse mais um pouco a sua dolorosa solidão. Seria bem-vindo tudo que a afastasse do terrível presente, que interpusesse seres humanos entre ela própria e o que se encontra bem perto dela, tudo que adiasse por um instante a inevitável tarefa que tinha de executar.

Dispunha de pouca coragem para enfrentar o seu próprio sofrimento, e muitíssimo menos para enfrentar o sofrimento que teria de infligir a Clifford. De tão frágil temperamento quanto era e tão abalada pelas calamidades anteriores, constituía imediata ameaça da ruína completa ter de levar o irmão para se ver face a face com o homem duro, implacável, que fora a sua asa-negra durante toda a vida. Ainda mesmo se não houvesse recordações amargas nem um interesse hostil se interpondo entre eles, a simples repugnância natural do sistema mais sensível pelo sistema maciço, pesado e insensível seria, por si mesma, desastrosa para o primeiro. Seria o mesmo que atirar um vaso de porcelana, já trincado, de encontro a uma coluna de granito. Jamais antes havia Hepzibah avaliado com tanta exatidão o poderoso caráter de seu primo Jaffrey — poderoso pela inteligência, pela força de vontade, pelo longo hábito de agir entre os homens e, como estava convencida, pela inescrupulosa busca de finalidades egoísticas mediante recursos malignos. Não facilitava as coisas o fato de estar o juiz Pyncheon sendo vítima de uma ilusão quanto ao segredo que supunha que Clifford possuía. Os homens dotados de sua energia, se, por acaso, adotam uma opinião errônea acerca de questões práticas, tanto a identificam com as coisas realmente verdadeiras que arrancá-la de seu espírito não é muito menos difícil do que desenraizar um carvalho. Assim, como o juiz Pyncheon exigia de Clifford uma coisa impossível, este último, incapaz de fazer uma coisa impossível, teria de perecer. Por que motivo as garras de um homem assim tinham caído sobre a natureza branda e poética de Clifford, que jamais deveria cumprir uma tarefa mais pesada do que gozar a vida, em um ambiente de beleza, no ritmo de acordes musicais? Na verdade, o que já se tornara ele? Alquebrado! Estiolado! Quase aniquilado, e, em breve, aniquilado de todo!

Durante um momento, Hepzibah imaginou se Clifford não teria conhecimento a respeito dos bens desaparecidos de seu tio, como o juiz afirmava. Lembrou-se de algumas vagas alusões por parte do irmão, que, se a suposição não fosse essencialmente absurda, poderiam ser interpretadas naquele sentido. Tinha havido projetos de viagens e residência no exterior, devaneios a respeito de uma vida brilhante em casa e esplêndidos castelos no ar, que exigiriam riqueza fabulosa para se concretizarem. Se tal riqueza estivesse em seu poder, como Hepzibah ficaria alegre de despejá-la sobre o seu impiedoso parente, para comprar a liberdade de Clifford e a reclusão na velha e desolada casa. Acreditava, porém, que os planos do irmão tinham sido tão carentes de verdadeira substância e de propósito como as imagens imaginadas por uma criança a respeito de sua vida futura, quando sentada no colo da mãe.

Clifford nada possuía à sua disposição, a não ser um ouro de fantasia; e isso não seria capaz de satisfazer o juiz Pyncheon.

Não haveria solução para o caso, ninguém poderia socorrê-los? Parecia estranho que não houvesse, com uma cidade em torno dela. Seria tão fácil chegar à janela e começar a gritar, na expectativa de que todo mundo ouvisse e se apressasse a correr em sua ajuda, comovido com o angustiante apelo de uma alma humana desesperada! Como era, porém, selvagem, como era quase risível, a fatalidade — e, no entanto, como se mostrava continuamente, pensava Hepzibah, neste estúpido delírio do mundo — que quem quer que fosse, e por mais bem intencionado que estivesse, que se dispusesse a prestar ajuda iria, sem sombra de dúvida, ajudar o lado mais forte! O poder e a maldade combinados, como o ferro magnetizado, exerciam uma atração irresistível. Lá estava o juiz Pyncheon, uma pessoa eminente aos olhos do público, de elevada posição social e grande fortuna, filantropo, membro do Congresso e da Igreja, e intimamente associado com tudo que gozava de prestígio, tão imponente à luz de tais qualidades que a própria Hepzibah quase duvidava de suas próprias conclusões sobre a falsa integridade de seu parente. De um lado, o juiz! E quem, do outro lado? O condenado Clifford! Outrora, um crime! Agora, uma ignomínia indistintamente relembrada!

Não obstante, a despeito da percepção de que o juiz Pyncheon arrastaria toda a ajuda humana para o seu campo, Hepzibah estava tão desacostumada a tomar ela própria decisões que algumas simples palavras de conselho a fariam agir dessa ou daquela maneira. Phoebe Pyncheon teria imediatamente facilitado tudo, se não fosse por uma sugestão aceitável, pelo menos pela vivacidade de seu gênio. A ideia de procurar o artista ocorreu a Hepzibah. Jovem e desconhecido, simples aventureiro nômade como ele era, no entanto Holgrave lhe dava uma ideia de força, capaz de enfrentar uma crise. E, assim pensando, ela destrancou uma porta, coberta de teias de aranha e desusada há muito tempo, mas que antes servira como meio de comunicação entre a sua própria casa e a torre de que o erradio artista fizera sua morada provisória.

Holgrave se achava ausente. Um livro, virado para baixo em cima da mesa, um rolo de manuscritos, uma folha de papel escrita pela metade, um jornal, alguns instrumentos relacionados com a atual profissão do morador e vários daguerreótipos rejeitados davam a impressão de que ele estava por perto. Àquela hora do dia, porém, como Hepzibah deveria saber, o artista se encontrava em seu estúdio na cidade. Com um impulso de curiosidade, que se insinuou entre os seus sombrios pensamentos, a solteirona olhou um dos daguerreótipos e viu o juiz Pyncheon olhando-a de cara fechada. O destino a enfrentava, face a face.

Hepzibah voltou de sua inútil busca, com o coração pesado pela decepção. Durante todos os seus anos de reclusão, nunca se sentira tão sozinha como se sentia agora. Tinha a impressão de que a sua casa estava situada em um deserto, ou que, mercê de um encantamento, tivesse se tornado invisível para os que moravam ou passavam junto dela, de modo que qualquer infortúnio — acidente insignificante ou crime — ali ocorresse sem possibilidade de socorro. Levada pelo sofrimento e pelo orgulho ferido, Hepzibah passara a vida se afastando dos amigos; desprezara selvagemente o apoio que Deus ordenou que as suas criaturas prestassem umas às outras; e o seu castigo seria ver, agora, ela própria e Clifford vitimados pelo seu parente e inimigo.

Voltando à janela em arco, ergueu os olhos — a pobre Hepzibah, carrancuda e míope diante do céu — e se esforçou, muito se esforçou, para enviar uma prece, através do espesso véu cinzento das nuvens. Aquelas nuvens tinham se acumulado como que para simbolizarem uma grande massa de inquietação humana, inquietação, dúvida, confusão e fria indiferença, entre a Terra e melhores paragens. A sua fé era fraca demais; a sua prece pesada demais para conseguir se erguer. Caiu, como um pedaço de chumbo, sobre o seu coração. Feriu-a com a dolorosa convicção de que a Providência não interfere nesses pecadinhos que um indivíduo comete contra os seus semelhantes, nem oferece qualquer bálsamo para as mesquinhas angústias de uma alma solitária, mas espalha a sua justiça e a sua misericórdia ampla e largamente, como o sol, sobre metade do universo ao mesmo tempo. A sua própria vastidão se anulava. Hepzibah não via, porém, que, assim como entra um quente raio de sol pela janela de cada cabana, assim chega um raio de amor da misericórdia divina para toda necessidade isolada.

Afinal, não encontrando mais pretexto algum para adiar a tortura que tinha de infligir a Clifford — a sua relutância fora o verdadeiro motivo de sua demora à janela, do fato de ter ido procurar Holgrave e mesmo de sua malsucedida prece — e também com medo de ouvir a voz severa do juiz Pyncheon reclamando, do pavimento térreo, pela sua demora, ela subiu, devagar, lívida, abatida, com as pernas quase paralisadas, e, bem devagar, aproximou-se da porta do quarto do irmão e bateu.

Não houve resposta!

E como poderia ter havido? A mão de Hepzibah, trêmula sob a influência da própria e assustadora finalidade que a movera, batera tão de leve na porta que o barulho não devia ter sido ouvido do lado de dentro. Bateu de novo. Sem resposta ainda! E não era de se admirar. Hepzibah batera com toda a mesma força com que o seu coração vibrava, comunicando, por um sutil magnetismo, o seu próprio horror ao convocado. Clifford devia ter virado o rosto no travesseiro e escondido a cabeça sob as cobertas, como uma criança acordada a altas horas da noite. Hepzibah bateu pela terceira vez, sem muita força, mas bem distintamente, três pancadas.

Ainda dessa vez, Clifford não atendeu.

— Clifford, querido irmão! — exclamou Hepzibah. — Posso entrar?

Silêncio.

Duas, três vezes, e mais, Hepzibah repetiu o seu nome, sem resultado; ainda assim, achando que o irmão devia estar dormindo profundamente, abriu a porta e, entrando, encontrou o quarto vazio. Como e quando ele poderia ter saído, sem que ela tivesse notado? Seria possível que, apesar do dia chuvoso, e cansado do tédio dentro de casa, ele tivesse ido dar a sua volta costumeira no quintal e estivesse agora tremendo de frio sob o inútil abrigo da cabana?

Hepzibah correu até a janela, nela debruçou metade de seu corpo magro e procurou em toda a extensão do quintal, tão completamente quanto permitia a deficiência de sua vista. Pôde ver o interior da cabana e o banco circular, molhado pelas goteiras. Clifford não se encontrava por ali, a não ser se tivesse se escondido (como, por um momento,

Hepzibah imaginou que talvez tivesse sido a causa) na sombra, embaixo de um emaranhado de galhos e folhagens que haviam crescido sobre uma velha armação de madeira, junto da cerca. Não era esse o caso, contudo; ele não se achava lá, pois, enquanto Hepzibah estava olhando, um gato saiu exatamente daquele lugar e começou a atravessar o quintal. Por duas vezes, o bicho parou para cheirar o ar, depois dirigiu-se à janela da sala de visitas. Fosse apenas por causa do modo dissimulado, furtivo, comum à sua raça, fosse porque aquele gato parecesse ter no pensamento alguma má intenção mais séria, o fato é que a solteirona, a despeito de sua própria perplexidade, se sentiu impelida a expulsar o animal e tratou de assustá-lo. O gato olhou para cima, como um ladrão ou assassino apanhado em flagrante, e, no mesmo instante, fugiu. Nenhum outro ser vivo era visível no quintal. Chantecler e sua família ou não tinham saído do poleiro, desanimados com a chuva interminável, ou haviam tomado a sensata resolução de voltarem para o poleiro. Hepzibah fechou a janela.

Mas onde estaria Clifford? Teria ele, ciente da presença de sua asa-negra, descido sub-repticiamente a escada, enquanto o juiz e a irmã estavam conversando na loja, aberto sem ruído a porta da frente e fugido para a rua? Assim pensando, Hepzibah teve a impressão de vê-lo, grisalho, enrugado, e, ao mesmo tempo, com um aspecto infantil, metido nas roupas fora da moda que usava em casa; uma figura como às vezes, nos pesadelos, a gente imagina ser, com todo mundo olhando. Que figura aquela de seu desventurado irmão, vagando pela cidade, atraindo todos os olhares, e o espanto e a repugnância de todo mundo, semelhante a um fantasma e mais amedrontador do que um fantasma, porque era visível durante o dia! Para ser ridicularizado pelos jovens, que não o conheciam, e despertar o desprezo e a indignação dos mais velhos, que podiam se lembrar de suas feições tão conhecidas outrora! Para servir de diversão aos meninos, que, quando suficientemente grandes para vagabundarem pelas ruas, não têm mais reverência pelo que é belo e santo do que piedade pelo que é triste, não mais sentimento do sofrimento sagrado que santifica a forma humana em que ele próprio se encarna, do que se Satanás fosse o pai de todos eles! Perseguido por seus escárnios, com seus gritos altos, estridentes, e as risadas cruéis, ou, como podia ocorrer muito bem, ser distraído pela mera estranheza de sua situação, embora ninguém o afligisse tanto quanto uma palavra irrefletida, não seria de se admirar se Clifford se entregasse a alguma extravagância que seria interpretada como loucura. Assim, estaria executado o plano diabólico do juiz Pyncheon!

Depois, Hepzibah se lembrou de que a cidade era quase completamente rodeada pela água. O cais se estendia para o centro do porto e, com aquele tempo inclemente, estava deserto, sem a habitual multidão de negociantes, portuários e marinheiros; cada embarcadouro uma solidão, com os navios encostados no meio do nevoeiro. Teria seu irmão ido esbarrar ali, e, lá chegando, não teria imaginado haver ali um refúgio seguro ao seu alcance, e que, com um simples passo ou pendendo ligeiramente o corpo, ficaria fora do alcance do seu feroz parente? Que tentação! Fazer do sofrimento uma segurança! Afundar-se, empurrado pelo seu peso, e nunca mais se erguer de novo!

O horror dessa ideia era demasiado para Hepzibah. Até mesmo Jaffrey Pyncheon poderia ajudá-la agora! Desceu apressadamente a escada, gritando ao mesmo tempo:

— Clifford foi-se embora! Não consigo encontrar meu irmão! Socorro, Jaffrey Pyncheon! Vai acontecer uma desgraça com ele!

Escancarou a porta da sala de visitas. Mas, com a sombra que a copa das árvores fazia através da janela, o teto enegrecido pela fumaça e os lambris escuros das paredes, não havia no aposento claridade suficiente para distinguir perfeitamente o juiz. Hepzibah tinha certeza, porém, de que o vira sentado na poltrona ancestral, quase no meio da sala, com o rosto um pouco virado, olhando para uma janela. O sistema nervoso de homens como o juiz Pyncheon é tão firme e calmo que ele talvez não tivesse se mexido mais de uma vez, desde que a prima se afastara, mas, na rígida compostura de seu temperamento, conservou a posição em que o acidente o lançara.

— Estou lhe dizendo, Jaffrey — exclamou Hepzibah, impaciente, ao afastar-se da porta da sala para procurar em outros aposentos —, que meu irmão não está em seu quarto! Você tem de me ajudar a procurá-lo!

O juiz Pyncheon, porém, não era homem para se levantar apressado de uma confortável poltrona, afetando a dignidade de seu caráter ou a sua larga base pessoal, levado pelo alarme de uma mulher histérica.

— Está me ouvindo, Jaffrey Pyncheon? — voltou a perguntar Hepzibah, ao se aproximar de novo da porta da sala, depois de mais uma busca improfícua. — Clifford sumiu!

Nesse momento, na porta da sala que dava para o interior da casa, apareceu Clifford em pessoa! O rosto estava prematuramente pálido; tão mortalmente pálido, na verdade, que, apesar da penumbra do corredor, Hepzibah pôde distinguir as suas feições como se estivessem iluminadas; a expressão era de escárnio e zombaria.

De pé na soleira da porta, com a cabeça meio virada para trás, Clifford apontou o dedo indicador para o interior da sala e moveu-o vagarosamente, como se estivesse chamando a atenção não só de Hepzibah, mas do mundo inteiro, para algum objeto prodigiosamente ridículo. Essa atitude, tão inoportuna e extravagante — acompanhada também por um olhar que denotava mais alegria do que qualquer outra espécie de emoção —, levou Hepzibah a temer que a sinistra visita do seu feroz parente tivesse lançado seu pobre irmão à completa insanidade mental. E não podia atribuir a outra coisa a imobilidade do magistrado do que o supondo ocupado com o relógio, enquanto Clifford apresentava aqueles sintomas de loucura.

— Fique quieto, Clifford! — sussurrou sua irmã, estendendo o braço para reforçar a súplica. — Pelo amor de Deus, fique quieto!

— Deixe-o quieto! O que ele pode fazer de melhor? — retrucou Clifford, apontando, com um gesto mais largo, para a sala. — Quanto a nós, Hepzibah, podemos dançar agora! Podemos cantar, rir, brincar, fazer o que quisermos! O peso foi-se embora, Hepzibah! Foi-se embora este velho mundo maldito, e podemos ficar tão despreocupados quanto a própria Phoebe!

E, confirmando as palavras, começou a rir, ainda apontando para o objeto invisível para Hepzibah, dentro da sala. A irmã foi tomada, de súbito, pela intuição de que acontecera alguma coisa horrível. Avançou, deixando Clifford para trás, e desapareceu na sala, mas quase imediatamente voltou, com um grito sufocado na garganta. Lançando ao irmão um apavorado olhar inquisidor, continuou olhando-o, tremendo da cabeça aos pés e, juntamente com a paixão ou o susto, ainda se fazia sentir a tempestuosa alegria de Clifford.

— Meu Deus, o que será de nós? — murmurou Hepzibah.

— Venha! — exclamou ele, em um tom decidido, bem diferente de seu comportamento habitual. — Já estamos demorando demais! Vamos deixar esta casa velha para o nosso primo Jaffrey! Ele vai aproveitar muito!

Hepzibah notou, então, que o irmão vestira um sobretudo muito velho, no qual andara metido durante todos aqueles dias chuvosos. Ele fez um gesto, mostrando o seu intento, pelo que ela pôde compreender, de saírem os dois juntos da casa.

Há momentos de caos, de cegueira e de embriaguez na vida de pessoas a quem falta uma verdadeira força de caráter — momentos de prova, em que a coragem mais precisa afirmar-se — mas nos quais aqueles indivíduos, se entregues a si mesmos, caminham atordoados, sem rumo, ou seguem docilmente quem quer que se mostre disposto a guiá-los, ainda mesmo se for uma criança. Por mais absurda ou mais insana, qualquer decisão lhes é bem-vinda. Hepzibah chegara àquele ponto. Desacostumada de tomar uma decisão, de assumir uma responsabilidade — horrorizada com o que acabara de ver, e com medo de perguntar, e até de imaginar, como tudo se passara — apavorada com a fatalidade que parecia perseguir o irmão —, estupefata com a espessa, sufocante, atmosfera de horror que enchia a casa de um cheiro de morte, e obliteradas todas as funções do raciocínio, ela se curvou, sem uma pergunta e em um instante, à vontade que Clifford manifestava. Quanto a si mesma, era como uma pessoa sonhando, quando a vontade está adormecida. Clifford, habitualmente tão destituído de tal qualidade, a encontrara, na tensão da crise.

— Por que está se demorando tanto? — gritou ele, asperamente. — Vista o casaco e ponha o chapéu, ou o que quiser usar! Qualquer coisa. Você não vai ficar mais bonita, nem mais chique, minha pobre Hepzibah! Pegue a bolsa, com dinheiro dentro, e vamos embora!

Hepzibah obedeceu àquelas instruções como se nada mais pudesse fazer ou pensar. Começou a imaginar, na verdade, por que seria que não acreditava, e até que intolerável intensidade de estonteante horror o seu espírito lutaria para se ver livre do pesadelo e quando conseguiria compreender que nada daquilo realmente acontecera. Era claro que não se tratava de uma realidade; não começara ainda aquele dia chuvoso e sombrio; o juiz Pyncheon não conversara com ela; Clifford não dobrara gargalhadas, apontando com o dedo e a chamando com um gesto. Ela simplesmente se afligira — como acontece muitas vezes com as pessoas solitárias — por causa de um pesadelo!

"Agora vou acordar!", pensou Hepzibah, enquanto se preparava. "Não aguento mais! Tenho de acordar agora!"

Não acordou, porém; não chegou o momento de despertar. E não chegou nem mesmo quando, logo antes de deixarem a casa, Clifford chegou à porta da sala e curvou-se para se despedir do único ocupante do aposento.

— Que aspecto absurdo o velho apresenta agora! — sussurrou ele à irmã. — Logo agora, quando imaginou que me tinha inteiramente às suas ordens! Venha, venha! Depressa! Senão ele sai, como o Gigante Desespero perseguindo Cristão e Esperançoso, e ainda nos apanha!

Quando chegaram à rua, Clifford chamou a atenção de Hepzibah para algo em um dos portais da entrada. Eram meramente as iniciais do seu nome, que ele ali escrevera, quando menino. Os dois irmãos partiram, deixando o juiz Pyncheon sentado na velha casa de seus antepassados, inteiramente só; tão pesado e maciço que a coisa alguma melhor o poderíamos comparar do que a um incubo defunto, que tivesse morrido no meio de suas malvadezas e se deixado ficar, como um flácido cadáver, no peito do atormentado, para que este dele se livrasse como pudesse!

XVII

O voo de duas corujas

Embora se estivesse no verão, o vento leste fazia com que batessem desesperadamente os poucos dentes restantes da pobre Hepzibah, enquanto ela e Clifford o enfrentavam, ao caminharem pela rua Pyncheon, rumo ao centro da cidade. Não se tratava apenas do tremor que aquele vento impiedoso infligia à sua velha carcaça (embora seus pés e suas mãos, especialmente, nunca houvessem sentido um frio tão mortal como agora), mas havia uma sensação moral, misturada com a friagem física e levando a pobre solteirona a tremer mais no espírito do que no corpo. Era tão desagradável a vasta, soturna atmosfera do mundo! Tal é, na verdade, a impressão que ela causa a todo novo aventureiro, mesmo quando nela mergulha enquanto a mais quente pulsação da vida lhe está borbulhando nas veias. Como deve ter sido, pois, para Hepzibah e Clifford — tão castigados pelo tempo como tinham sido, e, no entanto tão semelhantes a crianças por sua inexperiência — quando atravessaram a porta da rua e se viram sob a larga sombra do Olmo dos Pyncheon! Caminhavam em um mundo exterior, uma peregrinação exatamente igual àquela que uma criança imagina às vezes, como ao fim do mundo, com um biscoito e um níquel no bolso. Na mente de Hepzibah, havia a desoladora consciência de que estava à garra. Perdera a faculdade de se dirigir sozinha; mas, devido às dificuldades que a rodeavam, sentia que seria inútil um esforço para reconquistá-la, e, além disso, seria incapaz de tentar.

Enquanto os dois prosseguiam a sua estranha expedição, ela, de vez em quando, olhava de soslaio para Clifford, e a única coisa que podia notar é que ele estava dominado e era dirigido por uma poderosa excitação. Fora isso, em verdade, que lhe dera o domínio que, instantânea e irresistivelmente, ele exercia sobre os seus movimentos. Essa excitação parecia-se bastante à animação provocada pelo vinho. Ou, em uma comparação mais fantasista, parecia-se com uma alegre peça musical, tocada com vivacidade, mas em um instrumento desafinado. Como a nota dissonante podia sempre ser ouvida e se destacava por mais alta no meio da exultação da melodia, assim também notava-se em Clifford um tremor constante, ao mesmo tempo que ostentava um sorriso triunfal, dando quase a impressão de que estava querendo pular de alegria.

Os dois irmãos encontraram poucas pessoas na rua, mesmo quando se afastaram das proximidades da Casa das Sete Torres, alcançando a parte da cidade ordinariamente mais movimentada. Os passeios escorregadios apresentando, aqui e ali, poças de água em sua superfície desigual; os guarda-chuvas se mostrando ostensivamente nas vitrines, como se as vendas comerciais se tivessem concentrado naquele artigo; folhas molhadas de castanheiros ou olmos, caídas prematuramente, arrancadas pelo vento, espalhadas pelos logradouros; um disforme acúmulo de lama no meio da rua, que se tornava, assim, mais suja, depois de lavada por tanto tempo — tais eram os pontos de destaque de um quadro realmente sombrio.

Como sinal de movimento, de vida humana, havia o apressado matraquear de alguma carruagem ou caleça, com o cocheiro bem protegido por um grande gorro impermeável, que lhe cobria a cabeça e os ombros; o desconsolado vulto de um velho, que parecia ter surgido de algum esgoto subterrâneo e parava junto da sarjeta, remexendo o lixo molhado com um pedaço de pau, à procura de pregos enferrujados; um ou dois comerciantes, à porta da agência dos correios, em companhia de um jornalista e de um político esperando a mala postal, atrasada; alguns rostos de comandantes de navios mercantes aposentados, à janela do escritório de uma companhia de seguros, amaldiçoando o mau tempo ou comentando a carestia e assuntos locais. Que verdadeiro tesouro para aqueles mexeriqueiros, se soubessem o segredo que Hepzibah e Clifford levavam consigo! No entanto, os dois despertaram muito menos a atenção do que uma moça que passava e que teve de levantar a saia acima dos tornozelos. Se o dia estivesse ensolarado, dificilmente eles não poderiam dar um passo na rua sem serem notados pela sua extravagância e feiura. Agora, pareciam estar de acordo com o tempo sombrio e borrascoso, e a sua presença não se destacava, portanto, como insólita. Agora, provavelmente, eles pareciam estar de acordo com as condições do tempo e, portanto, não chamavam a atenção; a luz do dia os iluminava, mas envoltos na semipenumbra cinzenta, e eram esquecidos mal passavam.

Pobre Hepzibah! Se tivesse compreendido isso, ficaria um pouquinho consolada, pois com todas as suas outras atribulações — é estranho dizer — ainda havia o desespero feminil, velha solteirona como era, de se sentir malvestida em público. E, assim, ela procurava se encolher, na esperança de que as pessoas pensassem que ali se achavam apenas um capote e um chapéu, surrados e horrivelmente desbotados, passeando no meio da tempestade, sem ninguém por baixo!

Enquanto caminhava, a sensação de indistinção e irrealidade continuou pairando em torno dela, e tanto a afetou que uma de suas mãos se tornou quase insensível ao contato da outra. E, certamente, isso seria preferível.

— Estou acordada? Estou acordada? — murmurava ela, consigo mesma, de vez em quando.

E, às vezes, expunha o rosto ao vento, para se assegurar. Fosse por determinação de Clifford, fosse por puro acaso, o fato é que os dois se viram atravessando a entrada abobadada de um grande edifício de pedra cinzenta. Dentro, havia muito espaço e muita altura, agora cheia de fumaça e vapor, que subiam, para formarem em cima um arremedo de nuvens. Um trem estava pronto para partir; a locomotiva fumegava e chiava como um cavalo impaciente para sair a galope; e o sino tocava o seu apressado repique, que lembra tão bem a breve convocação que a vida nos faz em sua apressada carreira.

Sem pergunta ou demora, com a decisão irresistível, para não se dizer temerária, que tão estranhamente tomara posse dele, e, através dele, de Hepzibah, Clifford a empurrou para um dos carros e a obrigou a entrar. O sinal foi dado; a locomotiva resfolegou com mais força; o trem começou a mover-se; e, juntamente com cem outros passageiros, os dois viajantes indesejáveis avançaram como o vento.

Afinal, portanto, depois de tão longo afastamento de tudo o que o comum dos homens fazia ou gozava, eram arrastados pela grande corrente da vida humana e levados por ela, como que sugados pelo próprio destino.

Ainda atormentada pela ideia de que nenhum dos passados incidentes fora real, inclusive a visita do juiz Pyncheon, a reclusa das Sete Torres murmurou, dirigindo-se ao irmão:

— Clifford, Clifford! Isto não é um sonho?

— Um sonho, Hepzibah? — redarguiu ele, quase dando uma gargalhada. — Ao contrário, nunca estive tão acordado antes!

Enquanto isso, olhando pela janela, podiam ver o mundo passar correndo diante de seus olhos. Por um momento, atravessavam um ermo; no momento seguinte, uma aldeia surgia em torno deles; mais alguns instantes, e a aldeia sumia, como se tivesse sido engolida por um terremoto. As torres dos templos pareciam arrancadas dos alicerces; morros maciços se dissolviam. Tudo perdera a fixidez de um repouso secular e se movia velozmente em direção oposta à do trem.

Dentro do carro, processava-se a vida comum ao interior de um vagão ferroviário, oferecendo pouco interesse para os outros passageiros, mas constituindo novidade completa para aqueles dois prisioneiros estranhamente libertados. De fato, era uma novidade ver cinquenta seres humanos estreitamente relacionados com eles próprios, sob um teto baixo e comprido, e arrastados pela mesma influência poderosa que os arrastara. Parecia maravilhoso como toda aquela gente permanecia tão sossegada em seus lugares, enquanto tanto esforço e tanto barulho se faziam em seu benefício. Alguns, com o bilhete de passagem preso ao chapéu (viajantes de longo curso aqueles, diante dos quais se estendia cem milhas de trilhos), tinham mergulhado no cenário inglês e nos episódios dos romances de aventura, e faziam companhia a duques e condes. Outros, cujo breve trajeto os proibia de se dedicarem a estudos tão abstrusos, se contentavam em afastar o tédio da viagem com a leitura de um jornal. Um grupo de moças e rapazes, em lados opostos do carro, divertia-se enormemente jogando bola. A bola era atirada de cá para lá, entre gargalhadas, que podiam ser medidas por milhas, pois, por mais depressa que a bola pudesse andar, os jogadores andavam, inconscientemente, muito mais depressa, deixando para trás seus gritos de alegria, e terminando as jogadas sob um céu diferente daquele que assistira ao seu começo. Meninos vendendo maçãs, doces, balas — mercadorias que fazia Hepzibah lembrar-se da loja abandonada — apareciam em cada estação, fazendo apressadamente os seus negócios, no temor de que os passageiros levassem o artigo sem deixar o dinheiro. Constantemente embarcava mais gente. Constantemente desembarcavam velhos conhecidos, pois os conhecimentos se faziam com rapidez em tais circunstâncias. Aqui e ali, no meio da agitação e do barulho, um passageiro dormia recostado na cadeira. Sono; diversão; negócios; estudo sério ou leve; e o comum e inevitável movimento para a frente! Era a própria vida!

As afinidades naturalmente pungentes de Clifford se avivaram. Ele captava o colorido que se apresentava em torno e o irradiava de volta com mais nitidez do que o recebera, mas misturado com um matiz sombrio e portentoso. Hepzibah, por outro lado, se sentia mais distante do gênero humano do que mesmo na reclusão que deixara.

— Você não está feliz, Hepzibah! — disse Clifford, em tom de censura. — Está se lembrando daquela casa horrível e do primo Jaffrey sentado ali sozinho — acrescentou, tremendo de novo. — Ouça o meu conselho, siga o meu exemplo e se esqueça dessas coisas. Aqui estamos, no mundo, Hepzibah, em plena vida, entre os nossos semelhantes! Fique feliz! Tão feliz como aquele rapaz e aquelas moças bonitas com o seu jogo de bola!

"Feliz!", pensou Hepzibah amargamente consciente, ao ouvir tal palavra, do peso, do sofrimento que trazia no coração. "Feliz! Ele já enlouqueceu; e se eu me sentisse, de repente, bem acordada, eu também enlouqueceria!"

Se uma ideia fixa é loucura, ela não estaria talvez muito longe da loucura. Enquanto os dois eram levados pelo sacolejante e barulhento trem, sobre os trilhos de aço, de acordo com as imagens mentais de Hepzibah, o trem parecia estar subindo e descendo a rua Pyncheon. Com milhas e milhas de cenários variados, para ela não havia outros cenários, senão as velhas sete torres, com o musgo e as plantas daninhas crescendo nos cantos, e a vitrine, um freguês batendo na porta ou tocando a campainha, mas sem perturbar o juiz Pyncheon! Aquele velho casarão estava em toda parte! Movia a sua pesada estrutura com mais velocidade do que o trem e aparecia em cada lugar para onde Hepzibah olhava. A sua mente era muito pouco maleável, para captar novas impressões tão prontamente como a de Clifford. Ele possuía uma natureza alada; ela se parecia mais com um vegetal e dificilmente poderia viver, se arrancada pelas raízes. Aconteceu, assim, que se alterou a relação existente, até então, entre ela e Clifford. Em casa, era ela a guardiã; agora, ele se tornara o guardião da irmã, e mostrava compreender o que estava relacionado com a nova situação com singular rapidez de raciocínio. Clifford adquirira energia viril e vigor intelectual, ou, pelo menos, parecia tê-los adquirido, ainda que precária e transitoriamente.

O chefe de trem apareceu para recolher as passagens; e Clifford, que ficara com o dinheiro, pôs em sua mão uma nota, como vira outras pessoas fazendo.

— Para o senhor e a senhora também? — perguntou o chefe de trem. — E para qual estação?

— Para a mais longe — respondeu Clifford. — Não tem importância. Estamos viajando apenas para nos divertirmos.

— Escolheu um dia bem estranho para isso! — observou um velho, de olhar penetrante, que estava sentado do outro lado do carro e observava os dois irmãos com visível curiosidade. — Com este tempo horrível, não há coisa melhor do que ficar em casa, com um bom fogo na lareira!

— Não concordo plenamente com o senhor — disse Clifford cortesmente, aproveitando a deixa para a conversa que lhe era oferecida. — Acho, ao contrário, que essa admirável invenção que é a estrada de ferro (com o vasto e inevitável melhoramento que acarretará, tanto no que diz respeito à rapidez quanto à comodidade) está destinada a pôr de lado essa ideia de casa e lareira, substituindo-a por coisa melhor.

— Em nome do bom senso — retrucou o velho, visivelmente irritado — o que pode haver de melhor para um homem do que a sua própria casa, com o calor da lareira?

— Essas coisas não têm o mérito que muita gente lhes atribui — replicou Clifford. — Em poucas palavras, pode-se dizer que têm servido para uma finalidade mesquinha. A minha impressão é que essa grande e ainda crescente facilidade de locomoção nos vai levar de volta ao estado nômade. O senhor deve saber, meu caro senhor, deve ter observado por experiência própria, que todo progresso humano se processa em círculo, ou, para usar uma figura mais precisa e mais bela, em uma curva espiral ascendente. Enquanto imaginamos que estamos caminhando para a frente, alcançando, de passo a passo, uma posição inteiramente nova, nos achamos, na realidade, voltando a algo há muito tempo tentado e abandonado, mas que agora encontramos sublimado, requintado e aperfeiçoado no rumo do seu ideal. O passado não é mais que uma profecia grosseira e sensual do presente e do futuro. Apliquemos essa verdade ao assunto de que estamos tratando. Nas épocas mais remotas da nossa raça, os homens moravam em cabanas temporárias, de galhos de árvores, feitas tão facilmente quanto o ninho de uma ave, e que construíam (se pode falar em construção ao se tratar de moradas tão precárias e passageiras) como lhes ensinava a natureza, onde havia peixe e caça em abundância e, especialmente, onde o sentimento de beleza pudesse ser gratificado como por uma sombra mais amável do que alhures e uma disposição mais agradável dos lagos, bosques e montanhas. Tal vida possuía um encanto que, desde que o homem a deixou, desapareceu da existência. E prefigurava algo melhor que ela própria. Tinha os seus percalços, tais como a fome e a sede, a inclemência do tempo, o ardor excessivo do sol e as cansativas caminhadas em terrenos ásperos e desertos, que ficavam entre os sítios procurados por sua fertilidade e beleza. Mas, em nossa espiral ascendente, nos livramos de tudo isso. Estas estradas de ferro (se conseguissem tornar musicais o apito e o barulho das ferragens) são, na verdade, a melhor bênção que o tempo nos podia trazer. Elas nos deram asas; eliminaram o cansaço e a sujeira da peregrinação; espiritualizaram a viagem. Sendo tão rápida a transição, o que pode induzir o homem a permanecer agarrado ao mesmo lugar? Por que, então, terá de construir uma habitação incômoda demais para ser transportada com ele? Por que se tornar prisioneiro durante toda a vida de uma casa de pedra e tijolo e madeira carcomida pelos vermes, quando pode, com a mesma facilidade, morar, em certo sentido, em lugar algum e, em um sentido melhor, em qualquer lugar onde o conforto e a beleza lhe ofereçam um lar?

A fisionomia de Clifford resplandeceu enquanto falava: um ânimo juvenil, vindo do seu íntimo, converteu as rugas e a palidez da idade em uma quase transparente máscara. As moças largaram a bola e o olharam, talvez dizendo a si mesmas que, antes que os seus cabelos encanecessem e os pés de galinha lhe marcassem o rosto, aquele homem, agora tão decadente, deveria ter fascinado muitas mulheres. Infelizmente, nenhuma mulher contemplara o seu rosto enquanto era belo!

— Eu, de modo algum, consideraria tal coisa como um melhor estado de coisas, para se viver agora, em qualquer lugar! — opinou o recém-conhecido de Clifford.

— Acha que não? — perguntou Clifford, com singular energia. — Para mim, é claro como a luz do sol (quando há luz do sol no céu) que os maiores obstáculos no caminho da felicidade e do aperfeiçoamento humano são esses montões de pedra e tijolo que os homens constroem para o seu próprio tormento e chamam de suas casas, de seus lares! A alma precisa de ar, de ar farto e sempre renovado! Influências mórbidas, de mil espécies, pairam sobre as lareiras e poluem a vida dentro de casa. Não existe uma atmosfera mais malsã do que a de um velho casarão, envenenada por algum defunto antepassado ou parente dos moradores. Estou falando com conhecimento de causa. Há uma certa casa em minha lembrança, uma daquelas casas com torres (tem sete delas), como se costuma ver nas velhas cidades, uma masmorra horrível, velha, feia, suja, úmida, escura, arruinada, com uma janela em arco, uma portinha de venda do lado e um grande olmo, velho e triste, na frente! Ora, meu caro senhor, cada vez que me lembro daquela casa de sete torres (o fato é tão curioso que tenho de mencioná-lo), imediatamente me vem à cabeça a imagem de um velho, de expressão ameaçadora no rosto, sentado em uma poltrona de carvalho, morto, mortinho, com uma grande mancha de sangue no peito da camisa! Morto, mas com os olhos abertos! Ele contamina a casa toda, pelo que me lembro. Eu jamais poderia viver ali, nem ser feliz, nem fazer ou gozar o que Deus me mandou fazer e gozar.

A expressão de seu rosto endureceu, envelhecendo-o ainda mais.

— Jamais! — repetiu. — Jamais eu poderia respirar aquele ar!

— É claro! — concordou o velho, olhando para Clifford espantado e visivelmente apreensivo. — Estou vendo como o senhor pensa.

— É claro que não — continuou Clifford. — E seria um alívio para mim se aquela casa fosse demolida ou incendiada, e assim a Terra se visse livre dela, e o capim crescesse em seus alicerces. Que eu jamais volte àquele lugar! Na verdade, quanto mais longe estiver dele, mais me voltarão a alegria, a despreocupação, o pulsar do coração, a dança intelectual, a juventude... sim, a minha juventude voltará. Ainda esta manhã, eu estava velho. Lembro-me de ter olhado no espelho e ficar admirado com os meus cabelos brancos, as muitas rugas me cortando o rosto! Cedo demais! Não podia me resignar! A velhice não tinha o direito de chegar! Eu ainda não tinha vivido! Mas, agora, estou parecendo velho? Se estou, o meu aspecto está em desacordo comigo, pois tirei um grande peso da mente, sinto-me em plena mocidade, com o mundo e os meus melhores dias pela frente!

— Espero que sim — disse o velho, visivelmente embaraçado. — Faço votos para que assim seja.

— Pelo amor de Deus, Clifford, fique quieto! — sussurrou a irmã. — Os outros estão pensando que você é doido.

— Fique quieta você, Hepzibah! — retrucou o irmão. — Não tem importância o que pensam! Não estou doido! Pela primeira vez, em trinta anos, os meus pensamentos saem e encontram palavras para expressá-los. Tenho de falar, e vou falar!

Dirigiu-se de novo ao velho e reiniciou a conversa:

— Sim, meu caro senhor, acredito e espero, firmemente, que essas expressões como teto e lar, que durante tanto tempo vêm significando algo sagrado, em breve deixem de ser usadas e acabem sendo esquecidas. Imagine, por um momento, quantos males humanos desaparecerão com essa mudança! O que chamamos de propriedade territorial, o sólido terreno para se construir uma casa, é o largo alicerce que sustenta quase tudo que há de criminoso no mundo. O homem cometerá qualquer sordidez, ajuntará um imenso montão de maldade, dura como granito, e que há de pesar sobre a sua alma na eternidade, somente para construir um casarão sombrio, para que ali ele próprio morra e seus descendentes sofram. Ele fica enterrado debaixo da terra e pendura o seu retrato de cara fechada na parede e, depois de se transformar, assim, em asa-negra, espera que os seus remotos descendentes sejam felizes lá dentro! Não estou falando sem base! Tenho a imagem dessa casa gravada na cabeça!

— Então, o senhor não pôde ser censurado por tê-la deixado — opinou o velho, aflito para mudar de assunto.

— Ainda na geração que está começando agora, tudo isso será mudado — continuou Clifford. — O mundo está ficando demasiadamente etéreo e espiritual para que continuem a existir aquelas barbaridades. Quanto a mim, embora, durante muito tempo, tenha vivido principalmente isolado, e menos informado a respeito de tais coisas do que a maioria dos homens, mesmo para mim, os prenúncios de uma era melhor são indiscutíveis. Mesmerismo, já! O senhor acha que isso não vai contribuir para afastar a grosseria da vida humana?

— Tudo um embuste! — resmungou o velho.

— Aqueles espíritos arrebatadores sobre os quais Phoebe falou outro dia — prosseguiu Clifford — não serão os mensageiros de um mundo espiritual, batendo à porta da substância? E essa porta terá de ser escancarada!

— Tudo um embuste! — exclamou o velho, cada vez mais irritado com a metafísica de Clifford. — Eu gostaria de pegar a bengala e dar uma surra na cabeça vazia dos idiotas que inventam essas besteiras!

— E há a eletricidade, o demônio, o anjo, a poderosa força física, a inteligência que tudo abrange. Isso também é um embuste? — insistiu Clifford. — É um fato (ou estarei sonhando) que, graças à eletricidade, o mundo da matéria se tornou um grande nervo, vibrando para percorrer milhares de milhas em um segundo? Ou melhor, o globo é uma enorme cabeça, um cérebro, instinto com inteligência! Ou direi que é, antes, um pensamento, nada mais que um pensamento, e não mais a substância que julgamos ser?

— Se o senhor está se referindo ao telégrafo — disse o velho, olhando para os fios do telégrafo que corriam ao longo da estrada —, é, sem dúvida, uma excelente coisa, se os especuladores com o algodão e a política não tomarem conta dele. Uma grande coisa, sem dúvida, particularmente no que diz respeito à descoberta de assaltantes de bancos e de assassinos.

— Não concordo com esse ponto de vista — replicou Clifford. — Um assaltante de banco e o que o senhor chama de assassino, do mesmo modo, têm o seu direito, que os homens esclarecidos e conscienciosos devem encarar com espírito liberal, tanto mais quanto o grosso da sociedade está inclinada a condenar a sua existência. Um recurso quase espiritual, como é o telégrafo, deveria ser consagrado a missões mais elevadas, profundas, alegres e santas. Os amantes, todos os dias, todas as horas, tantas vezes quanto sentissem vontade, poderiam enviar palavras vindas do coração, do Maine para a Flórida, assim, por exemplo: "Eu sempre te amarei!", "O meu coração transborda de amor!", "Eu te amo mais do que posso!". E de novo, na mensagem seguinte: "Vivi mais uma hora e te amo duas vezes mais!" Ou, quando um homem bom e simpático viajou, um amigo distante pode receber uma emocionante mensagem, como que vinda do mundo dos espíritos venturosos, dizendo-lhe: "Seu caro amigo está felicíssimo!" Ou mensagens assim poderão chegar a um marido ausente: "Um ser imortal, de que és o pai, acaba de chegar, enviado por Deus!" Não posso, porém, para dizer a verdade, concordar com o aproveitamento de uma força imaterial e milagrosa para provocar uma caçada universal daqueles pobres desclassificados, os assaltantes de bancos, que, afinal de contas, são tão honestos quanto nove em cada dez pessoas, a não ser pelo fato de desrespeitarem certas formalidades e preferirem tratar de negócios de madrugada, e não durante o dia, assim como dos assassinos, como o senhor os chama, que muitas vezes não devem ser recriminados pelo ato que cometeram, tendo em vista os seus motivos, e, ao contrário, mereceriam ser considerados benfeitores públicos, se levarmos em conta os resultados!

— O senhor não concorda? — exclamou o velho, com um olhar feroz.

— Decididamente, não! — retrucou Clifford. — Isso os coloca em uma posição demasiadamente desvantajosa. Por exemplo, meu caro senhor, vamos imaginar, em uma sala escura, baixa, revestida de lambris, um homem morto, sentado em uma poltrona, com uma mancha de sangue no peito da camisa, e acrescentemos à nossa hipótese outro homem, saindo daquela casa, que ele sente estar superlotada com a presença do morto, e o imaginemos fugindo, com a velocidade do furacão, por estrada de ferro. Muito bem, caro senhor, se o fugitivo vai parar em alguma cidade distante e encontra todo mundo falando acerca do tal sujeito morto, do qual ele próprio fugira, o senhor não admite que os seus direitos naturais foram violados? Ele foi privado de meu santuário, de um refúgio, o que, na minha humilde opinião, quer dizer que sofreu incalculável dano.

— O senhor é um homem estranho! — exclamou o velho, fixando em Clifford um olhar tão penetrante que parecia querer trespassá-lo. — Não consigo entendê-lo!

— Eu sei! — retrucou Clifford, rindo. — E, no entanto, meu caro senhor, sou transparente como a água do poço de Maule! Mas vamos, Hepzibah! Já andamos bem longe por esta vez. Vamos pousar, como fazem as aves, no galho mais próximo e resolvermos se ainda vamos voar até mais adiante!

Justamente então, aconteceu que o trem estava parando em uma estaçãozinha solitária. Aproveitando a breve pausa, Clifford saiu do carro, levando a irmã consigo. Um momento depois, o trem, conduzindo em seu interior toda a agitação de que Clifford tão destacadamente participara, afastava-se velozmente, transformando-se, dentro em pouco, em um ponto, que não tardou a desaparecer.

O mundo fugia dos dois peregrinos, que olharam ansiosamente em torno. À pequena distância, erguia-se uma igreja de madeira, escurecida pela ação do tempo e em lamentável estado de decadência e ruína, com vidraças quebradas, uma rachadura na parede principal e um caibro meio caído na torre quadrada. Mais adiante, via-se uma casa de fazenda tão veneravelmente negra quanto a igreja, cujo telhado inclinado descia de uma altura correspondente a um terceiro pavimento até a altura de um homem. Parecia desabitada. Havia, em verdade, perto da porta, restos de um montão de lenha, mas com o capim crescendo entre as achas espalhadas. As gotas de chuva caíam obliquamente; o vento não estava forte, mas trazia uma umidade friíssima.

Clifford tremia da cabeça aos pés. Havia desaparecido de todo a sua agitação, que tão prontamente lhe oferecera pensamentos, fantasias e uma estranha facilidade de expressão, e o impelia a falar pela simples necessidade de dar vazão ao borbulhante jorro de ideias. Uma forte excitação lhe dera energia e vivacidade. Desaparecida, o abatimento o prostrou.

— Agora é você que tem de dirigir, Hepzibah! — murmurou ele, com dificuldade. — Faça comigo o que quiser!

A irmã ajoelhou-se na plataforma onde se encontravam e levantou para o céu os braços, de mãos postas. O pesado e cinzento véu das nuvens tornava invisível o firmamento; mas não era hora de descrença, não era possível duvidar que houvesse um céu lá no alto e um Pai Todo-Poderoso nos olhando!

— Meu Deus! — implorou a pobre, cadavérica Hepzibah, parando depois um pouco, para imaginar como seria a sua prece. — Meu Deus, meu Pai, não somos teus filhos? Tem piedade de nós!

XVIII

O governador Pyncheon

Enquanto os seus dois parentes fugiam de maneira tão apressada, o juiz Pyncheon continuava sentado no antiquado aposento, fazendo sala, como se costumava dizer, durante a ausência dos moradores. Para ele, e para a veneranda Casa das Sete Torres, a nossa história terá de voltar, como uma coruja, espantada pela luz do dia, se apressa a voltar para o seu oco de árvore.

O juiz se mantinha na mesma posição há muito tempo. Não movera as mãos ou os pés, continuava a olhar fixamente para o mesmo canto da sala desde que os passos de Hepzibah e Clifford rangeram ao longo do corredor e que a porta da rua foi cautelosamente fechada, após a sua saída. Continuava a segurar o relógio com a mão esquerda, mas o apertando de tal modo que não se podia ver o mostrador.

Que meditação profunda! Ou, supondo-se que o magistrado estivesse dormindo, que infantil tranquilidade de consciência e que ordem perfeita da região gástrica permitiam um sono tão completamente livre de tremores, dormências, contorções, pesadelos, provocando resmungos bem audíveis, sopros retumbantes do órgão nasal ou qualquer outra leve irregularidade da respiração! Era preciso o próprio observador conter a respiração se quisesse constatar se ele estava respirando. E não adiantava.

Ouvia-se o tique-taque do relógio, mas não se ouvia a respiração do juiz. Um sono bem tranquilo, sem dúvida! Mas a verdade é que ele não estava dormindo. Os olhos estavam abertos! Um político veterano como Pyncheon jamais dormiria com os olhos abertos, por temer que algum inimigo ou mexeriqueiro tivesse a ideia de olhar através daquelas janelas da alma e fizesse estranhas descobertas entre as suas reminiscências, projetos, esperanças, apreensões, fraquezas e decisões que ele não revelara a quem quer que fosse. O homem cauteloso, costuma-se dizer, dorme com um olho aberto. Mas não com os dois. Não, não! O juiz Pyncheon não podia estar dormindo.

Era bem estranho, no entanto, que um homem tão cheio de compromissos, e também conhecido por sua pontualidade, demorasse tanto naquela velha mansão, que jamais parecera muito interessado em frequentar. A poltrona de carvalho, é verdade, poderia tentá-lo, espaçosa como era, e bastante cômoda, para o tempo em que fora confeccionada. Um homem ainda mais robusto nela se acomodaria facilmente. O seu ilustre antepassado, retratado na parede da sala, com toda a sua robusteza, dificilmente apresentaria uma frente indo de braço a braço da poltrona, ou uma base cobrindo todo o seu assento.

Havia, porém, cadeiras muito melhores do que aquela — de mogno, de nogueira preta, de pau-rosa, com assento de molas e forradas de damasco, com inclinações variadas e inúmeros artifícios para torná-las mais confortáveis e também para evitar a monotonia de uma comodidade excessiva — e inúmeras dessas cadeiras deviam estar às ordens do juiz Pyncheon.

Com efeito, em salas de visita sem conta ele seria mais do que bem recebido. A dona da casa correria a encontrá-lo, de mão estendida; a filha virgem, por mais velho que ele fosse, um viúvo velho, como se classificava, sorrindo, viria sacudir a almofada para o juiz ficar bem à vontade, bem acomodado. Eis que o juiz era um homem próspero.

Além disso, ele dispunha os seus planos, como os outros, e de maneira razoavelmente mais brilhante do que os outros. Pelo menos, enquanto não se levantara da cama, na manhã daquele dia, ainda entregue a uma agradável sonolência, ficara organizando os seus planos imediatos e especulando a probabilidade do que poderia acontecer nos próximos 15 anos. Gozando de invejável saúde, e com os poucos estragos que a passagem dos anos lhe causara, era bem razoável prever mais 15 ou vinte anos de vida, ou talvez mesmo uns 25. Vinte e cinco anos para gozar as suas propriedades na cidade e no campo, as suas ações de estradas de ferro, bancos e companhias de seguro, seus títulos do governo dos Estados Unidos, sua riqueza, em suma, a riqueza atual e a que seria adquirida em breve; juntamente com as honrarias públicas que o haviam alcançado, e as outras, mais pesadas, que ainda o alcançariam! Era bom! Era excelente! Era bastante!

E ainda continuava sentado na velha poltrona! Se o juiz dispunha de tão pouco tempo para desperdiçar, porque não ia visitar a sede da companhia de seguros, como era seu costume, e sentava-se em uma das poltronas forradas de couro, ouvindo os mexericos do dia e dizendo algo de bem meditado, que certamente seria muito comentado na cidade no dia seguinte? E os diretores de banco não tinham marcado uma reunião, à qual o juiz não poderia faltar, pois deveria, em verdade, presidi-la? Tinham marcado, sim, e a hora estava anotada em um cartão, que se achava, ou deveria se achar, no bolso direito do seu colete. Para a reunião deveria ir e discutir à vontade sobre o seu dinheiro! Já ficara sentado por muito tempo na velha poltrona.

Aquele iria ser um dia tão movimentado! Em primeiro lugar, a entrevista com Clifford. Meia hora, segundo o cálculo do juiz, seria suficiente para isso; provavelmente menos; mas, levando em consideração o fato de ter de conversar primeiro com Hepzibah, e as mulheres se mostrarem sempre dispostas a gastar muitas palavras, quando quanto menos palavras melhor seria, era mais seguro contar com uma meia hora.

Meia hora, juiz Pyncheon? Já haviam se passado duas horas, de acordo com o seu certíssimo cronômetro. E ele ainda não se dera ao trabalho de abaixar a cabeça ou levantar o braço para colocar o relógio dentro do seu campo visual! O tempo, de repente, parecia ter perdido toda a importância para o juiz!

E teria ele se esquecido de todos os seus outros compromissos? Resolvido o caso de Clifford, deveria se encontrar com um corretor, que se comprometera a arranjar uma elevada percentagem e os melhores papéis, para alguns milhares de dólares que o juiz ainda não aplicara. O corretor fez em vão uma viagem de trem. Meia hora depois, na rua vizinha, havia um leilão de imóveis, inclusive uma parte da antiga propriedade dos Pyncheon, originalmente pertencente ao terreno do quintal de Maule, que fora vendida pelos Pyncheon há cerca de oitenta anos. O juiz estava interessado pelo terreno, pretendendo reanexá-lo ao pouco que restara em torno da Casa das Sete Torres; e agora, durante aquele estranho acesso de esquecimento, o martelo do leiloeiro deveria ter caído, transferindo o antigo patrimônio para algum comprador estranho! Era possível, em verdade, que a venda tivesse sido adiada para quando o tempo estivesse melhor. Se assim fosse, iria o juiz estar presente, para fazer um lance na ocasião adequada?

O compromisso seguinte era comprar um cavalo para ele próprio. O seu animal favorito tropeçara aquela manhã, no caminho para a cidade, e tinha de ser substituído, sem demora. O pescoço do juiz Pyncheon era muito precioso para se arriscar a ser quebrado devido a um tropeção de cavalo.

Uma vez resolvido esse caso, o magistrado teria de participar da reunião de uma associação de caridade, cujo nome, contudo, estava inteiramente esquecido, perdido na multiplicidade de sua benevolência, de modo que, se faltasse a tal compromisso, as consequências seriam desprezíveis. E, se tivesse tempo, no meio de questões tão urgentes, iria tomar providências para a remoção da lápide funerária da sra. Pyncheon, que caíra de frente e se partira em dois pedaços, segundo lhe comunicara o coveiro.

Madame Pyncheon, pensava o juiz, fora uma mulher digna de louvor, apesar de seu nervosismo e das lágrimas que derramava com excessiva facilidade; e partira tão oportunamente que bem merecia uma segunda lápide. Era melhor, pelo menos, do que se não estivesse precisando de nenhuma!

O compromisso seguinte era mais sério. Um comitê de seu partido político lhe solicitara mais cem ou duzentos dólares, além das contribuições anteriores, a fim de levar a cabo a campanha do outono. O juiz era patriota; o destino da Nação dependia das eleições de novembro; e, além disso, como será sugerido em outro parágrafo, não iria regatear quando se tratava de tão importante perspectiva. Iria atender ao pedido do comitê; mais ainda: seria liberal além de sua expectativa; o comitê teria um cheque de quinhentos dólares, e mais até, se houvesse precisão.

O que mais? Uma viúva desamparada, cujo marido fora amigo de infância do juiz Pyncheon, fizera com que ele tomasse conhecimento de sua situação aflitiva, através de uma carta deveras comovente. Ela e sua filha estavam quase passando fome. O juiz talvez a procurasse naquele dia, se lhe sobrasse tempo e alguns trocados no bolso.

Outra coisa que pretendia fazer, porém sem grande empenho (pois convém, como se sabe, ter cuidado com a própria saúde, mas não uma preocupação excessiva), era consultar o médico da família. Por que motivo, Santo Deus? Bem, seria difícil descrever os sintomas. Seria uma ligeira perturbação visual, uma pequena tonteira? Ou um aperto desagradável na região torácica, como dizem os anatomistas? Ou uma palpitação muito forte do coração, mostrando que aquele órgão não correspondia exatamente à confiança depositada pelo juiz em sua saúde? Não importava. O médico, provavelmente, iria sorrir, e os dois achariam até engraçado. Mas o juiz não vai precisar de conselhos do médico.

Por favor, juiz Pyncheon, consulte o relógio agora! O quê? Nem um olhar sequer? Faltam dez minutos para a hora de jantar! Não pode ter se esquecido de que o jantar de hoje será o mais importante, por suas consequências, de todos os jantares de que já participou. Exatamente: o mais importante, embora, no decorrer de sua destacada carreira, o juiz tenha se sentado bem perto da cabeceira da mesa, em esplêndidos banquetes, e tenha deleitado com a sua jovial eloquência ouvidos onde ainda ecoavam os poderosos acordes de Webster. Não se tratava de um banquete público, no entanto, mas apenas de uma reunião de algumas dezenas de amigos de vários municípios do Estado; homens de diferentes origens e influências reunidos, quase casualmente, na casa de um amigo comum, igualmente distinto, que lhes oferecerá um jantar mais requintado do que oferece ordinariamente. Não se tratava de cozinha francesa, mas seria um excelente jantar, de qualquer modo. Tartaruga de verdade, e salmão, *tautog*, carne de porco, carne de carneiro inglesa, ótimo rosbife, iguarias fortes, apreciadas por aqueles respeitáveis senhores do interior, como eram, em sua maior parte, os convidados. Os petiscos da estação, em suma, e regados por um velho Madeira, que fora o orgulho de muitas estações. Um vinho glorioso, oloroso e pleno de força gentil; a felicidade engarrafada; um líquido dourado, mais valioso que o ouro líquido; tão raro e admirável que veteranos apreciadores de vinho contavam como façanha tê-lo provado! Expulsava a dor no coração e substituía a dor de cabeça. Se o juiz pudesse beber um copo daquele vinho, iria se livrar daquela importuna letargia (pois já se tinham passados os dez minutos de intervalo e mais cinco de quebra) que o fizera atrasar-se tanto para o momentoso jantar. Um jantar capaz de reviver um morto! Não gostaria de saboreá-lo agora, juiz Pyncheon?

Lá se foi o jantar! Esqueceu-se dele, juiz Pyncheon? Então, que nos seja permitido lembrar-lhe que o senhor deve levantar-se imediatamente desta poltrona de carvalho, que, na verdade, parece ser encantada, como a de Como, ou aquela em que a Implacável aprisionou o seu avô. A ambição, porém, é um talismã mais poderoso do que a feitiçaria. Levante-se, pois, e se apresse, corra pelas ruas, e vá encontrar os convidados, a fim de que eles possam começar a comer antes que o peixe se estrague! Estão esperando pelo senhor; e é de seu interesse não deixá-los esperando. Aqueles cavalheiros — nem é preciso dizer-lhe — vindos de todos os pontos do estado, não se reuniram em vão. São políticos militantes e muito hábeis na execução daquelas medidas preliminares que roubam do povo, sem o seu conhecimento, o poder de escolher os seus próprios governantes. A voz do povo, na eleição seguinte, embora retumbante como um trovão, não passará, na realidade, do eco do que disserem aqueles cavalheiros, em voz baixa, durante a festiva reunião. Reuniram-se para escolher o candidato. Aquela pequena maquinação de sutis planejadores dominará a convenção e, através dela, se imporá ao partido. E que candidato mais digno, mais esclarecido e mais culto, mais notável por sua liberalidade filantrópica, mais fiel aos seus salutares princípios, experiente em encargos públicos, impoluto em sua vida privada, dedicado ao bem-estar coletivo e mais profundamente ligado, pela tradição de família, à fé e à prática do puritanismo poderia ser apresentado para o sufrágio do povo, que combinava de maneira admirável todas essas qualidades necessárias a um governante, senão o juiz Pyncheon aqui presente?

Apresse-se, então, sr. juiz Pyncheon! Faça a sua parte! O objetivo em prol do qual o senhor trabalhou, lutou, correu, trepou e rastejou está ao alcance de suas mãos! Compareça ao jantar, beba um ou dois copos daquele nobre vinho, assuma os seus compromissos em voz tão baixa quanto possa, e irá se levantar da mesa praticamente governador do glorioso estado! Governador Pyncheon de Massachusetts!

E não será empolgante e exultante uma certeza igual a esta? Alcançá-la foi a grande ambição de metade de sua vida. Agora, quando nada mais lhe falta do que manifestar a sua concordância, por que continua sentado na grande poltrona de seu tetravô, preferindo-a à curul governamental? Nós todos conhecemos a história do rei Log; mas, naquelas épocas conturbadas, dificilmente alguém da estirpe real ganhava a corrida visando à magistratura eletiva.

Bem... Já está realmente tarde demais para o jantar! Tartaruga, salmão e outros peixes, peru assado, carne de carneiro e carne de porco, rosbife, tudo desapareceu, ou somente sobraram alguns pedaços, misturados com batatas e gordura fria. O juiz, se mais não tivesse feito, teria praticado façanhas memoráveis, com a sua faca e o seu garfo. Era a seu respeito, como devem saber, que se costumava dizer, por causa de seu formidável apetite, que o Criador o fizera um grande animal, mas a hora de jantar o transformava em uma grande besta.

Agora, porém, o juiz está atrasado demais para o jantar. Atrasado mesmo, é de se temer, para ir tomar um copo de vinho com os convivas. Estes estão alegres e entusiasmados; desistiram do juiz; e, chegando à conclusão de que os abolicionistas o haviam atraído, resolveram escolher um outro candidato. Se o nosso amigo ainda aparecesse por lá, com aquela fisionomia ao mesmo tempo severa e acolhedora, o seu inabalável prestígio seria capaz de mudar a decisão tomada. Mas não seria possível, também, que o juiz Pyncheon, sempre tão cuidadoso com a sua indumentária, fosse comparecer ao jantar com aquela mancha vermelha no peito da camisa. A propósito, como foi que aquela mancha apareceu ali? O fato é que é muito feia; e o melhor que pode fazer o juiz será abotoar o casaco até em cima e, pegando o cavalo e a caleça na estrebaria próxima, voltar bem depressa para casa. Lá chegando, depois de um cálice de conhaque com água e um bife, um frango assado ou qualquer outra refeição ligeira, servindo ao mesmo tempo de jantar e de ceia, seria melhor passar o resto da noite, até a hora de se recolher, à beira do fogo. Deveria andar de chinelos, de um lado para o outro, bastante tempo, a fim de se livrar da frialdade que a atmosfera daquela casa velha lhe introduzia nas veias.

Levante-se, juiz Pyncheon, levante-se! Perdeu um dia. Mas amanhã haverá outro dia. Vai levantar-se cedo e aproveitar o dia bastante? Amanhã! Amanhã! Amanhã! Nós, que estamos vivos, podemos acordar cedo amanhã. Para aquele que morreu hoje, seu amanhã será o da ressurreição.

Entrementes, o crepúsculo ia subindo pelos cantos da sala. As sombras dos pesados móveis tornavam-se mais escuras, e, a princípio, mais definidas; depois, espalhando-se muito, perdiam a definição do seu contorno no manto cinzento e escuro do esquecimento, por assim dizer, que avançava bem devagar sobre os vários objetos, e sobre o vulto humano sentado no meio deles. A penumbra não viera de fora; incubara-se ali, durante todo o dia, e agora, com a sua inevitável lentidão, fora tomando posse de tudo. O rosto do juiz, rígido e lívido, na verdade se recusava a se misturar com o solvente universal. A luz foi se tornando cada vez mais fraca. Era como se tivesse sido aplicada sobre a atmosfera uma nova camada de escuridão.

O ambiente já não estava apenas cinzento, mas negro. Ainda havia uma leve claridade à janela; não era um brilho, não era um fulgor, não era um lampejo — qualquer expressão que desse uma ideia de luz significaria algo muito mais brilhante do que havia ali na janela. Já teria se esvaecido? Não inteiramente. E ainda continuava a tisnada brancura — aventuramo-nos a casar estas palavras —, a tisnada brancura do rosto do juiz Pyncheon. As feições haviam desaparecido: somente restava a palidez. E como aparece agora? Não há janela! Não há rosto! Um negrume infinito, inescrutável, aniquilou a visão! Onde se encontra o nosso universo? Tudo se pulverizou longe de nós; e nós, à deriva no caos, podemos ouvir as rajadas do desamparado vento, que murmura e suspira, procurando o que antes foi um mundo!

Não há outro som? Sim, há um outro som terrível. É o tique-taque do relógio do juiz, que o aperta na mão, desde que Hepzibah saiu à procura de Clifford. Seja por que motivo for, aquele pequeno, quieto, incansável medidor da pulsação do Tempo, repetindo as suas pancadinhas com absoluta regularidade, na mão imóvel do juiz Pyncheon, provocava um terror que não encontraríamos em nenhum outro acompanhante da cena.

Mas escutem! O sopro da brisa se faz ouvir mais alto; um som bem diferente daquele ruído triste e desanimador que se fizera ouvir, e afligira a humanidade com a sua persistência, durante os cinco dias anteriores. O vento mudara de direção! Agora, vinha, com violência, do noroeste, e, tomando posse da idosa estrutura das Sete Torres, sacudia-a, parecendo um lutador que tenta dominar o adversário.

O velho casarão estala de novo e solta um ruidoso, mas um tanto ininteligível, bramido, através de sua enfumaçada garganta (estamos nos referindo ao largo cano de sua grande chaminé), em parte se queixando do rude vento, mas principalmente o desafiando, como permitia o século e meio de hostil intimidade. Uma porta bateu com toda a força no andar de cima. Provavelmente, alguma janela fora deixada aberta ou se abrira empurrada pela força do vento. Não se pode imaginar, sem experiência própria, que maravilhosos instrumentos de sopro são aquelas velhas casas de madeira, e como assombram com os mais estranhos ruídos, que imediatamente começam a cantar, a suspirar, a soluçar e a gritar, e a martelar com malhos de ferreiro em algum aposento distante, a caminhar pelos corredores com passos pesados e a farfalhar subindo e descendo as escadas, como se com sedas miraculosamente espichadas, sempre que um vento forte entra através de uma janela aberta, e agita a atmosfera interior. Ah! Não termos ali um espírito protetor! É horrível! Esse barulho do vento atravessando a casa solitária; a quietude do juiz, invisível na poltrona; e o persistente tique-taque do relógio!

No que diz respeito à invisibilidade do juiz, no entanto, a questão será em breve remediada. O vento noroeste clareara o céu. A janela ficou bem visível. Através de suas vidraças, além disso, divisamos, indistintamente, a escura folhagem, sacudida com uma constante irregularidade de movimento e deixando passar, de vez em quando, ora aqui, ora ali, um raio de luz. Com mais frequência do que a qualquer outro objeto, aqueles raios iluminavam o rosto do juiz.

Surgiu, porém, uma luz mais eficaz. Observem a dança prateada nos galhos mais altos da pereira, depois mais embaixo e afinal em todos os ramos, enquanto, atravessando o seu emaranhado, o luar caía em cheio dentro da sala. Iluminou o corpo do juiz, mostrando que ele não se mexera durante as horas de escuridão. Seguiu-se às sombras, incidindo sobre a fisionomia imutável. Brilhou no relógio. A mão fechada escondia o mostrador; mas sabemos o que a mão escondia, pois um dos relógios da cidade está batendo meia-noite.

Um homem de sólido entendimento, como o juiz Pyncheon, não se preocupa mais com a meia-noite do que com a hora correspondente do meio-dia. Embora justo, o paralelo traçado, em páginas anteriores, entre ele próprio e o seu antepassado puritano, falha nesse ponto. O Pyncheon de dois séculos passados, como a maior parte dos seus coevos, acreditava piamente nas intervenções espirituais, embora reconhecendo que, em geral, eram de caráter maligno. O Pyncheon desta noite, que se acha sentado na poltrona, não acredita em semelhantes tolices. Pelo menos, assim pensava algumas horas antes. Os seus cabelos, portanto, não se arrepiariam quando ouvisse os casos que costumavam ser contados naquele próprio aposento de sua casa ancestral, no tempo em que havia, perto da lareira, bancos onde os velhos se sentavam, remexendo nas cinzas do passado e esquadrinhando tradições como se fossem as brasas. Na verdade, tais histórias eram muito absurdas, para arrepiarem os cabelos mesmo das crianças. Que sentido, significação ou moral, por exemplo, como mesmo as histórias de fantasmas podem ter, seriam encontrados em uma lenda tão ridícula, segundo a qual, à meia-noite, todos os Pyncheon mortos se reuniam naquela sala? E imaginem só para o quê! Para verem se o retrato do antepassado ainda ocupava o mesmo lugar na parede, de acordo com as suas disposições testamentárias! Valeria a pena sair da sepultura só para isso?

Somos tentados a nos divertir um tanto com a ideia. As histórias de fantasmas não devem mais ser tratadas com seriedade. A reunião de família dos Pyncheon defuntos, presumimos, se realizaria da seguinte maneira.

Primeiro, vem o próprio antepassado, com seu capote preto, chapéu de copa alta, calção, um cinto de couro de onde pendia a espada de copos metálicos, segurando um comprido bastão, como costumavam usar os nobres de idade avançada, tanto por causa da dignidade que simbolizava como por causa do apoio que assegura à caminhada. Levanta os olhos para o retrato; algo sem substância, contemplando a sua própria imagem pintada! Tudo bem. O retrato lá está. O objetivo de sua mente se conserva, como que sagrado, tanto tempo depois de já se encontrar o próprio homem debaixo do capim que cresce sobre a sua cova. Ele levanta o braço inerme, tentando alcançar a moldura. Tudo bem! Mas será um sorriso? Não será, antes, uma ruga na testa de fatal significação, que escurece a sombra de suas feições? O intrépido coronel fica contrariado! Tão decidido, com a sua expressão de descontentamento, de conferir mais dignidade às suas feições, sobre as quais, não obstante, o luar passa, indo iluminar a parede mais adiante. Algo desagradou seriamente o antepassado, que se afasta, sacudindo a cabeça, furioso.

Eis que chegam os outros Pyncheon, a tribo toda, em sua meia dúzia de gerações, acotovelando-se uns aos outros, para se aproximarem do retrato. Vemos homens idosos e damas de qualidade, um clérigo, ainda com a rigidez puritana nos trajos e nos modos, e um oficial da antiga guerra contra a França, metido em uma túnica vermelha; e veio também o Pyncheon negociante de cem anos atrás, com as mangas da camisa arregaçadas, e o *gentleman* da lenda artística, com peruca e brocados, acompanhado pela bela e pensativa Alice, que não traz orgulho de seu túmulo virginal. Todos pegam na moldura do quadro. O que procuram aqueles fantasmas? Uma mulher levanta o filhinho para que as suas mãozinhas a toquem! Há, evidentemente, em torno deste quadro, um mistério que inquieta esses pobres Pyncheon, quando deviam estar descansando. Enquanto isso, em um canto da sala se encontra o vulto de um velho, de casaco de couro, com uma régua de carpinteiro saindo para fora do bolso, que aponta para o barbado coronel e seus descendentes, inclinando a cabeça, sorrindo, zombando e, afinal, dobrando uma estrondosa gargalhada.

Entregando a nossa fantasia a essa gaiatice, perdemos em parte a nossa capacidade de reserva e orientação. Avistamos uma figura inesperada em nossa cena visionária. Entre aqueles ancestrais, encontra-se um jovem vestido de acordo com a moda de hoje; sobrecasaca escura, quase sem aba; calça cinzenta; botinas de couro fino; uma bela corrente de ouro no peito e uma bengala com castão de prata na mão. Se encontrássemos de dia aquele homem, nós o cumprimentaríamos como o jovem Jaffrey Pyncheon, o único filho sobrevivente do juiz, que se encontrava nos dois últimos anos em viagens no exterior. Se ainda está vivo, como é que o seu fantasma veio parar aqui? Se está morto, que desgraça! A velha casa dos Pyncheon, juntamente com a grande propriedade adquirida por seu pai, iria caber a quem? Ao nosso pobre, amalucado Clifford, à esquelética Hepzibah e à roceirinha Phoebe!

Mas eis que outra e maior maravilha se apresenta diante de nós! Podemos acreditar em nossos olhos? Apareceu um *gentleman*, robusto e já idoso, de aspecto eminentemente respeitável, de roupa escura, muito bem-vestido, a não ser por uma grande mancha vermelha que se espalhava no peito de sua camisa, desde o alvíssimo colarinho. É o juiz ou não? Como pode ser o juiz Pyncheon? Não o vimos ainda há pouco, iluminado pelo luar, sentado na poltrona de carvalho? Mas, seja quem for, a aparição caminha até o retrato, agarra a moldura, tenta espiar atrás dela e recua, com uma carranca tão sombria quanto a do ancestral.

A cena fantástica que acabamos de delinear de modo algum deve ser considerada como fazendo realmente parte da nossa história. Fomos atraídos a essa breve extravagância pelas oscilações do luar, que parecia dançar com as sombras e se refletia no espelho, que, como sabem, é sempre uma espécie de janela ou de porta, que se abre para o mundo espiritual. Além disso, precisamos nos aliviar, depois de tão demorada e exclusiva contemplação daquele homem sentado na poltrona. Esse vento furioso, também, levou os nossos pensamentos a uma estranha confusão, sem arrancá-los, porém, daquela figura central. Pesado como chumbo, o juiz Pyncheon esmaga, irremovível, a nossa alma. Jamais tornará a mexer-se? Enlouqueceremos, se ele não se mexer! Podemos melhor avaliar a sua imobilidade pelo atrevimento de uma pequena mosca, firmada nas patas traseiras, iluminada pelo luar, perto do pé do juiz Pyncheon, e que parece estar meditando acerca de uma viagem de exploração através daquele corpanzil escuro. Ah! O que assustou a mosca? Foi a cara do gato, do lado de fora da janela, onde parece ter se colocado para uma deliberada vigia. Aquele gato tem uma cara muito esquisita. Será mesmo um gato espreitando um camundongo ou o diabo esperando a alma de um homem? Vamos espantá-lo da janela?

Graças a Deus o dia vem chegando! O luar já não tem um brilho tão cor de prata, nem contrasta tão vivamente com o escuro das sombras entre as quais se introduz. É mais pálido agora; as sombras são cinzentas, e não negras. O vento furioso se acalmou. Que horas serão? Ah! Finalmente cessou o tique-taque do relógio, pois o juiz se esqueceu de lhe dar corda, como sempre, às dez horas, meia hora, mais ou menos, antes de se deitar, e o relógio parou, pela primeira vez em cinco anos.

O grande relógio mundial do Tempo, porém, continua andando. A noite terrível — pois, de fato, quão terrível parece sua solidão mal-assombrada que ficou para trás —, a noite cedeu lugar a uma manhã fresca, transparente, sem nuvens. Bendita claridade! A luz do dia — mesmo aquela sua pequena parte que consegue penetrar na sala sempre escura — parece participar da alegria universal, anulando o mal e tornando possível toda a bondade, acessível à ventura. Irá o juiz Pyncheon levantar-se agora da poltrona? Irá caminhar e receber na fronte os primeiros raios do sol? Irá começar este novo dia — que Deus ofereceu sorrindo à humanidade, abençoando-o com melhores propósitos do que muitos outros que começou anteriormente? Ou estarão os firmes planos de ontem tão firmes em seu coração e tão ativos em sua cabeça como sempre?

Nesse caso, há muito que fazer. Irá insistir com Hepzibah para conversar com Clifford? Irá comprar um cavalo confiável? Irá convencer o comprador da velha propriedade dos Pyncheon a desistir da compra em seu favor? Irá consultar o médico da família e conseguir um remédio que o conservará, como honra e glória de sua estirpe, até o termo extremo da longevidade patriarcal? Irá, acima de tudo, o juiz Pyncheon apresentar as devidas desculpas aos seus correligionários e mostrar-lhes ter sido inevitável a sua ausência do festivo jantar, fazendo-os compreender que ele ainda deve ser o governador de Massachusetts? E, executados todos esses encargos, voltará ele a caminhar pelas ruas, ostentando o seu sorriso elaboradamente benevolente? Ou, depois da reclusão do dia e da noite anteriores, semelhantes à de um túmulo, se transformará em um homem arrependido, compassivo, bondoso, sem procurar o lucro, desprezando as honrarias mundanas, mal se atrevendo a louvar Deus, mas pronto a amar seus semelhantes e a fazer-lhes todo o bem possível? Não carregará mais consigo aquela odiosa máscara de benignidade fingida, insolente em sua pretensão e asquerosa em sua falsidade, e sim a melancólica ternura de um coração contrito, despedaçado, afinal, sob o peso de seus próprios pecados? Eis que acreditamos que, por maiores que sejam as honrarias empilhadas sobre aquele ser humano, o pecado mortal é sua base.

Levanta-te, juiz Pyncheon! A luz do dia brilha entre a folhagem e, bela e santa como é, não ilumina o teu rosto. Levanta-te, hipócrita astuto, maneiroso, egoísta, de coração de pedra, e escolhe se queres continuar hipócrita, astuto, maneiroso, egoísta, de coração de pedra ou se queres arrancar todos esses pecados de tua natureza, embora tragam consigo a tua própria razão de viver! O Vingador te espera! Levanta-te, antes que seja muito tarde!

O quê? Não te mexes, mesmo diante deste derradeiro apelo? Não, continuas imóvel! E estamos vendo uma mosca — uma dessas moscas comuns que andam sempre zumbindo nas vidraças — que sentiu o cheiro do juiz Pyncheon e pousa ora em sua testa, ora em seu queixo, e agora — Deus que nos ajude! — está subindo pelo nariz, rumo aos olhos abertos do magistrado! Não podes espantar a mosca, juiz? Estás tão preguiçoso assim? Ainda ontem arquitetavas tantos projetos trabalhosos! Estás tão fraco, tu, que eras tão poderoso? Nem sequer espantar uma mosca? Muito bem, pois! Então, vamos te deixar de lado!

E escuta. A campainha da loja está tocando. Depois de horas iguais àquelas, sombrias e pesadas como foram, é grato constatar que existe um mundo vivo, e que mesmo este velho e abandonado casarão mantém uma certa ligação com esse mundo. Respiramos melhor, saindo de perto do juiz Pyncheon e chegando à rua em frente da Casa das Sete Torres.

XIX

Os ramalhetes de Alice

O tio Venner, empurrando um carrinho de mão, foi a primeira pessoa a aparecer nas vizinhanças, no dia depois da tempestade.

A rua Pyncheon, em frente à Casa das Sete Torres, constituía um espetáculo muito mais agradável do que se poderia esperar de um logradouro transversal, limitado por cercas miseráveis e casas de gente pobre. A natureza tratara, naquela manhã, de oferecer amáveis correções aos erros causados pelo mau humor dos cinco dias anteriores. Seria grato viver, mesmo, tão somente para erguer os olhos e contemplar o esplendor do firmamento, ou melhor, o que se podia ver do firmamento entre as casas, tão alegres, outra vez, com o sol brilhando.

Todos os objetos eram agradáveis à vista, quer percebidos apenas em seu conjunto, quer examinados em seus detalhes. Tais se mostravam, por exemplo, as pedrinhas e o cascalho do passeio, que a chuva havia lavado fartamente; até as poças de água no meio da rua, onde o céu se refletia; e o capim, agora verdinho, que crescia entre as cercas, do outro lado das quais se via a vegetação multiforme dos jardins e quintais. Os legumes e as verduras de todas as espécies pareciam felizes, com o calor de sua seiva e a fecundidade de sua vida. O Olmo dos Pyncheon, ostentando a grande circunferência de sua copa, vivia intensamente, repleto da luz matinal e agitado por uma brisa suave, que se demorava dentro de sua esfera verdejante, fazendo com que mil línguas de folhas sussurrassem ao mesmo tempo. Aquela árvore centenária parecia nada ter sofrido com a tormenta. Os seus ramos estavam intactos, as suas folhas não tinham sido arrancadas; tudo estava bem verde, com exceção de um único galho, que, mercê daquela mudança precoce com que o olmo às vezes profetiza o outono, já se tornara de um dourado vivo. Era como o ramo de ouro que permitiu que Eneias e a Sibilia entrassem no Hades.

Aquele único galho místico pendia bem em frente da entrada principal da Casa das Sete Torres, tão baixo que qualquer pessoa que passasse poderia alcançá-lo e arrancá-lo, firmando-se na ponta dos pés. Apresentado na porta, seria um símbolo do direito de entrar e de tomar conhecimento de todos os segredos da casa.

A fé que se deposita na aparência externa é tão vã que havia, realmente, algo de convidativo no aspecto do venerando prédio, dando ideia de que a sua história deveria ser decorosa e feliz, e muito agradável para ser comentada em uma conversa ao pé do fogo. As vidraças de suas janelas resplandeciam ao sol matinal. Os musgos que cresciam aqui e ali davam uma ideia de familiaridade e integração com a natureza, como se aquela morada humana, sendo tão antiga, tivesse exercido o seu direito de posse entre os carvalhos primevos e outros objetos. Uma pessoa dotada de imaginação fértil, quando passasse pelo casarão, iria olhar para trás, mais de uma vez, e observá-lo bem: as suas sete torres, todas combinando com a grande chaminé; a forte projeção sobre o rés do chão; a janela em arco, dando uma impressão, senão de grandeza, pelo menos de nobre antiguidade, à sacada quebrada para onde se abria; as luxuriantes e gigantescas bardanas perto da entrada. Notaria todas estas características e tomaria consciência de algo mais profundo do que via. Imaginaria que a mansão fora a residência da velha e inflexível Integridade Puritana, que, morrendo em algumas gerações esquecidas, deixara em todos os seus aposentos uma bênção, cuja eficácia podia ser vista na religião, honestidade, competência com moderação ou na honrada pobreza e sólida felicidade de seus descendentes, até os nossos dias.

Um objeto, acima de todos os outros, se enraizaria na memória do observador imaginativo, o grande tufo de flores — plantas daninhas, seriam chamadas apenas há uma semana —, as flores pintadas de vermelho, no ângulo entre as duas torres da frente. As pessoas mais velhas costumavam chamá-las de Ramalhetes de Alice, em lembrança da bela Alice Pyncheon, que, segundo se acreditava, trouxera aquelas flores da Itália. Agora, apresentavam-se muito viçosas, com toda a sua beleza, e pareciam, assim, a mística revelação de que algo se consumara no interior da casa.

Foi logo depois do amanhecer que o tio Venner apareceu, como já foi dito, empurrando um carrinho de mão ao longo da rua. Ia fazer a sua peregrinação matinal, para recolher folhas de couve, pontas de nabo, cascas de batata e os restos de comida que as donas de casa costumavam jogar fora, porque só serviam para lavagem de porco. O porco que tio Venner criava era inteiramente alimentado, e mantido bem gordo, com aquelas contribuições caridosas, o que levava o velho a prometer que, antes de se retirar para a sua fazenda, iria dar um banquete de carne de porco e convidar todos os vizinhos a saborear os restos do bicho que tinham ajudado a engordar. O passadio em casa de srta. Hepzibah Pyncheon melhorara tanto, desde que Clifford se tornara um membro da família, que a sua participação no festim não iria ser modesta; e, assim sendo, o tio Venner ficou muito decepcionado não encontrando o grande pote de barro cheio de restos de comida que ordinariamente o aguardava na porta dos fundos da Casa das Sete Torres.

"Nunca srta. Hepzibah se esqueceu antes", disse o patriarca consigo mesmo. "Ela deve ter servido um jantar ontem, é claro! Onde estão, então, os restos de comida e as cascas de batata? Não sei se vou bater para ver se ela ainda está arrumando. Se Phoebe estivesse aí, eu não me importaria de bater! Mas srta. Hepzibah iria me olhar da janela com cara fechada, parecendo furiosa, mesmo se não estivesse. Vou deixar para voltar ao meio-dia."

Assim pensando, o velho tratou de fechar o portão que dava para o pequeno pátio dos fundos. Mas o portão gemeu em seus gonzos, como todos os outros portões e portas da casa, e o barulho foi ouvido pelo ocupante da torre setentrional, já que uma de suas janelas dava para o pátio.

— Bom dia, tio Venner! — exclamou o artista. — Não ouviu barulho lá dentro?

— Nenhum — respondeu o velho. — Mas não é de se admirar. Não tem nem meia hora que o sol nasceu. Mas estou muito satisfeito por ver o senhor, sr. Holgrave! Este lado da casa tem um ar estranho, parecendo que ela está desabitada. A frente da casa está muito mais alegre, e os Ramalhetes de Alice muito viçosos, uma beleza! Se eu fosse moço, sr. Holgrave, a minha namorada tinha de usar uma daquelas flores no peito, ainda que eu arriscasse a vida trepando no telhado para apanhar! Muito bem. E o vento deixou o senhor dormir na noite passada?

— Deixou nada! — respondeu o artista, sorrindo. — Se eu acreditasse em fantasmas (e não tenho muita certeza se acredito ou não), iria jurar que todos os velhos Pyncheon estavam fazendo o diabo nos cômodos de baixo, especialmente na parte de srta. Hepzibah. Mas agora tudo está quieto.

— Srta. Hepzibah deve estar ainda dormindo, depois de ter ficado acordada à noite por causa do vento — disse o velho. — Mas quem sabe o juiz levou os dois primos com ele para o campo? Eu o vi entrar na loja ontem.

— A que horas? — perguntou Holgrave.

— De tarde — informou tio Venner. — Bem... Agora preciso ir. Mas vou voltar à hora do jantar, pois o meu porco gosta tanto de jantar como de almoçar. Bom dia! E, sr. Holgrave, se eu fosse moço como o senhor, iria colher uma flor dos Ramalhetes de Alice e guardaria na água, até Phoebe voltar.

— Ouvi dizer — replicou o artista — que a água do poço de Maule é muito boa para aquelas flores.

Aqui terminou a conversa, e o tio Venner seguiu caminho. Durante mais meia hora, coisa alguma alterou o sossego da Casa das Sete Torres; não apareceu visitante algum, a não ser um jornaleiro, que, ao passar diante da casa, enfiou um jornal por baixo da porta, pois ultimamente Hepzibah passara a recebê-lo regularmente. Algum tempo depois, apareceu uma mulher gorda, caminhando com prodigiosa velocidade, e tropeçando, ao subir quase correndo a escadinha que dava para a porta da loja. Tinha o rosto afogueado, e como a manhã já estava um tanto quente, arquejava e suava como se estivesse às voltas com o calor do fogão, o calor do verão e o calor de sua corpulenta velocidade. Tentou abrir a porta da loja; estava trancada. Tentou outra vez, com tanta raiva, que a campainha retiniu furiosamente.

— O diabo carregue a velha Pyncheon! — resmungou a iracunda comadre. — Montar uma vendola destas e depois ficar dormindo até o meio-dia! Isso é mesmo coisa dessa gente metida a importante! Mas ou acordo essa *lady*, ou jogo esta porta no chão!

E, de fato, sacudiu a porta com toda a força, e a campainha se encarregou de fazer o seu protesto ser ouvido estrepitosamente não por aquela a quem era dirigido, mas por uma moradora do outro lado da rua, que abriu a janela e falou com a impaciente freguesa:

— A senhora não vai encontrar ninguém aí, sra. Gubbins.

— Mas tenho de encontrar alguém aqui! — retrucou sra. Gubbins, castigando de novo a campainha. — Estou precisando de meia libra de carne de porco, para o almoço de meu marido, e, *lady* ou não, a velha Pyncheon tem que me servir!

— Mas escute o que estou lhe dizendo, sra. Gubbins! — insistiu a vizinha. — Ela e seu irmão também foram para a casa de seu primo, o juiz Pyncheon, no campo. Não há ninguém em casa, a não ser aquele moço que mexe com daguerreótipo e mora na torre do outro lado. Vi a velha Hepzibah e Clifford saindo ontem. E pareciam um casal de patos andando na lama! Eles saíram, estou lhe dizendo.

— E como é que a senhora sabe que eles foram para o sítio do juiz? — perguntou a outra. — O juiz é um homem rico e brigou com Hepzibah, porque não quis ajudá-la. Foi por isso que ela teve de montar esta vendola.

— Sei muito bem disso tudo — disse a vizinha. — Mas eles foram-se embora. Disso tenho certeza absoluta. E quem, a não ser um parente próximo, vai aguentar aquela solteirona rabugenta e aquele terrível Clifford? Pode ter certeza de que é isso.

Sra. Gubbins retirou-se, ainda maldizendo, furiosa, a ausente Hepzibah. Durante outra meia hora, ou talvez bem mais, tudo voltou a ficar tranquilo, tanto dentro como fora da casa. Do olmo, porém, veio um som agradável, alegre, radioso, respondendo à brisa que alhures se tornara imperceptível; sob a sua sombra, zumbia alacremente um enxame de insetos, que traçavam riscos de luz, quando atravessavam um raio de sol; uma cigarra cantou, uma, duas vezes, em algum recôndito esconderijo da árvore; e um passarinho solitário, com uma plumagem de um dourado pálido, veio pousar junto dos Ramalhetes de Alice.

Afinal, o nosso amiguinho Ned Higgins subiu a rua, a caminho da escola; e sendo, pela primeira vez em 15 dias, possuidor de um cêntimo, não poderia, de modo algum, passar sem se deter diante da porta da Casa das Sete Torres. A porta não se abriu, porém. Em vão, mais uma vez, e muitas outras vezes após, com a inexorável persistência de uma criança que deseja algo que lhe é importante, o menino renovou os seus esforços para ser admitido na casa. Provavelmente trazia um elefante no coração; ou talvez, inseguro como Hamlet, preferisse comer um crocodilo. Em resposta aos seus mais violentos ataques, a campainha, de vez em quando, retinia, moderadamente, não correspondendo aos esforços do menino, que, na ponta dos pés, puxava, desesperado, o cordão. Olhando por uma fresta, Ned Higgins pôde ver que a porta que dava da loja para o corredor, que a ligava com a sala de visitas, estava fechada.

— Srta. Pyncheon! — gritou ele. — Quero um elefante!

Não obtendo resposta, apesar de ter repetido várias vezes o apelo, o menino ficou impaciente. E a sua impaciência se transformou prestamente em raiva; resolveu quebrar a vidraça da janela e pegou uma pedra para tal finalidade. Um homem — um dos dois que estavam passando pela rua — agarrou o molecote pelo braço.

— Qual é o problema, meu velho? — perguntou.

— Estou chamando a velha Hepzibah, ou Phoebe, ou qualquer uma! — respondeu Ned, já chorando. — Não querem abrir a porta, e assim não posso comprar o elefante!

— Vá para a escola, seu vadio! — ordenou o homem. — Logo ali na esquina tem outra venda. Mas, realmente, está bem estranho, Dixey — acrescentou, dirigindo-se ao seu companheiro. — Não sei o que foi que aconteceu com todos esses Pyncheon! Smith, o dono da cocheira, me disse que o juiz guardou o seu cavalo lá ontem para ficar até depois do jantar e ainda não foi buscá-lo. Hoje, um dos criados do juiz apareceu perguntando por ele. O juiz, dizem, é um homem muito metódico, que não costuma passar a noite fora de casa.

— Ora! Ele vai aparecer, são e salvo! — opinou Dixey. — E, quanto à velha Pyncheon, pode ter certeza de que ela fugiu dos credores, pois está cheia de dívidas. Você deve se lembrar de que eu previ, no mesmo dia em que ela montou o negócio, que a sua carranca iria espantar a freguesia. Ninguém podia aguentar!

— Eu também sabia que não ia dar certo — relembrou o companheiro. — Esses pequenos negócios não têm futuro. Minha mulher tentou um e teve um prejuízo de cinco dólares!

— Mau negócio! — disse Dixey, sacudindo a cabeça. — Mau negócio!

Durante o resto da manhã, ocorreram várias tentativas de comunicação com os supostos ocupantes da silenciosa e impenetrável mansão. Apareceram o homem da cerveja preta, com duas dúzias de garrafas cheias, para serem trocadas pelas vazias; o padeiro, com um sortimento de biscoitos que Hepzibah encomendara para vender a varejo; o açougueiro, com uma carne especial, que ela fizera questão de arranjar para Clifford. Se alguém que observasse tais movimentos estivesse a par do segredo escondido dentro da casa, haveria de sentir um horror bem singular, bem alterado, ao ver a corrente de vida humana ali se agitando, como o vento agita em torvelinho gravetos, palhas e outras ninharias, rodopiando e rodopiando, sobre a negra profundidade onde jaz, invisível, um cadáver!

O açougueiro estava tão preocupado em fazer entrega da encomenda que tentou entrar por todas as portas acessíveis da Casa das Sete Torres e, afinal, voltou para a loja, por onde, em geral, era admitido.

"A carne está ótima, e sei que a velha vai ficar satisfeitíssima", pensava ele. "Ela não pode ter saído! Há 15 anos que sirvo esta freguesia da rua Pyncheon e, durante esse tempo todo, ela nunca saiu de casa, embora, é verdade, às vezes a gente podia cansar de bater sem ser atendido. Mas isso só acontecia quando ela vivia sozinha."

Olhando através da mesma fresta por onde o menino tinha olhado um pouco antes, o açougueiro viu a porta interna não fechada, como o menino a vira, mas aberta, quase escancarada. Fosse o que fosse que tivesse acontecido, tal era o fato. Através do corredor, avistava-se o interior da sala, mais claro, embora ainda escuro. O açougueiro teve a impressão de ver o que lhe pareceu serem as robustas pernas, vestidas com uma calça escura, de um homem sentado em uma grande poltrona de carvalho, cujo espaldar escondia todo o resto do seu corpo. A desdenhosa tranquilidade por parte de um ocupante da casa, em resposta aos infatigáveis esforços do açougueiro para chamar a atenção, tanto ofendeu o homem da carne que ele resolveu ir-se embora.

"Assim", pensou ele, "lá se encontra o sanguinário irmão da velha Pyncheon, enquanto estou tendo este trabalhão todo! É o diabo ter que mexer com gente assim! Daqui para diante, se eles precisarem de uma salsicha ou de uma onça de fígado, vão ter que correr atrás de minha carroça!"

E jogando, furioso, a carne dentro da carroça, afastou-se apressadamente.

Não muito tempo depois, ouviu-se uma música, dobrando a esquina e descendo a rua, com vários intervalos de silêncio, e dali a pouco, se fazendo ouvir de novo, bem mais próxima. Uma pequena multidão de crianças avançava ou parava, acompanhando a música, que parecia vir do centro do grupo, o qual se deixara prender pelas sedutoras cadeias da harmonia, e por elas ser arrastado, sempre acrescido por outras crianças, que saíam das portas e dos portões. Chegando embaixo do Olmo dos Pyncheon, evidenciou-se que se tratava do italiano com o macaquinho e os bonecos, que certo dia tocara o seu realejo embaixo da janela em arco. A agradável fisionomia de Phoebe — e, sem dúvida, também, a liberal recompensa que ela lhe atirara — ainda persistia na lembrança do italiano. A sua expressiva fisionomia resplandeceu de júbilo, quando ele reconheceu o local onde ocorrera aquele banal episódio de sua vida errante. Entrou no negligenciado pátio (agora mais desolado do que nunca, com as bardanas e as ervas daninhas muito crescidas), parou diante da porta principal e, abrindo a caixa dos bonecos, começou a tocar. Cada indivíduo da comunidade automática entrou em atividade, de acordo com a sua vocação; o macaco, tirando o gorro escocês, curvou-se em um rapapé para os espectadores, sempre de olho nos níqueis; e o próprio italianinho, enquanto girava a manivela, olhava para a janela arqueada, à espera do rosto que tornaria a sua música mais viva e mais doce. As crianças ficaram por perto, algumas no passeio, algumas dentro do pátio, duas ou três, mesmo; na escadinha, e uma bem na soleira da porta. Enquanto isso, a cigarra continuava a cantar no velho e frondoso Olmo dos Pyncheon.

— Não estou ouvindo barulho de ninguém dentro de casa — disse um menino a um outro. — O macaco, desta vez, não vai arranjar dinheiro.

— Tem alguém dentro de casa — afirmou o guri que se achava na soleira da porta. — Ouvi o barulho de alguém caminhando lá dentro.

O jovem italiano continuava a olhar, de soslaio, para o alto; e parecia realmente que algo de uma emoção legítima, embora muito leve e quase jovial, imprimira mais doçura ao seco e mecânico processo de sua música. Aqueles nômades se mostram prontamente responsivos a qualquer manifestação de bondade natural — seja apenas um sorriso, ou uma palavra que eles mesmos não compreendem, mas que tem calor humano — encontrada no meio do caminho. Lembram-se de tais coisas, porque são como que encantamentos que constroem um lar em torno deles, por um instante apenas, como a paisagem refletida em uma bola de sabão. E, assim, o italianinho não se mostrava desencorajado pelo pesado silêncio com que o velho casarão parecia disposto a abafar a vivacidade do seu instrumento. Insistiu em seus apelos melodiosos. Continuava a olhar para cima, na esperança de que a expressão de seu rosto moreno fosse iluminada pelo brilho que se irradiava de Phoebe. E também não queria partir sem ver Clifford, cuja sensibilidade, como o sorriso de Phoebe, falara ao estrangeiro uma espécie de linguagem do coração. Repetiu a música muitas vezes, até os ouvintes se cansarem. E cansados estavam também os bonecos, e, mais do que todos, estava cansado o macaco. Não houve resposta, a não ser o canto da cigarra.

— Não mora criança nesta casa — disse, afinal, um menino. — Não mora ninguém nesta casa, a não ser um velho e uma velha. Não adianta ficar aqui! Por que é que você não vai embora?

— Bobo! Por que está querendo que ele vá embora? — disse, em voz bem baixa, um pequeno ianque, sem se importar muito com a música, mas sim com o fato de estar sendo tocada de graça. — Deixe que ele toque enquanto quiser! Se ninguém lhe der dinheiro, a culpa é dele mesmo!

Mais uma vez, o italiano desfilou as suas melodias. Para um observador comum — que nada entenderia do caso, a não ser a música e a luz do sol junto da porta — teria sido divertido assistir a teimosia do homem do realejo. Seria bem-sucedido afinal? Acabaria se abrindo aquela porta? Surgiria um alegre bando de crianças, dançando, gritando, rindo, ao ar livre e se aglomerando em torno da caixa dos bonecos, e cada uma dando ao macaco uma moeda de cobre?

Para nós, porém, que conhecemos o coração que há no interior da Casa das Sete Torres tão bem quanto a sua face exterior, existe um efeito fantasmagórico naquela repetição de músicas populares à sua porta. Teria sido, em verdade, horrível, se o juiz Pyncheon (que não daria a menor importância ao violino de Paganini em sua mais harmoniosa execução) aparecesse à porta, com a mancha de sangue na camisa e uma expressão de fúria em seu rosto lívido, e ordenasse àquele vagabundo que desaparecesse! Já se ouvira, antes, uma tão longa série de valsas e de jigas onde não havia ninguém disposto a dançar? Sim, muitas vezes. Esse contraste, ou mistura, de tragédia com alegria acontece todos os dias, todas as horas, todos os momentos. O sombrio e desolado casarão, abandonado pela vida e com a amedrontadora Morte sentada rigidamente em sua solidão, era o emblema de muitos corações humanos, que, não obstante, são obrigados a ouvir o frêmito e o eco da alegria do mundo em torno deles.

Antes que o italiano encerrasse o seu espetáculo, aconteceu que dois homens passaram, a caminho do jantar.

— Estou lhe dizendo, seu italianinho! — exclamou um deles. — Desça desta escada e vá fazer suas tolices mais adiante! Aí mora a família Pyncheon, que está passando maus momentos a uma hora destas. Não vai querer ouvir música. Está correndo na cidade toda que o juiz Pyncheon, que é dono da casa, foi assassinado e que o chefe de polícia da cidade já está tomando as providências necessárias. Assim, trate de ir para bem longe!

Enquanto tratava de arrumar os seus pertences, o italiano viu, na soleira da porta, um cartão, que estivera coberto, durante toda a manhã, pelo jornal que o jornaleiro ali jogara, mas agora se tornara visível. Apanhou-o e, vendo que tinha alguma coisa escrita no verso, entregou-o ao homem que lhe dirigira a palavra. Era, de fato, um cartão de visita do juiz Pyncheon, com alguns lembretes escritos a lápis no verso, enumerando as diversas providências que ele pretendia tomar no dia anterior. Formava uma epítome da história em perspectiva do dia; com a ressalva de que os acontecimentos não tinham se desenrolado de acordo com o programa. O cartão devia ter caído do bolso do colete do juiz quando ele, inicialmente, tentou acesso pela entrada principal da casa. Embora molhado pela chuva, ainda se achava legível, em parte.

— Olhe aqui, Dixey! — exclamou o homem. — Isto tem a ver com o juiz Pyncheon. Olhe! Aqui está o seu nome impresso. E isto aqui deve ser a letra dele.

— Vamos mostrar isto ao chefe de polícia! — sugeriu Dixey. — Pode lhe fornecer justamente a explicação que está procurando. Afinal de contas — acrescentou, em voz baixa, junto ao ouvido do outro —, é muito possível que o juiz tenha entrado por aquela porta para nunca mais sair! Um certo primo seu pode ter repetido as suas antigas façanhas. E a solteirona, estando cheia de dívidas por causa do seu tal negócio, e o juiz sendo um homem do dinheiro, não é difícil a gente deduzir o que pode ter acontecido!

— Psiu! — sussurrou o outro. — Não convém ser o primeiro a falar tal coisa. Mas eu também acho que devemos ir falar com o chefe de polícia.

— Vamos, vamos logo! — disse Dixey. — Eu sempre achei que havia alguma coisa do demônio na carranca daquela mulher!

Os dois homens se afastaram do lugar, e o mesmo fez o italiano, depois de um derradeiro olhar à janela em arco. Os meninos saíram correndo, todos ao mesmo tempo, como se tivessem combinado, e como se estivessem sendo perseguidos por algum gigante ou bicho-papão, até que, a certa distância do casarão, pararam, tão simultaneamente como quando começaram a correr. Estavam assustados com o que tinham conseguido ouvir. Olhando para trás, para as grotescas pontas e os ângulos escuros da velha mansão, imaginavam uma sombra envolvendo o que nenhuma luz solar conseguiria dissipar. Uma imaginária Hepzibah, carrancuda, ameaçava, de dedo em riste, aparecendo em várias janelas ao mesmo tempo. Um Clifford imaginário — que (e isso o teria magoado profundamente se soubesse) sempre causara horror à meninada — se achava por trás da irreal Hepzibah, gesticulando de maneira horrível, metido em um *robe de chambre* desbotado. As crianças são ainda mais propensas, se isso é possível, do que os adultos a sofrerem o contágio do pânico. Durante o resto do dia, os meninos mais tímidos deram voltas incríveis pela rua, para evitarem a Casa das Sete Torres, ao passo que os mais valentes mostravam a sua valentia desafiando os amigos a passarem correndo a toda velocidade diante da mansão.

Menos de meia hora depois do desaparecimento do italianinho, com as suas inoportunas melodias, um carro de aluguel desceu pela rua e parou à sombra do Olmo dos Pyncheon; o cocheiro tirou uma mala, um saco de lona e uma chapeleira do teto do veículo e colocou-os junto à porta do casarão; um chapéu de palha e o bonito rosto de uma mocinha apareceram no interior do carro. Era Phoebe! Embora de modo algum tão viçosa como quando apareceu pela primeira vez em nossa história — pois, nas poucas semanas intermediárias, as suas experiências a haviam tornado mais grave, mais mulher, mais acostumada a sondar as profundezas do próprio coração — ainda trazia consigo a claridade natural da luz do dia. E não perdera o dom de tornar as coisas reais, e não fantásticas, dentro de sua esfera. Reconhecemos, no entanto, ser uma façanha duvidosa, mesmo para Phoebe, em tal conjuntura, transpor os umbrais da Casa das Sete Torres. Será a sua presença bastante poderosa para expulsar a multidão de fantasmas, pálidos, horrendos e perversos, que ali haviam penetrado, depois de sua partida? Ou irá ela própria, do mesmo modo, entristecer, murchar, sofrer e deformar-se, passando a ser apenas outro pálido fantasma, deslizando silenciosamente, para cima e para baixo, nas escadas, e amedrontando as crianças, ao chegar à janela?

Pelo menos podemos comunicar à confiante jovem que não haverá forma ou substância humana para recebê-la, a não ser o juiz Pyncheon, que — horrível espetáculo que é, e amedrontador em nossa lembrança, depois da longa noite de vigília junto dele — ainda está sentado na poltrona de carvalho.

Phoebe tentou, primeiro, entrar pela porta da loja, que não se abriu; e a cortina branca, colocada atrás da vidraça que formava a parte superior da porta, lhe afetou a aguda faculdade de perspectiva como apresentando algo inabitual. Sem insistir em entrar por ali, tentou a porta da frente, sob a janela em arco. Encontrando-a fechada, bateu. Veio uma reverberação do interior vazio. Phoebe bateu de novo, e bateu uma terceira vez; e, apurando os ouvidos, teve a impressão de que uma porta batera, como se Hepzibah estivesse vindo recebê-la, andando na ponta dos pés, segundo o seu costume. Seguiu-se, porém, um silêncio tão profundo àquele som imaginário que Phoebe chegou a pensar se não teria se enganado com a casa, embora tão acostumada com o seu exterior.

A sua atenção foi atraída, então, para uma voz infantil, a uma certa distância. Pareceu-lhe ouvir o seu próprio nome, e, olhando naquela direção, viu o pequeno Ned Higgins, a uma boa distância, sapateando, sacudindo a cabeça violentamente, fazendo gestos desesperados com ambos os braços e gritando o mais alto que podia:

— Não, não, Phoebe! Não entre! Lá dentro há alguma coisa horrível! Não entre!

Como, porém, o menino não tinha coragem de se aproximar suficientemente para dar uma explicação, Phoebe chegou à conclusão de que ele, em uma de suas habituais visitas à loja, ficara com medo da prima Hepzibah, que, com efeito, em suas manifestações, corria o mesmo risco de assustar as crianças ou fazê-las dar boas gargalhadas. De qualquer maneira, sentia-se impressionada com o silêncio e a impenetrabilidade que o casarão apresentava.

Tentou, então, passar pelo quintal, onde, com um dia tão bonito e tão quente, não duvidava encontrar Clifford, e talvez a própria Hepzibah, descansando na cabana. Logo que entrou no portão do quintal, a família galinácea foi ao seu encontro, correndo ou voando, enquanto um gato estranho, que andara caminhando no beiral da janela da sala de visitas, tratava de fugir apressadamente, pulando a cerca. A cabana estava deserta, e o chão úmido e coberto de gravetos lançados pela tempestade. O jardim sofrera muito com a chuva e com a ausência de Phoebe: as plantas parasitas tinham crescido muito mais do que as flores, assim como muito mais que as hortaliças. O poço de Maule transbordara, formando uma enorme poça de água, em um canto do quintal.

A impressão que o lugar dava era a de que não fora pisado por pés humanos durante muitos dias, provavelmente desde a partida de Phoebe, pois ela encontrou, debaixo da mesa da cabana, um pente seu, que devia ter caído, quando ali se sentara, em companhia de Clifford, na véspera de sua partida.

A jovem sabia que os seus dois parentes seriam capazes de esquisitices muito maiores do que se trancarem dentro de casa, como agora pareciam ter feito. Não obstante, com o indistinto pressentimento de que algo de mau ocorrera, uma apreensão que não podia precisar, aproximou-se da porta que servia de comunicação direta da casa com o quintal. Estava trancada, como as duas outras que já experimentara antes. Bateu, todavia; e imediatamente, como se o apelo estivesse sendo esperado, a porta se abriu, pela decidida ação de alguém invisível, não se escancarando, mas assegurando um espaço suficiente para que uma pessoa entrasse de lado. Como Hepzibah, que, a fim de não se expor a um exame de quem estava do lado de fora, costumava abrir a porta daquela maneira, Phoebe logicamente concluiu que fora a sua prima que a recebia.

Assim, sem hesitação, atravessou a soleira, e, mal entrou, a porta se fechou atrás dela.

XX

A flor do Éden

Phoebe, passando tão subitamente da ensolarada claridade do dia, ficou inteiramente ofuscada com a densa penumbra que reinava na maioria dos corredores do velho casarão. A princípio, não pôde ficar sabendo por quem fora recebida. Antes que os seus olhos tivessem se adaptado à escuridão, a mão de alguém segurou a sua, firme, mas delicada e calorosamente, manifestando um acolhimento que fez o seu coração palpitar com força, proporcionando uma indefinível sensação de bem-estar. Sentiu-se arrastada não para a sala de visitas, mas para um grande aposento vazio, que fora outrora o grande salão de recepções da Casa das Sete Torres.

A luz do dia entrava livremente através das janelas sem cortinas do aposento, iluminando o chão empoeirado; e, assim, Phoebe pôde constatar — o que na verdade não lhe era segredo, depois do encontro de sua mão com aquela outra — que quem a recebera não fora Hepzibah nem Clifford, mas Holgrave. A comunicação sutil, intuitiva, ou melhor, a vaga e informal impressão de que algo lhe iria ser dito, fê-la curvar-se irresistivelmente ao impulso do artista. Sem desvencilhar a mão, ela o encarou, com uma interrogação muda no olhar, não prevendo de pronto algo de mau, mas absolutamente convencida de que a situação da família se modificara depois de sua partida, e esperava, ansiosa, uma explicação.

O artista estava mais pálido do que de costume; uma contração indicando grave preocupação vincava-lhe a fronte com uma ruga profunda, que descia, vertical, entre as sobrancelhas. O seu sorriso, no entanto, era caloroso e sincero, e revelava alegria, sem sombra de dúvida a mais viva expressão que Phoebe já testemunhara, vencendo aquela reserva típica da Nova Inglaterra com que Holgrave, em via de regra, mascarava tudo que se situava perto do coração. Era o olhar com que um homem, encontrando sozinho algo de amedrontador, em uma sombria floresta, ou um deserto ilimitado, reconhecesse o vulto familiar de seu mais caro amigo, trazendo-lhe todas as gratas ideias pacíficas que pertencem ao lar e a tranquila corrente dos eventos cotidianos. No entanto, quando teve de responder à muda interrogação de Phoebe, o sorriso desapareceu.

— Eu não deveria me regozijar com a sua chegada, Phoebe. Nós nos encontramos em uma ocasião bem estranha!

— O que foi que aconteceu? — quis saber a jovem. — Por que é que a casa está deserta? Onde estão Hepzibah e Clifford?

— Foram-se embora! Não tenho a menor ideia para onde! — respondeu Holgrave. — Estamos sozinhos na casa!

— Hepzibah e Clifford foram-se embora? Não é possível! E por que você me trouxe para aqui, em vez de me levar para a sala de visitas? Ah! Deve ter acontecido alguma coisa horrível! Preciso ir ver!

— Não, não, Phoebe! — replicou Holgrave, impedindo-a de sair. — Foi como eu lhe disse. Eles foram-se embora, e não sei para onde. Na verdade, aconteceu uma coisa terrível, mas não com eles, e acredito firmemente que não tenham nada com isso. Se li devidamente o seu caráter — acrescentou, encarando a jovem bem nos olhos, fixamente, com uma severa ansiedade, combinada com ternura — delicada como é, e parecendo ter a sua esfera de ação entre as coisas normais da vida, creio, no entanto, que você é dotada de notável energia e coragem. É muitíssimo equilibrada e dispõe de uma qualidade que, quando devidamente posta à prova, há de se revelar capaz de enfrentar problemas bem alheios ao comportamento ordinário.

— Oh, não! — replicou Phoebe, tremendo. — Sou muito fraca. Mas me conte o que aconteceu.

— Você é forte! — insistiu Holgrave. — Tem de ser tanto forte como sensata, pois estou desarvorado, e precisando de seus conselhos. Você é que pode sugerir a providência certa que tem de ser tomada!

— Diga-me! Diga-me! — implorou a jovem, tremendo da cabeça aos pés. — Esse mistério me oprime, me apavora! É preferível saber logo de uma vez!

O artista hesitava. Apesar do que acabara de dizer, e com toda a sinceridade, acerca da impressão de equilíbrio que Phoebe lhe transmitia, ainda assim parecia-lhe maldade levar ao seu conhecimento o terrível segredo do dia anterior. Seria como arrastar uma pavorosa figura da morte até o espaço limpo e acolhedor em frente da lareira de uma casa de família, onde o seu aspecto repelente iria ressaltar-se em contraste com a correção de tudo quanto a rodeava. No entanto, não podia esconder a verdade; Phoebe tinha de sabê-la.

— Você se lembra disso, Phoebe? — perguntou ele, entregando-lhe um daguerreótipo, o mesmo que mostrara em seu primeiro encontro no quintal, e que tão vivamente retratava os duros e implacáveis traços do original.

— O que é que isso tem a ver com Hepzibah e Clifford? — redarguiu a moça. — É o juiz Pyncheon! Você já me havia mostrado antes!

— Mas eis aqui o mesmo rosto, tirado há menos de meia hora — disse o artista, apresentando-lhe outra miniatura. — Eu a estava terminando, quando ouvi você batendo na porta.

— É a morte! — exclamou Phoebe, estremecendo e mortalmente pálida. — O juiz Pyncheon morto!

— Tal como está representado, ele se encontra sentado na sala de visitas — disse Holgrave. — O juiz Pyncheon está morto, e Clifford e Hepzibah desapareceram! Nada mais sei. Tudo mais são conjecturas. Ao voltar, ontem à noite, para o meu quarto solitário, notei que não havia luz na sala de visitas, nem no quarto de Hepzibah, nem no de Clifford. E não havia, também, o menor ruído. Hoje de manhã continuava o mesmo silêncio, a mesma quietude mortal. Da minha janela, ouvi uma vizinha dizendo que os seus parentes tinham saído de casa, no meio da tempestade que caía durante a tarde. Também ouvi boatos segundo os quais o juiz Pyncheon havia desaparecido. Uma sensação que não posso descrever, a intuição indefinida de que ocorrera uma catástrofe ou uma consumação, me impeliu a entrar nesta parte da casa, onde descobri o que você está vendo, Phoebe. Como um elemento de prova, que pode ser útil a Clifford, e que tem também valor para mim (pois há motivos hereditários que me relacionam estranhamente com o destino daquele homem), usei de todos os recursos à minha disposição para preservar um registro pictórico da morte do juiz Pyncheon.

Mesmo agitada como estava, Phoebe não pôde deixar de notar a calma do comportamento de Holgrave. Ele parecia, é verdade, compreender todo o horror da morte do juiz, mas recebia o fato sem qualquer surpresa, como um acontecimento predisposto, inevitável, e tão entrosado com ocorrências anteriores que quase podia ter sido profetizado.

— Por que não abriu as portas e chamou testemunhas? — perguntou a moça, ainda trêmula. — Deve ter sido horrível ficar sozinho aqui!

— Mas e Clifford? — redarguiu o artista. — Clifford e Hepzibah! Temos de resolver o que se pode fazer de melhor em favor deles. Foi uma terrível fatalidade o desaparecimento deles! A sua fuga vai dar ao caso o pior aspecto possível. No entanto, como é fácil a explicação, para aqueles que os conhecem! Surpresos e apavorados com a semelhança dessa morte e de uma outra, que teve tão terríveis consequências para Clifford, os dois não pensaram em outra coisa senão em abandonar o local da ocorrência. Que desgraça! Se Hepzibah tivesse se limitado a gritar, se Clifford tivesse escancarado a porta e anunciado a morte do juiz Pyncheon... O fato, embora trágico em si mesmo, teria trazido boas consequências para os dois. Na minha opinião, teria concorrido para apagar a mancha negra do caráter de Clifford.

— E como — perguntou Phoebe — poderia surgir algo de bom de um fato que é tão terrível?

— Porque — explicou o artista —, se a questão for examinada sem preconceito e lisamente interpretada, tem-se de chegar à conclusão de que o fim do juiz Pyncheon já podia ser esperado. Aquele tipo de morte tem ocorrido em sua família, há várias gerações; não muitas vezes, é verdade, mas, quando ocorre, em via de regra atinge indivíduos na faixa de idade do juiz e, geralmente, durante uma crise mental ou, talvez, um acesso de raiva. A profecia do velho Maule, é muito provável, se baseava no conhecimento que ele tinha da predisposição física da raça dos Pyncheon. Ora, há uma minuciosa e quase exata semelhança entre a morte que ocorreu ontem e a morte do tio de Clifford, há trinta anos. É verdade que há certas circunstâncias, que não preciso especificar, que tornam possível (e, como essas coisas são encaradas, provável e mesmo certo) que o velho Jaffrey Pyncheon teve morte violenta às mãos de Clifford.

— De onde vêm tais circunstâncias? — protestou Phoebe. — Se ele é inocente, como sabemos que é!

— Tais circunstâncias foram dispostas — respondeu Holgrave —, ou, pelo menos, tem sido essa, desde muito tempo, a minha convicção, depois da morte do tio, e antes que ela se tornasse conhecida, pelo homem que está sentado lá na sala de visitas. A sua própria morte, tão semelhante à outra, mas não rodeada por nenhuma daquelas circunstâncias suspeitas, parece ter sido um castigo que Deus lhe infligiu, ao mesmo tempo punindo a sua perversidade e tornando evidente a inocência de Clifford. A fuga do último, porém, muda a situação inteiramente! Ele deve estar escondido bem perto. Se conseguíssemos trazê-lo antes que fosse descoberta a morte do juiz, o mal poderia ser remediado.

— Não devemos esconder nem um momento mais o que aconteceu! — replicou Phoebe. — É horrível esconder tal coisa em nossos corações. Clifford está inocente. Deus evidenciará sua inocência! Vamos abrir as portas e chamar a vizinhança para constatar a verdade!

— Tem razão, Phoebe — concordou Holgrave. — Tem toda a razão.

No entanto, o artista não sentia o horror, inerente ao gênio suave e amante da ordem de Phoebe, de se encontrar assim enfrentando a sociedade e entrando em contato com um acontecimento que ultrapassava as regras da normalidade. Nem tinha tanta pressa quanto ela de se colocar dentro do recinto da vida ordinária. Ao contrário, experimentava um feliz arrebatamento, como se tivesse encontrado uma flor de rara beleza, crescendo em um lugar desolado e exposta ao vento, e colhido, com a sua presente posição, aquela flor de ventura momentânea. Separava ele próprio e Phoebe do resto do mundo e os prendia um ao outro, em virtude do seu exclusivo conhecimento da misteriosa morte do juiz Pyncheon e da resolução que eram obrigados a tomar a seu respeito. O segredo, enquanto pudesse continuar sendo segredo, os colocava dentro de um círculo de encantamento, uma solidão entre os homens, um afastamento tão completo como se estivessem em uma ilha no meio do oceano; uma vez divulgado, o oceano iria refluir, separando-os um do outro por largas e ensolaradas praias. Por enquanto, todas as circunstâncias de sua situação tendiam a aproximá-los; eram como duas crianças que, de mãos dadas, apertando-se uma contra a outra, caminham por uma passagem muito escura. A imagem da Morte, enchendo a casa, os mantinha unidos pelo aperto de mão.

Tais influências apressaram o crescimento de emoções, que, de outra sorte, não teriam talvez florescido a tal ponto. Possivelmente, mesmo, tivesse sido intenção de Holgrave deixar com que as suas sementes estiolassem.

— Por que estamos demorando tanto? — perguntou Phoebe. — Esse segredo me sufoca! Vamos escancarar as portas!

— Em todas as nossas vidas nunca mais poderá haver outro momento igual a este! — disse Holgrave. — Será só terror, nada mais que o terror, Phoebe? Você não tem consciência de uma alegria, como tenho, que torna o único momento da vida digno de ser vivido?

— Acho um pecado pensar em alegria numa hora destas! — replicou Phoebe, tremendo dos pés à cabeça.

— Você não pode imaginar, Phoebe, como era o momento para mim antes de você chegar? — exclamou o artista. — Que momento escuro, pavoroso! A presença daquele morto lançava uma grande mancha negra sobre tudo; tornava o universo, tanto quanto a minha percepção podia alcançar, um cenário de culpa e de castigo mais terrível que a culpa. A sensação arrancava de mim a minha juventude. Não esperava sentir-me jamais jovem de novo. O mundo se mostrava estranho, selvagem, mau, hostil; a minha vida passada de todo solitária e vazia; o meu futuro, uma penumbra informe, que eu teria de moldar em formas dolorosas. Mas você entrou, Phoebe, e a esperança, o calor e a alegria entraram com você! O sombrio momento se tornou um momento abençoado. Não pode passar sem a palavra falada. Eu a amo!

— Como pode amar uma moça igual a mim? — reagiu Phoebe, obrigada a falar pelo ardor de Holgrave. — Você tem muitas, muitas ideias com as quais eu tentaria em vão simpatizar. E eu... eu também tenho tendências com as quais você não pode simpatizar. Isso é o menos. Não tenho capacidade de fazê-lo feliz.

— Você é a minha única possibilidade de ser feliz! — retrucou Holgrave. — Não tenho fé senão a que você me traz!

— E, além disso, tenho medo! — continuou Phoebe, aconchegando-se de encontro a Holgrave, mesmo enquanto lhe contava, com toda a franqueza, as dúvidas que a afetavam. — Você vai me afastar do meu caminho sossegado. Vai fazer tudo para que eu o siga em terrenos inexplorados. Não pode ser. Não é de minha natureza. Eu acabaria não suportando.

— Ah, Phoebe! — exclamou Holgrave, ao mesmo tempo contendo um suspiro e sorrindo. — Vai ser muito diferente do que você está pensando. O mundo permite toda a sorte de impulsos aos homens que não se sentem à vontade. O homem feliz inevitavelmente se confina dentro dos antigos limites. Tenho o pressentimento de que, de agora em diante, o meu destino será o de podar árvores, fazer cercas, talvez mesmo oportunamente construir uma casa para outra geração. Em resumo: conformar-me com as leis e a prática pacífica da sociedade. O seu equilíbrio vai ser mais forte do que a minha tendência à oscilação.

— Eu não faria isso! — afirmou Phoebe.

— Você me ama? — perguntou Holgrave. — Se nos amamos, o momento não tem lugar para mais nada. Vamos fazer uma pausa, para termos certeza. Você me ama, Phoebe?

— Você olha em meu coração — disse a jovem, baixando os olhos. — Sabe que o amo.

E foi naquela hora, tão cheia de dúvida e temor, que se realizou o milagre, sem o qual toda existência humana não passa de uma folha em branco. A alegria que torna tudo que existe verdadeiro, belo e sagrado brilhou em torno do mancebo e da donzela. Não tinham consciência de coisa alguma que fosse triste ou fosse velha. Transfiguraram a Terra e a transformaram novamente no Éden, do qual eram os primeiros moradores. Ficou esquecido o morto, que estava tão perto. Em tais ocasiões, a morte não existe: a imortalidade é outra vez revelada e abraça tudo com a sua abençoada atmosfera.

Quão cedo, porém, o pesado sonho terreno se fez sentir de novo!

— Escute! — murmurou Phoebe.

— Alguém na porta da rua!

— Agora, vamos enfrentar o mundo! — disse Holgrave. — Sem dúvida, a notícia da visita do juiz Pyncheon a esta casa e da fuga de Hepzibah e Clifford levou a polícia a vir investigar aqui. Não temos outro recurso, senão recebê-la. Vamos abrir a porta imediatamente.

Para sua surpresa, porém, antes que chegassem à porta da rua, antes mesmo que saíssem da sala onde se achavam, ouviram passos no corredor adiante. Isso queria dizer que tinha sido aberta do lado de fora a porta que se supunha fechada à chave, e que realmente estava, como Holgrave tivera ocasião de constatar, e também Phoebe, que tentaram em vão abri-la. O ruído dos passos não era tão forte, confiante, decidido e intrometido como seriam, naturalmente, os passos de estranhos entrando em uma casa onde sabiam que não seriam bem-vindos. Eram passos leves, como os de pessoas fracas ou cansadas; e eram acompanhados pelo murmúrio de duas vozes muito familiares aos dois ouvintes.

— Será possível? — sussurrou Holgrave.

— São eles! — respondeu Phoebe. — Graças a Deus! Graças a Deus!

E então, como que acompanhando a exclamação sussurrada por Phoebe, ouviram a voz de Hepzibah mais distintamente:

— Graças a Deus, meu irmão, estamos em casa!

— Sim, graças a Deus! — replicou Clifford. — Uma casa horrível, Hepzibah! Mas você fez bem em me trazer para cá! Vamos parar aqui! Aquela porta da sala está aberta. Não posso passar ali! Vou sair e ir descansar na cabana do quintal, onde eu costumava (há tanto, tanto tempo, me parece, depois do que aconteceu), onde eu costumava me sentir tão feliz em companhia de Phoebe!

A casa, porém, já não era tão horrível quanto Clifford imaginara. Os recém-vindos não tinham dado muitos passos — na verdade tinham ficado parados na entrada, sem saber o que fazer em seguida — quando Phoebe correu ao seu encontro. Ao vê-la, Hepzibah desfez-se em lágrimas. Fazendo das tripas coração, ela avançara com indizível esforço, sob o peso do sofrimento e da responsabilidade, até que, agora, podia pôr de lado aquele fardo esmagador. Na verdade, sequer lhe restava energia para jogar bem longe aquele fardo, mas cessara de sentir o seu peso a empurrando para a terra. Clifford parecia o mais forte dos dois.

— É a nossa Phoebe! E Holgrave com ela! — exclamou, com uma expressão de agudo e delicado entendimento, e um sorriso gentil, mas melancólico. — Pensei em vocês dois, quando, da rua, vi os Ramalhetes de Alice florescidos. E, assim, a flor do Éden brotou, do mesmo modo, neste velho e sombrio casarão.

XXI

A partida

A morte repentina de tão proeminente membro da sociedade como o Excelentíssimo juiz Jaffrey Pyncheon causou (pelo menos nos círculos imediatamente relacionados com o falecido) viva sensação, que ainda perdurava 15 dias depois.

Deve-se observar, porém, que, de todos os acontecimentos que constituem a biografia de uma pessoa, dificilmente se encontra um — nenhum, com certeza, de importância semelhante — que o mundo receba com mais naturalidade do que a sua morte. Na maior parte dos outros casos e contingências, o indivíduo se encontra presente entre nós, misturado com a evolução cotidiana das atividades humanas, e nos oferecendo uma possibilidade definida de observação. Com a sua morte, ocorre apenas uma vacância, e um torvelinho momentâneo — muito pequeno, em comparação com a aparente grandeza do objeto engolido — e uma ou duas bolhas subindo das escuras profundezas e vindo se arrebentar na superfície. No que diz respeito ao juiz Pyncheon, pareceu provável, a princípio, que o modo de sua partida final poderia lhe conferir maior e mais duradoura fama póstuma do que a que ordinariamente acompanha a memória dos homens importantes. Quando, porém, ficou esclarecido, pela mais alta autoridade profissional, que o fato fora natural, e — exceto quanto a detalhes sem importância, denotando uma ligeira idiossincrasia — de modo algum uma forma de morte excepcional, o público, com a costumeira alacridade, tratou de esquecer que o juiz sequer vivera. Em resumo, o eminente magistrado já estava começando a ser um traste esquecido antes de metade dos jornais do condado ter tido tempo de tarjar a primeira página de luto e publicar os mais encomiásticos necrológios.

No entanto, espalhando-se insidiosamente pelos lugares que aquele homem excelente frequentara durante a vida, avançava uma torrente oculta de conversas sussurradas, insinuações e revelações que teriam chocado sobremaneira se proclamadas em voz alta pelas esquinas. É realmente muito singular o fato de, muitas vezes, a morte de uma pessoa permitir que os outros façam uma ideia muito mais verdadeira do seu caráter, seja para o bem ou para o mal, do que faziam quando a pessoa estava viva e atuante entre eles. A morte é um fato tão autêntico que exclui a falsidade ou revela quanto é ela vã; é uma pedra de toque que destaca o ouro e exclui os metais inferiores. Se o falecido, quem quer que tenha sido, pudesse voltar uma semana depois de ter morrido, quase invariavelmente teria se visto em uma posição mais alta ou mais baixa da que antes ocupava na escala do conceito público. Mas as conversas, ou escândalo, a que estamos agora aludindo diziam respeito a fatos bem antigos, ao suposto assassinato, trinta anos antes, do tio do juiz Pyncheon. A opinião dos médicos a respeito da recente e lamentada morte do próprio juiz havia quase inteiramente eliminado a ideia de que ocorrera um homicídio naquele velho caso. No entanto, ficara provado que alguém entrara nos aposentos do velho Jaffrey Pyncheon no momento de sua morte ou quase no momento. As gavetas dos móveis de um aposento contíguo ao seu quarto de dormir haviam sido esquadrinhadas; dinheiro e objetos de valor tinham desaparecido; a roupa de cama do morto apresentava manchas de sangue; e, mercê de uma cadeia solidamente forjada de provas dedutivas, a culpa pelo roubo e pelo homicídio recaíra sobre Clifford, que morava, então, em companhia do tio, na Casa das Sete Torres.

Donde quer que fosse, o fato é que surgira agora uma hipótese que, levando em consideração todas as circunstâncias, excluía a ideia da culpabilidade de Clifford. Muita gente afirmava que a história e elucidação dos fatos, durante tanto tempo misteriosas, foram obtidas pelo artista do daguerreótipo, por intermédio de um de seus videntes mesmerianos, que, hoje em dia, tão estranhamente perturbam o andamento das coisas e envergonham a visão natural de todo mundo com as maravilhas que veem de olhos fechados.

Segundo essa versão da história, o juiz Pyncheon, exemplar como se mostrou em nossa narrativa, fora, na mocidade, um salafrário aparentemente incorrigível. Os instintos animais, como muitas vezes acontece, tinham se desenvolvido antes das qualidades intelectuais e da força de vontade que o distinguiram mais tarde. Ele se mostrara irresponsável, libertino, sem escrúpulo e perdulário, sem ter outra fonte de renda além da generosidade do tio. Esse comportamento acabou o indispondo com o velho solteirão, que, antes, lhe dedicava o maior afeto. Afirmava-se agora — mas não pretendemos apurar se por uma autoridade aceitável pelas cortes de justiça — que o jovem, certa noite, fora tentado pelo demônio a vasculhar as gavetas do tio, às quais conseguira acesso. Enquanto estava assim criminosamente ocupado, assustou-se, vendo que se abria a porta do quarto de dormir. À porta, encontrava-se o velho Jaffrey Pyncheon, de camisola! Horrorizado com a descoberta, o tio foi tomado de forte agitação, que, por sua vez, provocou a mórbida manifestação de uma tendência hereditária: o velho, sufocado por uma hemorragia, caiu no chão, batendo a fronte com muita força na ponta de uma mesa. O que fazer? Evidentemente, o velho solteirão estava morto! Era tarde demais para socorrê-lo. E, se pudesse ser socorrido, que calamidade, uma vez que o retorno da consciência iria trazer a lembrança do crime que ele vira o sobrinho cometendo!

Mas o velho não escapou. Com o sangue-frio e a insensibilidade moral que sempre o caracterizaram, o jovem continuou a revistar as gavetas e encontrou um testamento, de data recente, em favor de Clifford — que destruiu — e outro, mais antigo, em seu favor, que naturalmente conservou. Antes de se retirar, porém, Jaffrey refletiu sobre o fato de revelarem aquelas gavetas vasculhadas que alguém visitara o quarto com mau intuito. A suspeita poderia cair sobre o verdadeiro culpado. Tinha de evitar que isso acontecesse. E assim, em presença do morto, tratou de pôr em prática um plano que o inocentava, à custa de Clifford, seu rival, e cujo caráter lhe despertava desprezo e repugnância. Não é provável, seja dito de passagem, que ele tenha tencionado fazer com que Clifford fosse acusado de homicídio. Sabendo que o tio não fora assassinado, não lhe ocorrera, na premente situação em que se encontrava, a ideia de que pudesse surgir tal acusação. Quando, porém, o caso se agravou, as providências anteriores de Jaffrey já o haviam comprometido com o que se sucedeu. Tão habilmente tinha ele disposto as circunstâncias que, no julgamento de Clifford, seu primo nem achou necessário jurar qualquer falsidade, mas apenas sustentar a única explicação decisiva, apenas se abstendo de contar o que ele próprio fizera e o que testemunhara.

Assim, a criminalidade interior de Jaffrey Pyncheon no que se referia a Clifford era, na verdade, negra e odiosa, enquanto o seu comportamento exterior e a sua atuação positiva possivelmente não podiam ser menores, em tão grande pecado. Não passava da culpa com que um homem de eminente respeitabilidade espera mais facilmente contar. Estava destinada a se perder de vista, ou se tornar um pecado venial, na longa carreira subsequente do Meritíssimo juiz Pyncheon. Ele a deixou de lado, entre as esquecidas e perdoáveis fraquezas de sua juventude, e poucas vezes tornou a pensar no caso.

Deixemos o juiz em paz. Ele não pôde ser considerado feliz na hora da morte. Embora ignorando, morrera sem deixar filhos, enquanto lutava para aumentar ainda mais a herança que deixaria para o filho único. Menos de uma semana depois de sua morte, um dos vapores da Cunard trouxe a notícia de que o filho morrera de cólera, justamente quando ia embarcar de regresso à pátria. Em consequência dessa morte, Clifford ficou rico, e Hepzibah também; e também a nossa roceirinha, e, por causa dela, aquele inimigo da riqueza e de todo conservadorismo, o ardoroso reformador Holgrave!

Era tarde demais, na vida de Clifford, para que a consideração por parte da sociedade valesse o esforço e as contrariedades inevitáveis para a sua conquista. O que ele precisava era do afeto de muito poucos, e não a admiração, ou mesmo o respeito, de muitos desconhecidos. Isso provavelmente teria sido alcançado se aqueles a quem coubera velar pelos seus interesses tivessem achado conveniente expô-lo a uma infeliz ressurreição de ideias passadas, quando a condição de qualquer bem-estar que ele pudesse alcançar residia na calma do esquecimento. Depois de todo o mal que sofrera, não havia reparação. A lamentável zombaria daquilo que o mundo estaria disposto a oferecer, depois que o prolongado sofrimento executara a sua obra implacável, apenas poderia provocar a mais amarga gargalhada que o pobre Clifford era capaz de dar. É uma verdade (e bem triste, a não ser pelas esperanças mais altas que sugere) que nenhum grande mal praticado ou sofrido, em nossa esfera mortal, chega a ser reparado. O tempo, a contínua vicissitude das circunstâncias e a invariável inoportunidade da morte impossibilitam tal coisa. Se, depois de um prolongado transcurso de anos, o bem parece estar em nosso poder, não encontramos um nicho para abrigá-lo. O melhor remédio para o sofredor é seguir caminho e deixar para trás aquilo que antes pensou ser a sua irreparável ruína.

O choque da morte do juiz Pyncheon exerceu um efeito permanentemente revigorante e afinal benéfico sobre Clifford. Aquele homem forte e esmagador fora a sua asa-negra. Não era possível sequer respirar livremente dentro da esfera de tão maligna influência. O primeiro efeito da libertação, como testemunhamos na fuga sem destino de Clifford, foi uma trêmula exaltação. Passada esta, ele não se afundou de novo na anterior apatia intelectual. É bem verdade que nunca mais alcançou a plenitude de suas faculdades. Recuperou, todavia, o bastante para iluminar-lhe o caráter, revelar algo da sensibilidade artística privada de se manifestar devidamente e torná-lo objeto de um interesse não menos profundo, porém, menos melancólico que antes. Estava, à evidência, feliz. Se pudéssemos nos deter para apresentarmos um outro quadro de sua vida cotidiana, com tudo de que dispunha agora para gratificar o seu instinto do Belo, as cenas do jardim, que lhe pareciam tão doces, se mostrariam, em comparação, vulgares e triviais.

Muito pouco depois da mudança de fortuna, Clifford, Hepzibah e Phoebe, com aprovação do artista, resolveram mudar-se da velha Casa das Sete Torres, indo morar na bela casa de campo do falecido juiz Pyncheon. Chantecler e a sua família já haviam sido levados para lá, onde as galinhas iniciaram um infatigável processo de postura de ovos, com o evidente intuito (questão de dever e consciência) de continuar a sua ilustre estirpe sob melhores auspícios do que no século anterior. No dia marcado para a mudança, os principais personagens da nossa história, inclusive o bom tio Venner, estavam reunidos na sala de visitas.

— A casa de campo é, certamente, muito boa, no que diz respeito à sua planta — observou Holgrave, quando o grupo estava discutindo as futuras acomodações. — Mas não sei por que o defunto juiz, tão rico e tão empenhado em transmitir a sua riqueza aos descendentes, não achou preferível construir um tão excelente exemplo em arquitetura de pedra, e não madeira. Assim, cada geração da família poderia alterar o interior, de acordo com o seu gosto e com a comodidade, ao passo que a parte de fora, com o passar dos anos, iria tornando mais venerável a sua beleza original e dando uma impressão de estabilidade, que considero essencial à felicidade em qualquer ocasião.

— Como?! — exclamou Phoebe, encarando o artista, com espanto. — Como as suas ideias mudaram! Uma casa de pedra! Há apenas duas ou três semanas, você achava que as pessoas deveriam morar em casas tão frágeis como um ninho de passarinho!

— Ah, Phoebe! — replicou o outro, com uma risada um tanto melancólica. — Eu bem lhe disse como as coisas seriam! Você já está me achando conservador! E está aí uma coisa que nunca pensei ser. E é especialmente imperdoável nesta casa de tanto infortúnio hereditário, e sob o olhar daquele retrato de um conservador modelo, que, exatamente nessa qualidade, se tornou ele próprio, por tanto tempo, a asa-negra da sua estirpe.

— Aquele retrato! — disse Clifford, parecendo se encolher diante da severidade do olhar do antepassado. — Sempre que olho para ele, vem-me à cabeça uma espécie de lembrança, semelhante a um sonho, mas que não consigo captar de todo. Riqueza, parece dizer, riqueza sem fim, riqueza inimaginável. Acho que, quando era criança, ou muito jovem ainda, aquele retrato tinha falado, me contando um grande segredo, ou estendido a mão, com um papel onde estava escrito tal segredo. Mas isso tudo está tão indistinto em minha memória atualmente! Que pode ter sido aquele sonho?

— Talvez eu possa explicar — disse Holgrave. — Vejam! Há uma possibilidade em cem que qualquer pessoa, desconhecendo o segredo, um dia tocasse esta mola.

— Uma mola secreta! — exclamou Clifford. — Ah! Agora estou me lembrando! Eu a descobri, em uma tarde de verão, quando estava perambulando pela casa, há muito tempo. Mas não sei qual é o mistério.

O artista apertou com o dedo o dispositivo a que estava se referindo. Antigamente, sem dúvida, isso faria com que o quadro se inclinasse. Escondido, porém, durante muito tempo, o mecanismo fora comido pela ferrugem, de sorte que, com a pressão de Holgrave, o quadro, inclusive a moldura, despencou, indo cair emborcado no chão. Uma cavidade na parede ficou, assim, exposta à luz e, dentro dela, um objeto tão coberto pela poeira de um século que não foi imediatamente reconhecido como uma folha de pergaminho dobrada.

Holgrave abriu-a, e viu-se uma velha escritura, assinada com os hieroglifos de vários chefes de tribos de índios, concedendo ao coronel Pyncheon e a seus herdeiros, perpetuamente, uma vasta extensão do território oriental.

— Este é o próprio pergaminho que o pai da bela Alice Pyncheon queria recuperar, e cuja tentativa nesse sentido custou a felicidade e a vida da filha — disse o artista, aludindo à lenda. — É isso que os Pyncheon procuraram em vão, enquanto tinha valor. E agora que encontraram o tesouro já de nada vale.

— Coitado do primo Jaffrey! — exclamou Hepzibah. — Foi isso que meteu aquela ideia maluca em sua cabeça. Quando os dois eram jovens, provavelmente Clifford inventou uma espécie de contos de fadas depois da descoberta. Ele sempre andava inventando histórias semelhantes, andando pela casa toda e iluminando os seus cantos escuros com as suas belas fantasias. E o pobre do Jaffrey, que acreditava em tudo como se fosse realidade, pensou que meu irmão havia descoberto a fortuna do nosso tio. Morreu com essa ilusão na cabeça!

— Mas — perguntou Phoebe a Holgrave — como foi que você ficou conhecendo o segredo?

— Minha querida Phoebe — replicou Holgrave —, você gostará de tomar o nome de Maule? Quanto ao segredo, trata-se da única herança que me veio de meus antepassados. Você já devia ter sabido (mas fiquei com medo de assustá-la contando) que, neste longo drama de erro e castigo, represento o velho feiticeiro, e, provavelmente, sou tão feiticeiro quanto ele era. O filho do executado Matthew Maule, quando estava construindo esta casa, aproveitou a oportunidade para construir aquele nicho e esconder lá a escritura dos índios, da qual dependia a posse dos imensos territórios do Leste pelos Pyncheon. Assim, os Maule podiam trocar tal território pelo terreno de que haviam sido desapossados.

— E agora — interveio o tio Venner — acho que todas aquelas terras valem menos do que um lotezinho de cada um em minha fazenda!

— Tio Venner — advertiu Phoebe —, não fale mais em sua fazenda! Jamais irá para lá, enquanto estivermos vivos! Há uma cabana no quintal da nossa nova casa, uma cabana tão bonitinha como o senhor nunca viu igual! E vamos mobiliá-la para que o senhor possa morar lá. E só fará o que tiver vontade, ficará feliz dia e noite, e vai distrair o primo Clifford, com a sabedoria e a eloquência que sempre saem de seus lábios!

— Ah, minha querida menina! — exclamou o tio Venner, comovido. — Se falasse a um moço como fala com este velho, a possibilidade que ele teria de não perder o coração não valeria um botão de meu colete! E o suspiro que me fez dar quase me arrebentou! Mas não faz mal! Foi o suspiro mais feliz que já dei em minha vida. E me parece que também engoli uma porção de ar vindo do céu. Bem, srta. Phoebe! Vão sentir falta de mim nos quintais da vizinhança e nas portas dos fundos. E acho que a rua Pyncheon não vai ser a mesma sem o tio Venner, que se lembra dela com o campo aberto de um lado e o quintal da Casa das Sete Torres do outro. Mas, seja que eu vá para a casa de campo de vocês, seja que vocês venham comigo para a minha fazenda, não sou eu que vou escolher: são vocês!

— Venha conosco, sim, tio Venner! — insistiu Clifford, que se deleitava com as conversas do velho. — Quero a sua presença sempre a cinco minutos de minha cadeira. O senhor é o único filósofo que conheci cuja sabedoria não tem, no fundo, nem uma só gota de essência amarga.

— Muito obrigado! — exclamou tio Venner, começando em parte a compreender que espécie de homem era. — E, no entanto, quando moço, os outros pensavam que eu era bobo! Mas acho que sou como aquela maçã de inverno, quanto mais velha, mais gostosa fica. E as palavras de sabedoria que estão dizendo que eu falo são como aqueles dentes-de-leão cor de ouro, que jamais crescem nas montanhas ensolaradas, mas sim no meio do capim molhado e embaixo das folhas secas, às vezes quase no fim de dezembro. E os meus dentes-de-leão estão às suas ordens, meus amigos, e estariam ainda se eu tivesse duas vezes mais!

Uma carruagem simples, mas bonita, pintada de verde-escuro, tinha parado em frente da arruinada porta da mansão. O grupo saiu e (com exceção do tio Venner, que iria dentro de alguns dias) se acomodou no veículo. Todos conversavam e riam, muito alegres; e — como acontece muitas vezes, nos momentos em que deveríamos estar trêmulos de emoção — Clifford e Hepzibah despediram-se para sempre da casa dos seus antepassados com tanta tranquilidade como se fossem voltar à hora do chá. Várias crianças haviam se ajuntado no local, atraídas pela novidade de uma carruagem e da parelha de cavalos baios. Reconhecendo o pequeno Ned Higgins, entre os amigos, Hepzibah enfiou a mão no bolso e presenteou o guri, seu primeiro e mais assíduo freguês, com moedas de prata suficientes para povoarem a caverna de Caco do seu estômago com uma fila tão variada de quadrúpedes como a que desfilou na Arca de Noé.

Dois homens vinham passando pela rua quando a carruagem se afastou.

— Está vendo só, Dixey? — disse um deles. — O que acha disso? Minha mulher manteve durante três meses uma vendola dessas e teve cinco dólares de prejuízo. A velha Pyncheon manteve o negócio mais ou menos o mesmo tempo, e sai em sua carruagem, com uma parelha dessas! Duzentos mil, contando sua parte, a de Clifford e a de Phoebe, e alguns dizem que são duas vezes mais! Se você chama isso de sorte, está bem. Mas não venha me dizer que foi a Providência Divina!

— Ótimo negócio, ótimo negócio! — opinou o sagaz Dixey. — Ótimo negócio!

O poço de Maule, enquanto isso, embora na mais completa solidão, exibia uma sucessão de imagens, à semelhança de um caleidoscópio, nas quais uma vista privilegiada poderia prever o futuro de Hepzibah e de Clifford, assim como o do descendente do legendário bruxo e da roceirinha sobre a qual ele lançara os laços enfeitiçados do amor. Por sua vez, o Olmo dos Pyncheon, com a folhagem poupada pelas ventanias de setembro, sussurrava profecias ininteligíveis. E o sábio tio Venner se afastando, vagarosamente, do pórtico arruinado, tinha a impressão de ouvir acordes musicais, e imaginava que a suave Alice Pyncheon — depois de testemunhar tantos acontecimentos, a velha maldição e a ventura presente — executava em seu cravo a música de adeus de um espírito feliz, antes de partir rumo ao céu, deixando a Casa das Sete Torres!

Direção editorial
Daniele Cajueiro

Editora responsável
Ana Carla Sousa

Produção editorial
Adriana Torres
Carolina Rodrigues

Revisão
Luana Luz de Freitas
Luiz Felipe Fonseca

Capa
Thiago Lacaz
Leonardo de Vasconcelos

Diagramação
Filigrana

Este livro foi impresso em 2019
para a Nova Fronteira.